А

АКТЕРСКАЯ КНИГА

АКТЕРСКАЯ КНИГА
ЗВЕЗДЫ МИРОВОГО КИНЕМАТОГРАФА

ЛУИС БУНЮЭЛЬ

СМУТНЫЙ ОБЪЕКТ ЖЕЛАНИЯ

ZEBRA E
АСТ
ИЗДАТЕЛЬСТВО

УДК 791.44.071.1(460)(093.3)(092)Бунюэль Л.
ББК 85.374(4Исп)-8Бунюэль Л.
Б91

Художественное оформление
Григорий Калугин

Подписано в печать 29.09.2008. Формат 60х90[1]/16.
Гарнитура «Баскервилль». Печать офсетная. Печ. л. 27.
Тираж 3 000 экз. Заказ № 9647.

Перевод с французского Александра Брагинского

Бунюэль, Луис
Б91 Смутный объект желаний / Луис Бунюэль; пер. с фр. Александра Брагинского. — М.: АСТ: Зебра Е, 2009. — 428, [4] с.: 32 л. ил. — (Актерская книга).

ISBN 978-5-17-056894-9 (ООО «Издательство АСТ»)
ISBN 978-5-94663-742-8 (ООО «Издательство Зебра Е»)

Книга воспоминаний великого кинорежиссера Луиса Бунюэля (1900–1983). В ней он с поразительной искренностью рассказывает о своей жизни, встречах с Сальвадором Дали, Полем Элюаром, Пабло Пикассо, Чарли Чаплином, Сергеем Эйзенштейном...

Особую ценность представляет автокомментарий Бунюэля к собственному творчеству, его воспоминания о работе над такими киношедеврами, как «Андалусский пес», «Виридиана», «Дневная красавица», «Тристана», «Скромное обаяние буржуазии», «Этот смутный объект желания».

Луису Бунюэлю, величайшему кинорежиссеру XX столетия, не слишком везло в России. Впрочем, как и многим его современникам. Один из самых запретных мировых кинорежиссеров, в советское время , он и сейчас оказался в ситуации более чем странной. Фильмы Бунюэля, до того неизвестные зрителям начали попадать к ним после картин его доморощенных и грубых подражателей. Столетие Бунюэля в России было отмечено пошлыми и неточными телепередачами, которые вконец запутали зрителя...

Беспощадное милосердие Луиса Бунюэля

Луису Бунюэлю, величайшему кинорежиссеру XX столетия, не слишком везло в России. Впрочем, как и многим его современникам. Один из самых запретных кинематографистов мира в советское время, он и сейчас оказался в ситуации более чем странной. Фильмы Бунюэля, до того неизвестные зрителям начали попадать к ним после картин его доморощенных и грубых подражателей. Столетие Бунюэля в России было отмечено пошлыми и неточными телепередачами, которые могли только вконец запутать зрителя.

К этой мешанине невежества и вкусовщины добавился неожиданно неудачный фильм Карлоса Сауры «Бунюэль и стол царя Соломона», посвященный Бунюэлю, Дали и Гарсиа Лорке. Неожиданно потому, что картина сделана одним из самых интересных современных режиссеров Испании, бывшим ассистентом Луиса Бунюэля на съемках «Виридианы», а книга соавтора сценария Агустина Санчеса Видаля

«Бунюэль, Лорка и Дали: загадка без конца. Необычное видение трех универсальных фигур испанской культуры XX века» в 1988 г. была отмечена национальной премией.

Скучная история, разыгранная подобранными по грубому внешнему сходству актерами в театральных декорациях, призванных изображать внутренний мир и комплексы человека, в драматургии околохудожественных и политических сплетен, вызывает недоумение и гнев. Кинорежиссер, поэт и художник, которые наряду с Пикассо вывели Испанию и ее культуру на мировой уровень в XX веке, не заслуживают «капустника», пусть и очень дорогого. Послание этой культуры – жестокость и нежность, стремление к совершенству, к ослепительной ясности – в их творчестве стало доступно всему человечеству и заставило самих испанцев увидеть себя в новом времени, как в свою эпоху сделали это Сервантес, Лопе де Вега и Гойя.

Любое искажение фигуры крупного художника в глазах зрителей, непонимание его творчества критиками – огорчительное явление. Иногда на восстановление истины уходит много времени. Но главный вред заключается в том, что это искусство, эти фильмы, художественные и интеллектуальные идеи, которые могли бы помочь зрителю осмыслить действительность, обогатить представление о жизни, развить его воображение, вкус, не работают в позитивном смысле и даже становятся чем-то противоположным для культурного багажа. Обкрадывание зрителя продолжается. Теперь уже следующего поколения. И опыт Бунюэля, аккумулированный в его шедеврах разных лет – от «Андалусского пса» до «Назарина»,

«Виридианы» и «Призрака свободы», помещается в какой-то свинцовый гроб из искажений, неточного анализа, собственных заблуждений критиков и, что самое опасное, последователей Бунюэля, с придыханием произносящих его имя.

Бунюэль не единственный, кто подвергается такой агрессии. Так «тарковисты» замутняют Тарковского. Так из Феллини делали певца клоунады. Но все же Бунюэль занимает особое место, где рядом с ним можно поставить только Альфреда Хичкока. Опасения, что его никто не знает, что его фильмы недоступны, сменяются горьким сознанием, что «доступный» Бунюэль, засунутый на полку для любителей «странного кино», представленный и откомментированный только в контексте высокохудожественной «клубнички», в качестве которой в течение советских десятилетий был представлен Дали, и только в соседстве с ним, сильно обедняет и образ этой необыкновенной личности, и его творчество, воздвигает какие-то дополнительные отражающие, искажающие экраны между его фильмами и зрителем. Как Хичкок пришел к российскому зрителю забавником, лидером коммерческого фрейдизма, а не изысканнейшим художником и суровым моралистом, каким он был на самом деле.

«От кино я требую, чтобы оно было свидетелем всего значительного, что происходит в реальной жизни на нашей планете».

Но если другие великие кинематографисты, например Феллини и Висконти, избежали этой участи, то только потому, что их фильмы, пусть и не все, поступали к нашему зрителю после их выхода на экран в Европе с небольшим разрывом во времени и относительной регулярностью.

Судьба Бунюэля была совершенно иной. При его жизни ни одна из его картин не была показана здесь в кинотеатрах. Его картины «второго» периода, его шедевры «Забытые», «Назарин», «Виридиана», через взаимоотношения человека с обществом и религией трактовавшие глубинные вопросы жизни, не были известны даже профессиональной кинематографической публике. Это было самое запретное имя, и Бунюэль это знал. Моя книга – сборник статей о Бунюэле, его интервью и статьи, сценарий «Виридианы» (шедевра, актуальность которого лишь усиливается со временем), – в сильно усеченном и истерзанном виде вышедшая в 1979 г., одиннадцать лет находилась под запретом в издательстве «Искусство». И неспроста: первая же книга с этим именем на обложке пробила брешь в стене замалчивания великого испанца и разошлась в считаные дни.

Так кем же был этот человек, дон Луис Бунюэль, этот «ужасный испанец», арагонец, получивший мировое признание, автор знаменитых французских, мексиканских и испанских фильмов?

«Я могу включить – на правах сна – некоторые иррациональные моменты, но никогда не символические...»

Вне всякого сомнения, Луис Бунюэль – один из наиболее влиятельных художников в мировом кино. Знаменитый кинооператор Габриэль Фигероа в 1991 г. в беседе со мной отметил, что «Бунюэль привнес новое измерение в испанское и мексиканское кино. Интеллектуальное измерение». Расширяя его влияние за пределы ареала кинематографа, писатель и сценарист Карлос Фуэнтес называл его одной из самых крупных фигур в испаноязычной культуре всех времен, уравнивая его с Сервантесом, Кеведо, Веласкесом и Гойей. Фуэнтес многократно повторял это утверждение на протяжении нескольких десятилетий и отнюдь не был одинок.

При этом Бунюэль, ровесник века, был и остается художником именно своего времени, XX века, века стремительных перемен и открытий, крушения мифов и рождения новых искушений, эпохи глубоких потрясений в общечеловеческом масштабе и признания ценности каждой личности, века невиданной массовой жестокости и безграничного личного милосердия. Удивительным образом он сочетает в своей жизни абсолютную уникальность с дружескими привязанностями и верностью юношеским пристрастиям.

Единственный кинорежиссер в группе сюрреалистов, подписывавший шумные манифесты группы вместе с Андре Бретоном, Полем Элюаром, Робером Десносом, он говорил в интервью, что «сюрреалистический бунт утратил свою актуальность, после потрясений Второй мировой войны он стал притупившимся оружием». Английский критик Питер Харкорт, признавая особую роль Испании, как «во многих отношениях имманентно сюрреалистической страны, где сохраняются бок о бок средневековые крайности, изысканность и жестокость», считает Луиса Бунюэля самым тонким сюрреалистом из всех испанцев, входивших в группу.

«Мои запросы кинозрителя состоят в том, чтобы кино мне что-то открывало, а это случается крайне редко».

Приехав из Мадрида в Париж в 1925 г., Бунюэль вскоре предъявил миру свои первые, сюрреалистические фильмы: «Андалусский пес», а затем «Золотой век» – скандальные, загадочные, вызывающие, не предназначенные для логического анализа. Бунюэль невысоко оценивал попытки их логических объяснений. «Мне доводилось слышать или читать более или менее изобретательные толкования “Андалусского пса”, но все они одинаково далеки от истины. Вместе с Дали мы брали гэги и предметы, какие только приходили на ум, а затем безжалостно отбрасывали все то, что могло хоть что-нибудь значить», – говорил он в одном из своих интервью.

«Золотой век» снят по заказу известного парижского мецената виконта Шарля де Ноай. В конце 1929 г. он финансировал два фильма, которым было суждено сохранить в истории кино его и без того знатное имя: «Золотой век» Луиса Бунюэля и «Кровь поэта» Жана Кокто. Знаменитый потомок древнего рода де Ноай подал пример, которому, к сожалению, не многие последовали: он оплатил полностью все расходы по производству двух фильмов, благородно предоставив художникам полную и неконтролируемую свободу.

Первоначально Дали и Бунюэль намеревались использовать в новом фильме гэги и находки, не вошедшие в первую картину. Сценарий назывался «Андалусский зверь», и фильм должен был стать в некотором смысле продолжением «Андалусского пса». Бунюэль начал снимать в Париже, а затем уехал к Дали в Кадакес, на Коста-Брава. Однако в Кадакесе их совместное творчество ограничилось единственным съемочным днем, произошла ссора, и Бунюэль закончил картину совершенно самостоятельно.

«Я всегда работал в согласии со своей совестью. Ни один из моих фильмов не содержит ни одной мельчайшей детали, противоречащей моим нравственным или политическим убеждениям».

Отношения Бунюэля и Дали не остались секретом для публики. Дали, с его гипертрофированным вниманием к своей персоне, первый сообщил миру о разрыве отношений со старым другом по Мадридскому университету, с которым его связывало бурное начало парижского сюрреалистического периода, и два фильма, в одном из которых он практически уже не принимал участия, отказавшись от работы в самом начале. Его имя стояло в титрах, по мнению посвященных в эти дела друзей, исключительно благодаря любезности и благородству Бунюэля, так как один придуманный Сальвадором Дали гэг все-таки вошел в фильм.

«Золотой век» не принес виконту успеха у парижского высшего общества. Впервые показанный в ноябре 1930 г. гостям, он был встречен ими чрезвычайно холодно, а на следующий день виконт узнал, что исключен из «Жокей-клуба».

Вскоре, предваренный длинным манифестом, подписанным сюрреалистами, фильм был показан широкой публике в «Стюдио-28». Демонстрация в переполненном зале сопровождалась погромом и грубыми выходками национал-патриотов, которые срывали и рвали вывешенные в фойе полотна сюрреалистов Ива Танги, Сальвадора Дали, Хоана Миро, Макса Эрнста, Ман Рея. Через шесть дней префект полиции Парижа Жан Шьяпп запретил фильм. Луис Бунюэль, не лишенный злопамятности в принципиальных вопросах, через много лет отомстил этому гонителю сюрреализма в «Дневнике горничной», где в финале отвратительный насильник, убийца и фашист выкрикивает: «Да здравствует Шьяпп!»

«Я родился в очень набожной католической семье и до пятнадцати лет воспитывался у иезуитов. Религиозное воспитание и сюрреализм оставили во мне след на всю жизнь. И я хочу еще раз подчеркнуть, что я ничего не пытался доказывать и никогда не использую кино как кафедру, с которой произносят проповеди».

«Кровь поэта», законченная в 1930 г., была показана публике лишь в январе 1932 г. в зале Вье-Коломбье. В противовес «Золотому веку» картину Кокто приняли весьма благосклонно. Протест последовал лишь со стороны сюрреалистической группы, из которой Кокто к этому времени уже был исключен по настоянию Бретона. Сюрреалисты отказались признать фильм своим, а самого Жана Кокто назвали отъявленным реакционером.

Хотя между фильмами Кокто и Бунюэля гораздо меньше сходства, чем это принято считать, сопоставление этих художников вполне обоснованно. Кокто считал абсурдными разговоры о влиянии «Золотого века» на его картину, так как этот фильм снимался одновременно с «Кровью поэта». Но он не мог отрицать ни влияния, ни даже прямых цитат из «Андалусского пса» — предыдущей картины Бунюэля. «Кровь поэта» была полемикой именно с этим фильмом.

Принцип построения «Золотого века», как и «Андалусского пса», который Бунюэль сохранит во всем своем творчестве, — коллаж. Коллаж, который сюрреалисты считали своим открытием (и который приписывают себе ничего не изобретавшие на самом деле нынешние постмодернисты), не мог родиться до эры кинематографа, так как был, в сущности, реализацией, вынесением на поверхность — так, чтобы были видны белые нитки, — принципа монтажа. Кинематограф принес человечеству не только движущееся (и звучащее) изображение, но монтаж – эту возможность в мгновение ока переноситься в пространстве и во времени, менять ракурс и угол зрения и таким образом с фантастической свободой обращаться с ними. Как конструктивизм сделал художественным результатом то, что до него тщательно скрывалось, ибо было лишь рабочей, несущей конструкцией, каркасом, на котором выстраивалось здание, так и сюрреализм желаемой художественной целью сделал показ побудительных мотивов, сцеплений, разнородных и разнонаправленных токов, которые были в основе старого искусства, но никогда им столь откровенно не выставлялись на обозрение.

В этом обнажении скрытых связей, характерном и для зрелого Бунюэля, особенно в последних его фильмах «Призрак свободы», «Млечный путь», «Скромное обаяние буржуазии», «Этот смутный объект желания», виден принципиальный отказ от условностей и шаблонных повествовательных приемов, которые заполонили кинематограф. В конце концов от сюрреализма в его творчестве остались жесткость, наглядность сопоставляемых образов, явлений, деталей, стремление убрать промежуточные связующие, а на самом деле лишние звенья между ними, все, кроме строго необходимого, то, что сам режиссер называет дисциплиной. Не насмешка ли, что некоторые постмодернисты делают из его кинематографа, из этой «дисциплины», гарнир для своих поделок?

Художник, проживший столь долгую, богатую внешними и, разумеется, внутренними событиями сложную жизнь, переживший две мировые войны, гражданскую войну в Испании, изгнание, снявший более тридцати фильмов, знавший фестивальные триумфы («Золотая Пальмовая ветвь», «Золотой лев святого Марка», «Золотая раковина» в Сан-Себастьяне, номинации и премии «Оскар») и многолетние творческие простои, говорит о себе и о своих друзьях с обезоруживающей искренностью, простотой и юмором, часто с убийственной иронией и всегда с поистине редкостным бесстрашием. Ведь не случайно он назвал вышедшую за год до его смерти книгу — «Мой последний вздох»* — в духе сюрреалистической шутки, но и не без намерения придать своему тексту смысл последней исповеди.

Но пусть никто не приступает к чтению книги в надежде наконец-то раскрыть тайны мастерства и секреты жизни Луиса Бунюэля. «Мой последний вздох» написан не для этой цели.

Много лет назад в интервью французскому критику Жану-Андре Фиески Бунюэль сказал, что перед смертью позовет священника для последней исповеди. Фиески добавил от себя, что мы так и не узнаем, будет ли это актом настоящей веры или очередной выходкой старого сюрреалиста. В книге воспоминаний Бунюэля есть почти те же слова: «В предчувствии своего последнего вздоха я думаю, какую бы мне учинить напоследок шутку. Я призываю старых друзей, как и я, убежденных атеистов. Они грустно рассаживаются вокруг моей постели. Приходит священник, которого я просил позвать. К великому смущению моих друзей, я исповедуюсь, прошу отпущения всех моих грехов и соборуюсь. После чего поворачиваюсь на бок и умираю.

Но хватит ли сил, чтобы шутить в такой момент?»

---

* В нашей редакции книга воспоминаний Луиса Бунюэля носит название «Смутный объект желания».

Как и следовало ожидать, Бунюэль унес эту тайну с собой.

Сейчас прах его покоится, как мне рассказал один доминиканский священник из Мехико, в капелле доминиканского монастыря Сан Альберто Маньо (святого Альберта Великого) в Университетском культурном центре в Мехико, там, где служит падре Хулиан Пабло, тот самый доминиканец, с которым последние годы жизни старый дон Луис любил говорить о вере и о существовании Бога и который признался Карлосу Фуэнтесу, что не знал еще человека, умиравшего с такой силой духа, как Бунюэль.

Фуэнтесу не трудно было в это поверить: за полгода до этого Бунюэль уже попрощался с ним, предупредив, что они видятся последний раз: «Он обнял меня. Я помню, что во время нашей последней с ним встречи я неотрывно глядел на него, в то время как он смотрел на меня, когда говорил со мной, а его жена Жанна и его сыновья Хуан Луис и Рафаэль смотрели только на Луиса. Это была одна из сцен Бунюэля, одна из тех изумительных многочисленных сцен из его фильмов, когда герои все время смотрят на нас с экрана, чтобы напомнить нам, что его рамки – только условность и что настоящая реальность находится дальше, она иная, содержащая в себе другое и ничем не ограниченная».

Жизнь Луиса Бунюэля в искусстве – это путь, длинный, с остановками, сменой пейзажа и обстановки и неожиданными возвращениями. Это в каком-то смысле жизнь-модель, одна из немногих существующих моделей жизни истинного художника, в ней есть слава, забвение, масса незаконченных и неосуществленных замыслов, радость общения с другими гениями XX столетия и постоянная, хотя часто и скрытая от чужих глаз работа.

Он с юности включился в самую гущу новых течений и движений в искусстве, снял фильмы, которые привлекли внимание современников, потом надолго — настолько, что, кажется, после такого перерыва не возвращаются в действующие ряды, — исчез с горизонта, потом вернулся — с новыми фильмами и новым поворотом в своем искусстве, делал кино до старости, и из-за этого казалось, что его жизнь еще более длинная, чем она была на самом деле. Последние два десятилетия жизни он был признанным патриархом в кино, при этом не утратившим молодого задора и интереса к миру. XX век прошелся по его жизни трагическими утратами и потерями, но он сумел противостоять ему своим творчеством и своей верностью жизни. Мудрость как-то причудливо и необыкновенно переплелась в нем с неугасаемым и неподражаемым юмором и сюрреалистическими эскападами, испанская сила и витальность были смягчены французским влиянием, толщей французской культуры, которую он воспринял с детства и частью которой он стал сам. «Я обязан Испании и Франции», — скажет он после многих лет изгнания из Испании, жизни в Париже, в Америке и Мексике.

В 1967 г. в Венеции после получения «Золотого льва святого Марка» за «Дневную красавицу» Бунюэль ответил на вопрос своего бывшего ассистента Рикардо Муньоса Суай: «Испания повлияла на мое идеологическое и творческое формирование в той же мере, в какой земля питает и взращивает дерево, но что касается культуры, я многим обязан Франции, где познакомился с сюрреализмом».

До конца жизни он считал сюрреализм важнейшим фактором своего формирования. И несмотря на сильный испанский пласт в сюрреалистической группе, где были и Хоан Миро, и он сам, и Дали, воспринимал его как явление французское. Никогда не говорил о своем вкладе, несомненность которого никем и никогда не оспаривалась, но всегда — с благодарностью и любовью о влиянии, которое на него оказал сюрреализм и сюрреалисты во главе с Андре Бретоном.

Это и неудивительно, потому что, как уже было сказано, он был единственным кинематографистом среди них, а кинематограф оказался единственной по-настоящему животворной средой для сюрреализма. Для всех других видов искусства сюрреализм стал ловушкой. Сверхреализм кинематографа дал сюрреализму возможность не только проявиться, реализоваться как художественному течению, но стать художественным аспектом, художественной составляющей кинематографического произведения. Грубо говоря, настоящий фильм сюрреалистичен, а если нет, то остается произведением-кентавром — полутеатром, полулитературой, полумузыкой. Сюрреалистично само кино, что замечательно сформулировал Сергей Эйзенштейн, написав, что кинематограф «начинается оттуда, куда "докатываются" ценою разрушения и разложения самих основ своего искусства остальные разновидности искусства в тех случаях, когда они пытаются захватывать области, доступные в своей полноте только кинематографу (футуризм, сюрреализм, Джойс и т. д.)... — без отказа от реализма — чем вынуждены расплачиваться искусства другие... но больше того — здесь они осуществляются нс только не в ущерб ему, но еще и с особенно блестящими реалистическими результатами».

Практически все фильмы великого испанца, в особенности произведения второй половины его жизни, среди которых такие шедевры, как «Назарин», «Виридиана», «Дневник горничной», «Тристана», «Дневная красавица», «Млечный путь», «Скромное обаяние буржуазии», «Призрак свободы» и самая последняя его картина «Этот смутный объект желания», – это все вещественные доказательства той полной раскованности, абсолютного владения кинематографической стихией, которых достигают, наверное, лишь к старости и лишь изначально свободные и всегда стремившиеся к свободе художники.

«Кино – это стиль», – любил говорить Жан Ренуар. Отчего же так мало последователей стиля Луиса Бунюэля и совсем нет учеников великого мастера, чему многие годы не переставали удивляться критики? Потому что еще раньше было сказано: стиль – это человек. Можно подражать чему угодно в фильмах Бунюэля, можно заимствовать темы, переносить мизансцены, цитировать планы, образы, детали, монтажные куски и стыки, хотя и это непросто, но всегда остается неуловимая и недоступная подражанию особенность, которой отмечены все его фильмы. Это особенность личности Бунюэля – свобода. Свобода мысли. Свобода выражения.

Нет никакого сомнения, что Бунюэлю предстоит вернуться к зрителю. Новые поколения, сами того не подозревая, ждут его. Им нужна его беспощадная трезвость, его мальчишеское озорство, его неподвластность любым видам уныния. В современном мире, где закон больших чисел работает против личности, кинематограф Бунюэля способен помочь сохранить эту личность, уберечь ее от жерновов агрессивной пошлости мифов и «свежих» идей тотального освобождения человечества.

Недаром Висконти в одном из своих последних интервью на вопрос, сумел ли кто-нибудь из молодых режиссеров удивить его сейчас, улыбнулся и ответил: «Да. Луис Бунюэль, своим последним фильмом "Этот смутный объект желания"!» Бунюэлю тогда было 77 лет.

Да и свою книгу воспоминаний, полную юмора, сарказма, мистификаций, правды и вымысла, Бунюэль, этот всемирно известный атеист, заканчивает мечтой всех художников о «вечном возвращении», но в своем, ироничном стиле: «...несмотря на всю свою ненависть к газетам, я хотел бы вставать из гроба каждые десять лет, подходить к киоску и покупать несколько газет. Я не прошу ничего больше. С газетами под мышкой, бледный, прижимаясь к стенам, я возвращался бы на кладбище и там читал бы о несчастьях мира. После чего, умиротворенный, засыпал бы снова под надежным покровом своего могильного камня».

Величие Бунюэля в том, что в его абсолютно бесстрашном видении мира зритель может черпать уникальное знание и силу. Он один из тех титанов, которые способны в хаосе социальных катаклизмов и общечеловеческого безумия, среди войн, освободительных движений и новых рабств ухватить за конец нить Ариадны и выйти к гармонии, сделать ее видимой для своих зрителей – путем точного определения отступлений от нее. Безошибочный диагноз, который он ставит в своих фильмах, не вызывает тоски и отчаяния. Потому что болезнь выявлена, названа, показана, раны обнажены. И твердая рука хирурга держит скальпель. «Если же правый глаз твой соблазняет тебя, вырви его и брось от себя, ибо лучше для тебя, чтобы погиб один из членов твоих, а не все тело твое было ввержено в геенну» (Мф 5, 29).

Милосердие Бунюэля беспощадно.

Латавра Дуларидзе

СМУТНЫЙ ОБЪЕКТ ЖЕЛАНИЯ

Посвящается Жанне — жене и другу.

Создать эту книгу мне помог Жан-Клод Карьер на основе наших долгих бесед, не изменив ничего из того, о чем мы с ним говорили.

Память

В последние десять лет жизни моя мать постепенно теряла память. Когда я приезжал в Сарагосу, где она жила с моими братьями, случалось, я давал ей какой-нибудь иллюстрированный журнал. Она внимательно просматривала его от корки до корки. Потом я забирал его и подавал ей этот же журнал как новый. Она принималась листать его с прежним интересом.

В конце концов она перестала узнавать детей, не помнила наши имена, не знала, кто она такая. Я, скажем, входил в ее комнату, целовал, проводил с ней некоторое время – физически она выглядела для своих лет совсем неплохо и была достаточно подвижна, – затем уходил и тотчас возвращался. Мама встречала меня с прежней улыбкой, приглашала присесть, словно видела впервые, и не знала, как меня зовут.

В сарагосском коллеже я мог наизусть назвать имена испанских вестготских королей, размер территории и численность населения всех европейских государств, помнил я и многое другое совсем ненужное.

Обычно в коллежах подобная демонстрация механической памяти вызывает насмешки. В Испании такие ученики носят прозвище memoriòn, зубрила. Несмотря на то что я был именно таким зубрилой, я всегда с иронией относился к подобным упражнениям.

Однако с годами эта вызывавшая когда-то пренебрежение память становится весьма полезной. Воспоминания безотчетно накапливаются, и наступает день, когда мы тщетно стараемся вспомнить имя друга или родственника. Мы его забыли. Подчас испытываешь настоящую ярость, стараясь припомнить знакомое слово, которое вертится на языке, но упорно не хочет сорваться с языка.

Подобного рода забывчивость и провалы в памяти, которые за нею не замедлят последовать, приводят к осознанию ее значения. Амнезия, которую я стал ощущать к семидесяти годам, началась с имен собственных и самых недавних воспоминаний: скажем, куда я положил зажигалку пять минут назад? Что я хотел сказать, начав ту или другую фразу? Эта амнезия называется антероградной. За ней следует антероретроградная, которая касается событий последних месяцев, последних лет. В каком отеле я останавливался во время последней поездки в Мадрид в мае 1980 года? Как называется книга, прочитанная полгода назад? Не знаю, не помню. Вот тогда-то наступает амнезия ретроградная, которая может, как в случае с моей матерью, вычеркнуть из памяти всю жизнь.

Лично я еще не почувствовал приближения этой третьей формы амнезии. Я четко припоминаю многое, относящееся к моему далекому прошлому, детству, юности. При этом в памяти всплывает множество имен и лиц. Если чье-то из них я и забыл, то не делаю драмы. Я знаю, что оно внезапно, непонятным образом, возникнет позднее.

Зато я начинаю испытывать живейшее беспокойство и даже страх, когда не могу вспомнить какое-то недавнее, имевшее ко мне отношение событие, либо имя человека, встречавшегося за последние месяцы, или просто о какой-то вещи. Я чувствую, как разлагается, приходит в расстройство моя личность. Я ни о чем больше не могу думать, и все равно – ни мой гнев, ни усилия не дают результата. Может быть, это начало конца? Страшно, когда приходится подыскивать синоним такому слову, как «стол». Однако еще страшнее быть живым и не сознавать, кто ты такой, забыв собственное имя.

Уж если терять память, то хоть постепенно, чтобы лучше постигнуть ее значение в нашей жизни. Жизнь, лишенная памяти, – не жизнь, человеческий разум, лишенный возможности выразить себя, – не разум. Память помогает нам соединять события, это наш разум, наши поступки, наши чувства. Без нее мы ничто.

Мне не раз хотелось показать в фильме человека, который пытается рассказать другу анекдот, но забывает одно слово из четырех, причем таких простейших, как «машина», «улица», «полицейский». Он путается, смущается, жестикулирует, ищет синонимы. В конце концов, выйдя из себя, друг награждает его пощечиной и уходит. Мне тоже случается, чтобы лучше скрыть под улыбкой собственную растерянность, рассказывать анекдот о человеке, который идет к психиатру и жалуется ему на забывчивость, на провалы в памяти. Психиатр задает ему один или два ничего не значащих вопроса, а затем говорит:

– Итак, вернемся к вашим провалам.

– Каким провалам? – спрашивает пациент.

Необходимая нам, всемогущая память одновременно сама подвержена опасности. Ей угрожает не только ее старый враг – забывчивость, но и нагромождающиеся с каждым днем мнимые воспоминания. Вот один такой пример. Я довольно часто рассказывал друзьям (и в этой книге тоже рассказываю) о свадьбе Поля Низана, блестящего интеллектуала-марксиста 30-х годов. И всякий раз передо мной возникала церковь Сен-Жермен-де-Пре, собравшиеся там люди, алтарь, священник, свидетель жениха – Жан-Поль Сартр. Однажды в прошлом году я внезапно подумал: да ведь этого быть не могло! Никогда бы убежденный марксист Поль Низан и его жена из семьи атеистов не стали бы венчаться в церкви! Такое и представить себе немыслимо. Значит, что-то трансформировалось в памяти? Или я все придумал? Или напутал? Или я поместил знакомую мне церковную декорацию в рассказанную кем-то сцену? Я и сегодня не могу ничего понять.

В нашу память постоянно вторгаются фантазии и сновидения, и, поскольку мы подвержены искушению верить в реальность воображаемого, все кончается тем, что мы принимаем вымысел за правду. Кстати, это не имеет столь уж большого значения: ведь и то и другое проживается нами в равной степени и в равной степени индивидуально.

В этой полубиографической книге, на страницах которой мне случается заблудиться, как в плутовском романе, поддавшись неожиданному очарованию рассказа, несмотря на всю мою бдительность, есть, вероятно, вещи вымышленные. Но, повторяю, это не имеет значения. Я в такой же мере соткан из ошибок и сомнений, как и из своих убеждений. Не будучи историком, я не пользовался ни записками, ни книгами, и тот портрет, который я предлагаю вниманию читателей, в любом случае есть мой портрет, со всеми моими утверждениями, сомнениями, повторами, пробелами, правдами и неправдами – словом, всем тем, что составляет мою память.

Воспоминания о средневековье

Мне было тринадцать лет, когда я впервые выехал за пределы провинции Арагон. Приглашенный друзьями семьи, которые проводили лето в Вега-де-Пас, близ Сантандера, на севере Испании, я с восторгом открывал для себя страну басков, новые пейзажи, совершенно непохожие на известные доселе. Я видел облака, дождь, леса, затянутые туманом, влажный мох на камнях. Дивное впечатление, которое я никогда не забуду. Я обожаю север, холод, снег и стремительные горные потоки.

Земля Нижнего Арагона очень плодородна, но пыльная и страшно сухая. Бывает, что год или два здесь не видят облачка в небе. Когда же случайные кучевые облака появлялись над горами, соседи, служащие продовольственного магазина, стучались в наш дом, на крыше которого была труба маленькой обсерватории. Через нее они долго рассматривали медленное приближение тучи и с горечью говорили:

«Ветер южный. Она пройдет мимо». И оказывались правы. Туча удалялась, не наградив землю ни каплей дождя.

Однажды во время особо страшной засухи в соседней деревне Кастельсерас население со священниками во главе организовало крестный ход, дабы вымолить у неба дождя. В тот день темные тучи и так сгустились над деревней. Казалось, вознесение молитв совсем и не требуется.

Но тучи рассеялись еще до окончания шествия, и снова появилось палящее солнце. Тогда особенно недовольные, из тех, которые встречаются в каждой деревне, подхватили статую Святой девы и, проходя по мосту через Гуадалопе, сбросили ее в воду.

В деревне, где я родился 22 февраля 1900 года, средневековье, можно сказать, затянулось до Gервой мировой войны. Изолированное, инертное общество, отмеченное четкими классовыми различиями. Уважение, субординация трудового народа по отношению к сеньорам, крупным землевладельцам казались незыблемыми, уходящими в глубину веков обычаями. Управляемая колокольным звоном церкви Пилар, жизнь текла ровно, монотонно, по однажды заведенному порядку для каждого времени года. Колокола извещали о церковных церемониях (мессах, вечернях, молениях) и о повседневных событиях, скажем о наступлении смертного часа, и тогда их звон именовался toque de agonia, то есть звон по умирающему. Когда кто-нибудь из взрослых жителей приближался к вратам смерти, колокол звонил медленно. Самый большой колокол, тяжелый и торжественный, извещал о последней борьбе человека, легкий же бронзовый колокол – об угасании ребенка. Люди останавливались в полях, на дорогах, улицах и спрашивали: «Кто это умирает?»

Вспоминается звон при пожаре и радостные перепевы колоколов по воскресным большим праздникам.

В Каланде было менее пяти тысяч жителей. Эта большая деревня в провинции Теруэль, не представляющая интереса для вечно спешащих туристов, находится в восемнадцати километрах от Альканьиса, где останавливался поезд, доставлявший нас из Сарагосы. Три запряженные лошадьми коляски ждали у вокзала. Самая большая из них называлась «хардинера», вторая – «галера» – была повозкой с верхом. За нами следовала еще маленькая тележка на двух колесах. Семья была большая, багажа много, да еще слуги, но мы как-то размещались в трех колясках. На то, чтобы проехать восемнадцать километров под знойным солнцем, требовалось три часа. Однако я не помню, чтобы хоть когда-нибудь поездка была скучной.

Если не считать праздника в честь святой Пилар и сентябрьских ярмарок, в Каланду приезжало очень мало посторонних. Каждый день к полудню в облаках пыли появлялся дилижанс из Макана, который тянула упряжка мулов. Он доставлял почту и иногда какого-нибудь бродячего торговца. Мы впервые увидели в деревне автомобиль лишь в 1919 году.

Его купил дон Луис Гонсалес, человек современный, либерал и даже антиклерикал. Его мать, донья Тринидад, вдова генерала, принадлежала к знатному семейству Севильи. Эта утонченная дама стала жертвой болтливости собственных слуг. Она использовала для интимных омовений устройство, которое возмущенные и стыдливые дамы из высшего каландского общества изображали жестом, похожим на гитару. Из-за биде они долго отказывались разговаривать с доньей Тринидад.

Тот же дон Луис Гонсалес проявил твердость характера, когда виноградники Каланды оказались пораженными филлоксерой. Лозы погибали без лечения, но крестьяне решительно отказывались вырывать их, заменяя американскими саженцами, как это делают повсюду в Европе. Специально приехавший из Теруэля агроном установил в большом зале мэрии микроскоп, который позволял увидеть вредителей. Но ничего не действовало. Крестьяне по-прежнему отказывались заменять лозы. Тогда дон Гонсалес показал пример, выдергав все свои лозы. А так как ему стали грозить расправой, он расхаживал по винограднику с ружьем. Это было коллективное, типично арагонское упрямство, с которым удалось покончить лишь много позднее.

В нижней части провинции Арагон производится лучшее в Испании да, вероятно, и во всем мире оливковое масло. В иные годы обильному урожаю грозила засуха, способная оголить деревья. Считавшиеся большими специалистами, некоторые крестьяне Каланды отправлялись обрезать деревья в Андалусию, близ Хаэна и Кордовы. Сбор олив начинался с наступлением зимы, и во время работы крестьяне пели хоту «Оливарера». В то время как мужчины, стоя на лестницах, били палками по ветвям, женщины подбирали плоды на земле. Хота «Оливарера» звучит нежно и мелодично, утонченно – по крайней мере, такой она осталась в моей памяти. Она удивительно контрастирует с необузданной силой местных арагонских песен.

И еще одна песня запомнилась мне навсегда — она звучала где-то между сном и пробуждением. Думаю, сегодня о ней не помнят вовсе, ибо она передавалась на слух из поколения в поколение и никогда не записывалась нотами. Она называлась «Песня зари». Перед восходом солнца мальчики бегали по улицам, будя ею крестьян, которые начинали работу очень рано. Быть может, некоторые из этих людей еще живы и могли бы вспомнить ее мелодию и слова, чтобы не исчезла эта великолепная полурелигиозная-полумирская песня, пришедшая к нам из древности. Она будила меня среди ночи во время сбора урожая. Затем я засыпал снова.

Все остальное время года наш сон охраняли двое ночных сторожей, хорошо оснащенные трещотками и маленькими дудками. «Да благословен будет бог», — кричал один, а второй отвечал: «Да благословен будет он во веки веков». Иногда они, например, говорили так: «Одиннадцать часов, погода прекрасная», а куда реже — о, радость! — «Пасмурно» и как о чуде: «Идет дождь!»

В Каланде было восемь оливковых мельниц. Одна из них была уже гидравлической, а остальные работали в точности как во времена римлян: тяжелый, конусообразной формы камень, вращавшийся с помощью мулов, давил оливы на другом камне. Казалось, ничто не должно было измениться. Те же жесты, те же желания переходили от отца к сыну, от матери к дочери. Лишь откуда-то издалека, подобно тучам в открытом море, долетали сюда слухи о прогрессе.

Смерть, вера, секс

Каждую пятницу по утрам дюжина мужчин и женщин преклонного возраста рассаживалась у церковной стены, напротив нашего дома. Это были самые бедные из бедных. Один из слуг выходил на улицу и вручал каждому кусок хлеба, который они почтительно целовали, и монету в пять сантимов — достаточно высокая милостыня в сравнении с «сантимом на бороду», то есть на каждого, который им обычно подавали другие богатые люди деревни.

Именно в Каланде я впервые столкнулся со смертью, которая вместе с глубокой верой и зарождающимся половым инстинктом стала неотъемлемой частью моей жизни в отрочестве. Однажды, когда я прогуливался с отцом в оливковой роще, ветер донес запах чего-то терпкого и гадкого. В сотне метров от нас лежал сдохший осел, раздутое и растерзанное тело которого стало добычей десятка грифов и нескольких собак. Это зрелище и притягивало меня, и отталкивало одновременно. Насытившись, птицы с трудом поднимались в воздух. Местные крестьяне не хоронили сдохших животных, полагая, что их останки удобряют землю. Я стоял словно завороженный, смутно ощущая в этой картине некий метафизический смысл. Отец едва оттащил меня.

В другой раз один из наших пастухов во время ссоры получил удар ножом в спину и умер. В своих широких кушаках, «фаха», мужчины всегда носили острый нож.

Вскрытие производилось обычно в часовне на кладбище деревенским врачом с помощью местного брадобрея. Тут же находились четверо или пятеро друзей врача. Мне удалось проникнуть в часовню.

Из рук в руки переходила бутылка водки, я тоже лихорадочно пил, пытаясь укрепить свой дух, который начал сдавать при скрежете пилы, распиливающей череп, и при виде разбиваемых одно за другим ребер. В конце концов, совершенно пьяного, меня отвели домой, и мой отец сурово наказал меня за пьянство и за «садизм».

На похоронах простых людей гробы ставили открытыми перед вратами церкви. Священники пели. Викарий ходил вокруг жалкого катафалка, кропил его святой водой и бросал щепотки пепла на грудь умершего, приподнимая на минуту покрывало, которым он был закрыт. (Нечто подобное можно увидеть в финальной сцене фильма «Грозовой перевал»). Тяжелый колокол звонил по усопшему. Как только гроб поднимали, чтобы нести на кладбище, раздавался душераздирающий крик матери: «О сын мой! Ты оставляешь меня одну! Я никогда больше тебя не увижу!» К ее стенаниям присоединялись сестры покойного и другие родственницы, а подчас и соседки, подруги, составляя таким образом хор плакальщиц – «планидерас».

Смерть постоянно напоминала о себе, она была частью жизни, как в средние века.

Точно так же и вера. Воспитанные на догмах римского католицизма, мы ни на секунду не могли усомниться в его универсальности. У меня был очень добрый, очень милый дядя – священник. Его звали Тио Сантос, дядя Сантос. Каждое лето он учил меня латыни и французскому. В церкви я был его служкой и входил в состав музыкальной капеллы Святой девы дель Кармен. Нас было в ней семь или восемь человек. Я играл на скрипке, один из друзей – на контрабасе, а ректор одного из религиозных заведений Альканьиса – на виолончели. Вместе с певцами нашего возраста мы играли и пели десятки раз. Нас часто приглашали в монастырь кармелитов, позже доминиканцев. Основанный в конце прошлого века неким Фортоном, жителем Каланды, мужем аристократки из рода Каскахаресов, монастырь возвышался на окраине деревни. Эти верующие супруги не пропускали ни одной службы. Позднее, в начале гражданской войны, доминиканцы монастыря были расстреляны.

В Каланде было две церкви и семь священников, не считая Тио Сантоса, который после несчастного случая – он упал в пропасть во время охоты – по просьбе отца стал управляющим его имений.

Господствующее влияние религии ощущалось даже в мелочах. Играя, я служил мессу на чердаке в присутствии своих сестер. У меня было несколько предметов культа из свинца, стихарь и риза.

Чудо Каланды

Наша вера была настолько слепой – во всяком случае, до четырнадцати лет, – что все мы верили в подлинность чуда, свершившегося в Каланде в 1640 году. Чудо это связано с именем Святой девы дель Пилар, именуемой так потому, что в давние времена римского владычества она явилась святому Иакову в Сарагосе на столбе. Дева Пилар – покровительница Испании, одна из великих испанских святых. Другая, хорошо известная Гвадалупская Святая дева, кажется мне менее значительной (она является покровительницей Мексики).

Итак, в 1640 году одному из жителей Каланды, Мигелю Хуану Пельисеру, колесом повозки раздавило ногу. Ногу пришлось ампутировать. Это был очень набожный человек. Он каждый день приходил в церковь, чтобы окунуть палец в лампадное масло, горевшее перед ликом Святой девы, а потом смазывал им свою культю. Как-то ночью Дева и ангелы спустились с небес и даровали ему новую ногу.

Как и все чудеса – а иначе их нельзя было бы назвать чудесами, – оно было засвидетельствовано всеми тогдашними религиозными и медицинскими инстанциями. Оно стало объектом изображения на многочисленных иконах и в книгах. Великолепное чудо, перед которым меркнут все чудеса Лурдской девы. Представьте себе потерявшего ногу, она «умерла и погребена», и вдруг он обретает ее вновь! Мой отец одарил приход Каланды великолепным paso – одно из изображений, которыми размахивают во время религиозных процессий и которые анархисты сжигали во время гражданской войны.

В деревне говорили – и никто из нас не ставил это под сомнение, – что сам король Филипп IV приезжал приложиться к ноге, которую ангелы водворили на свое место.

Не подумайте, что я преувеличиваю, говоря о соперничестве между разными святыми девами. Как-то один из священников в Сарагосе во время проповеди, говоря о заслугах Лурдской Святой девы, отметил, что они не идут ни в какое сравнение с заслугами Святой девы дель Пилар. Среди присутствовавших находились француженки, служившие компаньонками и чтицами в богатых сарагосских семьях. Шокированные высказыванием монаха, они заявили протест архиепископу Сольдевилье Ромеро (убитому несколько лет спустя анархистами). Они не могли позволить, чтобы кто-то осмелился принизить прославленную французскую святую.

В Мехико в 1960 году я рассказал о чуде Каланды одному французскому доминиканцу.

Он улыбнулся и заметил:

– Друг мой, вы, вероятно, несколько преувеличиваете.

Смерть и вера. Их присутствие и всемогущество мы ощущали постоянно.

От этого сильнее воспринималась радость жизни. Всегда долгожданные удовольствия обретали какую-то особенную остроту, если ими удавалось воспользоваться. Препятствия увеличивают полученную радость.

Несмотря на искреннюю веру, ничто не могло усмирить в нас навязчивое любопытство к сексуальной жизни и нетерпеливое желание. В двенадцать лет я еще верил, что детей привозят из Парижа (но без помощи аистов, а на поезде или в машине), пока один приятель, года на два постарше, не раскрыл передо мной великую тайну. Последовали обычные среди мальчишек предположения, споры, обмен сомнительными сведениями, знакомство с онанизмом, то есть мы стали ощущать тираническую сущность сексуальной жизни. Высшая форма добродетели, говорили нам, есть целомудрие, совершенно необходимое для достойного образа жизни. Нас раздирала мучительная борьба между инстинктом и целомудрием. Происходившая только в мыслях, она порождала угнетающее чувство вины. Иезуиты, скажем, говорили нам:

– Знаете ли вы, почему Христос не отвечал Ироду, когда тот обращался к нему с вопросами? Потому что Ирод был похотлив, а наш Спаситель испытывал ужас перед этим пороком.

Откуда в католической религии подобный страх перед сексом? Я часто задавал себе этот вопрос. По всей видимости, по многим причинам – теологического, исторического, морального и социального характера.

В организованном, построенном на иерархии обществе секс, не признающий никаких преград, никаких законов, может в любой момент стать фактором беспорядка и настоящей опасностью. Вероятно, поэтому некоторые отцы церкви и святой Фома Аквинский в вопросах плоти проявляли такую непреклонность. Святой Фома доходил до того, что утверждал, будто отношения между мужем и женой являются грехом, ибо из них не так просто исключить вожделение, которое по самой своей природе греховно. Конечно, желание и наслаждение допускаются богом, но всякое вожделение (простейшее изъявление любви) должно быть отвергнуто плотью во имя единственной идеи: родить нового служителя господа.

Ясно, что сей неумолимый запрет – я много раз повторял это – порождает чувство греха, которое может стать сладостным. Так долгое время было со мной. К тому же по необъяснимым причинам я всегда считал, что любовь в чем-то подобна смерти, что между ними существует какая-то непостижимая постоянная связь. Я даже попробовал образно выразить это в «Андалусском псе»: лицо мужчины, ласкающего груди женщины, внезапно становится мертвенно-бледным – не потому ли, что все свое детство и юность я был жертвой невиданного подавления половых инстинктов?

Богатые молодые люди Каланды дважды в год ездили в один из борделей Сарагосы. Однажды – это было уже в 1917 году – по случаю празднеств в честь Святой девы дель Пилар хозяин кафе Каланды пригласил для обслуживания своих клиентов служанок, известных свободными нравами. Два дня они, как могли, боролись с крепкими щипками клиентов, а потом, не выдержав, сбежали. Конечно, клиенты ограничились лишь щипками. Если бы они позволили себе что-то другое, тут же вмешалась бы гражданская гвардия.

Вот мы и старались вообразить, играя с девочками в докторов или подглядывая за животными, что обозначает сие заклеймённое, но тем более подогревавшее наше воображение наслаждение, представлявшееся смертным грехом.

Летом в послеобеденное время, когда жара становилась особенно сильной и мухи жужжали на опустевших улицах, мы собирались при закрытых дверях и окнах в лавке торговца тканями, чтобы посмотреть «эротические» журналы тех лет (бог знает, как они сюда попали) – «Оха де Парра» или «КДТ», с натуралистическими репродукциями, которые сегодня показались бы ангельски чистыми и невинными. На них едва проглядывала верхняя часть ноги или женской груди. Но и это уже воспламеняло наши желания и воображение. Полное разъединение мужчин и женщин усиливало еще больше остроту наших смутных желаний. Когда сегодня я вспоминаю о тех первых эмоциях, я тотчас же ощущаю запах тканей.

В Сан-Себастьяне, когда мне было уже лет тринадцать или четырнадцать, источником информации становились пляжные кабины. Они делились на две половины. Не составляло большого труда через щелочку подглядывать за раздевающимися дамами.

В ту эпоху в моде были длинные булавки, которыми закреплялись на голове шляпки, и дамы, зная, что за ними могут подглядывать, втыкали эти булавки во все дыры, невзирая на опасность проткнуть глаза любопытных (я вспомнил об этой детали позднее, в картине «Он»). Чтобы обезопасить себя от булавок, мы закрывали дырки стеклышками.

Умнейшим человеком в Каланде, который лишь посмеивался над нашими проблемами совести, когда мы о них рассказывали, был один из двух местных врачей – дон Леонсио. Убежденный республиканец, он обклеил стены кабинета цветными вырезками из «Эль Мотин» – периодического откровенно антиклерикального издания анархистов, весьма популярного в Испании в то время. Вспоминается один такой рисунок. Двое разжиревших священников сидят на тележке. Ее тянет Христос, весь в поту, с искаженным от усилий лицом.

Чтобы дать представление о стиле этого журнала, приведу описание в нем демонстрации в Мадриде, во время которой рабочие решительно вступили в рукопашную со священниками, разгромив витрины и поранив прохожих:

«Вчера днем группа рабочих спокойно шла вверх по улице Монтера, как вдруг увидела двух кюре, спускавшихся вниз по другой стороне улицы. Перед такой провокацией...»

Я часто цитировал эту статью в качестве прекрасного примера «провокации».

Мы приезжали в Каланду лишь на страстную неделю и на лето вплоть до 1913 года, пока я не открыл для себя север и Сан-Себастьян. Заново отстроенный отцом дом привлекал любопытных. Иные, чтобы посмотреть на него, приезжали дажс из других деревень. Дом был обставлен и украшен в стиле эпохи, который сегодня именуется «дурным вкусом» в истории искусства и самым известным представителем которого в Испании был блестящий каталонец Гауди.

Когда входная дверь открывалась, впуская или выпуская кого-то, можно было видеть сидящих на ступенях детей бедняков от восьми до десяти лет, бросавших удивленные взгляды на «роскошную» обстановку внутри дома. У большинства на руках были маленькие братья и сестры, неспособные отгонять мух, которые лезли им в глаза, в рот и нос. Матери этих детей работали на полях или, возвратившись домой, готовили картофель и фасоль – основное блюдо у сельскохозяйственных рабочих.

В трех километрах от деревни, около реки, отец построил загородный дом, который назывался «Ла Торре». Вокруг него был разбит сад и посажены фруктовые деревья, спускавшиеся к маленькому пруду, где стояла лодка, и дальше к реке. Через сад, в котором сторож разводил овощи, был проложен маленький оросительный канал.

Вся наша семья – человек десять – почти каждый день отправлялась в «Ла Торре» в двух запряженных «хардинера». Из своей коляски мы, счастливые дети, видели худых и ободранных сверстников, собиравших в корзины лошадиный навоз, которым их отцы могли бы удобрить несколько арпанов огорода. Эта картина нищеты, похоже, оставляла нас совершенно равнодушными.

Часто по вечерам мы плотно ужинали в саду «Ла Торре» при мягком свете ацетиленовых ламп и возвращались поздно ночью. Праздная, беззаботная жизнь. А если бы я был среди тех, кто поливал своим потом землю или собирал навоз, какими бы стали мои нынешние воспоминания?

Мы, без сомнения, были последними представителями старого уклада жизни. Торговали здесь мало. Ощущалась зависимость от времен года. Застой в мыслях. Единственной отраслью промышленности было производство оливкового масла. Извне к нам доставлялись ткани, изделия из металла, медикаменты – или, точнее, сырье, с помощью которого здешний аптекарь изготовлял по рецептам лекарства.

Местные ремесленники — кузнец, жестянщик, гончар, шорник, каменщик, булочник, ткач — удовлетворяли самые насущные наши потребности.

Сельскохозяйственная экономика оставалась полуфеодальной. Владелец земли сдавал ее испольщикам, которые возвращали ему половину урожая.

У меня сохранилось около двадцати фотографий 1904–1905 годов, сделанных другом семьи. На них можно видеть отчетливое изображение. Вот мой отец, довольно полный, с пышными седыми усами и почти всегда в мексиканском сомбреро (только в исключительных случаях в канотье). Вот моя мать, двадцатичетырехлетняя брюнетка, улыбающаяся при выходе из церкви, после мессы приветствуемая всеми знатными людьми деревни. Вот отец и мать, позирующие с зонтиком, а вот мать на осле (это фото называлось «Бегство в Египет»). А здесь я, шести лет, вместе с другими детьми на кукурузном поле. А потом прачки, крестьяне, стригущие овец, сестра Кончита, совсем маленькая, на коленях отца, болтающего с доном Макарио, мой дедушка, кормящий собаку, красивая птица в гнезде.

Сегодня в Каланде не увидишь бедняков, сидящих по пятницам около церкви в ожидании куска хлеба. Деревня стала довольно зажиточной, люди живут хорошо. Традиционная одежда — широкий пояс, повязка на голове, узкие брюки — давно исчезла.

Улицы покрыты асфальтом и освещены электричеством. Есть водопровод, канализация, кинотеатры, бары. Как и во всем мире, телевидение способствует утрате зрителями своего мнения. Есть автомобили, мотоциклы, холодильники, тщательно продуманные материальные удобства, изобретенные нашим обществом, в котором научный и технологический прогресс отодвинул на задний план нравственность и сознание человека. Энтропия – хаос – приобрела форму демографического взрыва и становится с каждым днем все более угрожающей.

Мне посчастливилось провести свое детство в средневековье, в мучительную и изысканную эпоху, как писал Гюисманс. Мучительную своей материальной стороной, изысканную – духовной. Сегодня все происходит как раз наоборот.

Барабаны Каланды

В маленьких деревнях провинции Арагон существует обычай, вероятно единственный в мире, бить в барабан в страстную пятницу. Это делают и в Альканьисе, и в Ихаре. Но нигде, кроме Каланды, это не совершается с такой таинственной, неумолимой силой.

Обычай этот восходит к концу XVIII века. Уже к 1900 году ему перестали следовать. Но один из святых отцов Каланды, мосен Висенте Альянеги, возродил его снова.

Барабаны Каланды гремят непрерывно ровно сутки с полудня страстной пятницы до полудня субботы. Таким образом отмечается память о тьме великой, спустившейся на мир в минуту смерти Христа, а также о содрогнувшейся земле, разверзшихся скалах и разорванной сверху донизу завесе в храме. Впервые я услышал отзвуки этой прекрасной, волнующей церемонии еще в колыбели, когда мне было два месяца. Позднее я сам многократно в ней участвовал вплоть до последних лет. Я познакомил с этим обычаем многих своих друзей, которые были поражены не меньше меня самого, В 1980 году во время моей последней поездки в Испанию в средневековом замке вблизи Мадрида собрались гости. Их решили поразить барабанным громом специально доставленных из Каланды инструментов. Среди приглашенных были и мои добрые друзья Хулио Алехандро, Фернандо Рей, Хосе Луис Баррос. Все присутствующие заявили, что были заворожены воздействием этих звуков, хотя и не могли объяснить почему. Пятеро из них даже признались, что плакали.

Сам не понимаю, с чем связано такое волнение. Его можно сравнить разве что с волнением, порождаемым музыкой. Вероятно, оно объясняется каким-то особым ритмом, захватывающим и вызывающим необъяснимый трепет. Мой сын Жан-Луи сделал короткометражку «Барабаны Каланды», да и я сам не раз использовал эту дробь в своих фильмах, например в «Золотом веке» и «Назарине».

В дни моего детства в церемонии участвовало человек двести-триста. Сегодня участвует более тысячи, в том числе шестьсот или семьсот барабанов и несколько сот «бомбос», больших барабанов.

Еще до полудня в страстную пятницу толпа собирается на главной площади напротив церкви. Все ждут в полной тишине с барабанами на перевязи. Если кто-нибудь особенно нетерпеливый позволит себе ударить палочками, толпа выразит ему свое неодобрение.

В полдень, после первого удара колокола, деревня вздрагивает от невиданной силы громового рокота. Все барабаны бьют одновременно. Барабанщиками овладевает необъяснимое волнение, превращающееся в своего рода опьянение. Барабаны гремят два часа подряд. Затем образуется процессия «Эль Прегон», по названию барабана, сзывающего публику, она покидает площадь и обходит всю деревню. Народу столько, что последние не успевают покинуть площадь, как первые уже появляются на ней снова.

В этой процессии можно увидеть римских солдат с приклеенными бородами, называемыми putuntunes (произношение этого слова уже напоминает барабанный ритм), центурионов, римского генерала и персонажа под именем Лонгинос в средневековых латах. На последнего возложена задача защищать тело господне от надругательств, и он в какой-то момент дерется на дуэли с римским генералом. Толпа барабанщиков образует вокруг них круг. Зашатавшись, римский генерал делает вид, что убит, и Лонгинос остается на страже гроба господня.

Христос представлен статуей под стеклянным колпаком.

Участники процессии поют «Страсти Христовы», в тексте которых встречалось выражение «презренные евреи», изъятое папой Иоанном XXIII.

К пяти часам церемония завершается. После минуты молчания барабаны снова начинают бить и бьют уже до полудня следующего дня.

Барабанная дробь имеет пять или шесть разных ритмов, которые я не забыл до сих пор. Когда встречаются две группы барабанщиков, играющие в разных ритмах, они останавливаются друг против друга, и начинается настоящее состязание, которое может длиться час и более. В конце концов более слабая группа присоединяется к более сильной.

Как это ни покажется странным, но мощный, космический бой барабанов заставляет дрожать под ногами землю. Достаточно прикоснуться рукой к стене дома, чтобы почувствовать, как она вибрирует. Природа словно подчиняется ритму барабанного боя, который звучит всю ночь. Если кто-либо и засыпает под этот гром, то внезапно пробуждается, если шум почему-либо стихает.

К концу ночи пленка на барабанах покрывается кровавыми пятнами. У барабанщиков начинают кровоточить руки – а ведь это грубые руки землепашцев.

В субботу утром часть жителей отправляется на один из ближайших холмов, чтобы ознаменовать восшествие на Голгофу, и устраивает крестный ход. Другие продолжают бить в барабаны. В семь часов все собираются для участия в последней процессии, del entierro. В полдень при первом ударе церковного колокола все прекращается – до следующего года. Тем не менее еще какое-то время, словно подчиняясь ритму смолкших барабанов, жители непроизвольно продолжают разговаривать отрывистыми фразами.

Сарагоса

Отец моего отца был «богатым земледельцем» — он владел тремя мулами. У него родились двое сыновей. Один стал фармацевтом, другой — мой отец — покинул Каланду с четырьмя приятелями и отправился служить на Кубу, которая тогда принадлежала Испании.

По прибытии на Кубу его попросили заполнить и подписать формуляр. Благодаря стараниям школьного учителя, он обладал прекрасным каллиграфическим почерком, и его сделали писарем. Все приятели отца погибли от малярии.

По окончании срока службы он решил остаться на Кубе. Поступив главным коммивояжером в одну контору, он зарекомендовал себя как человек энергичный и серьезный. Спустя некоторое время отец основал собственное дело — производство скобяных изделий, продавал инструменты, оружие, губки — всего понемногу. Его друзьями стали чистильщик сапог, приходивший по утрам, и еще один служащий. Отец доверил им свое дело на правах пайщиков и, забрав с собой заработанные деньги, вернулся в Испанию незадолго до обретения Кубой независимости. (К провозглашению независимости в Испании отнеслись безучастно. Люди шли в тот день на корриду, как будто ничего не произошло.)

Вернувшись в Каланду в возрасте сорока трех лет, отец женился на молодой восемнадцатилетней девушке, моей матери. Купил земли, построил дом и «Ла Торре».

Старший из детей, я был зачат во время поездки в Париж, в отеле Ронсерей, близ Ришелье-Друо. У меня было четыре сестры и два брата. Старший из двух братьев, Леонардо, рентгенолог в Сарагосе, умер в 1980 году. Другой, Альфонсо, архитектор, моложе меня на пятнадцать лет, умер в 1961 году во время съемок «Виридианы». Сестра Алисия умерла в 1977 году. Нас осталось четверо. Мои сестры Кончита, Маргарита и Мария здравствуют и поныне.

Еще со времен иберов и римлян — Каланда уже была римской деревней — в результате многочисленных нашествий, которым подверглась земля Испании, от вестготов до арабов, здесь смешались разные крови. В XV веке в Каланде проживала только одна семья старых христиан. Все другие были арабскими. Даже в одной семье можно было встретить внешне очень различные типы лиц. Скажем, моя сестра Кончита с ее светлыми волосами и голубыми глазами могла бы легко сойти за прекрасную скандинавку. А сестра Мария, напротив, была похожа на беглянку из гарема.

Покидая Кубу, отец оставил там своих компаньонов. В 1912 году, предчувствуя приближение мировой войны, он решил туда поехать снова. Вспоминаются молитвы в доме «о счастливом путешествии папы».

Но его компаньоны отказались взять его в дело. Он вернулся в Испанию в ярости. Во время войны они заработали миллионы долларов. Одного из них спустя несколько лет отец встретил в открытой машине в Мадриде на проспекте Кастельяна. Они даже не перекинулись словом, не обменялись приветствием.

Отец имел рост метр семьдесят четыре сантиметра, был сильным и зеленоглазым. Человек строгий, но очень добрый, он умел легко прощать.

Спустя четыре месяца после моего рождения, в 1900 году, скучая в Каланде, он решил со всей семьей переехать в Сарагосу. Родители сняли большую буржуазную квартиру в доме, который ныне не существует и в котором когда-то размещался командный состав гарнизона. Квартира занимала весь второй этаж и имела не менее десяти балконов. Если не считать каникул, которые я проводил в Каланде или, позднее, в Сан-Себастьяне, я жил в этой квартире до своего отъезда в Мадрид в 1917 году, когда сдал экзамены на бакалавра.

Осаждавшаяся дважды войсками Наполеона, старая Сарагоса была почти полностью разрушена. В 1900 году столица провинции Арагон Сарагоса, населенная двумястами тысячами жителей, была мирным и спокойным городом. Тут размещался завод железнодорожных вагонов, но никто и понятия не имел о рабочих волнениях, хотя позднее анархисты назовут наш город «жемчужиной синдикализма». Первые забастовки и серьезные демонстрации в Испании прошли в Барселоне в 1909 году, тогда-то и был расстрелян безвредный анархист Феррер (статуя которого неизвестно почему находится в Брюсселе). Сарагоса была затронута волнениями позднее, особенно в 1917 году, когда тут проводилась самая крупная социалистическая забастовка в Испании.

Сарагоса была тихим, заурядным городом. Упряжки лошадей здесь соседствовали с трамваями. Асфальтировали тогда только проезжую часть улицы, а по краям она утопала в грязи. В дождливую погоду невозможно было перейти улицу. В день поминовения все колокола звонили с восьми вечера до восьми утра. «Потерявшую сознание женщину переехал фиакр» — вот какое сообщение занимало тогда первые страницы всех газет. До войны 1914 года весь мир отсюда представлялся огромной и далекой частью света, сотрясаемой событиями, которые нас не касались, едва нас интересовали и доходили до нас уже утратившими силу. Так, о Русско-японской войне я узнал из оберток на шоколаде. Как и у многих моих однолеток, у меня был альбом с картинками, которые пахли шоколадом. В течение первых тринадцати или четырнадцати лет своей жизни я не видел ни одного негра или азиата — разве что в цирке. Ненависть наша — я говорю о детях — была направлена исключительно на протестантов, против которых нас настраивали отцы иезуиты. Во время больших празднеств в честь Девы Пилар нам случалось забрасывать камнями торговавшего за гроши продавца Библии.

Зато тут не было никаких следов антисемитизма. Лишь много лет спустя я открыл для себя во Франции эту форму расизма. Испанцы могли в своих молитвах проклинать евреев, преследовавших Иисуса. Но они никогда не связывали этих евреев из прошлого с теми, кто жил с ними рядом.

Сеньора Коваррубиас считалась самой богатой женщиной Сарагосы. Говорили, что ее состояние насчитывает шесть миллионов песет (для сравнения: самый богатый в Испании граф Романьонес имел состояние в сто миллионов песет). В Сарагосе мой отец занимал третье или четвертое место. Когда испано-американский банк оказался в трудном положении, он передал им в полное распоряжение все, что было на его счете, и это, говорили дома, спасло банк от краха.

Откровенно говоря, мой отец ничего не делал. Вставал, завтракал, одевался, читал газеты (я тоже сохранил эту привычку). Потом шел проверять, доставлены ли из Гаваны ящики с сигарами, ходил по магазинам, иногда покупал вино или икру, регулярно пил аперитив.

Аккуратно завязанный пакетик с икрой — единственное, что отец мог позволить себе нести в руках. Это определялось сословными предрассудками, его положением в обществе: человек с его состоянием не мог носить покупки. Для этого существовали слуги. Точно так же, когда я отправлялся к учителю музыки, сопровождавшая меня нянька несла футляр со скрипкой.

Днем, после обеда и отдыха, который неизменно следовал за трапезой, отец переодевался и шел в клуб. Там в ожидании ужина он играл с друзьями в бридж и «тресильо».

Иногда по вечерам мои родители отправлялись в театр. В Сарагосе было четыре театра. Главный из них, существующий и сегодня, украшенный позолотой, очень красив. Тут у родителей была своя ложа. Они смотрели оперу или пьесу, игравшуюся заезжими актерами, или слушали концерт. Другое столь же благородное здание — театр «Пиньятелли» — уже не существует. Более фривольным, специализировавшимся на постановке оперетт был театр «Парисиана». И наконец, имелся цирк, где подчас игрались и пьесы, – туда меня водили довольно часто.

Больше всего мне запомнилась оперетта, поставленная по «Детям капитана Гранта» Жюля Верна. Я видел ее раз пять или шесть. Всякий раз меня поражало падение на самую середину манежа огромного кондора.

Большим событием в жизни Сарагосы стал авиационный праздник с участием французского летчика Ведринеса. Мы впервые увидели летающего человека. Весь город собрался на Буэна-Виста и ее холмах. С их вершин мы действительно увидели аппарат Ведринеса, который под аплодисменты всей толпы поднялся метров на двадцать над землей. Но меня это не заинтересовало. Я ловил среди камней ящериц и отрывал у них кончик хвоста, который еще некоторое время продолжал шевелиться.

Уже с детства я испытывал большую тягу к огнестрельному оружию. Лет четырнадцати я обзавелся маленьким браунингом, который всегда носил с собой, разумеется тайно. Однажды моя мать, заподозрив что-то, заставила меня поднять руки и вытащила револьвер. Я вырвал его, бегом спустился во двор и бросил браунинг в помойку – чтобы затем достать оттуда.

Однажды мы сидим с другом на скамье. Подходят двое golfos, то есть праздных гуляк, садятся рядом с нами и начинают нас толкать, так что мой друг оказывается на земле. Я встал и пригрозил наказанием. Тогда один из них схватил еще покрытую кровью бандерилью (которыми можно было поживиться после корриды) и стал мне угрожать. Вытащив свой браунинг, я прицелился в него. Они тотчас же притихли.

Немного позже, когда они собрались уходить, я извинился. Мне никогда не удавалось долго сердиться.

Случалось, я доставал здоровенный отцовский револьвер и тренировался в стрельбе за городом. Я просил товарища по имени Пелайо расставить руки и держать в каждой из них яблоко или консервную банку и стрелял. Кажется, я ни разу не попал ни в яблоко, ни в руку.

Вспоминается еще одна история тех дней. Однажды мои родители получили в подарок сервиз из Германии (я до сих пор помню, как принесли огромную коробку). На каждом предмете сервиза был портрет моей матери. Позднее, во время гражданской войны, этот сервиз был частично разбит и утерян. Много лет спустя моя невестка случайно обнаружила тарелку у сарагосского антиквара. Она купила ее, отдала мне, и тарелка сейчас находится у меня.

У иезуитов

Учиться я начал у братьев «корасонистас», принадлежащих к ордену Святого сердца Иисусова. Большинство из них были французами. В обществе к ним относились лучше, чем к лазаристам. Они меня и научили читать вообще и по-французски в частности. Я до сих пор помню заученные тогда стихи:

Куда течет вода
Из этого ручья? –
Спросил ребенок мать. –
По реке нам дорогой,
Унесенный вдаль струей,
Он вернется к нам назад?

Спустя год я был принят на половинный пансион в учебное заведение иезуитов «Коллеж дель Сальвадор», где пробыл семь лет.

Огромное здание этого коллежа было потом разрушено. На его месте теперь – как и повсюду – возвышается то, что называется торговым центром. Ежедневно за мной в семь утра заезжал экипаж – до сих пор слышу цоканье по мостовой плохо подбитых подков – и отвозил вместе с другими полупансионерами. Тот же экипаж доставлял меня в конце дня домой, если я не выражал желания пройтись пешком – коллеж помещался в пяти минутах ходьбы от дома.

День начинался в семь тридцать с мессы и завершался вечерней молитвой. Форму училища носили только интерны. Таких, как я, узнавали по обшитой галуном фуражке.

Прежде всего я вспоминаю ощущение парализующего холода, большие шарфы, обмороженные уши, пальцы, ноги. Ни одно помещение не отапливалось. Вспоминаю и тогдашнюю дисциплину. При малейшем проступке ученик должен был стоять на коленях за своей партой или посреди комнаты, раскинув руки крестом, с тяжелой книгой в каждой. В классах надзиратель занимал место на возвышении, к которому с обеих сторон вели лесенки с перилами. Оттуда, словно с высоты птичьего полета, он мог легко наблюдать за всеми.

Нам не давали ни минуты побыть одним. Во время занятий, скажем, если ученик хотел пойти в туалет – а отпускали по одному, и ждать приходилось подолгу, – надзиратель провожал его глазами до выхода из класса. Переступив порог, ученик оказывался под неусыпным оком второго служителя, который следил за ним, пока тот шел по коридору, и, наконец, третьего, находившегося в глубине коридора около туалета.

Здесь все было предусмотрено, чтобы помешать общению учащихся. Мы всегда ходили двумя рядами, скрестив руки, что исключало передачу записок, на расстоянии примерно метра друг от друга. Именно так, строем и молча, мы приходили во двор, где проводили перемену, но, как только раздавался звон колокольчика, наши голоса и ноги не знали удержу.

Вечная слежка, отсутствие всякого контакта между учениками, считавшегося опасным, и тишина. Тишина на уроках, в столовой, в часовне.

Эти тщательно соблюдаемые принципы лежали в основе всего обучения, в котором самое большое место, естественно, занимало религиозное образование. Мы изучали катехизис, жития святых, апологетику. Хорошо знали латынь. Некоторые методы обучения сводились всего-навсего к использованию приемов схоластической аргументации.

Например, desafio – вызов. Если мне хотелось, я мог бросить вызов одному из товарищей. Я называл его имя, он вставал, я задавал ему вопрос, я бросал ему вызов. При этом соблюдались средневековые выражения: «Contra te! Super te!» («Против тебя! На тебя!») или «Vis cento?» («Идешь на сотню?», то есть: «Держишь пари на сто?») Ответ был: «Volo» («Хочу»).

После ответа учитель называл победителя. И оба противника возвращались на свои места.

Вспоминаются лекции по философии, когда преподаватель объяснял нам со снисходительной улыбкой доктрину несчастного Канта, который, оказывается, глубоко ошибался в своих метафизических рассуждениях. Мы стремились быстро записывать. Случалось, на следующем занятии преподаватель вызывал кого-то из нас и говорил: «Мантекон! Опровергните Канта!» Если ученик Мантекон хорошо усвоил урок, опровержение продолжалось не более двух минут.

Кажется, именно к четырнадцати годам у меня появились первые сомнения относительно религии, которой нас так старательно пичкали. В их основе оказались размышления об аде и о Страшном суде, сцена которого представлялась мне особенно абсурдной. Мне казалось совершенно невероятным, чтобы мертвые всех времен и народов внезапно поднялись из чрева земли, как это изображалось на средневековых картинах, для последнего воскрешения. Я считал это абсурдным, невозможным. И спрашивал себя: где могли бы сгрудиться эти миллиарды миллиардов тел? И еще: если есть Страшный суд, к чему тогда другой, тот, который следует тотчас за смертью и который в конечном счете является окончательным и бесповоротным?

В наши дни многие священники не верят ни в черта, ни в ад, ни в Страшный суд. Мои ученические сомнения очень бы их позабавили.

Несмотря на суровые нравы, тишину и холод, у меня сохранились довольно приятные воспоминания о коллеже иезуитов. Не помню ни одного скандала на сексуальной почве, который мог бы поколебать незыблемый характер отношений между учащимися или между учащимися и учителями. Будучи довольно хорошим учеником, я отличался непослушанием. В последний год учебы меня так часто наказывали, что почти все перемены я стоял в углу двора. Однажды я совершил невероятную провинность.

Мне было почти тринадцать лет. Был страстной вторник, и на следующий день я собирался ехать в Каланду, чтобы изо всех сил бить в барабан. Рано утром, пешком направляясь в коллеж, за полчаса до мессы я встречаю двух своих соучеников. Напротив коллежа находятся велодром и таверна с дурной репутацией. Сорванцы товарищи уговаривают меня зайти туда и купить бутылку дешевой водки под названием «matarratas» – смерть крысам. Затем возле канала они же провоцируют меня выпить, а всем известно, как трудно мне отказаться от такого искуса. Я пил из горлышка большими глотками – они лишь слегка смачивали губы – и внезапно почувствовал, что все начало плыть вокруг меня, и я зашатался.

Мои дорогие товарищи препровождают меня в часовню, и я преклоняю колени. В первой половине мессы стою, как и все, на коленях, закрыв глаза. Когда же начинается чтение Евангелия, все должны встать. Сделав усилие, я поднимаюсь, и внезапно мне становится дурно и меня начинает рвать прямо на святые камни часовни.

В тот день – я тогда только что познакомился со своим другом Мантеконом – меня отвели в лечебницу, затем домой. Речь шла о моем исключении из коллежа. Очень рассерженный, отец намеревался отменить поездку в Каланду, но потом, видимо по своей доброте, простил меня.

В пятнадцать лет, когда мы отправились сдавать переходные экзамены в «институто» второй ступени, иначе говоря – в светский лицей, надзиратель без всякой причины дал мне пинка, унизив меня, и назвал payaso, клоуном.

Я вышел из рядов и потом сдавал экзамены отдельно, а вечером объявил матери, что меня исключили из коллежа иезуитов. Мать отправилась к директору коллежа, и тот охотно согласился меня оставить, так как я получал «почетную грамоту» – самую высокую награду по всеобщей истории. Но я отказался туда вернуться.

Тогда меня определили в «институто», где я провел два года вплоть до экзамена на бакалавра. Для завершения занятий у каждого учащегося был выбор между этим государственным лицеем и многочисленными религиозными заведениями.

На протяжении двух лет один из студентов права знакомил меня с дешевыми изданиями по философии, истории и литературе, о которых нам ничего не говорили в «Коллеж дель Сальвадор». Круг моего чтения сразу расширился. Я открыл для себя Спенсера, Руссо и даже Маркса. Знакомство с «Происхождением видов» Дарвина стало для меня прозрением и окончательно разрушило остатки моей веры. Свою невинность я потерял в маленьком борделе Сарагосы. К тому же с началом Первой мировой войны в Европе все вокруг трещало по швам. Эта война уже тогда разделила Испанию на два непримиримых лагеря, которые столкнутся в смертельной схватке спустя двадцать лет.

Все правые, все консервативные силы страны объявили о своих прогерманских настроениях. Все левые, всякий, кто считал себя либеральным, прогрессивным, выступили в поддержку Франции и союзников. С провинциальной тишиной, однообразным и спокойным течением жизни, с не подлежащей сомнению социальной иерархией было покончено. XIX век подошел к концу.

Мне было семнадцать лет.

Первые фильмы

Я открыл для себя кино, еще будучи ребенком, в 1908 году.

Заведение называлось «Фарручини». На улице перед прекрасным деревянным фасадом с одной дверью для входа и другой – для выхода помещалось пять автоматов по продаже лимонада, изрыгавших одновременно музыку для привлечения зевак. Внутри барака под простым брезентом люди сидели на скамейках. Меня, естественно, сопровождала нянька. Она ходила за мной всюду, даже когда я шел к своему другу Пелайо, жившему на другой стороне бульвара.

Первая живая картинка, которую я увидел и которая поразила меня, представляла свинью. Это была мультипликация. Перевязанная трехцветной лентой, свинья пела. Помещавшийся за экраном фонограф воспроизводил мелодию. Фильм был цветной, это я отлично запомнил, то есть был раскрашен по кадрам.

В те времена кино было просто ярмарочным развлечением, технической новинкой. За исключением железной дороги и трамвая, к которым уже все привыкли, так называемая современная техника в Сарагосе почти отсутствовала. В 1908 году в городе, кажется, был всего один автомобиль на электрических батареях. Кинематограф явился совершенно новым фактором, вторгшимся в наш средневековый мир.

В последующие годы открылись в Сарагосе постоянные кинотеатры с креслами или скамейками — в зависимости от цены билета. К 1914 году существовало три довольно приличных кинотеатра: «Золотой салон», «Койне» (по имени знаменитого фотографа) и «Эна Виктория». Я забыл название четвертого, на улице Лос Эстебанес. На этой улице жила моя кузина, и из окна кухни ее дома мы могли смотреть фильмы. Но окно замуровали, а чтобы в комнату проникал свет, сделали стеклянную крышу. Тогда мы пробили дыру между кирпичами и украдкой по очереди смотрели на двигавшиеся вдалеке немые кадры.

Я плохо помню фильмы, которые видел в то время. Случается, я их путаю с теми, которые видел потом в Мадриде. Но я вспоминаю французского комика, который все время падал. В Испании его звали Торибио. Мы смотрели также фильмы Макса Линдера и Мельеса, например «Путешествие на луну». Первые американские фильмы стали приходить позднее в виде комических или многосерийных приключенческих лент. Вспоминаются романтические итальянские мелодрамы, вызывавшие слезы. Как сейчас вижу великую итальянскую актрису Франческу Бертини, Грету Гарбо тех лет, плачущую и комкающую штору окна. Трогательное, но довольно скучное зрелище.

Американские актеры Уго (граф Уго) и Люсилья Лове были в числе самых популярных в то время.

Они играли в сентиментальных и приключенческих лентах.

В Сарагосе, помимо постоянного тапера, в кинотеатрах был свой «экспликадор», то есть человек, который рядом с экраном громко объяснял происходящее. Скажем, он говорил:

– И вот граф Уго видит, что его жена идет под руку с другим мужчиной. А сейчас, дамы и господа, вы увидите, как он открывает ящик своего стола и достает револьвер, чтобы убить неверную женщину.

Кино принесло столь новую, столь необычную форму рассказа, что большая часть зрителей с трудом понимала происходящее на экране и не всегда улавливала последовательность событий. Мы постепенно привыкали к киноязыку, бессознательно осваивали монтаж, основное и параллельное действие и даже возвраты назад. В те времена публика с трудом разбиралась во всем этом.

Отсюда и присутствие «экспликадора».

Не могу забыть своего ужаса, разделяемого всем залом, когда я впервые увидел «наезд вперед». На экране на нас стала надвигаться голова, она становилась все больше и больше, словно желая нас поглотить. Невозможно было предположить, что это камера приближается к голове или что она раздувается с помощью трюковой съемки, как в фильмах Мельеса. Мы видели голову, надвигавшуюся на нас, которая невероятно увеличивалась в размере. И подобно апостолу Фоме, верили лишь в то, что видели.

Мне кажется, позднее моя мать стала ходить в кино, но я почти убежден, что отец, умерший в 1923 году, не видел ни одной картины. Однако в 1909 году к нему приезжал друг с Пальма-де-Майорки, предложивший финансировать строительство кинотеатров-бараков по всей Испании. Отец отказался, ибо испытывал отвращение к тому, что представлялось ему занятием для фигляров. Согласись он тогда, я, может быть, был бы сегодня крупнейшим испанским прокатчиком.

В первые двадцать или тридцать лет своего существования кино рассматривалось как ярмарочное развлечение, достаточно вульгарное, подходящее для простонародья, не имеющее никакого художественного будущего. Ни один критик им не интересовался. Когда в 1928 или 29-м году я сообщил матери, что намерен поставить свой первый фильм, она испытала настоящий шок и почти заплакала, словно я сказал: «Мама, я хочу стать клоуном». Потребовалось вмешательство нотариуса, друга дома, объяснившего, что кино позволяет зарабатывать большие деньги и даже создавать произведения интересные, подобно картинам на античные сюжеты, снимавшимся в Италии. Мама позволила себя убедить, но она никогда не увидела фильм, снятый на ее деньги.

3-9647

Воспоминания Кончиты

Лет двадцать назад для французского журнала «Позитиф» моя сестра Кончита тоже написала свои воспоминания. Вот что она рассказывает в них о нашем детстве:

«Нас было семеро детей. Луис старший, за ним следом три сестры, из которых я была самая младшая и глупая. По воле случая Луис родился в Каланде, но вырос и получил образование в Сарагосе.

Поскольку он часто обвиняет меня в том, что я начинаю рассказы с рождества Христова, хочу подчеркнуть, что самые далекие мои воспоминания связаны с апельсином и красивой девушкой, почесывающей за дверью свою белую ногу. Мне было тогда пять лет.

Луис уже учился в коллеже иезуитов. По утрам у него с матерью возникала неизбежная перепалка из-за отказа идти туда в обязательной форменной фуражке. Сама не знаю почему, но на этот счет она проявляла необыкновенное упрямство, хотя Луис был ее любимцем.

Луису шел уже четырнадцатый или пятнадцатый год, а она все еще посылала следом за ним одну из девушек, чтобы проверить, выполнил ли он свое обещание не прятать фуражку под пиджак. Он действительно ее прятал.

Луис был умным от природы и учился без всяких усилий, получая самые высокие отметки. Дабы избежать звания лучшего из лучших по окончании учебного года, он непременно совершал какую-нибудь проказу и тем лишался права так именоваться.

О своей жизни в коллеже брат рассказывал по вечерам во время ужина. Однажды он стал нас заверять, что обнаружил в супе, поданном к обеду, черные грязные трусы иезуита. Наш отец, который по принципиальным соображениям неизменно защищал коллеж и его учителей, отказался в это поверить. А так как Луис настаивал на своем, он был выдворен из столовой. Он с достоинством вышел, перефразируя слова Галилея: “А все-таки там были трусы”.

Лет тринадцати Луис стал учиться игре на скрипке. Он страстно мечтал об этом и считал, что у него есть призвание. Брат ждал, пока мы ляжем, и потом приходил со скрипкой в нашу общую спальню. Начинал он с изложения “сюжета”, который, как мне кажется сегодня, очень напоминал вагнеровский, хотя в то время ни он, ни мы ничего об этом композиторе не знали. Думаю, эта музыка не была настоящей, но в моих глазах она прекрасно иллюстрировала богатство его воображения. Луису удалось создать оркестр, и на больших церковных праздниках с высоты хоров до коленопреклоненных верующих доносились мелодии мессы Перосси и “Ave Maria” Шуберта.

Наши родители часто ездили в Париж и привозили оттуда разные игрушки. Из одной такой поездки брату привезли театр, по моим нынешним понятиям – размером в квадратный метр, с кулисами и декорациями. Из них я запомнила две – декорацию тронного зала и леса. Картонные персонажи изображали короля, королеву, шута и наездников. Размером они были не более десяти сантиметров и передвигались с помощью проволоки только лицом к рампе, даже если им надо было это делать боком. Чтобы увеличить число персонажей, Луис использовал вздыбленного цинкового льва, в лучшие времена занимавшего место на мраморном пресс-папье, использовал он и золоченую Эйфелеву башню, которая до этого валялась то в гостиной, то на кухне и наконец оказалась в чулане. Не помню, что изображала Эйфелева башня – то ли какого-то циника, то ли цитадель, зато не могу забыть, как она рывками появлялась в тронном зале, привязанная к хвосту льва.

Приготовления к спектаклю начинались за неделю. Луис репетировал с избранными, которые, как в Библии, были немногочисленны. Стулья сносились на один из чердаков. Деревенские мальчики и девочки старше двенадцати лет получали приглашения. По окончании спектакля их угощали сладким со взбитыми белками. В качестве напитка подавали подсахаренную уксусную воду. А поскольку мы считали, что этот своеобразный ликер доставлялся откуда-то из неведомых стран, то пили его с особым удовольствием.

Луис соглашался допустить нас, своих сестер, на представление только под угрозой, что отец запретит его вообще.

Однажды, вероятно по весьма серьезной причине, деревенский мэр организовал в муниципальной школе увеселения. Брат вместе с двумя другими мальчиками вышел на сцену одетый не то цыганом, не то бандитом, потрясая огромными ножницами для стрижки овец и распевая песню. Прошло столько лет, а я все еще помню слова: "Ножницы эти и страсть все резать помогут мне провести в Испании маленькую революцию". Похоже, эти ножницы нашли отражение в фильме "Виридиана". Зрители бурно аплодировали и забросали мальчишек сигарами и сигаретами.

Позднее в состязаниях по пережиманию рук он побеждал всех силачей деревни и организовывал боксерские матчи, называя себя "Каландским львом". Живя в Мадриде, он даже завоевал титул чемпиона в легком весе среди любителей, но на этот счет не могу сообщить никаких подробностей.

Луис часто поговаривал о своем желании стать инженером-агрономом. Такая мысль была по душе отцу, который надеялся, что это поможет наладить его хозяйство в южной части провинции Арагон. Моей матери это не нравилось – учиться профессии агронома в Сарагосе было невозможно. А Луис только и мечтал о том, чтобы уехать. Он сдал экзамены на бакалавра с отличными отметками.

В те времена мы проводили лето в Сан-Себастьяне. Луис же приезжал в Сарагосу лишь на каникулы или по случаю какого-либо несчастья, например в связи со смертью отца, тогда брату было уже двадцать три года.

В Мадриде он провел студенческие годы в Резиденции, незадолго перед тем учрежденной. Большинство ее студентов стали затем известными в области литературы, науки или искусства, и их дружба до сих пор скрашивает жизнь нашего брата. Он тогда же увлекся биологией и несколько лет помогал Боливару в его работе. Именно в это время он и стал натуралистом.

Питался он, как белка. Несмотря на холод и снег, одевался очень легко и ходил на босу ногу в монашеских сандалиях. Это очень огорчало нашего отца. Внутренне он гордился, что его сын способен на такие вещи, но страшно сердился, когда видел, как тот, задирая ноги, моет их в умывальнике ледяной водой столь же часто, как и руки. В нашем доме тогда жила (а может быть, раньше, я решительно запуталась в хронологии) огромная толстая крыса размером с кролика, грязная и с морщинистым хвостом, которая считалась почти членом семьи. Мы возили ее в клетке для попугая, и это очень осложняло нам жизнь. Она умерла, бедняжка, в муках, как святая, с явными признаками отравления. У нас было пятеро служанок, и мы так и не смогли установить, кто из них отравительница. Во всяком случае, мы забыли о крысе еще до того, как улетучился ее запах.

У нас всегда были какие-то животные: обезьяна, попугай, коршун, жаба, лягушка, два или три ужа, большая африканская ящерица, которую кухарка, испугавшись, садистски убила на кухонной доске кочергой.

Я не могу забыть барана Грегорио. Когда мне было десять лет, по его вине я чуть не сломала себе бедро и таз. Кажется, его совсем молодым привезли из Италии. Он всегда был двуличным. Из всех животных я любила только лошадь Нене.

У нас была большая коробка из-под шляпы, полная серых мышей. Они принадлежали Луису. Он нам их показывал раз в день. Отобранные им особи хорошо питались и быстро плодились. Перед отъездом он отнес их на чердак и там, к их неудовольствию, выпустил на свободу, посоветовав “расти и размножаться”.

Мы любили и уважали всех животных и растения. Мне кажется, что они нас тоже любили и уважали. Мы могли часами смело гулять в лесу, полном диких зверей. Боялись мы только *пауков*.

Мы считали их страшными и ужасными чудовищами, которые готовы в любую минуту лишить нас жизни. Странное бунюэлевское восприятие сделало их предметом постоянных семейных разговоров. Известны наши невероятные рассказы о пауках.

Рассказывают, что мой брат Луис при виде восьмиглазого чудовища со ртом, обрамленным скрюченными щупальцами-ножками, потерял сознание в толедской таверне и пришел в себя, лишь приехав в Мадрид.

Что касается моей старшей сестры, то ей не хватало бумаги, чтобы нарисовать голову и туловище паука, который однажды преследовал ее в гостинице. Почти плача, рассказывала она, какие взгляды бросало на нее это чудовище, пока вошедший дежурный по этажу совершенно спокойно не выбросил его за ногу из комнаты.

Своей красивой рукой эта же сестра подражала развалистой и ужасной походке старых, мохнатых и запыленных пауков, влачащих за собой грязные отребья своего естества и с обрубленной лапой пересекающих наши детские воспоминания.

Последнее приключение случилось со мной совсем недавно. Я спускалась по лестнице, как вдруг услышала за собой гадкий и вязкий шорох. Я тотчас поняла, что это такое. Да, это был он, страшный вечный враг Бунюэлей. Мне показалось, что я умираю, и никогда не забуду треск дьявольского пузыря, раздавленного ногой мальчика, который принес газеты. Я чуть было не сказала ему: "Ты спас мне жизнь". Я все еще задаю себе вопрос, с какой стати он меня преследовал в тот день.

Пауки! Наши семейные разговоры, как и ночные кошмары, полны ими.

Почти все названные животные были собственностью брата Луиса. Не помню, чтобы кто-то из них испытал на себе его дурное отношение. К каждому у него был свой подход. И сегодня он продолжает любить животных, и я даже подозреваю, что перестал ненавидеть пауков.

В "Виридиане" есть кадры с бедной собакой, на коротком поводке привязанной к телеге. Работая над фильмом, Луис всячески пытался избежать этой реальной подробности. Но обычай сей столь укоренился у крестьян Испании, что сопротивляться означало бороться с ветряными мельницами. Во время съемок по его распоряжению я покупала килограмм мяса для собаки и вообще кормила любого пса, который забегал к нам на съемку.

Однажды летом в Каланде мы пережили одно из самых больших детских "приключений". Луису было лет тринадцать или четырнадцать. Мы отправились в соседнюю деревню без разрешения родителей. С нами были наши кузены-однолетки, и мы почему-то разоделись по-праздничному. Деревня называлась Фос и находилась в пяти километрах от Каланды. Там у нас работали испольщики. Мы их навестили, нас угостили галетами и дали сладкого вина. Вино возбудило нас и придало такой смелости, что мы решили отправиться на кладбище. Помню, как Луис лежал на столе для вскрытий и требовал, чтобы ему удалили внутренности. Еще помню, каких усилий нам стоило вытащить голову одной из сестер, которую она засунула в дыру, образовавшуюся в могильном камне. Луису пришлось выламывать цемент, чтобы освободить ее.

По окончании войны я снова побывала на этом кладбище. Оно показалось мне маленьким и более запущенным. Меня поразил брошенный в углу белый гробик, внутри которого лежали останки ребенка. На месте, где когда-то был его живот, пробивался куст пышных красных маков.

После бессознательно святотатственного посещения кладбища мы решили идти обратно через облезлые, выжженные солнцем горы, чтобы найти волшебные пещеры. Вино еще не выветрилось из нас, и мы проявили смелость, на которую были бы неспособны и взрослые: прыгали в одно глубокое узкое ущелье, перебирались в расположенные горизонтально другие и таким образом добрались до первой пещеры. В нашей экипировке новоиспеченных спелеологов была только свеча, подобранная на кладбище. Пока она горела, мы шли. Но вдруг все исчезло — ни света, ни смелости, ни радости. Только слышался шелест крыльев летучих мышей. Луис сказал, что это доисторические птеродактили, но он защитит нас от них в случае нападения. Потом кто-то сказал, что голоден. Луис героически предложил себя на съедение. Он уже тогда был моим идолом, и я, вся в слезах, предложила взамен собственную персону. Среди старших братьев и сестер я была самой юной, нежной и глупой...

Я забыла о пережитом в те часы страхе, как забывают о физической боли. Однако помню радость, когда нас обнаружили, и боязнь наказания. Правда, из-за нашего жалкого вида наказания не последовало. Мы вернулись "под отчий кров" на телеге, в которую запрягли Нене. Брат лежал без сознания. Может быть, в результате солнечного удара или опьянения, а может быть, это был тактический ход.

В течение нескольких дней родители обращались к нам в третьем лице. Когда отцу казалось, что мы его не можем слышать, он рассказывал гостям о нашем приключении, преувеличивая пережитые нами испытания и превознося героизм Луиса. Обо мне же никто ни разу не вспомнил. Так всегда было в нашей семье, и лишь один Луис восхищался мной и признавал мои человеческие достоинства.

Прошли годы. Луис из-за своей учебы, а мы – из-за бессмысленного воспитания, которое давали девушкам в состоятельных семьях, стали редко встречаться. Старшие сестры еще очень молодыми вышли замуж. Мой брат любил играть в шашки со второй из них. Их партии всегда плохо кончались. Оба хотели во что бы то ни стало одержать победу. Они не играли на деньги, а вели своего рода войну нервов. Выиграв, сестра имела право дергать и крутить то, что называлось усами моего брата, до тех пор, пока у того хватало терпения. А терпел он часами, но затем подпрыгивал, сбрасывая на пол доску, и начинал крушить все вокруг.

Если же выигрывал он, то имел право подносить к самому лицу сестры зажженную спичку, заставляя произнести ругательство, услышанное от старого кучера. Тот нам рассказывал, когда мы были совсем маленькими, что летучая мышь, которой хотели поджечь морду, произносила "дерьмо, дерьмо". Сестра отказывалась изображать летучую мышь, и дело кончалось потасовкой».

Простые радости

Я провел чудесные часы своей жизни в барах. Для меня бар – место, где можно предаваться размышлениям, где лучше всего удается сосредоточиться, без чего жизнь теряет смысл. Это старая привычка, лишь укоренившаяся с годами. Подобно Симеону-столпнику, взгромоздившемуся на столб и разговаривавшему со своим невидимым богом, я долгие часы просиживал в барах в раздумьях и мечтаниях, лишь иногда перебрасываясь словечком с официантом, а чаще всего беседуя с самим собой, буквально захлестываемый потоком образов, вызывавших мое удивление. Сегодня, такой же старый, как наш век, я больше не выхожу из дома. Сидя в священные часы аперитива в своей маленькой комнате, где выставлена батарея бутылок, я люблю вспоминать любимые бары.

Спешу заметить, что я отличаю бар от кафе. Так, скажем, в Париже я никогда не мог найти подходящего бара. Зато этот город богат прекрасными кафе. Где бы вы ни оказались, от Бельвиля до Отейя, вам нечего бояться, что вы не найдете свободного столика, чтобы посидеть, и официанта, который бы не принял ваш заказ. Разве можно представить себе Париж без его кафе, дивных террас, без табачных ларьков? Без них он походил бы на город, разрушенный атомной бомбежкой.

Большая часть деятельности сюрреалистов проходила в кафе «Сирано» на площади Бланш. Мне нравился также «Селект» на Елисейских Полях. Я был приглашен на открытие «Ла Куполь» на Монпарнасском бульваре. Ман Рей и Арагон назначили мне там встречу, чтобы организовать просмотр «Андалусского пса». Я не в состоянии назвать все остальные. Просто хочу сказать, что кафе ассоциируется у меня с дискуссиями, толкучкой, подчас шумным изъяснением в дружбе, женщинами.

Бар, напротив, предполагает упражнение в одиночестве.

В первую очередь он должен быть спокойным, довольно темным, очень удобным местом. Всякую, даже слышимую издалека, музыку следует строжайше запретить (вопреки нравам, которые распространились сегодня по всему миру). Максимум десяток столиков с завсегдатаями, по преимуществу неболтливыми.

Мне, скажем, нравится бар при отеле «Пласа» в Мадриде. Он помещается в подвале, и это превосходно, ибо пейзажи за окном могут только мешать. Метрдотель хорошо меня знает и тотчас проводит к любимому столику, где я сижу спиной к стене. После аперитива тут можно заказать обед. Свет в баре не яркий, но столики освещены хорошо.

В Мадриде мне нравился также бар «Чикоте». С ним связано много дорогих воспоминаний. Но сюда охотнее идешь с друзьями, а не для того, чтобы в одиночестве предаваться раздумьям.

В отеле «Паулар», в северной части Мадрида, расположенном во внутреннем дворике одного из старинных монастырей в готическом стиле, я имел обыкновение по вечерам пить аперитив в дивной зале с гранитными колоннами. За исключением субботних и воскресных дней, дней, пропащих из-за туристов и горланящих детей, я был тут практически один, в окружении репродукций картин Сурбарана, одного из моих любимых художников. Молчаливая тень официанта проскальзывала время от времени где-то вдали, с уважением охраняя мое уединение.

Могу сказать, что я, как и мой лучший друг, обожал это место. В конце рабочего дня или после прогулок Жан-Клод Каррьер, с которым мы писали сценарии, оставлял меня тут одного на три четверти часа. Когда он возвращался, я слышал стук его размеренных шагов по каменным плитам. Он садился напротив, и я должен был — согласно достигнутому между нами соглашению, ибо считаю воображение свойством ума, которое можно, как и память, тренировать и развивать, — рассказать ему какую-либо короткую историю, придуманную мною за эти три четверти часа мечтаний. История могла иметь и не иметь отношения к сценарию, над которым мы работали. Она могла быть бурлескной или меланхоличной, кровавой или божественной. Главное было — ее рассказать.

Оставаясь наедине с Сурбараном и гранитными колоннами из превосходного кастильского камня, вместе с дружественной рюмкой любимого напитка (я скоро к нему вернусь), я далеко уносился мыслями и без особых усилий отдавался образам, которые вскоре проникали в комнату. Мне случалось вспоминать о семейных делах, о весьма прозаических замыслах, и внезапно что-то происходило, удивительное действие обретало плоть, появлялись персонажи, они начинали разговаривать, излагать свои конфликты, свои проблемы. Сидя в углу, мне случалось смеяться в одиночестве. Подчас, понимая, что пришедшая на ум ситуация может быть полезна для сценария, я возвращался назад, стремясь, с разной долей успеха, связать воедино возникшие мысли и направить их в нужном направлении.

Я храню прекрасные воспоминания о баре отеля «Плаза» в Нью-Йорке, хотя это было известное (запрещенное для женщин) место встреч. Я имел обыкновение предупреждать друзей, и они могли это неоднократно проверить: «Если вы окажетесь в Нью-Йорке и захотите узнать, здесь ли я, смело идите в бар "Плаза" в полдень. Если я в городе, то непременно буду там». Сей великолепный бар с видом на Центральный парк ныне поглощен рестораном. Для собственно бара отведено только два столика.

Два слова о посещаемых мною мексиканских барах. В Мехико мне очень нравится «Эль Парадор», но туда лучше ходить с друзьями, как в «Чикоте». Долгое время я превосходно чувствовал себя в баре отеля «Сан Хосе Пуруа» в Мичоакане, куда я более тридцати лет ездил, чтобы писать сценарии.

Отель находится на склоне большого, покрытого полутропической растительностью каньона. Из окна бара открывается, стало быть, прекрасный вид, что в принципе является его недостатком. К счастью, тропическое дерево с гибкими сплетенными ветвями, напоминавшими клубок огромных змей, «сиранда», находилось как раз перед окном, частично скрывая зелень пейзажа. Я позволял своему взгляду блуждать по бесконечным переплетениям ветвей, следя за ними, как за извивами многочисленных сюжетов, на которые временами, мне казалось, опускалась сова или садилась обнаженная женщина или еще кто-нибудь.

К сожалению, этот бар закрыли по непонятным причинам. Вспоминаю, как мы трое – Зильберман, Жан-Клод и я – бродили в 1980 году по закоулкам отеля в поисках места, где бы присесть. Очень неприятное воспоминание. В нашу опустошающую эпоху, когда рушат все, не щадят даже бары.

А теперь поговорим о напитках. Но так как я могу болтать об этом бесконечно – с продюсером Сержем Зильберманом мы можем беседовать на эту тему часами, – постараюсь быть кратким. Пусть те, кому неинтересно – а таких, увы, немало, – пропустят несколько страниц.

Превыше всего я ценю вино, особенно красное. Во Франции имеется как хорошее, так и плохое вино (нет ничего хуже, чем «стакан красного» в бистро Парижа). Я с нежностью отношусь к испанскому «вальдепеньяс», которое пьют свежим из овечьего бурдюка, и белому «йепес» из района Толедо. Итальянские вина кажутся мне ненатуральными.

В США подают хорошие калифорнийские вина: каберне и другие. Иногда я пью чилийское или мексиканское вино. И это почти все.

Разумеется, я никогда не пью вино в барах. Вино доставляет чисто физическое наслаждение, но отнюдь не возбуждает воображение.

Для игры воображения нужен английский джин. Мой любимый напиток – «драй-мартини». Поскольку он сыграл важную роль в моей жизни, о которой я веду рассказ, придется посвятить ему страницу-две. Как и любой коктейль, это, вероятно, американское изобретение. Он состоит из джина и нескольких капель вермута, предпочтительно Нуайи-Прата. Истинные любители, предпочитающие пить «драй-мартини» очень сухой, утверждали, что необходимо пропустить через бутылку Нуайи-Прата луч солнца, а уж потом налить его в джин. В давние времена в Америке считали, что «драй-мартини» напоминает легенду о Деве Марии. Согласно Фоме Аквинскому, животворная сила Святого духа проникла в лоно Девы, «как луч солнца проникает через стекло, не разбивая его». Нечто подобное говорили о вине Нуайи-Прата, хотя мне это кажется несколько преувеличенным.

Еще одна рекомендация: используемый лед должен быть очень холодным, очень твердым, чтобы он не давал воды. Нет ничего хуже разбавленного водой мартини.

Да позволено мне будет дать собственный рецепт, плод многолетних опытов, позволивших достичь хорошего результата.

Я закладываю все необходимое — стаканы, джин, шейкер — за день до прихода гостей в холодильник. Термометр позволяет мне проверить, имеет ли лед двадцать градусов ниже нуля.

На другой день, когда собираются друзья, я беру все нужное и выливаю сначала на очень твердый лед несколько капель Нуайи-Прата и пол-ложечки ангостурского кофейного ликера. Встряхиваю и опоражниваю, оставляя только лед, сохранивший запах. Этот лед я и заливаю чистым джином, немного помешиваю и подаю на стол. Вот и все, но лучше не придумаешь.

В Нью-Йорке в 40-е годы директор Музея современного искусства научил меня несколько иному

способу приготовления. Вместо кофейного ликера он добавлял немного перно. Мне представляется это святотатством, да и мода на это давно прошла.

Наряду с «драй-мартини», который я предпочитаю всем другим, я стал скромным изобретателем коктейля под названием «бунюэлони». На самом деле это обычный плагиат пресловутого «негрони», но, вместо того чтобы смешивать кампари с джином и слабым чинзано, я заменяю кампари карпано.

Этот коктейль я предпочитаю пить вечером, перед ужином. Наличие джина как главной составной части напитка весьма способствует игре воображения. Почему? Сам не знаю. Но это факт.

Вероятно, все поняли, что я отнюдь не алкоголик. Конечно, в моей жизни бывали моменты, когда я падал от выпитого замертво. Большей же частью это просто любимый ритуал, который не опьяняет, но кружит голову, приносит успокоение. Он помогает мне жить и работать. Если меня спросят, был ли я хоть один день в своей жизни лишен любимых напитков, я отвечу, что не помню такого. У меня всегда было, что выпить, так как я заботился об этом.

Так, в 1930 году я провел пять месяцев в США
эпоху борьбы с алкоголизмом, и, мне кажется, я н
когда столько не пил. У меня в Лос-Анджелесе был з
комый бутлегер – я очень хорошо его помню, у н
не хватало трех пальцев на руке, – который нау
меня отличать настоящий джин от фальшивого.
этого надо было особым образом покрутить бут
настоящий джин выделял пузырьки.

Виски можно было купить в аптеках по рец
в некоторых ресторанах вино подавали в коф
чашках. В Нью-Йорке я знал одно заведение

зи» («говорите тихо»). Нужно было определенным образом постучать в дверь – приоткрывалось окошечко, и вас быстро пропускали в помещение, где находился обычный бар. Здесь можно было получить все, что хочешь.

Борьба с алкоголизмом в США была нелепой затеей. Надо сказать, что американцы никогда столько не пили, как в то время. Именно тогда они и научились пить.

У меня была слабость к французским аперитивам – к смеси пикона, пива и гренадина (любимый напиток художника Танги) и особенно к мандариновому соку с кюрасао и пивом, от которого я быстро пьянел, даже скорее, чем от «драй-мартини». Но подобные прекрасные смеси, увы, исчезают. Мы присутствуем при страшной деградации аперитива, что наряду с прочим является печальной особенностью нынешнего времени.

Естественно, что я пью иногда водку, закусывая икрой, а аквавит* – копченой семгой. Я люблю мексиканские текилу и мескаль, но все это заменители. Что касается виски, то оно мне не нравилось никогда. Оно всегда было мне не по душе.

Однажды в медицинской рубрике одного из прекрасных французских журналов, «Мари-Франс», я прочитал, что джин является превосходным успокаивающим средством и что с его помощью можно победить страх, который часто сопутствует авиаполетам. Я решил тотчас проверить правильность такого утверждения.

Я всегда боялся летать, это был постоянный и неукротимый страх. Если я видел идущего по проходу

---

* Вид ароматизированной водки. – *Прим. перев.*

с серьезным видом пилота, я говорил себе: «Ну вот, мы пропали, я вижу это по его лицу». Если, напротив, он шел, непринужденно улыбаясь, я думал: «Дело дрянь. Он хочет нас успокоить». Все мои страхи исчезли, словно по мановению волшебной палочки, как только я последовал совету «Мари-Франс». В каждую поездку я брал с собой флягу джина, которую заворачивал в газету, чтобы она оставалась холодной. В ожидании посадки в аэропорту я делал несколько глотков, и тотчас на меня нисходило спокойствие, уверенность, готовность с улыбкой встретить любые неприятности.

Я никогда не кончу, если буду говорить о всех достоинствах напитков. В 1978 году, когда я снимал «Этот смутный объект желания» в Мадриде, у меня возникли серьезные разногласия с актрисой, так что продолжать работу стало невозможно, и продюсер Серж Зильберман решил прервать съемки. Это грозило неустойкой. И тут мы как раз оказались с ним в одном баре. После второй порции «драй-мартини» мне вдруг пришла в голову мысль использовать на одну роль двух актрис, чего прежде никогда не делалось. Серж подхватил эту мысль, хотя я высказал ее как бы в шутку, и фильм с помощью бара был спасен.

В Нью-Йорке в 40-е годы, когда я был очень дружен с Хуаном Негрином, сыном бывшего руководителя республиканского правительства, и его женой актрисой Роситой Диас, мы обсуждали идею открытия бара, который назывался бы «Под пушечный гром», — бара страшно дорогого, самого дорогого в мире, но где можно было бы найти самые редкие, самые изысканные, доставляемые из всех уголков мира напитки.

По идее это должен был быть интимный, очень удобный, с идеальным вкусом обставленный на десяток столиков бар. В оправдание его названия перед входом стояла бы старая мортира с черным запальником, стреляющая днем и ночью всякий раз, когда клиент тратил тысячу долларов.

Сей завлекательный, но отнюдь не демократический план так и не был осуществлен. Продаю идею желающему. Представляю себе, как скромный служащий, живущий по соседству, просыпается в четыре утра от пушечной пальбы и говорит лежащей рядом жене: «Еще один мерзавец прокутил тысячу долларов».

Невозможно пить и не курить. Лично я начал курить в шестнадцать лет и никогда с тех пор не прекращал. Правда, редко курил больше двадцати сигарет в день. Что я курил? Все что угодно. Испанские сигареты с черным табаком. Но вот уже лет двадцать как я привык к французским «Житан» и особенно «Сельтик», которые ценю превыше всех.

Табак, который так прекрасно сочетается с алкоголем (если алкоголь – королева, то табак – король), является идеальным спутником в жизни. Это прекрасный друг и в хороший, и в дурной день жизни. Сигарету закуриваешь при радостном известии и в минуту горя. Когда один и когда в компании. Табак приносит удовольствие во всех смыслах: и своим видом (какое прекрасное зрелище сам вид упакованных сигарет, выставленных, словно на параде), и запахом, и возможностью потрогать. Если бы мне завязали глаза и всунули в рот сигарету, я отказался бы ее курить. Потрогав сигаретную пачку в кармане, открыв ее, оценив достоинство сигареты, покрутив ее между пальцами, лизнув языком бумагу и ощутив вкус табака, а затем поднеся к сигарете пламя спички, чувствуешь, как тебя наполняет тепло.

Один человек, которого я знал со времен университета, Дорронсоро, баск по происхождению, эмигрант-республиканец в Мексике, инженер по профессии, умер от рака легких. Ему давали дышать кислородом, а он снимал маску, чтобы курнуть сигарету. Он курил до последней минуты жизни, верный удовольствию, которое его убивало.

Таким образом, уважаемые читатели, заканчивая рассуждения об алкоголе и табаке, спутниках верной дружбы и плодотворных мечтаний, хочу дать вам двойной совет: не пейте и не курите. Это опасно для здоровья.

Добавлю, что алкоголь и табак являются весьма приятным обрамлением любви. Обычно с алкоголя все начинается, а табаком кончается. Только не ждите от меня каких-то эротических откровений. Люди моего поколения, в особенности испанцы, обладают извечной застенчивостью в отношениях с женщинами и, вероятно, самым сильным в мире темпераментом.

Все это, конечно, следствие многолетнего бремени католической церкви. Запрещение всяких связей вне брака (да и не только), проклятие, налагаемое на любое изображение, на всякое слово, которое хоть в какой-то степени относилось к любовному акту, — все это порождало желание необычайной силы. Когда вопреки всяким запретам это желание получало удовлетворение, оно вызывало ни с чем не сравнимое наслаждение, ибо неизменно смешивалось с чувством тайного греха. Нет никаких сомнений, что испанец испытывает большее наслаждение в любви, чем китаец или эскимос.

Во времена моей юности в Испании знали только два способа заниматься любовью: в борделе и на брачном ложе. Когда я впервые приехал во Францию в 1925 году, мне казалось совершенно невероятным и поистине отвратительным зрелище мужчины и женщины, целующихся на улице. Точно так же удивляло то, что молодые люди могли жить вместе вне брака. Я и представить себе не мог существование таких нравов. Они казались мне неприличными.

С тех далеких времен много воды утекло. За последнее время я замечаю в себе полное угасание полового влечения. Эротические видения не посещают меня даже во сне. Я очень этому радуюсь, словно освободился от тирана. Если бы объявился Мефистофель и предложил мне обрести снова то, что называется потенцией, я бы ему сказал: «Нет, спасибо, не хочу, но укрепи мою печень и легкие, чтоб я не умер от рака или цирроза».

Далекий от извращений, которые преследуют бессильных стариков, я с безмятежностью, без всяких сожалений вспоминаю мадридских проституток, парижские бордели и нью-йоркских «такси-герлс». За исключением нескольких «живых картин» в Париже, я, кажется, за всю свою жизнь видел лишь один порнофильм с очаровательным названием «Сестра Вазелина». Там была показана монашка во дворе монастыря. Она занималась любовью с садовником, которого в свою очередь любил монах, пока все трое не сливались воедино.

Я все еще вспоминаю черные чулки монашки, доходившие ей до колен. Жан Моклер, хозяин кинотеатра «Стюдио-28», подарил мне этот фильм, но я его потерял. Вместе с Рене Шаром, человеком, как и я, очень сильным, мы собирались проникнуть в проекционную детского кинотеатра, связать механика, заткнуть ему рот и показать юному зрителю «Сестру Вазелину». О времена, о нравы! Мысль осквернить детство представлялась нам тогда весьма привлекательной подрывной деятельностью. Разумеется, мы ничего такого не сделали.

Еще мне хотелось бы рассказать о неудавшихся оргиях. В те времена мысль принять участие в развеселой вечеринке очень возбуждала нас. Однажды в Голливуде Чарли Чаплин организовал одну такую для меня и двух моих испанских друзей. Явились три великолепные девицы из Пасадены, но, на наше несчастье, перессорились, ибо каждая претендовала на Чаплина. И ушли.

В другой раз, в Лос-Анджелесе, мы с другом Угарте пригласили к себе Лию Лис, игравшую в «Золотом веке», и одну ее подругу. Все было подготовлено: цветы, шампанское – и новая неудача: обе молодые женщины пробыли с часок и сбежали.

В то же самое время один советский режиссер, чье имя я позабыл, получивший разрешение приехать в Париж, попросил меня организовать маленькую «парижскую оргию». Но он не на того напал. Я обратился к Арагону, а тот спросил: «Так ты хочешь, мой друг, чтоб тебя...?» И тут он использовал слово, которое я не смею повторить. Ничто не представляется мне более омерзительным, чем бессмысленное, распространившееся в последнее время злоупотребление грубыми выражениями в книгах или разговорах наших писателей. Подобная мнимая раскрепощенность нравов – всего лишь жалкая пародия на свободу. Поэтому я отвергаю всякую сексуальную дерзость и всякий словесный эксгибиционизм.

Во всяком случае, на вопрос Арагона я ответил «отнюдь». После чего Арагон посоветовал мне избегать подобных экспериментов, и русский вернулся в Россию, несолоно хлебавши.

Мадрид
Студенческая резиденция
1917–1925

Я был в Мадриде только раз, вместе с отцом, и то непродолжительное время. Приехав сюда снова в 1917 году с родителями в поисках заведения для продолжения учебы, я чувствовал вначале робость, скованность из-за своей провинциальности. Я старался наблюдать, как люди одеваются и ведут себя, чтобы им подражать. Вспоминаю отца, в канотье, размахивающего тростью, громко что-то мне разъясняющего на улице Алькала. Засунув руки в карманы, отвернувшись, я делал вид, будто не имею к нему отношения.

Мы посетили много мадридских пансионов классического типа, где ежедневно подавали cocido a la madrilena, турецкий орех и вареную картошку с небольшим количеством сала и колбасы, а иногда кусок курицы или мяса. Моя мать и слышать не хотела об этих пансионах, так как опасалась царящих там, по ее понятиям, свободных нравов.

В конце концов, благодаря рекомендации одного сенатора, дона Бартоломе Эстебана, меня определили в Студенческую резиденцию, где я пробыл семь лет. Мои воспоминания об этом периоде столь насыщенны и богаты, что я могу безошибочно сказать: без Резиденции моя жизнь стала бы совсем иной.

Это был своеобразный университетский городок на английский лад, содержавшийся за счет частных пожертвований. Содержание стоило семь песет в день за отдельную комнату и четыре – за комнату на двоих. Родители платили за пансион и давали мне двадцать песет в неделю на карманные расходы – сумму довольно значительную, однако мне ее не хватало. Каждый раз, приезжая в Сарагосу на каникулы, я просил мать погасить в бухгалтерии долги, образовавшиеся в течение семестра. Мой отец ничего не знал об этом.

Во главе Резиденции стоял человек большой культуры, выходец из Малаги дон Альберто Хименес. Здесь можно было изучать любые дисциплины. Резиденция располагала лекционными залами, пятью лабораториями, библиотекой и спортивными сооружениями. Учиться можно было сколько угодно и при желании менять специализацию.

Перед отъездом из Сарагосы отец спросил, чем бы я хотел заняться. Поскольку мне больше всего хотелось уехать из Испании, я ответил, что не прочь стать композитором и отправиться в Париж учиться в «Скола канторум». Отец решительно воспротивился этому. Тебе нужна, сказал он, серьезная профессия, а композиторы подыхают с голоду, это всем известно.

Тогда я сказал ему о своей склонности к естественным наукам и энтомологии. «Стань дипломированным агрономом», – посоветовал он. Так я начал готовить диплом агронома. Неплохо успевая по биологии, я, к сожалению, по математике в течение трех лет подряд имел самые плохие отметки. Я никогда не ладил с абстрактными дисциплинами. Иные математические истины были мне очевидны, но приступить к доказательству той или другой задачи я не мог никак.

Возмущенный такими постыдными отметками, отец несколько месяцев не отпускал меня из Сарагосы и нанял частных учителей. Когда я вернулся в Мадрид в марте, свободных мест в Резиденции не оказалось, и я охотно принял предложение Хуана Сентено, брата моего близкого друга Аугусто Сентено, пожить у него. Мне поставили дополнительную кровать в его комнате. Я там прожил месяц. Хуан был студентом-медиком и уходил очень рано. Перед уходом он долго причесывался, но, так как не видел в зеркале затылка, причесывал волосы лишь спереди. Глядя на эту абсурдную процедуру ежедневно, я возненавидел его, несмотря на свою признательность. Это была необъяснимая, возникшая откуда-то из подсознания ненависть, которая напоминает короткую сцену из «Ангела-истребителя».

Дабы угодить отцу, я решил сменить профессию и защитить диплом обычного инженера, хотя это требовало знания таких технических дисциплин, как механика и электромеханика, и шести лет обучения. Я сдал чертежи, часть экзаменов по математике (благодаря частным урокам), затем, проводя лето в Сан-Себастьяне, обратился за советом к двум друзьям отца – Асину Паласьосу, человеку с репутацией крупного арабиста, и одному из моих учителей в лицее Сарагосы. Я рассказал им о своей ненависти к математике, об отвращении к затянувшейся учебе. Они поговорили с отцом, и тот согласился разрешить мне заняться естественными науками.

Музей естествознания находился в десятке метров от Резиденции. Я проработал там под руководством великого Игнасио Боливара – в те времена крупнейшего в мире ортоптериста – с живейшим интересом год. Я и сегодня могу на глаз определить вид многочисленных насекомых и назвать их по-латыни.

В тот год, во время экскурсии в Алькала-де-Энарес во главе с Америко Кастро, профессором Центра исторических исследований, я случайно услышал, что для работы за границей требуются испанские лекторы. Я тотчас предложил свои услуги – настолько велико было мое желание уехать. Но студентов естественных наук не брали. Для этого нужно было учиться на факультетах литературы или философии.

Последовала быстрая и последняя смена факультета. Я стал готовить диплом по философии, включавший три дисциплины – историю, литературу и философию. История стала главной частью моих занятий.

Все эти детали, насколько я понимаю, достаточно скучны. Но если хочешь понять жизнь человека, проследить ее извилистый путь от начала до конца, как отделить побочное от главного?

Именно в Резиденции я стал спортсменом. Ежедневно, босой, в коротких трусах, даже в гололед я бегал по тренировочному полю. Я собрал команду легкоатлетов Резиденции для участия в разных студенческих соревнованиях, я даже занимался любительским боксом. Но в целом участвовал только в двух боях. Один я выиграл из-за неявки противника, Другой проиграл по очкам в пяти раундах – из-за своей пассивности. По правде говоря, я старался лишь защитить лицо.

Мне нравились любые упражнения. Случалось, я взбирался по отвесной стене Резиденции.

На всю жизнь – или почти на всю – у меня сохранились с тех пор крепкие мускулы, в особенности живота. Я даже показывал своеобразный номер: ложился на спину, а товарищи прыгали мне на живот. Другой моей специальностью было пережимание рук. Вплоть до весьма почтенного возраста я участвовал во многих турнирах на стойках баров или ресторанов.

В Студенческой резиденции я оказался перед неизбежным выбором. Атмосфера, в которой я жил, литературное движение тех лет в Мадриде, встреча с бесценными друзьями – все это определило мой выбор. В какой же конкретный момент сделал я его? Сегодня трудно сказать.

Испания жила – в сравнении с тем, что последовало, – сравнительно спокойной жизнью. Крупнейшим событием было восстание Абд-аль-Керима в Марокко и тяжелое поражение испанских войск при Аннуале в 1921 году, в тот самый год, когда мне предстояло отправиться на военную службу. Незадолго до этого в Резиденции я познакомился с братом Абд-аль-Керима. По этой, кстати, причине много позднее меня хотели послать с миссией в Марокко, но я отказался.

Испанский закон позволял детям состоятельных родителей, при соответствующей оплате, сокращать срок военной службы. Но в год моего призыва закон был отменен из-за войны в Марокко. Я был зачислен в артиллерийский полк, до этого прославившийся в колониальной войне и выведенный за пределы Марокко. В силу каких-то обстоятельств нам однажды заявили: «Завтра мы выступаем». В тот вечер я совершенно серьезно подумал о том, чтобы дезертировать. Двое моих друзей так и поступили, и один из них стал инженером в Бразилии.

В конце концов приказ об отправке был отменен, и я проводил время в Мадриде. Ничего примечательного. Я продолжал встречаться с друзьями, так как, если у нас не было дежурства, нам позволяли выходить из казармы каждый вечер. Служба продолжалась четырнадцать месяцев.

Дежуря по ночам, я испытывал сильнейшее чувство зависти к сержантам. Мы спали среди гвардейцев в полной амуниции, пожираемые клопами, в ожидании своей очереди дневалить. А рядом, в теплых домиках, сержанты играли в карты и попивали винцо. Ничего я так не желал тогда, как стать сержантом.

Как это бывает у многих, некоторые события своей жизни я помню по одной какой-нибудь подробности, ощущению. Скажем, о моей ненависти к Хуану Сентано – по его неаккуратно зачесанным волосам. Моя зависть к сержантам связана с печкой, которой они пользовались.

В отличие от большинства своих друзей, несмотря на подчас суровые условия жизни, холод и скуку, я сохранил добрые воспоминания о годах, проведенных у отцов иезуитов и на военной службе. Я постиг там такие вещи, которым нигде бы не научился.

После окончания службы я встретил однажды на концерте капитана и услышал от него:

– Вы были хорошим артиллеристом.

В течение нескольких лет в Испании диктаторствовала семья Примо де Риверы, отца основателя фаланги. Профсоюзное и анархистское движение развивалось в то время одновременно с первыми робкими шагами компартии. Возвращаясь однажды из Сарагосы, я на вокзале узнал, что председатель Республиканского совета Дато накануне был убит анархистами прямо на улице. Я взял фиакр, и кучер показал мне следы пуль на улице Алькала.

Однажды мы с живейшей радостью узнали об убийстве анархистами во главе, если не ошибаюсь, с Аскасо и Дуррути архиепископа Сарагосы Сольдевильи Ромеро, мерзкого типа, ненавидимого всеми, даже одним из моих дядьев, каноником. В тот вечер мы выпили в Резиденции за то, чтобы его душа была проклята.

Что касается остального, должен сказать, что наше политическое сознание едва начинало пробуждаться. Не считая троих-четверых из нас, это сознание как-то проявилось у нас только в 1927–1928 годах, незадолго до провозглашения Республики. До этого, за редким исключением, мы не испытывали особого интереса к демонстрациям анархистов и коммунистов. Последние снабжали нас сочинениями Ленина и Троцкого.

Единственные политические дискуссии, в которых я принимал участие, – возможно, они вообще были единственными в Мадриде – происходили на наших собраниях (peña) в «Кафе де Платериас» на улице Майор.

Традиция подобных собраний сыграла определенную роль в жизни Мадрида, и не только в литературных кругах. Мы собирались в зависимости от профессии в определенном заведении от 15 до 17 часов или вечером после 21 часа. Обычно сходилось от восьми до пятнадцати человек, только мужчины. Первые женщины, пренебрегая своей репутацией, стали появляться на таких собраниях лишь в начале 30-х годов.

В «Кафе де Платериас», где происходили политические собрания, можно было часто встретить Сама Бланката, анархиста-арагонца, который писал во многих журналах, в частности в «Эспанья нуева». Экстремизм этого человека был настолько известен, что на другой день после любого покушения его арестовывали автоматически. Так случилось и после убийства Дато.

Сантолариа, руководивший в Севилье журналом анархистского толка, когда бывал в Мадриде, также участвовал в наших собраниях. Подчас к нам приходил и Эухенио Д'Орс.

Наконец, я встречал тут странного и великолепного поэта по имени Педро Гарфиас, человека, который мог две недели искать нужное прилагательное.

— Ты нашел свое прилагательное? — спрашивали его при встрече.

— Нет, еще ищу, — отвечал он и задумчиво удалялся.

Я все еще помню наизусть его стихи «Перегрино» из сборника «Под Южным крылом»:

> В его глаза вливалась даль округи;
> песка неумолкающие речи
> перетекали в трепетные руки,
> вязанку снов взвалившие на плечи.
> Ему навстречу море и нагорье
> бросались легконогими борзыми —
> стелились горы, вскидывалось море*.

* Здесь и далее перевод стихов Н. Ванханен.

Он жил в жалкой комнатенке на улице Умильядеро вместе с другом Эухенио Монтесом. Как-то я пришел к нему в одиннадцатом часу. Разговаривая со мной, Гарфиас небрежно сбрасывал клопов, ползающих по его груди.

Во время гражданской войны он опубликовал патриотические стихи, которые не очень мне нравились. Не зная ни слова по-английски, он эмигрировал в Англию, где поселился у англичанина, не знавшего ни слова по-испански. Говорят, что это не мешало им часами разговаривать, отчаянно жестикулируя.

После войны он, как и многие испанские республиканцы, эмигрировал в Мексику. Выглядел бродягой, очень грязным, заходил в кафе и громко читал стихи. Гарфиас умер в нищете.

Мадрид был тогда довольно маленьким городом, административным и культурным центром страны. Мы много гуляли, перебираясь из одной части города в другую. Все знали друг друга, здесь можно было встретить кого угодно.

Однажды вечером прихожу в «Кафе Кастилья» с другом. И вижу ширмы, отгораживающие часть помещения. Официант говорит, что сюда придет ужинать с друзьями Примо де Ривера. Он действительно приехал, заставил тотчас убрать ширму и, заметив нас, крикнул: «Эй, молодежь! Выпьем!» Диктатор угощал нас.

Помню встречу с королем Альфонсом XIII. Я стоял у окна своей комнаты в Резиденции. Под канотье у меня были напомаженные волосы. Внезапно перед окном останавливается королевская машина с двумя шоферами и еще одной особой (когда я был моложе, то был влюблен в королеву, красотку Викторию). Король вышел из машины и задал мне вопрос. Они сбились с дороги. Весьма смущенный, несмотря на свои теоретически анархистские взгляды, я ответил очень вежливо, к стыду своему называя его даже «Ваше величество». Только когда машина отъехала, я осознал, что не снял шляпы. Честь моя была спасена.

Я рассказал об этом директору Резиденции. Зная о моей репутации бахвала, он не поверил и велел проверить сказанное у секретаря королевского дворца.

Если во время наших собраний в кафе входил кто-то похожий на gafe, мы все внезапно умолкали или в замешательстве опускали глаза.

«Гафе» – это соглядатай или человек, приносящий несчастье. В Мадриде тогда искренне верили, что лучше избегать нежелательного соседства. Мой зять, муж Кончиты, был знаком с капитаном генштаба, которого сторонились все его сослуживцы. Имени драматурга Хасинто Грау вообще было лучше не произносить. Несчастье словно следовало за ним по пятам. Во время его лекции в Буэнос-Айресе в зале упала люстра, серьезно поранив несколько человек.

Из-за того, что многие актеры умерли после съемок в моих фильмах, друзья прозвали меня «гафе». Но это не так, и я решительно протестую. Свидетелями, в случае необходимости, могу назвать других друзей.

В конце XIX и начале XX века в Испании появилась плеяда великих писателей, ставших нашими духовными учителями. Я был знаком с большинством из них – Ортегой-и Гасетом, Валь-е-Инкланом, Эухенио д'Орсом и другими. Они оказывали на нас большое влияние. Я знал даже великого Гальдоса, его романы

«Назарин» и «Тристана» были мною позже экранизированы. Он был старше других и держался в стороне. По правде говоря, я встретился с ним лишь однажды, в его доме. Он был уже стар и слеп, сидел около камина с пледом на коленях.

Пио Бароха был тоже знаменитым писателем. Но лично меня он ничуть не интересует. Следует назвать также Антонио Мачадо, великого поэта Хуана Рамона Хименеса, Хорхе Гильена, Салинаса.

На смену этому прославленному поколению, запечатленному ныне во всех музеях восковых фигур Испании, пришло мое поколение, называемое «Поколением 27-го года». К нему принадлежат такие люди, как Лорка, Альберти, Альтолагирре, Сернуда, Хосе Бергамин, Педро Гарфиас.

Между этими двумя поколениями находятся два человека, которых я близко знал, — Морено Вилья и Рамон Гомес де ла Серна.

Андалусец с Малаги (как и Бергамин и Пикассо) Морено Вилья, хотя и был лет на пятнадцать старше меня, тоже принадлежал к нашей группе. Он часто проводил с нами время. Даже жил в Резиденции. Во время эпидемии гриппа в 1919 году, пресловутой «испанки», которая унесла столько жизней, мы остались почти одни в Резиденции. Способный художник и писатель, он одалживал мне книги, в частности? я прочитал тогда «Красное и черное». В ту эпоху открытием для меня стало имя Аполлинера и его поэма «Разлагающийся чарователь».

Все эти годы мы провели вместе в тесном дружеском кругу. Когда в 1931 году была провозглашена республика, Морено Вилья стал заведовать библиотекой в Королевском дворце. Во время гражданской войны он переехал в Валенсию и был вместе с некоторыми известными деятелями эвакуирован. Я встречался с ним в Париже, а потом в Мехико, где он умер в 1955 году. Он часто приходил ко мне. Я храню написанный им в Мексике в 1948 году мой портрет. Это был год, когда я сам оказался без работы.

У меня еще будет повод не раз вернуться к Рамону Гомесу де ла Серне, ибо мой дебют кинорежиссера связан именно с ним.

В годы, проведенные мной в Резиденции, Гомес де ла Серна был уже очень знаменит и являлся, вероятно, одной из заметнейших фигур в литературе Испании. Автор многочисленных сочинений, он печатался во всех журналах. По приглашению французской интеллигенции он держал однажды речь в Парижском цирке — в том самом, где с успехом выступал Фрателлини. Сидя верхом на слоне, он должен был прочесть несколько своих «грегорий», своеобразных юмористических раздумий, очень коротких и мастерски написанных. Едва он закончил первую фразу, как все собравшиеся стали корчиться от смеха. Рамон был удивлен таким успехом. Он не заметил, что слон в этот момент облегчился посреди манежа.

По субботам с девяти вечера до часа ночи Гомес де ла Серна проводил заседания литературного объединения в кафе «Помбо» в двух шагах от Пуэрта-дель-Соль. Я неизменно присутствовал на них, встречая там большинство своих друзей. Иногда туда заходил и Хорхе Луис Борхес.

Сестра Борхеса вышла замуж за Гильермо де Торре, поэта и главным образом критика, прекрасно знавшего французских авангардистов и ставшего одним из самых известных членов испанского ультраизма.

Будучи поклонником Маринетти, он, как и тот, мог утверждать, что паровоз красивее, чем картина Веласкеса. Ему случалось писать:

Пусть мне на любовь ответят
пропеллеры гидропланов...

Главными литературными кафе Мадрида были «Кафе Хихон», существующее и сейчас, «Гранха дель Энар», «Кафе Кастилья», «Форнос», «Кутц», «Кафе де ла Монтанья», где пришлось заменить столики из мрамора, настолько они были испещрены рисунками (я заходил туда один после лекций, чтобы поработать), и «Кафе Помбо», где Гомес де ла Серна восседал каждую субботу. Входя, все здоровались, рассаживались, заказывали что-нибудь – большей частью кофе и воду (официанты все время подносили воду). Затем начиналась беспорядочная беседа, обсуждение последних литературных новинок, публикаций, прочитанного, подчас политических новостей. Мы обменивались книгами, иностранными журналами. Судачили об отсутствующих друзьях. Иногда кто-то читал вслух свои поэмы или статьи, и Рамон высказывал мнение, к которому чаще прислушивались, но иногда и оспаривали. Время проходило быстро. Подчас группа друзей продолжала свои дискуссии до глубокой ночи где-нибудь на улице.

Один из крупнейших ученых своего времени, Нобелевский лауреат, нейролог Сантьяго Рамон-и-Кахаль каждый день приходил в одиночестве посидеть за столиком в глубине «Кафе дель Прадо». В том же кафе, за соседними столиками, происходило собрание поэтов-ультраистов, в котором я принимал участие.

Случалось так, что один из моих друзей, журналист и писатель Аракистайн (который потом был послом в Париже во время гражданской войны), встретил на улице некоего Хосе Марию Карретеро, одного из самых легковесных писателей того времени, великана около двух метров ростом, который подписывался «El Caballero Audace» («Смелый рыцарь»). Карретеро схватил Аракистайна за руку и начал оскорблять его за ругательную — вполне справедливо — статью. Аракистайн ответил ему оплеухой, и их стали разнимать прохожие.

История эта наделала шума в литературных кругах. Мы решили организовать банкет и пустить подписной лист в поддержку Аракистайна. Зная, что я встречался с Кахалем в Музее естествознания, где готовил ему стеклянные пластинки для опытов под микроскопом по энтомологии, мои друзья-ультраисты попросили меня обратиться к нему за подписью, которая придала бы больший вес их петиции.

Я выполнил их просьбу. Но уже тогда очень старый Кахаль отказался подписаться. Объяснил он это тем, что в газете «АБЦ», где регулярно печатался «Смелый рыцарь», Кахаль собирался опубликовать свои мемуары. Он боялся, как бы из-за его поступка газета не расторгла с ним договор.

Я тоже, но совсем по другим причинам, отказываюсь подписывать предлагаемые мне петиции. Они служат лишь для успокоения совести. Я знаю, что моя позиция может показаться спорной. Поэтому я прошу, если со мной что-то случится, если, скажем, я попаду в тюрьму или исчезну, пусть никто не собирает подписей в мою защиту.

Альберти, Лорка, Дали

Выходец из Пуэрто-де-Санта-Мариа, около Кадиса, Рафаэль Альберти был одной из самых крупных фигур нашей группы. Он был моложе меня – думаю, года на два, – и мы поначалу считали его художником. Многие его рисунки в золоченой рамке украшали стены моей комнаты. Однажды, когда мы выпивали, другой мой друг, Дамасо Алонсо (нынешний президент Академии испанского языка), сказал мне:

– Знаешь, кто великий поэт? Альберти!

Видя мое удивление, он протянул мне листок бумаги, и я прочитал начало поэмы, которое помню до сих пор:

Распята полночь в печали,
и даже радости сами
к ее сандалиям пали
и их омыли слезами...

В те времена испанские поэмы изыскивали синтетические, неожиданные определения, как, скажем, «распята полночь», или стремились вызывать удивление: «к ее сандалиям пали». Эта поэма, опубликованная в журнале «Орисонте», ознаменовавшая дебют Альберти в поэзии, мне сразу понравилась. Узы нашей дружбы стали теснее. После Резиденции, где мы почти не расставались, за редким исключением, мы встречались в Мадриде накануне гражданской войны. Позднее, награжденный Сталиным во время поездки в Москву, Альберти жил в период франкизма в Аргентине и Италии. Теперь он вернулся в Испанию.

Милейший и непредсказуемый арагонец из Уэски, студент-медик, ухитрившийся не сдать ни одного экзамена, сын директора Службы вод в Мадриде, ни художник, ни поэт Пепин Бельо был просто нашим неизменным другом. Я мало что могу сказать о нем, разве что в Мадриде в начале войны, в 1936 году, он распространял дурные известия: «Франко приближается. Он вот-вот будет в Мансанаресе». Его брат Маноло был расстрелян республиканцами. Сам же он провел весь конец войны, скрываясь в каком-то посольстве.

Что же касается поэта Инохоса, то он принадлежал к очень богатой семье землевладельцев из района Малаги (опять андалусец). Столь же современный и смелый в своей поэзии, сколь консервативный в идеях и политических взглядах, он примкнул к крайне правой партии Ламани де Клерака и был в конце концов расстрелян республиканцами. В то время, когда мы встречались в Резиденции, он уже напечатал несколько сборников поэм.

Федерико Гарсиа Лорка появился в Резиденции через два года после меня. Он приехал из Гранады, по рекомендации своего учителя социологии дона Фернандо де-лос-Риоса, и уже опубликовал прозаическое произведение «Впечатления и пейзажи», в котором рассказывал о своих поездках с доном Фернандо и другими андалусскими студентами.

Прекрасный оратор, обаятельный, подчеркнуто элегантный, в безупречном галстуке, с блестящими темными глазами, Федерико обладал талантом привлекать людей своеобразным магнетизмом, которому никто не мог противостоять. Он был старше меня на два года. Сын богатого землевладельца, приехавший в Мадрид в основном для изучения философии, Лорка очень скоро начал пропускать лекции и втянулся в литературную жизнь. Он быстро перезнакомился со всеми. Попасть в его комнату в Резиденции стремились все.

Наша искренняя дружба началась с первой же встречи. Хотя все, казалось бы, разделяло неотесанного арагонца и рафинированного андалусца — а может быть, в силу различий между ними, — мы все время были вместе. По вечерам он уводил меня за Резиденцию, мы садились на траву (тогда луга и пустыри простирались до горизонта) и читали стихи. Читал он прекрасно. От общения с ним я стал меняться, я увидел по-новому мир, который он раскрывал передо мной каждый день.

Мне рассказали, что некий Мартин Домингес утверждал, что Лорка гомосексуалист. Я не мог этому поверить.

Однажды во время обеда мы оказались рядом. За столом напротив в тот день восседали Унамуно, Эухенио д'Орс и дон Альберто, наш директор. После супа я тихо говорю Федерико:

— Выйдем! Я хочу тебе сказать нечто важное.

Немного удивленный, он встает вместе со мной.

Нам разрешают выйти во время обеда. Мы идем в ближайшую таверну, и тут я рассказываю Федерико, что решил драться с баском Домингесом.

– Почему? – спрашивает меня Лорка.

В нерешительности, не зная, как начать, я задаю ему вопрос:

– Правда, что ты гомик?

Задетый за живое, он встает и говорит:

– Между нами все кончено.

И уходит.

Естественно, мы в тот же вечер помирились. В поведении Федерико не было никакой женственности, никакой аффектации. Кстати, в отличие от Арагона он не любил ни пародий, ни двусмысленных шуток. Приехав однажды в Мадрид с лекциями, Арагон спросил у директора Резиденции, дабы его шокировать (и он этого добился): «Нет ли у вас интересного писсуара?»

Мы провели с Лоркой незабываемые часы. Он открыл мне поэзию, особенно испанскую, которую прекрасно знал, а также познакомил с другими книгами. Так, я прочел «Позолоченную легенду», из которой впервые узнал о жизни святого Симеона-столпника. Позднее он станет героем фильма «Симеон-столпник». Федерико не верил в бога, но хранил и культивировал в себе чисто художественное отношение к религии.

Передо мной фотография 1924 года, на которой мы «сидим» вдвоем на мотоциклах, нарисованных на полотне, во время «Вербены де Сан-Антонио» – большой мадридской ярмарки. На обороте этой фотографии в три часа ночи (мы оба были уже пьяны) Федерико написал за три минуты стихи и отдал их мне. Карандаш постепенно стирается от времени. Я переписал их, чтобы не забыть:

Святой Антоний с вербеной –
вот первая весть господня.
Я дружбою неизменной
Луиса встречу сегодня.
Луна горит и не тужит,
хоть тучами свод застелен,
а сердце горит и кружит,
а сумрак изжелта-зелен.
В тот ветер, чьи пряди зыбки,
я дружбу вплел спозаранку.
Дитя без тени улыбки
печально крутит шарманку.
Под сенью бумажных арок
мне друга рука – подарок.

Позднее, в 1929 году, на подаренной мне книге он написал короткие стихи, которые я очень люблю:

Синее небо.
Желтое поле.

Синие горы.
Желтое поле.

Голой равниной неторопливо,
тихо проходит только олива.

Только одна
олива.

Сын нотариуса из Фигераса в Каталонии, Сальвадор Дали приехал в Резиденцию через три года после меня. Он собирался посвятить себя изящным искусствам, и, сам не знаю почему, мы прозвали его «чехословацким художником».

Проходя однажды утром по коридору Резиденции и заметив, что дверь его комнаты открыта, я увидел: он заканчивал большой портрет, который мне очень понравился. Я тотчас рассказал о нем Лорке и другим:

– Чехословацкий художник заканчивает замечательный портрет.

Все отправились к нему, пришли в восхищение от портрета, и Дали был принят в нашу группу. По правде говоря, вместе с Федерико он стал моим лучшим другом. Все трое мы почти не расставались, тем более что Федерико искренне восхищался Дали, но это оставляло того безразличным.

Дали был высокий и застенчивый молодой человек с низким голосом. Свои длинные волосы он обрезал – они мешали ему. Он очень экстравагантно одевался – широкая шляпа, огромный бант, длиннополый, до колен, сюртук и гетры. По его виду можно было подумать, что он намерен шокировать своим видом, на самом деле ему просто нравилось так одеваться, хотя и приходилось выслушивать от людей на улице оскорбления.

Он тоже писал стихи, которые были опубликованы. Еще совсем молодым, в 1926 или 1927 году, Дали принял участие в мадридской выставке наряду с другими художниками – Пейнадо и Виньесом. Когда в июне для сдачи устного экзамена в Школе изящных искусств его усадили напротив экзаменаторов, он внезапно вспылил:

– Никто здесь не имеет права судить меня, я ухожу.

И действительно ушел. Его отец нарочно приехал из Каталонии в Мадрид, чтобы уладить конфликт. Тщетно. Дали был исключен.

Я не могу день за днем рассказывать, чем были эти годы для нашего формирования, о наших встречах, беседах, нашей работе, прогулках, наших пьянках, посещениях мадридских домов терпимости и долгих вечерах в Резиденции. Я был сражен джазом, собирался даже выступать, играя на банджо, купил граммофон и несколько американских пластинок. Мы слушали их с восторгом, попивая грог с ромом, который я сам готовил. Время от времени мы ставили спектакли, обычно «Дона Хуана Тенорио» Соррильи, которого, кажется, я и сейчас знаю наизусть. У меня сохранилась фотография, на которой я стою в костюме дона Хуана, с Лоркой, игравшим скульптора в третьем акте.

По моей инициативе мы стали проводить так называемые «весенние омовения», то есть выливали кувшин воды на голову первого попавшегося. Альберти, вероятно, вспомнил об этом, когда смотрел «Этот смутный объект желания», где Фернандо Рей обливает водой Кароль Буке на вокзале.

Chuleri'a – типично испанская манера поведения – сочетание агрессии, мужской наглости, самоуверенности. В период жизни в Резиденции я несколько раз вел себя подобным образом и тут же раскаивался. Вот пример: мне очень нравилась походка и изящество одной танцовщицы в «Паласио дель Йело», которую я называл, не зная ее, la Rubia (Блондинка). Я часто ходил в этот дансинг просто для того, чтобы посмотреть, как она танцует. Это была не профессиональная танцовщица, а обычная клиентка, завсегдатай заведения. Я так часто говорил о ней, что однажды Дали и Пепин Бельо пошли со мной. В тот день la Rubia танцевала с очень серьезным мужчиной, в очках и с усиками, которого я прозвал «врачом». Дали заявил, что разочарован. Зачем я его притащил? Он не находил в ней никакого шарма, никакой грации. «Это потому, – сказал я, – что ее партнер никуда не годится».

Я подошел к столику, за который она уселась с «врачом», и сухо сказал ему:

– Я вместе с друзьями пришел посмотреть, как танцует эта девушка, а вы все портите. Больше не танцуйте с ней.

И, сделав полуоборот, вернулся к нашему столику, совершенно уверенный, что получу бутылкой по голове – обычное дело в те времена. Но этого не случилось. Ничего не ответив мне, «врач» встал и пошел танцевать с другой дамой. Уже испытывая угрызения совести, я подошел к девушке и сказал ей:

– Очень сожалею. Но я танцую еще хуже его.

Это было правдой. Кстати, я так никогда и не потанцевал с la Rubia.

Летом, когда испанцы покидали Резиденцию, разъезжаясь на каникулы, туда прибывали американские профессора в сопровождении жен, подчас весьма красивых, для совершенствования в испанском языке. Для них организовывали лекции, посещение музеев. Так, на афише в холле можно было прочесть: «Завтра посещение Толедо с Америко Кастро».

Однажды появилась надпись: «Завтра посещение Прадо с Луисом Бунюэлем». Группа американцев следовала за мной, не подозревая о мистификации, они проявляли при этом всю свою американскую наивность. Сопровождая их по залам музея, я рассказывал бог знает что — скажем, что Гойя был тореадором, состоявшим в тайной связи с графиней Альбой, что картина Берругете «Аутодафе» превосходна в силу того, что на ней можно насчитать сто пятьдесят фигур. И что каждому надлежит, мол, знать, что именно такое количество определяет истинное достоинство живописного произведения. Американцы слушали серьезно, некоторые даже записывали.

Впрочем, нашлись и такие, которые пожаловались на меня директору.

Гипноз

Одно время я много занимался гипнозом. Мне удавалось усыплять некоторых людей, среди которых был и помощник бухгалтера Резиденции по имени Лискано. Для этого я заставлял его пристально смотреть на кончик пальца. Однажды мне стоило невероятного труда разбудить его.

Прочитав позднее серьезные труды о гипнозе, я использовал разные методы усыпления. Но такого случая, как с Рафаэлой, у меня никогда больше не было.

В одном приличном борделе на улице Рейна были тогда две весьма привлекательные девицы. Одну звали Лолой Мадрид, другую – Тереситой.

У Тереситы был возлюбленный по имени Пепе, могучий баск, симпатичный парень, студент-медик. Однажды, когда я находился на одном из сборищ студентов-медиков в «Кафе Форнос» на углу улиц Пелигрос и Алькала, нам сообщили, что в борделе «Каса де Леонор» произошла драма. Пепе, которому приходилось считаться с профессией Тереситы, вдруг узнал, что она пошла с клиентом, у которого не взяла денег. Стерпеть такое он уже не мог и в гневе ударил Тереситу по лицу.

Студенты-медики бросились туда, и я с ними. Находим Тереситу в слезах, на грани нервного припадка. Я начинаю говорить с нею, беру за руки, прошу успокоиться, и она тотчас засыпает. В своем полусомнамбулическом состоянии она слушает только меня и отвечает только мне. Я успокаиваю ее и тут узнаю, что сестра Лолы Мадрид, Рафаэла, тоже внезапно уснула на кухне, где работала в то самое время, когда я гипнотизировал Тереситу.

Я отправляюсь на кухню и вижу там девушку в сомнамбулическом состоянии, маленькую, довольно нескладную и наполовину кривую. Я сажусь напротив нее, делаю несколько пассов руками, тихо говорю с нею и заставляю проснуться.

Случай с Рафаэлой был действительно особым. Однажды она впала в транс, когда я только проходил по противоположной стороне улицы. Уверяю вас, это правда, я тщательно все проверил. Но самый удивительный опыт произошел в «Кафе Форнос».

Студенты-медики, знавшие Рафаэлу, недоверчиво относились к моим опытам, я платил им тем же. Дабы избежать надувательства с их стороны, я ничего не сказал о том, что готовлюсь проделать. Сев за их столик – кафе находилось в двух минутах ходьбы от борделя, – я стал мысленно настойчиво требовать от Рафаэлы прийти ко мне. Спустя десять минут с закатившимися глазами, ничего не понимая, она входит в кафе. Я прошу ее сесть рядом со мной, она послушно садится, я говорю с нею, успокаиваю, и она тихо просыпается.

Спустя шесть или семь месяцев Рафаэла умерла в больнице. Ее смерть огорчила меня. И я перестал заниматься гипнозом.

Зато я всю жизнь забавлялся тем, что крутил стол, не находя в этом ничего сверхъестественного. Я видел, как он поднимался и двигался, подчиняясь какой-то неведомой магнетической силе, исходящей от участников сеанса. При этом с помощью столов можно было получить верный ответ, проверяемый с помощью одного из участников сеанса, который знал его заранее. Что это, как не механическое движение, физическое и активное проявление подсознания.

Довольно часто я занимался угадыванием. Существовала такая игра — в убийцу. В помещении, где находится дюжина человек, я находил особенно чувствительную женщину (это можно было установить с помощью нескольких простейших тестов). Затем просил остальных выбрать из своей среды убийцу, жертву и спрятать где-нибудь орудие преступления. Сам я выходил из комнаты, а они делали все, что надо. Затем я возвращался, мне завязывали глаза, я брал руку женщины. С нею вместе я обходил комнату и довольно быстро (хотя и не всегда) угадывал, кого они выбрали и тайник, где лежит оружие. Женщина даже не догадывалась, как это делается, а я лишь прослеживал легкую пульсацию ее руки, которая лежала в моей.

Другая игра была труднее. Я выходил из комнаты при тех же условиях. Каждый из присутствовавших должен был выбрать предмет и потрогать его — стул, картину, книгу, безделушку, но не просто так, а по какой-то причине. Я возвращался и находил, что кто выбрал. Результат размышлений, инстинкта и, вероятно, телепатии. В Нью-Йорке во время войны я проводил эти опыты с находившимися в изгнании сюрреалистами Андре Бретоном, Марселем Дюшаном, Максом Эрнстом, Танги. И ни разу тогда не ошибся. Хотя подчас мне случалось ошибаться.

И последнее воспоминание: однажды в Париже я находился в баре «Селект» вместе с Клодом Жежером. Без особых церемоний мы заставили покинуть бар всех клиентов. Осталась только одна женщина. Довольно пьяная. Я сел рядом с ней и тотчас сказал, что она по происхождению русская. Добавил другие подробности, и все верно. Она была очень удивлена, и я не менее, ибо никогда прежде ее не видел.

Мне кажется, что кино оказывает на зрителей гипнотическое действие. Достаточно понаблюдать за людьми, выходящими из кинотеатра, всегда молчаливыми, с опущенной головой и с отрешенным видом. Посетители театра, корриды и стадионов проявляют больше энергии и воодушевления. Легкий и неосознанный гипноз кинематографа объясняется атмосферой темного зала, а также чередованием планов, светом и движениями камеры, которые ослабляют критический разум зрителя и оказывают на него воздействие, сходное с наваждением и насилием.

Раз уж я начал вспоминать своих мадридских друзей, мне хотелось бы назвать и Хуана Негрина, будущего председателя Совета министров Республики. По возвращении в Испанию после долгих лет учебы в Германии он стал превосходным профессором физиологии. Я попробовал однажды ходатайствовать перед ним за моего друга Пепина Бельо, неизменно проваливавшегося на экзаменах по медицине. Тщетно.

Я хотел бы вспомнить великого Эухенио д'Орса, каталонского философа, — апостола барокко (которое он считал основой искусства и жизни, а не проходящим историческим явлением) и автора фразы, которую я часто использую против тех, кто претендует на оригинальность: «Все, что не имеет традиции, становится плагиатом». Что-то в этом парадоксе всегда казалось мне очень верным.

Профессор Барселонского рабочего института, д'Орс чувствовал себя немного одиноким, когда приезжал в Мадрид. Он любил приходить в Резиденцию пообщаться с молодыми студентами и принять иногда участие в собрании в кафе «Хихон».

В Мадриде тогда было старое заброшенное кладбище под названием «Сакраменталь де Сан-Мартин», на котором находилась могила нашего великого поэта-романтика Ларры. Здесь можно было насчитать сотню самых прекрасных в мире кипарисов. Однажды вечером вместе с Орсом и всей компанией мы решили посетить это кладбище. Днем я обо всем договорился со сторожем, дав ему десять песет.

Когда стемнело, при свете луны мы в полной тишине проникаем на старое заброшенное кладбище. Я вижу приоткрытый склеп, спускаюсь по нескольким ступеням, и тут в полосе света замечаю слегка сдвинутую крышку гроба, из-под которой торчит прядь сухих и грязных женских волос. Взволнованный, зову остальных.

Эта мертвая прядь волос при лунном свете, о которой я вспомнил потом в фильме «Призрак свободы» (разве волосы растут и после смерти?), является одним из самых сильных впечатлений в моей жизни.

Щуплый на вид, весьма желчный андалусец из Малаги, большой друг Пикассо, а позднее Мальро,

Хосе Бергамин был несколькими годами старше меня. Женатый на одной из дочерей драматурга Арничеса (другая его дочь вышла замуж за моего друга Угарте), он был уже известен как поэт и эссеист и, как сын бывшего министра, считался «сеньорито». Бергамин не без изрядной жеманности обожал игру слов и парадоксы, а также старые испанские легенды о доне Хуане и тауромахию. В тот период мы виделись редко. Позднее, во время гражданской войны, мы побратались. Еще позднее, после моего приезда в Испанию для съемок «Виридианы» в 1961 году, он прислал мне очень милое письмо, где сравнивал с Антеем, который обретает силу, прикасаясь к родной земле. Как и многие другие, он тоже долгие годы провел в изгнании. В последнее время мы встречались довольно часто. Он живет в Мадриде. По-прежнему пишет и сражается.

Хотелось бы мне назвать и Унамуно, профессора философии в Саламанке. Как и Эухенио д'Орс, он часто наезжал в Мадрид, где происходило столько всяких событий. Примо де Ривера отправил его в ссылку на Канарские острова. Позднее мы встретились в Париже. Этот знаменитый и серьезный человек был педантом без малейшего чувства юмора.

И наконец, я хотел бы рассказать о Толедо.

Толедский орден

В 1921 году вместе с филологом Солалинде я открыл для себя Толедо. Приехав из Мадрида поездом, мы пробыли там два или три дня. Я вспоминаю представление в театре «Дона Хуана Тенорио» и вечер, проведенный в борделе. Не испытывая никакого желания иметь дело с девушкой, которую мне предложили, я гипнотизировал ее и посылал стучать в дверь филолога.

Влюбившись в город с первой минуты, скорее из-за царившей там совершенно особой атмосферы, чем из-за туристских красот, я потом часто наезжал туда с друзьями из Резиденции и в день святого Иосифа в 1923 году основал Толедский орден, назначив себя его коннетаблем.

В этот орден новые члены принимались до 1936 года. Секретарем был Пепин Бельо, а среди членов-учредителей – Лорка и его брат Пакито, Санчес Вентура, Педро Гарфиас, Аугусто Кастено, баскский художник Хосе Узелей, а также одна женщина, весьма экзальтированная студентка Унамуно из Саламанки, библиотекарь Эрнестина Гонсалес.

Затем следовали «рыцари» и «кабальеро». Просматривая сегодня старый список, я нахожу в нем имена Эрнандо и Пулу Виньеса, Альберти, Угарте, моей жены Жанны, Ургойти, Солалинде, Сальвадора Дали (позднее против его имени было помечено «лишен звания»), Инохосы («расстрелян»), Марии-Тересы Леон, жены Альберти, и французов Рене Кревеля и Пьера Юника.

Среди скромных «шталмейстеров» числятся Жорж Садуль, Роже Дезормьер и его жена Колетт, оператор Эли Лотар, дочь директора Французского института в Мадриде Алиетт Лежандр, Анна-Мария Кустодио.

Старшим из «гостей шталмейстеров» был Морено Вилья, посвятивший позднее большую статью Толедскому ордену. Следом шли четверо «гостей шталмейстеров», а за ними, в самом конце, – «гости гостей шталмейстеров», коими были Хуан Висенс и Марселино Паскуа.

Чтобы быть принятым в ряды «кабальеро», требовалось безгранично любить Толедо, напиться в течение по крайней мере одной ночи и долго бродить по улицам. Любители рано ложиться спать имели право только на звание «шталмейстеров». Я уж и не говорю про «гостей» и «гостей гостей».

Намерение учредить орден пришло ко мне, как это случалось и у других учредителей, после видения.

Однажды в Толедо случайно встретились две группы друзей. Устроившись в одной из таверн, они приступили к обычным возлияниям. Я входил в одну из этих групп. Основательно выпив, я отправился побродить по готическому дворику при соборе, когда внезапно услышал пение тысяч птиц и чей-то голос, внушающий мне немедленно отправиться в монастырь кармелитов – не для того, чтобы стать монахом, а чтобы выкрасть кассу монастыря.

Я иду в монастырь. Привратник впускает меня. Является монах. Я высказываю ему свое внезапное намерение вступить в орден кармелитов. Почувствовав, что от меня разит вином, он выпроваживает меня.

На другой день у меня созрело решение основать Толедский орден.

Правила приема были очень просты: следовало внести в общую кассу, то есть мне, десять песет на оплату жилья и кормежку. Принадлежность к ордену предполагала частые приезды в Толедо, а также готовность подвергнуться самым неожиданным испытаниям.

Обычно мы останавливались вдали от престижных отелей, в таверне «Посада де ла Сангре» («Кровавая таверна»), в которой разворачивается действие романа Сервантеса «Блестящая обманщица». Таверна эта очень мало изменилась с тех пор – те же ослики во дворе, тачки, грязные простыни и студенты. Разумеется, никакой проточной воды, что носило характер лишь относительного неудобства, так как члены ордена не имели права умываться во время пребывания в святом городе.

Трапезы происходили либо в тавернах, либо в находившейся несколько в стороне от города «Вента де Айрес», где нам непременно подавали дежурный омлет (со свининой) и перепелок. Запивалось все это белым вином из Йепеса. На обратном пути мы делали обязательную остановку у памятника кардиналу Тавере, изваянного Берругете. Мы преклоняли на несколько минут колена перед распростертым изваянием кардинала, изображенного скульптором с бледными ввалившимися щеками, то есть за час или два до начала разложения. Его лик можно увидеть в «Тристане» – именно над этим застывшим воплощением смерти склоняется Катрин Денёв.

Затем мы возвращались в город, чтобы побродить по лабиринту его улочек, готовые к любым приключениям. Однажды слепой отвел нас к себе домой и познакомил с остальными членами семьи, тоже слепыми. В доме не было никаких источников света, ни одной лампы. А на стенах висели картины, сделанные из волос, с изображением кладбищ. Могилы из волос, кипарисы из волос.

Находясь обычно в близком к бредовому состоянии, подкрепленном вином, мы целовали землю, взбирались на колокольню собора, будили дочь полковника, адрес которой был нам известен, слушали через стены монастыря Санто-Доминго среди ночи песнопения верующих и монахов. Мы гуляли, громко читая стихи, которые звонко резонировали от стен древней столицы Испании, этого иберийского, римского, вестготского, еврейского и христианского города.

Однажды поздно ночью, в снегопад, мы с Угарте услышали голоса детей – большого хора, распевавшего таблицу умножения. Голоса время от времени обрывались, слышался смех и строгий голос учителя. Затем арифметическая песня продолжалась.

Встав на плечи друга, я заглянул в окно, но пение сразу прекратилось. Я ничего не увидел в темноте, царила полная тишина.

Другие приключения носили менее головокружительный характер. В Толедо находилась военная школа курсантов. Когда один из них вступал в драку с кем-нибудь из жителей города, курсанты приходили к нему на помощь, чтобы — весьма грубо — отомстить наглецу, осмелившемуся помериться силой с их другом. Они пользовались дурной славой. Однажды мы встретили на своем пути двоих курсантов, и один из них схватил за руку Марию-Тересу, жену Альберти, сказав: «Какая баба!» Она посчитала себя оскорбленной, выразила протест, я поспешил ей на помощь и сбил с ног обоих курсантов. Пьер Юник в свою очередь пнул одного из них ногой, хотя тот уже лежал на земле. Нас было семь или восемь человек против двоих, так что не было никаких оснований собой гордиться. Мы двинулись дальше. И тут к нам подошли два жандарма, наблюдавшие за дракой издалека, но, вместо того чтобы сделать внушение, посоветовали поскорее убраться из Толедо. Они опасались мести курсантов. Мы не последовали их совету, однако на этот раз ничего не случилось.

Вспоминается среди многих других разговор с Лоркой однажды утром в «Посада де ла Сангре». Еле ворочая языком, я заявил ему:

— Федерико, мне непременно надо сказать тебе правду. Правду о тебе.

Дав мне выговориться, он спросил:

— Ты кончил?

— Да.

— Тогда мой черед. Я скажу все, что думаю о тебе. Ты вот говоришь, что я ленив. Ничуть. Я не ленив, я...

И в течение десяти минут он говорил о себе.

После того как в 1936 году Франко взял Толедо (во время боев была разрушена таверна «Посада де ла Сангре»), я ни разу там не был до возвращения в Испанию в 1961 году, когда возобновил свои паломничества. Морено Вилья рассказывает в своей статье, что в начале гражданской войны группа анархистов обнаружила в Мадриде во время обыска в чьей-то квартире диплом Толедского ордена. Несчастному, у которого эта бумага была найдена, стоило невероятных усилий объяснить, что это не подлинный документ о присвоении благородного звания. И тем самым спасти себе жизнь.

В 1963 году на холме, господствующем над Толедо и Тахо, я отвечал на вопросы Андре Лабарта и Жанин Базен. которые делали телепередачу для Франции. Классическим был вопрос:

– Каковы, по вашему мнению, взаимоотношения между французской и испанской культурой?

– Очень простые, – ответил я, – испанцы, скажем я, знают все о французской культуре. Зато французы ничего не знают об испанской. Вот Каррьер, например (он присутствовал при этом), был профессором истории. Но до своего приезда сюда, то есть до вчерашнего дня, был убежден, что Толедо – это марка мотоциклов.

Однажды в Мадриде Лорка пригласил меня пообедать с композитором Мануэлем де Фальей, приехавшим из Гранады. Федерико стал его расспрашивать об их общих друзьях и вдруг заговорил об аидалусском художнике Морсильо.

– Я был у него несколько дней назад, – ответил Фалья.

И рассказал следующую историю, которая представляется мне весьма типичной для понимания наших тогдашних настроений.

Морсильо принимает Фалью в своей мастерской. Композитор рассматривает картины, которые художник пожелал ему показать, высказывая самое лестное мнение. Затем, обратив внимание на несколько полотен на полу, повернутых к стене, он спрашивает, можно ли взглянуть и на них. Художник возражает. Эти картины ему не нравятся, и он предпочитает их не показывать.

Фалья настаивает, и художник уступает. С явным неудовольствием повернув одно из полотен, он говорит:

– Сами видите – оно ничего не стоит.

Фалья не согласен. Он находит картину интересной.

– Нет, нет, – настаивает Морсильо. – Общий замысел мне, правда, нравится, некоторые детали недурны, но фон совершенно не удался.

– Фон? – спрашивает Фалья, приглядевшись.

–Да, фон. Небо, облака. Облака явно неудачны, вы не находите?

– Действительно, – признается в конце концов композитор. – Вероятно, вы правы. Возможно, облака ниже уровня всего остального.

– Вы находите?

– Да.

– Так вот, – заключает художник, – эти облака как раз нравятся мне больше всего. По-моему, это лучшее из написанного мной за многие годы.

Всю жизнь я встречал более или менее явные примеры подобного состояния ума, которое называю «морсильисмо».

Мы все немного «морсильисты». Яркий пример тому – образ епископа Гранады в романе «Жиль Блаз» Лесажа. «Морсильисмо» рождается в глубинах безграничной лести. Задача заключается в том, чтобы исчерпать все возможные похвалы. При этом провоцируют – часто вполне оправданную – критику, не без некоторого мазохизма пытаясь сбить с толку человека, который не видит устроенного ему подвоха.

В эти годы в Мадриде открывались все новые кинотеатры, привлекавшие большое число зрителей. Часто в кино ходили с невестой, имея возможность прижаться к ней в темноте, и тогда было совершенно безразлично, что показывали. Мы отправлялись туда с друзьями по Резиденции, выбирая преимущественно бурлескные американские комедии с Беном Тюрпином, Гарольдом Ллойдом, Бестером Китоном или фильмы Мак Сеннетта. Чаплина мы не очень жаловали.

Кино тогда было лишь развлечением. Никто из нас не считал его ни новым средством выразительности, ни тем более искусством. Значение для нас имели поэзия, литература и живопись. Ни разу в то время я не думал, что стану кинорежиссером.

Как и другие, я писал стихи. Первое стихотворение было напечатано в журнале «Ультра» (или «Орисонте») и называлось «Оркестр». В нем описывались десятка три инструментов. Гомес де ла Серна горячо поздравил меня – по правде говоря, он легко угадал в нем свое влияние.

Так или иначе, ближе всего я был к участникам движения ультраистов – крайним авангардистам в художественном творчестве. Мы знали Дада, Кокто, восхищались Маринетти. Сюрреализм тогда еще не существовал.

Все мы сотрудничали с таким известным журналом, как «Гасета литерариа». Руководимый Хименесом Кабальеро, журнал объединял всех писателей «Поколения 27-го года», а также и более старших авторов. Он предоставлял свои страницы каталонским поэтам, которых никто не знал, а также авторам из Португалии, страны куда более далекой от нас, чем Индия.

Я многим обязан Хименесу Кабальеро, который попрежнему живет в Мадриде. Но политика часто мешает чувству дружбы. Директор «Гасета», воспевавший к месту и не к месту великую испанскую империю, исповедовал фашистские взгляды. Десять лет спустя, с приближением гражданской войны, когда каждый выбирал свой лагерь, я встретил Кабальеро на Северном вокзале Мадрида. Мы даже не обменялись поклонами.

В «Гасета» я напечатал и другие стихи, а позднее посылал из Парижа статьи о кино.

Тем временем я продолжал заниматься спортом. Через посредство некоего Лоренсаны, чемпиона по боксу среди любителей, я познакомился с великолепным Джонсоном. Этот прекрасный, как тигр, негр был в течение нескольких лет чемпионом мира. Говорили, что во время своего последнего боя он проиграл изза денег. Уйдя от дел, он жил в Мадриде в «Паласе» вместе с женой Люсильей. Их нравы были отнюдь не безупречными. По утрам я не раз устраивал прогулки с Джонсоном и Лоренсаной. Мы шли от «Паласа» до ипподрома – три или четыре километра. Я побеждал боксера в пережиме руки.

Отец мой умер в 1923 году.
Я получил из Сарагосы телеграмму: «Отец очень болен, срочно приезжай». Я застал его еще живым, очень слабым (он умер от пневмонии) и сказал, что приехал для энтомологических изысканий. Он просил меня хорошо относиться к матери и умер спустя четыре часа.

Вечером собралась вся семья. Спать всем было негде. Садовник и звонарь Каланды легли в гостиной на матрасах. Одна из служанок помогла мне одеть отца, завязать галстук. Чтобы натянуть сапоги, пришлось разрезать их сбоку.

Все легли спать, а я остался у его тела. Один из кузенов, Хосе Аморос, должен был приехать из Барселоны поездом в час ночи. Я выпил немало коньяка, и вдруг мне показалось, что отец дышит. Я вышел покурить на балкон в ожидании машины с кузеном – был май, цвели акации, – когда внезапно услышал шум в столовой – словно отбросили стул к стене. Я вернулся и увидел отца, с очень сердитым видом протягивающего мне руки. Эта галлюцинация – единственная за всю мою жизнь – длилась секунд десять, потом все стало на свои места. Я прошел в комнату, где спали слуги, лег вместе с ними. Я не испугался, я знал, что это галлюцинация, но не хотел оставаться один.

Похороны состоялись на следующий день. А через день я уже спал в постели отца, осторожности ради положив под подушку револьвер – прекрасное, с его инициалами в золоте и перламутре оружие, – чтобы выстрелить в привидение, если оно появится. Но оно больше никогда не появлялось.

Эта смерть имела решающее значение в моей жизни. Мой старый друг Мантекон часто вспоминает, как спустя несколько дней после похорон я надел ботинки отца, открыл его кабинет и начал курить его «гаваны». Я стал главой семьи. Моей матери не было сорока. Немного позже я купил машину марки «рено».

Если бы не смерть отца, я, возможно, еще долго жил бы в Мадриде. Я защитил диплом по философии и отказался от защиты докторского звания. Я хотел уехать и только ждал случая.

Он представился мне в 1925 году.

Париж
1925–1929

В 1925 году я узнал, что Лига Наций намерена учредить Международное общество интеллектуального сотрудничества. Эухенио д'Орс был назначен туда представителем Испании.

Я подал заявление директору Резиденции, выразив желание сопровождать Эухенио д'Орса в качестве секретаря. Мою кандидатуру приняли. А так как это общество еще не было официально оформлено, меня попросили все же выехать в Париж и ожидать на месте, порекомендовав ежедневно читать «Тан» и «Таймс», дабы совершенствоваться во французском, который я немного знал, и начать изучение английского, о котором я и понятия не имел.

Моя мать оплатила дорогу и пообещала присылать мне ежемесячно деньги. По приезде в Париж, не зная, где остановиться, я отправился, естественно, в отель «Ронсерей», в пассаже Жуффруа, где мои родители останавливались в 1899 году во время свадебного путешествия и где я был зачат.

Мы — «инородцы»

Через три дня после приезда в Париж я узнал, что здесь находится Унамуно. Французские интеллигенты зафрахтовали судно и вытащили его из ссылки на Канарских островах. Он ежедневно участвовал в собрании в кафе «Ротонда», где состоялись мои первые встречи с теми, кого французские правые презрительно называли «инородцами», то есть с живущими в Париже и заполнявшими террасы кафе иностранцами.

Я почти каждый день ходил в «Ротонду», без труда перенеся сюда свои мадридские привычки. Два-три раза мне случалось пешком провожать Унамуно к нему домой около площади Звезды. Двухчасовая, заполненная разговором прогулка.

Спустя несколько месяцев после приезда я познакомился в «Ротонде» с неким Ангуло, студентом-педиатром. Он жил в отеле «Сен-Пьер», на улице Эколь де Медсин, в двух шагах от бульвара Сен-Мишель. Скромный и симпатичный, расположенный по соседству с китайским кабаре, этот отель мне понравился. И я туда переехал.

А на другой день заболел гриппом и остался лежать в постели. Через стены комнаты до меня по вечерам доносились звуки большого кассового аппарата китайского кабаре. Напротив помещался греческий ресторан и винный склад. Ангуло посоветовал мне лечить грипп шампанским. Я тотчас купил его. Это дало мне повод убедиться в причинах презрения, скорее ненависти, к нам правых. Не знаю, в результате какой девальвации франка иностранная валюта приобрела необычайный вес. В частности, на песеты «инородцы» могли жить почти как князья. Бутылка шампанского, которая помогла мне справиться с гриппом, стоила 11 франков – то есть одну песету.

На парижских автобусах можно было прочесть тогда плакаты: «Берегите хлеб». А мы пили лучшие сорта шампанского, «Моэт» и «Шандон», по песете за бутылку.

Поправившись, я как-то вечером один отправился в китайское кабаре. Ко мне подсела и начала со мной беседу, как и требовала ее роль, служившая в нем женщина. Я был поражен тем, как она говорила со мной. Конечно, не о литературе или философии, а о вине, о Париже, о повседневной жизни, но с такой непосредственностью, с таким отсутствием всякого занудства и напыщенности, что я был буквально восхищен. Я открывал для себя нечто мне совершенно неизвестное – новые отношения между языком и жизнью. Я не был близок с этой женщиной, я не знаю даже ее имени и никогда ее больше не видел, но она связана в моих воспоминаниях с тем, что я называю первым контактом с французской культурой.

Удивление вызывали и целующиеся на улице пары. Такое поведение создавало пропасть между Францией и Испанией, так же как и нравы, дозволявшие мужчине и женщине жить вместе, не вступая в брак.

В те времена говорили, что в Париже, столице искусства, насчитывалось 45 тысяч художников – удивительная цифра, – большинство которых посещали Монпарнас (Монмартр перестал быть модным после Первой мировой войны).

Лучший в то время журнал по искусству «Кайе д'ар» посвятил целый номер испанским художникам, работавшим в Париже, с которыми я встречался почти каждый день. Среди них были андалусец Исмаэль де ла Серна, чуть старше меня, каталонец Кастаньер, открывший затем ресторан «Каталонец» напротив мастерской Пикассо на улице Гран-Огюстен, Хуан Грис, у которого я был однажды в пригороде, он умер вскоре после моего приезда. Я встречался с Косио, маленьким, хромым и косым, испытывавшим горькое чувство зависти к сильным и здоровым людям. Во время гражданской войны он стал командиром отряда фалангистов и пользовался как художник определенной известностью. Он умер в Мадриде.

А вот Борес похоронен в Париже, на Монпарнасском кладбище. Он был выходцем из группы ультраистов. Это был серьезный и довольно известный художник. Поехав однажды вместе со мной и Эрнандо Виньесом в Брюгге в Бельгии, он тщательно обошел все музеи.

Собрания этих художников посещали известный чилийский поэт Уидобро и баскский писатель Мильена, маленький, худой человек. Не знаю почему, позднее, после выхода «Золотого века», некоторые из них – Уидобро, Кастаньер, Косио – прислали мне оскорбительное письмо. Наши отношения какое-то время были натянутыми, а потом мы помирились.

Из этих художников Хоакин Пейнадо и Эрнандо Виньес стали лучшими моими друзьями. Эрнандо, по происхождению каталонец, на три года моложе меня, на всю жизнь остался мне верным другом. Он женился на женщине, которую я очень люблю, – Лулу, дочери Франсиса Журдена, писателя, близко знавшего импрессионистов и большого друга Гюисманса.

Бабушка Лулу в конце прошлого века держала литературный салон. Лулу сделала мне потрясающий подарок – веер, доставшийся ей от бабки. На нем многие великие писатели конца века, а также композиторы (Гуно, Массне) оставили свои автографы – несколько слов, ноты, стихи или просто подпись. Так, рядом, вместе оказались Мистраль, Альфонс Доде, Эредиа, Банвиль, Малларме, Золя, Октав Мирбо, Пьер Лоти, Гюисманс и другие, в том числе скульптор Роден – пустячная вещь, но отражающая суть целого мира. Я довольно часто разглядываю веер, сделанные на нем записи. Вот, скажем, Доде: «Когда едешь на север, зрение обостряется и слабеет». Рядом несколько строчек Эдмона де Гонкура: «Человек, не имеющий в себе запаса страстной любви к женщинам, цветам, безделушкам и даже вину – неважно к чему, – не способный проявить хотя бы чуть-чуть безрассудства, руководствующийся только буржуазным благоразумием, никогда, никогда, никогда не будет талантливым писателем». Серьезная и мало кому известная мысль. Тут же есть (редкие) стихи Золя:

Все, чего я жду от своего царства, –
Это зеленой поляны у двери в дом,

Колыбели из шиповника
Длиной в три соломинки.

Уже вскоре после приезда в Париж в мастерской художника Маноло Анхелеса Ортиса на улице Версенжеторикс я встретился с тогда уже знаменитым Пикассо, чье творчество вызывало горячие споры. Внешне очень контактный и веселый, он показался мне тогда человеком довольно холодным и эгоцентричным. Пикассо очень изменился во время гражданской войны, когда занял четкую позицию в поддержку Республики. Мы стали с ним видеться довольно часто. Он подарил мне небольшую картину — женщина на пляже, — которую я потерял во время войны.

Рассказывали, что, когда перед Первой мировой войной была похищена «Джоконда», его друга Аполлинера вызвали в полицию. Приглашенный туда же Пикассо отрекся от поэта, как апостол Петр от Христа...

Позднее, в 1934 году, каталонский керамист Артигас, близкий друг Пикассо, и какой-то торговец картинами отправились в Барселону повидать мать художника, пригласившую их пообедать. За столом она сообщила, что на чердаке в ящике полно рисунков, сделанных Пикассо в детстве и юности. Ее просят показать их, они поднимаются на чердак, открывают ящик; торговец картинами тут же предлагает ей продать их, сделка заключена, и он увозит с собой три десятка рисунков.

Спустя некоторое время в Париже в одной из галерей на Сен-Жермен-де-Пре открылась выставка. Пикассо приглашен на вернисаж. Он обходит всю экспозицию, узнает свои работы, кажется растроганным. Но это не мешает ему после вернисажа заявить на торговца и керамиста в полицию. В одной из газет был помещен портрет последнего как крупного мошенника.

Не надо спрашивать мое мнение о живописи: у меня его нет. Эстетические взгляды играли незначительную роль в моей жизни, и я только улыбаюсь, когда критик пишет о моем «стиле». Я не принадлежу к тем, кто может часами простаивать в картинной галерее, рассуждая и жестикулируя по поводу экспозиции. Относительно Пикассо замечу, что я видел, с какой легкостью он пишет, и это подчас отталкивало меня. Могу лишь сказать, что картина «Герника» мне не нравится, хотя я сам помогал вешать ее на выставке. В ней мне не нравится все: и вычурность формы выражения, и стремление политизировать любой ценой живопись. Такое же неприятие картины у Альберти и Хосе Бергамина, хотя я узнал об этом совсем недавно. Мы охотно бы все втроем взорвали «Гернику», но слишком стары, чтобы подкладывать бомбы.

Постепенно у меня сложились определенные привычки. Ресторан «Ла Куполь» на Монпарнасе не был еще открыт, и мы ходили в «Дом», «Ротонду», в «Селект», а также во все известные кабаре того времени.

Меня заинтересовал бал, который устраивали ежегодно девятнадцать мастерских изящных искусств. Друзья рассказали, что это выливается обычно в фантастическую оргию, единственную в своем роде, и я решил принять в ней участие. Называлось это «Бал Четырех искусств».

Я был представлен одному из так называемых организаторов, который продал мне за довольно дорогую цену прекрасные огромные билеты. Мы решили идти все вместе – Хуан Висенс, друг по Сарагосе, известный испанский скульптор Хосе де Креефт с женой, один чилиец, имя которого я позабыл, с приятельницей и я, – представляя, как велел сказать продавец билетов, мастерскую Сен-Жюльен.

Наступает день бала. Вечер начинается организованным мастерской Сен-Жюльен ужином в ресторане. Во время трапезы один из студентов в совершенно неприличном виде обходит комнату – такого я никогда не видывал в Испании и пришел в ужас.

После этого мы отправляемся к залу Ваграм, где должен был состояться бал. Полиция сдерживает толпу зевак. Здесь я вижу зрелище еще более невероятное: студент, одетый ассирийцем, несет на плечах совершенно нагую женщину. Их сопровождает улюлюканье толпы.

Я не мог опомниться, все время спрашивая себя, куда я попал.

Вход в Ваграм охраняли дюжие студенты от каждой мастерской. Мы подходим и показываем свои красивые билеты. Никакой реакции. Кто-то говорит:

– Вас надули.

Билеты оказались поддельными.

Де Креефт начинает громко возмущаться, и его с женой впускают. А нас с Висенсом и чилийцем нет. Дежурные не прочь пропустить спутницу чилийца в прекрасном меховом манто. Но она отказывается идти одна, и они рисуют сажей на спине ее манто большой крест.

Так мне и не удалось побывать на том сумасшедшем балу. Теперь такого не увидишь. Относительно того, что там делалось, ходили самые невероятные слухи. Приглашенные профессора оставались до полуночи, а потом разъезжались. Тогда-то и начиналось самое интересное. Те, кто еще держался на ногах, к четырем или пяти часам утра шли купаться в фонтанах площади Согласия.

Спустя три недели я встретил обманувшего меня торговца билетами. Он заболел и шел, с трудом опираясь на палку, так что я не стал ему мстить.

«Клозри де Лила» было тогда простым кафе, я ходил туда почти каждый день. Находившийся рядом «Баль Бюлье» мы часто посещали, только в маскарадных костюмах. Однажды я нарядился монашкой. Грим мой был продуман особенно тщательно. На губы и щеки я нанес немного красной краски, приклеил фальшивые ресницы. И вот мы идем по Монпарнасскому бульвару с друзьями, среди которых обряженный монахом Хуан Висенс, как вдруг видим, что к нам направляются двое полицейских. Меня начинает бить дрожь, так как в Испании за такие шутки можно получить пять лет тюрьмы. Но полицейские, улыбаясь, останавливаются и любезно спрашивают:

– Добрый вечер, сестра. Не можем ли мы вам быть чем-нибудь полезными?

Вице-консул Испании Орбеа иногда ходил вместе с нами в «Баль Бюлье». Однажды, когда он пожелал переодеться, я отдал ему свое платье монашки. Под ним у меня, как всегда, была форма футболиста.

Нам с Висенсом пришла в голову мысль открыть кабаре на бульваре Распай, и я отправился в Сарагосу к маме просить необходимые средства. Но она отказалась дать мне денег. Через какое-то время Висенс открыл магазин испанской книги на улице Гей-Люссак. Он умер от болезни в Пекине после войны.

Только в Париже я научился прилично танцевать. Я даже ходил на курсы. Я танцевал все, в том числе, несмотря на свое предубеждение к аккордеону, жава́. Я все еще помню: «Сыграем партию в белот, а потом...» В Париже было полно аккордеонистов.

Я по-прежнему любил джаз и играл иногда на банджо. У меня было по меньшей мере шестьдесят пластинок, цифра довольно значительная по тем временам. Слушать джаз мы ходили в отель «Мак-Магон», а танцевать – в «Шато де Мадрид» в Булонском лесу. Днем же, как истинный чужак, я учился на курсах французского языка.

Я уже говорил, что до приезда во Францию не имел и понятия об антисемитизме. И с удивлением открыл его для себя именно в Париже. Как-то в кругу друзей один господин рассказывал, как его брат накануне отправился в ресторан близ площади Звезды и, увидев обедающего еврея, дал ему такую затрещину, что тот упал со стула. Я задал несколько наивных вопросов, на которые мне не сумели ответить. Так я узнал о совершенно непонятной для испанца еврейской проблеме.

В то время правые группировки, «Королевские молодчики» и «Патриотическая молодежь», организовывали вылазки на Монпарнасе. Они выскакивали из грузовиков с желтыми дубинками и начинали бить «инородцев», сидящих на террасах лучших парижских кафе. Два-три раза я вступал с ними в рукопашную.

Я переехал в меблированную комнату в доме 3 на площади Сорбонны. Это была маленькая, тихая, обрамленная деревьями провинциальная площадь. По улицам тогда разъезжали фиакры и редкие автомобили. Выглядел я довольно элегантно – носил гетры, жилет с четырьмя карманами, котелок. В Испании все ходили в шляпах или фуражках. В Сан-Себастьяне появление без головного убора грозило расправой и прозвищем maricôn (педик). Однажды я положил свою шляпу на тротуар на бульваре Сен-Мишель и придавил ее каблуком. Так я окончательно распрощался с нею.

В это время я познакомился с маленькой брюнеткой, француженкой по имени Рита. Я встретил ее в «Селекте». У нее был любовник-аргентинец, которого я никогда не видел, а жила она в отеле на улице Деламбр. Мы часто вместе проводили время в кино или кабаре. Ничего более. Я чувствовал, что интересую ее. Со своей стороны я тоже не был к ней равнодушен.

Когда я отправился в Сарагосу просить денег у мамы, по приезде туда я получил телеграмму Висенса о самоубийстве Риты. Следствие установило, что ее отношения с аргентинцем дошли до предела (возможно, и по моей вине). В день моего отъезда он увидел, как она вернулась в отель, и последовал за ней. Никто так и не знает, что там произошло. Но в результате Рита схватила маленький револьвер, выстрелила в любовника и потом в себя.

Хоакин Пейнадо и Эрнандо Виньес имели общую мастерскую. Через неделю после моего приезда в Париж, заглянув к ним, я увидел там трех милых девушек, которые изучали анатомию в Сорбонне.

Одну из них, показавшуюся мне очень красивой, звали Жанной Рюкар. Она приехала с Севера и благодаря своей портнихе перезнакомилась с жившими в Париже испанцами. Жанна занималась художественной гимнастикой. В 1924 году на Олимпийских играх в Париже она завоевала бронзовую медаль. Ее тренером была Ирэн Поппар.

Мне пришла в голову макиавеллиевская, но, в сущности, очень наивная мысль – заставить трех девушек повиноваться нам. В Сарагосе один лейтенант рассказывал мне о некоем всемогущем средстве, способном сломить сопротивление самых упорных девушек. Я поделился своей идеей с Пейнадо и Виньесом: пригласить девушек, дать им шампанское, подсыпав в него снадобье. Я искренне в него верил. Но Эрнандо Виньес ответил, что он католик и никогда не опустится до подобной низости.

Итак, ничего не произошло, если не считать того, что мы начали часто встречаться с Жанной Рюкар, она стала моей женой и является ею поныне.

Первые постановки

В первые годы жизни в Париже, когда я общался в основном с испанцами, я мало что слышал про сюрреалистов. Однажды, проходя мимо «Клозри де Лила», я увидел на тротуаре разбитое стекло витрины. Во время обеда, данного в честь мадам Рашильд, двое сюрреалистов – не знаю кто – оскорбили ее и ударили по лицу, завязалась всеобщая потасовка.

По правде говоря, первое время сюрреализм не очень меня интересовал. Я написал на десяток страниц пьесу, которая называлась просто «Гамлет», и мы ее поставили своими силами в подвальчике «Селекта». Таков был мой дебют режиссера.

В конце 1926 года мне представился удобный случай. Эрнандо Виньес оказался племянником очень известного тогда пианиста Рикардо Виньеса, который первым познакомил слушателей с музыкой Эрика Сати.

В Амстердаме существовали в то время две музыкальные труппы, считавшиеся лучшими в Европе. Первая с большим успехом поставила «Историю солдата» Стравинского. Вторую возглавлял великий Менгельберг. Чтобы составить конкуренцию первому коллективу, он решил поставить «Ретабло де Маэсе Педро» Мануэля де Фальи, короткое произведение, навеянное «Дон Кихотом». Оно должно было заключать концерт. Им нужен был постановщик.

Рикардо Виньес знал Менгельберга. Хотя мой «Гамлет» был, надо сказать, весьма слабой рекомендацией, мне предложили постановку, и я согласился.

Мне предстояло работать с дирижером, имеющим мировую славу, и с прекрасными певцами. Две недели мы репетировали в Париже у Эрнандо. «Ретабло» – это маленький кукольный театр. По идее все персонажи – куклы, за которых поют певцы. Я ввел четырех персонажей в масках, присутствующих на спектакле кукольника Маэсе Педро, которые иногда вмешивались в действие, неизменно дублируемые певцами, находившимися в оркестровой яме. Естественно, на роли – немые – четырех персонажей я пригласил друзей. Так, Пейнадо играл роль хозяина таверны, а мой кузен Рафаэль Саура – Дон Кихота. Еще один художник – Косио – тоже участвовал в постановке.

Спектакль сыграли три или четыре раза в Амстердаме при переполненном зале. На первом представлении я совсем забыл про свет. Ничего не было видно. С помощью осветителя мы все уладили, и второе представление прошло уже совершенно нормально.

Театральной режиссурой мне случилось заняться еще раз значительно позднее, в Мехико году в 1960-м. Речь шла о бессмертной пьесе – «Дон Хуан Тенорио» Соррильи, написанной за восемь дней, которая кажется мне превосходно построенной. Она заканчивается сценой в раю, где дон Хуан, убитый на дуэли, видит свою спасенную любовью донны Анны душу.

Это была классическая постановка, весьма далекая от пародийного спектакля в Резиденции. В Мехико ее сыграли три раза по случаю празднования Дня поминовения (это в испанской традиции), и она имела огромный успех. В давке в театре были разбиты витрины. В этом представлении Луис Алькориса играл дона Луиса, а я взял себе роль дона Диего, отца дона Хуана. Но глухота так мешала мне, что я с трудом мог следить за репликами партнеров. Я так рассеянно играл перчатками, что Алькорисе пришлось изменить мизансцену и тронуть меня за локоть, чтобы предупредить о моей реплике.

Делать фильмы

С момента моего приезда в Париж я стал ходить в кино куда чаще, чем в Мадриде, иногда даже по три раза в день. Утром, благодаря корреспондентскому билету одного из друзей, я смотрел на частных просмотрах неподалеку от зала Ваграм американские картины, днем шел в один из кинотеатров своего района, а вечером отправлялся в кинотеатры «Вье Коломбье» или в «Стюдио дез юрсюлин».

Нельзя считать, что я пользовался корреспондентским билетом неоправданно. По рекомендации Зервоса из «Кайе д'ар» я писал для них рецензии в разделе «Порхающие странички». Некоторые из них я отправлял в Мадрид. Так, я написал тогда об Адольфе, Менжу, Бестере Китоне, о фильме Штрогейма «Алчность».

Среди поразивших меня в те годы фильмов невозможно забыть «Броненосец "Потемкин"». Выйдя после просмотра на улицу, примыкающую к кинотеатру «Алезиа», мы готовы были возводить баррикады.

Вмешалась полиция. Долгие годы я повторял, что считаю этот фильм самым прекрасным в истории кино. Сегодня – не знаю.

Я вспоминаю также картины Пабста, «Последнего человека» Мурнау, но в особенности картины Фрица Ланга.

Именно после просмотра «Трех огоньков»* я отчетливо понял, что тоже хочу делать фильмы. Меня заинтересовал не столько сюжет картины, сколько ее центральный эпизод, появление человека в черной шляпе – я тотчас же понял, что это смерть, – во фламандской деревне, и сцена на кладбище. В фильме Ланга что-то глубоко меня затронуло, осветив мою жизнь. Это чувство укрепилось после того, как я увидел «Нибелунгов» и «Метрополис».

Делать фильмы. Но как? Я был испанцем, случайным человеком среди критиков, я не имел, как говорится, никаких связей.

Еще в Мадриде я запомнил имя Жана Эпштейна, писавшего статьи в «Эспри нуво». Этот режиссер, русский по происхождению, наряду с Абелем Гансом и Марселем Л'Эрбье считался одним из самых известных мастеров французского кино того времени. Узнав, что он создал совместно с русским актером из эмигрантов и французским актером, чьи имена я забыл, нечто вроде актерской школы, я тотчас же записался в нее.

В течение двух или трех недель я принимал участие в занятиях и импровизациях. Все учащиеся, за исключением меня, были русскими эмигрантами.

---

* Французское прокатное название «Усталой смерти» (1921).

Эпштейн, например, говорил нам: «Вы приговорены к смерти. Покажите, как ведет себя человек накануне казни». Он требовал от одного изображения героизма или отчаяния, от другого – непринужденности или вызова. Мы старались, как могли.

Лучшим из нас он обещал маленькие роли в своих фильмах. Тогда он как раз заканчивал съемки «Приключений Робера Макера», обращаться к нему было уже поздно. После того как Эпштейн завершил эти съемки, я отправился к нему на студию «Альбатрос» в Монтрёй-су-Буа. Мне было известно, что он должен приступить к работе над картиной «Мопра». Эпштейн принял меня, и я сказал:

– Послушайте, я знаю, что вы приступаете к съемкам. Меня очень интересует кино, но я совершенно несведущ в технике съемок. Я не смогу быть вам полезен. Но я не прошу денег. Возьмите меня рабочим, посыльным, кем угодно.

Он согласился. Съемки «Мопры» (в Париже, Роморантене и Шатору) и стали моим приобщением к кино. Я делал все. Даже снимался в трюковых эпизодах, изображая жандарма эпохи Людовика XV (или XVI), в которого попадает пуля, когда он стоит на стене. Я падал с высоты трех метров. Чтобы смягчить удар, внизу расстелили матрац, но я все равно сильно ушибся.

Во время съемок я подружился с актером Морисом Шульцем и актрисой Сандрой Миловановой. Но больше всего меня интересовала камера. Оператор Альбер Дюверже работал один, без ассистента. Сам перезаряжал кассеты, проявлял пленку, сам крутил ручку.

Это были немые фильмы, и студии не имели звуковой изоляции. Коридоры некоторых из них, например «Эпиней», были застеклены. Прожектора и

Луис Бунюэль

6-9647

Бунюэль в 1927 г.

Сальвадор Дали «Портрет Луиса Бунюэля», 1924 г.

«Андалусский пес»

Бунюэль и Дали

«Забытые». В ролях: Альфонсо Мехия (Педро), Роберто Кобо (Хайбо)

«Попытка преступления». Эрнесто Алонсо в роли Арчибальда де ла Круса

«Это называется зарей». В ролях: Жорж Маршаль (доктор Валерио), Лючия Бозе (Клара)

«Назарин». Рабочий момент съемок. Луис Бунюэль и актер Хесус Фернандес

*«Лихорадка пришла в Эль Пао».
Жерар Филип (Рамон Васкес)*

*«Виридиана». В заглавной роли –
Сильвия Пиналь*

«Симеон-столпник»

«Симеон-столпник»
Клаудио Брук (Симеон), Сильвия Пиналь (Соблазнительница)

Клаудио Брук (Симеон), Хесус Фернандес Мартинес (Карлик)

«Дневник горничной»

*«Дневная красавица».
В ролях: Катрин
Денев (Северин), Жан
Сорель (Пьер), Мишель
Пикколи (Анри),
Женевьев Паж (Мадам
Анаис)*

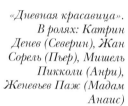

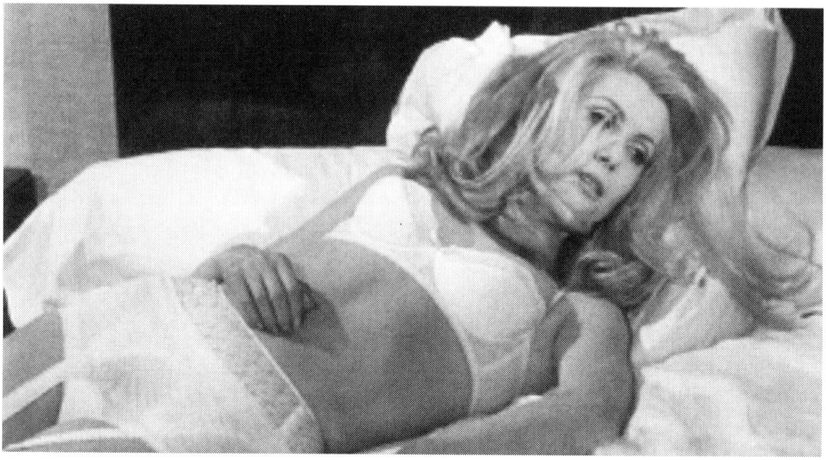

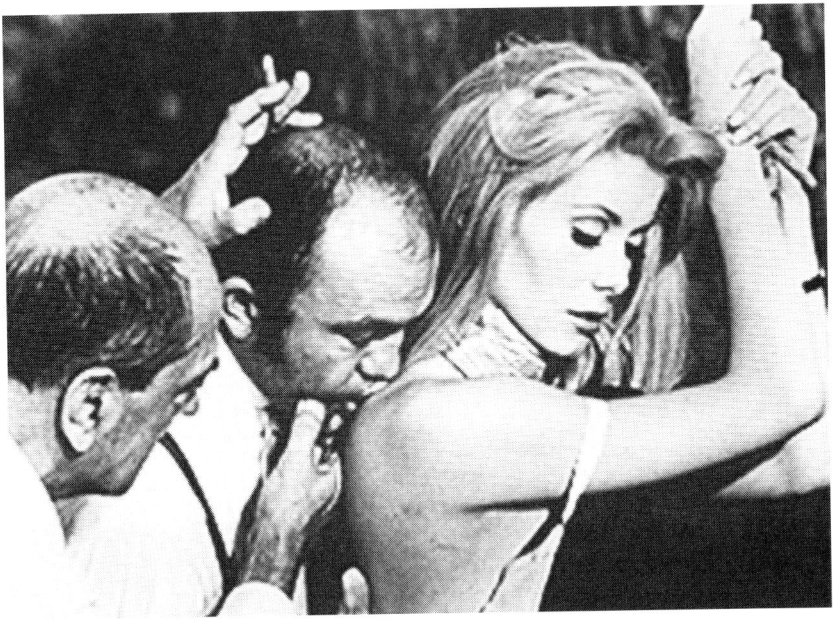

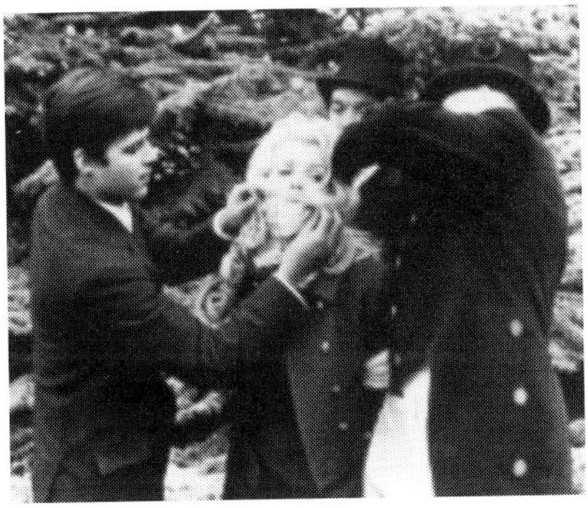

Великий режиссер с великой актрисой Катрин Денев

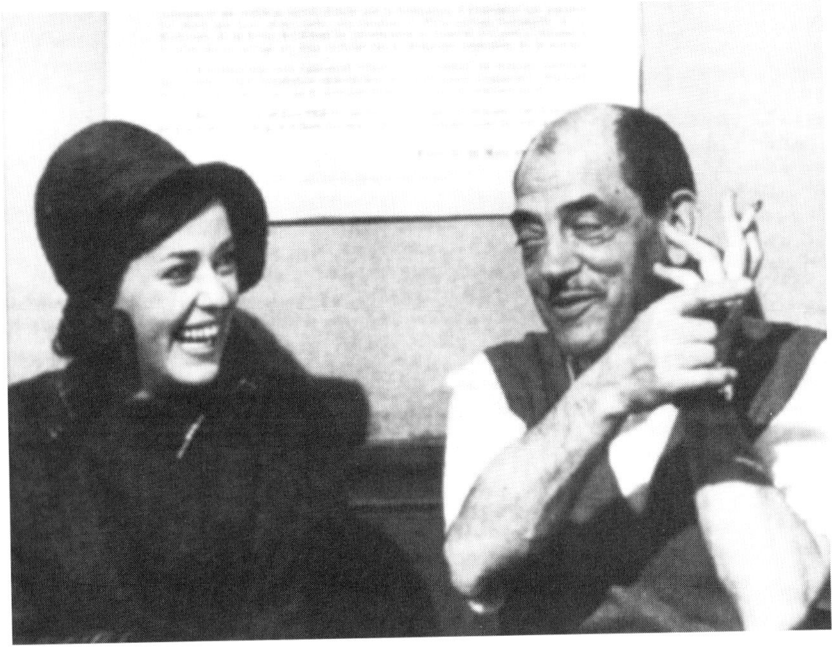

С Жанной Моро

В Голливуде. Рядом с Луисом Бунюэлем сидит Альфред Хичкок

«Млечный путь»

На съемках фильма «Млечный путь»

Жорж Маршаль (Иезуит)

Дельфин Сейриг (Проститутка)

Сцены из фильма «Млечный путь»

рефлекторы настолько нагревали помещение, что нам приходилось надевать светозащитные очки, чтобы избежать травмы. Эпштейн немного сторонился меня, быть может потому, что я смешил актеров. Помнится, в нашем же отеле в Роморантене я встретился с Морисом Метерлинком, который был уже стар. Он остановился там со своей секретаршей. Однажды мы вместе с ним пили кофе.

После картины «Мопра» Эпштейн стал готовиться к другой картине — «Падение дома Эшеров» по Эдгару По с участием Жана Дебюкура и кинозвезды, жены Абеля Ганса. Он пригласил меня на картину в качестве второго ассистента. Я снял на студии «Эпиней» все сцены в декорациях. Однажды администратор Морис Марло отправил меня в соседнюю аптеку купить гематоген. Хозяин оказался расистом и, признав во мне «инородца», грубо отказался продать то, что я просил.

В тот же вечер по окончании съемок в павильоне, когда Марло назначал нам всем на завтра встречу на вокзале, так как мы отправлялись на натурные съемки в Дордонь, Эпштейн сказал мне:

— Задержитесь с оператором. Абель Ганс приедет с двумя девушками делать пробы, помогите ему.

Я ответил с привычной грубостью, что я его ассистент и не желаю иметь ничего общего с месье Абелем Гансом, чьи фильмы мне не нравятся (что было не совсем точно — «Наполеон» произвел на меня большое впечатление). И добавил, что считаю Ганса пижоном.

Отлично, слово в слово, помню, что мне тогда сказал Жан Эпштейн:

— Как смеет такое дерьмо, как вы, говорить подобные вещи о великом режиссере?

И добавил, что не желает больше работать со мной. Я не принимал участия в натурных съемках «Падения дома Эшеров». Спустя некоторое время, успокоившись, Эпштейн пригласил меня в свою машину. По дороге в Париж он дал мне несколько советов:

— Будьте осторожны. Я чувствую в вас задатки сюрреалистов. Берегитесь этих людей.

Тем временем я продолжал перебиваться случайными заработками в кино. На студии «Альбатрос» я сыграл маленькую роль контрабандиста в «Кармен» с участием Ракель Мельер, в постановке Жака Фейдера, режиссера, которым я всегда восхищался. За несколько месяцев до этого, когда еще учился в актерской школе, я отправился к его жене Франсуазе Розе с очень элегантной русской эмигранткой, которая просила называть ее весьма странно — Ада Бразиль. Франсуаза Розе приняла нас очень любезно, но ничем не смогла нам помочь. Поскольку действие фильма «Кармен» происходило в Испании, на роли гитаристов были приглашены Пейнадо и Эрнандо Виньес. Как-то во время съемки одной сцены, где Кармен сидела за столом, обхватив голову руками, рядом с застывшим Хосе, Фейдер попросил меня как бы мимоходом выказать ей свою учтивость. Я подчинился. Мой галантный жест был чисто арагонским pizco — иначе говоря, я сильно ущипнул актрису, за что был ею награжден звонкой пощечиной.

Оператор Жана Эпштейна Альбер Дюверже (ставший впоследствии оператором моих фильмов «Андалусский пес» и «Золотой век») представил меня двум режиссерам — Этьевану и Нальпа, которые готовили фильм с Жозефиной Бекер «Тропическая сирена». Я сохранил об этом фильме самые скверные воспоминания. Капризы актрисы казались мне невыносимыми. Однажды она явилась на съемку вместо десяти часов утра в пять вечера, заперлась в артистической, хлопнув дверью, и принялась крушить склянки с гримом. Кто-то поинтересовался причиной ее дурного настроения. «Она думает, что ее собака заболела», — ответили ему.

Этот разговор слышал стоявший рядом Пьер Бачев, тоже игравший в фильме. Я сказал ему:

— Вот что такое кино.

— Ваше, но не мое, — сухо ответил он мне.

Я был совершенно с ним согласен. Мы подружились, и он снялся у меня в «Андалусском псе».

Как раз в это время в США казнили на электрическом стуле Сакко и Ванцетти. Это вызвало гневное возмущение во всем мире. Всю ночь на улицах Парижа происходили демонстрации. Вместе с одним из осветителей я пошел на площадь Звезды, я видел, как люди погасили пламя на могиле Неизвестного солдата. Демонстранты били стекла. Кругом все бурлило. Игравшая в картине английская актриса рассказывала, что обстреляли холл ее отеля. Особенно досталось Севастопольскому бульвару. Полиция несколько дней разыскивала и арестовывала подозрительных, по обвинению в грабеже.

Я сам оставил съемочную группу «Тропической сирены» еще до начала работы на натуре.

Мечты и сны

Если бы мне сказали: «Тебе остается жить двадцать лет. Чем бы ты заполнил двадцать четыре часа каждого оставшегося тебе жить дня?» – я бы ответил: «Дайте мне два часа активной жизни и двадцать два часа для снов – при условии, что я смогу их потом вспомнить», – ибо сон существует лишь благодаря памяти, которая его лелеет.

Я обожаю сны, даже если это кошмары. Они полны знакомых и узнаваемых препятствий, которые приходится преодолевать. Но мне это безразлично.

Именно безумная любовь к снам, удовольствие, ими порождаемое, без какой-либо попытки осмыслить содержание и объясняет мое сближение с сюрреалистами. «Андалусский пес» (я еще на этом остановлюсь) родился в результате встречи моего сна со сном Дали. Позднее я не раз буду использовать в своих фильмах сны, отказываясь сообщить им хоть какой-то рациональный характер и не давая никаких разъяснений. Однажды я сказал мексиканскому продюсеру: «Если фильм слишком короток, я введу в него свой сон». Но он не оценил моей шутки.

Говорят, что во сне мозг отдыхает от воздействия внешнего мира, что он менее чувствителен к шуму, запаху, свету. Зато он подвержен атаке изнутри, шквалу снов, которые волнами обрушиваются на него. Миллиарды и миллиарды образов рождаются каждую ночь, чтобы затем рассеяться, устилая землю покрывалом забытых снов. Все, абсолютно все в ту или иную ночь становится детищем мозга, а затем забывается.

Я попробовал собрать воедино те несколько снов, которые, как верные спутники, сопровождают меня всю жизнь. Иные из них весьма банальны: я падаю в пропасть, меня преследуют тигр или бык. Я вхожу в комнату, запираю дверь, бык выламывает дверь, и так далее.

Или я вижу себя во сне обязанным вновь сдавать экзамены. Казалось, я их уже сдал — без труда, но это не так. Мне приходится сдавать снова, а я все позабыл.

Или вот сон, который часто видят актеры театра или кино: мне надо непременно через несколько минут выйти на сцену, а я забыл свою роль. Этот сон может быть очень длинным, очень сложным. Я волнуюсь, схожу с ума, публика нетерпеливо свистит, я ищу помрежа, директора театра, я говорю ему: это ужасно, что мне делать? Он холодно отвечает, что я должен как-то выпутаться, что занавес поднят, что больше нельзя ждать Я в диком страхе. Такого рода сон я попытался воссоздать в фильме «Скромное обаяние буржуазии».

Или страх, связанный с возвращением в казарму. Пятидесяти или шестидесяти лет, в старой военной форме я возвращаюсь в казарму, где проходил службу в Мадриде. Я очень обеспокоен, прижимаюсь к стене, боюсь, что меня узнают. Я испытываю стыд оттого, что в мои годы я все еще призываюсь в армию, но это так, и я ничего не могу поделать. Нужно непременно поговорить с полковником и объяснить ему, как случилось, что после всего того, что было со мной в жизни, я снова оказался в казарме.

Подчас, уже взрослым, я возвращаюсь в отчий дом в Каланде, в котором прячется привидение. Вероятно, это связано с галлюцинацией в день смерти отца. Я смело вхожу в темную комнату, зову привидение, даже оскорбляю его. Внезапно сзади раздается шум, хлопает дверь, и я просыпаюсь в ужасе, так ничего и не увидев.

Случается, мне снится, как и многим, отец. Он сидит с серьезным видом за столом, медленно и очень мало ест, с трудом говорит. Я знаю, что он умер, и шепчу матери или одной из сестер: «Только не говорите ему об этом».

Подчас во сне меня мучает безденежье. У меня ничего нет. Мой счет в банке пуст. Как же я рассчитаюсь за номер в гостинице? Это один из самых назойливых снов в жизни. Он мне снится постоянно.

Своим постоянством его можно сравнить лишь со сном о поезде, который я видел сотни раз. История одна и та же, разница лишь в деталях и подробностях, которые неожиданно и хитроумно меняются. Я в поезде, еду куда-то, багаж лежит в сетке. Внезапно поезд подходит к вокзалу и останавливается. Я встаю, чтобы выйти размяться и выпить рюмку в буфете. Я очень осторожен, ибо путешествовал во сне много раз и знаю, что едва я спущусь на перрон, как поезд внезапно тронется с места. Это западня. Поэтому я предусмотрительно становлюсь одной ногой на перрон, оглядываюсь по сторонам, посвистывая. Поезд, похоже, стоит, вокруг меня сходят другие пассажиры. Тогда я спускаюсь совсем, и в ту же секунду поезд срывается с места и, как пушечное ядро, устремляется вперед. Но хуже всего, что он уезжает с моим багажом. Оставшись в одиночестве на опустевшем перроне, я разражаюсь бранью и просыпаюсь.

Когда мы работаем вместе с Жан-Клодом Карьером и мне случается жить в соседнем с ним номере гостиницы, он слышит подчас мои крики, но не проявляет беспокойства и говорит себе: ясное дело, это отошел поезд. И верно, на другой день я вспоминаю об этом внезапно умчавшемся с моим багажом поезде. Зато я ни разу в жизни не видел во сне самолета: хотелось бы знать, отчего это?

Кого могут интересовать чужие сны? Но как можно рассказать о своей жизни, не поведав о ее подспудной, ирреальной, рожденной фантазией стороне? Я не стану на этом задерживаться, приведу только еще два-три сна, и все.

Сначала я расскажу о сне с участием кузена Рафаэля, почти полностью воспроизведенном в «Скромном обаянии буржуазии». Это мрачный, полный меланхолии и нежности сон. Кузен Рафаэль Саура давно умер, я это знаю, и вот внезапно встречаю его на пустынной улице. С удивлением спрашиваю: «Как ты тут оказался?» И он печально отвечает: «Я каждый день прихожу сюда». Внезапно я попадаю в темный и захламленный дом, затянутый паутиной, в который проник Рафаэль. Зову его, он не отвечает. Я выхожу снова на ту же пустынную улицу и зову теперь мать, которую спрашиваю: «Мама, мама, что ты делаешь среди этих теней?»

Этот сон очень взволновал меня. Он посетил меня в возрасте семидесяти лет. Немного позднее другой сон поразил меня еще больше. Я увидел сияющую добротой, с протянутыми ко мне руками Святую деву. Я видел ее совершенно отчетливо. Она говорила со мной, злобным атеистом, с огромной нежностью, под звуки хорошо различимой музыки Шуберта. Снимая «Млечный путь», мне захотелось воспроизвести этот образ. Но получилось куда слабее, чем во сне, где я стоял коленопреклоненный, с глазами, полными слез, внезапно ощутив, как меня переполняет трепетная и непоколебимая вера. Помнится, когда я проснулся, мне потребовалось две-три минуты, чтобы успокоиться. Еще не пробудившись окончательно, я продолжал шептать: «Да, да, Святая дева Мария, я верую». И сердце мое сильно колотилось.

Добавлю, что этот сон носил несколько эротический характер. Естественно, подобная эротика ограничивалась целомудренными пределами платонической любви. Быть может, если бы сон продолжался долго, целомудрие могло исчезнуть, уступив место настоящему желанию. Не могу ничего сказать на этот счет. Я просто ощущал влюбленность, был тронут до глубины сердца, но без всякой чувственности. Нечто подобное я испытывал не раз на протяжении своей жизни, и не только во сне.

Часто – увы, этот сон я уже лет пятнадцать не вижу, да и как можно вернуть утраченный сон? – мне снилось, будто я в церкви нажимаю скрытую кнопку. Алтарь медленно сдвигается, открывая потайную лестницу. С бьющимся сердцем я спускаюсь по ней в подземные залы. Это был довольно длинный сон, немного странный, но очень приятный.

В Мадриде однажды ночью я проснулся от собственного смеха. Я не мог остановиться. Жена спросила, отчего я смеюсь, я ответил: «Представь себе, во сне моя сестра Мария подарила мне подушку» — пусть психоаналитики подумают насчет его смысла.

В заключение несколько слов о Гале. Эту женщину я всегда избегал и не собираюсь этого скрывать. Я впервые встретил ее в Кадакесе в 1929 году по случаю Барселонской международной выставки. Она приехала с Полем Элюаром, за которым была замужем, и их дочкой Сесиль. С ними были Магритт с женой и хозяин одной бельгийской галереи Гоэманс.

Все началось с моей оплошности.

Я жил у Дали в километре от Кадакеса, где остальные остановились в гостинице. Дали с большим волнением сказал мне: «Приехала божественная женщина». Вечером мы отправились выпить, после чего все решили проводить нас до дома Дали. По дороге, разговаривая о разных вещах, я сказал — Галя шла рядом со мной, — что в женщине у меня особое отвращение вызывают слишком широкие бедра.

Назавтра мы отправились купаться — и я вижу, что бедра у Гали именно такие, которые я терпеть не могу.

С этого дня Дали невозможно было узнать. Мы больше не понимали друг друга. Я даже отказался работать с ним над сценарием «Золотого века». Он говорил только о Гале, без конца повторяя ее слова.

Элюар и бельгийцы уехали спустя несколько дней, оставив Галю и ее дочь. Однажды вместе с женой рыбака Лидией мы отправились на пикник в скалы. Показав Дали на пейзаж, я сказал, что мне это напоминает картину Сорольи, довольно посредственного художника из Валенсии. Охваченный гневом, Дали закричал:

– Как можешь ты нести такой бред среди столь прекрасных скал?

Вмешалась, поддерживая его, Галя. Дело оборачивалось скверно.

В конце пикника, когда мы уже изрядно выпили, не помню по какому поводу, Галя снова вывела меня из себя. Я резко вскочил, схватил ее, бросил на землю и стал душить.

Перепуганная Сесиль вместе с женой рыбака спрятались в скалах. Стоя на коленях, Дали умолял меня пощадить Галю. Несмотря на весь свой гнев, я не терял над собой контроля. Я знал, что не убью ее. Я хотел лишь увидеть кончик ее языка между зубами.

В конце концов я отпустил ее. И она через два дня уехала.

Мне рассказывали позднее, что в Париже – где мы некоторое время жили в одной гостинице неподалеку от Монмартрского кладбища – Элюар не выходил на улицу без маленького, с инкрустацией на рукоятке револьвера, так как Галя сказала ему, что я хотел ее убить.

Все это я рассказываю лишь для того, чтобы признаться, что однажды в Мехико, спустя лет пятьдесят, в восьмидесятилетнем возрасте, я увидел Галю во сне. Я видел ее со спины в театральной ложе. Тихо окликал. Она оборачивалась, подходила ко мне и любовно целовала в губы. Я все еще помню запах ее духов и нежную кожу.

Это, вероятно, самый удивительный сон в моей жизни, еще более удивительный, чем сон, в котором я видел Святую деву...

В связи со снами я вспоминаю забавную историю, произошедшую в Париже в 1978 году. Замечательный мексиканский художник, мой друг Хиронелья приехал во Францию с женой Кармен Парра, театральной художницей, и ребенком семи лет. Их семейная жизнь не очень ладилась. Жена вернулась в Мехико, а муж остался в Париже и через три дня узнал, что она подала на развод. Весьма удивленный, он спросил о причине. Адвокат ответил: «Она видела сон».

Их развели.

Во сне, и, думаю, тут я не одинок, мне никогда не удавалось насладиться любовью. Причина? Посторонние взгляды. В окне напротив комнаты, где я находился с женщиной, всегда были люди, они смотрели на нас и улыбались.

Мы меняли комнаты и иногда даже дома. Тщетно. Те же насмешливые, любопытные взгляды преследовали нас. В самый решающий момент я вообще терял способность любить...

Зато в послеобеденных снах, которым я с удовольствием предавался всю жизнь, тщательно подготовленная любовная интрига завершалась вполне благополучно. Еще очень молодым я грезил о красавице королеве Виктории, жене Альфонса XIII. Четырнадцати лет я даже придумал сценарий, в котором можно найти истоки «Виридианы». Королева удалялась к себе, ее раздевали и оставляли одну. Она выпивала стакан молока с подсыпанным мной сильным снадобьем. Когда она засыпала, я пробирался к ней в постель и предавался наслаждениям с королевой.

Не меньшей силой обладают и мечты бодрствующего человека— они могут быть столь же непредсказуемыми, сколь и значительными. Всю свою жизнь я с неизменным восторгом, как и многие, воображал себя неуловимым и невидимым. Чудо это делало меня самым могущественным и неуязвимым человеком в мире. Подобные фантазии преследовали меня с разными вариациями всю Вторую мировую войну. Обычно в них шла речь об ультиматуме. Моя невидимая рука протягивала Гитлеру лист бумаги, в которой ему предписывалось в 24 часа расстрелять Геринга, Геббельса и всю клику. Иначе ему грозит беда. Гитлер призывал слуг и вопил: «Кто принес эту бумагу?» Невидимый, сидя в углу кабинета, я становился свидетелем его бессильной ярости. На другой день, скажем, я сам убивал Геббельса. Затем, вездесущий, как все невидимки, переносился в Рим и проделывал тот же номер с Муссолини. Между делом я проникал в спальню красивой женщины и наблюдал, как она раздевается. Затем возвращался со своим ультиматумом к дрожащему фюреру. И так далее в стремительном темпе.

Еще будучи студентом в Мадриде, мне случалось гулять с Пепином Бельо в горах Гвадалахары. Любуясь великолепной панорамой, огромной ареной среди гор, я говорил ему: «Представь, что вокруг стоят укрепления с навесными мостами, пушками и бойницами. А внутри все мое. У меня есть воины, крестьяне, ремесленники, часовня. Мы живем мирно, изредка пуская стрелы в любопытных, которые пытаются подойти к воротам».

Смутная и постоянная тяга к средневековью часто вызывает у меня картину жизни феодального сеньора, изолированного от остального мира, властелина над своими подданными, но, в сущности, довольно доброго человека. Он не совершает ничего дурного, только изредка устраивает небольшую оргию. Пьет мед и хорошее вино, сидя перед очагом, на котором жарятся целые туши. Время ничего не меняет. Он живет внутренней жизнью. Путешествий тогда не было.

Я воображаю – и в этом, вероятно, тоже не одинок, – как внезапный государственный переворот делает меня диктатором мира. У меня в руках оказывается вся полнота власти. Никто не может противиться моим приказам. Всякий раз, когда воображение заводит меня столь далеко, первые мои действия связаны с ликвидацией средств информации как источника всех наших бед.

Потом меня охватывает паника перед лицом демографического взрыва, столь пагубного для Мексики. Я воображаю, как вызываю к себе десяток биологов и отдаю приказ – без права его обсуждения – отравить планету страшным вирусом, который освободит ее от двух миллиардов жителей. Я мужественно говорю им: «Пусть этот вирус поразит и меня». Но потом тайно прилагаю все силы, чтобы избежать собственной гибели, составляю список людей, которых надо спасти, членов семьи, моих лучших друзей, семей и друзей моих друзей. И уже не могу остановиться. И бросаю это дело.

За последние десять лет мне случалось также воображать, как я освобожу мир от нефти, другого источника наших бед, взорвав 75 атомных бомб под землей в местах ее самых больших залежей. Мир без нефти казался мне – и кажется по-прежнему – своеобразным раем, созданным моим средневековым воображением. Похоже, однако, что взрыв 75 атомных бомб породит множество практических проблем, и лучше обойтись без этого.

Однажды в Сан-Хосе-Пуруа, где мы вместе с Луисом Алькорисой работали над сценарием, мы спустились к реке, прихватив винтовку. Подойдя к воде, я схватил Алькорису за рукав и показал на прекрасную птицу, сидящую на ветке дерева. Это был орел.

Луис схватил ружье, прицелился и выстрелил. Птица упала в заросли. Луис переплывает реку, весь вымокнув, раздвигает ветви и обнаруживает чучело. На этикетке, привязанной к лапке, название магазина, где я его купил, и цена.

В другой раз мы обедаем, вместе с тем же Алькорисой, в столовой Сан-Хосе. За соседний столик усаживается очень красивая, явно одинокая женщина. И вот уже Луис не может оторвать от нее глаз. Я говорю:

– Луис, мы здесь для работы, и я не люблю, когда теряют время, разглядывая женщин.

– Да, знаю, – отвечает он. – Извини.

Позднее, во время десерта, его взгляд снова обращается к красивой женщине. Он ей улыбается, она отвечает ему тем же.

Я начинаю сердиться всерьез и напоминаю, что мы приехали в Сан-Хосе писать сценарий. И что его поведение ловеласа мне не нравится. Он сердится в свою очередь и говорит, что, когда ему улыбается женщина, его мужской долг ответить ей тем же.

Рассерженный, я ухожу в свою комнату.

Алькориса успокаивается, заканчивает десерт и подсаживается к красотке. Они знакомятся, вместе пьют кофе, болтают о чем-то. Затем Алькориса ведет ее к себе в номер, любовно раздевает и обнаруживает на животе «татуировку» из трех слов: «Наложница Луиса Бунюэля».

Женщина эта – шикарная шлюха из Мехико, которой я заплатил большие деньги, чтобы она приехала в Сан-Хосе и в точности выполнила мои указания.

Разумеется, история с коршуном и шлюхой – плод моего воображения. Но я уверен, что Алькориса, по крайней мере во втором случае, несомненно попался бы на удочку.

Сюрреализм
1929–1933

Между 1925 и 1929 годами я несколько раз приезжал в Испанию и встречался с друзьями по Резиденции. Во время одного такого приезда Дали объявил мне с большим восторгом, что Лорка написал превосходную пьесу – «Дон Перлимплин, или Белиса в своем саду».

– Нужно непременно, чтобы он тебе ее почитал.

Федерико проявил сдержанность. Довольно долго, и не без основания, он считал меня слишком примитивным, слишком провинциальным, не способным оценить тонкости драматической литературы. Однажды Лорка даже отказался взять меня с собой, отправляясь к какой-то аристократке. Тем не менее по настоянию Дали он согласился прочесть свою пьесу, и вот мы все трое сидим в подвальчике бара «Отель Насьональ». Деревянные перегородки создавали своеобразные купе, как в некоторых европейских пивных.

Лорка приступил к чтению. Я уже говорил, что читал он прекрасно. Но что-то мне не нравилось в истории старика и девушки, которые в конце первого акта оказываются в кровати под балдахином при опущенных занавесках. При этом из суфлерской будки выходил гном и, обращаясь к зрителям, говорил: «Уважаемая публика, дон Перлимплин и Белиса...»

Прервав чтение, я стукнул кулаком по столу:

– Хватит, Федерико. Это дерьмо.

Он побледнел, закрыл рукопись, посмотрел на Дали, и тот своим низким голосом подтвердил:

– Бунюэль прав, это дерьмо.

Я так и не узнал, чем кончается пьеса. Мне вообще следует признаться, что я не большой поклонник театра Лорки, который кажется мне риторическим, иллюстративным. Жизнь Лорки, его личность были куда значительнее его творений.

Позднее вместе с матерью, сестрой Кончитой и ее мужем я пошел на премьеру «Йермы» в «Театро Эспаньоль» в Мадриде. Сидя в ложе, я ужасно страдал от ишиаса и вынужден был положить ногу на табурет. Занавес поднимается: пастух очень медленно пересекает сцену, чтобы успеть проговорить свой монолог. На его плечи наброшена баранья шкура. Стихотворный монолог длится бесконечно. Но я терплю. Идут другие сцены. И вот начинается третий акт. Прачки стирают белье возле нарисованного ручья. Услышав перезвон бубенцов, они говорят: «Стадо! Вот стадо!»

В глубине зала две билетерши тоже звонят в колокольчики. Весь Мадрид находил эту мизансцену очень оригинальной, очень современной. Меня она привела в ярость, под руку с сестрой я покинул зал.

Мой приход к сюрреалистам отдалил меня – и надолго – от этого так называемого авангарда.

С тех пор как я увидел разбитые витрины «Клозри де Лила», меня более и более стала привлекать иррациональная форма выражения, которую предлагал сюрреализм – тот самый сюрреализм, против которого меня тщетно предостерегал Жан Эпштейн. Помню, какое впечатление произвела на меня публикация в «Революсьон сюрреалист» фотографии с подписью. «Бенжамен Пере оскорбляет священника». Я был буквально ошарашен анкетой в том же журнале на сексуальные темы. Все члены группы совершенно свободно и откровенно отвечали на вопросы, которые сегодня выглядят абсолютно банальными: «Где вам нравится заниматься любовью? С кем?» – и т. д. Эта анкета была, вероятно, первой в таком роде.

В 1928 году по инициативе Лекционного общества Резиденции я приехал в Мадрид рассказать о кино авангарда и показать некоторые фильмы – «Антракт» Рене Клера, сцену сна из фильма «Дочь воды» Ренуара, «Только часы» Кавальканти – и несколько планов, демонстрировавших примеры крайне замедленной съемки, – скажем, пули, вылетающей из ствола оружия. Лучшее мадридское общество, как говорится, присутствовало на этой лекции, имевшей большой успех. После показа фильмов Ортега-и-Гасет признался, что, будь он помоложе, обратился бы к кинематографу.

В то время я был, пожалуй, единственным испанцем среди покинувших страну, кто обладал какими-то познаниями в области кино. Вероятно, по этой причине к столетней годовщине со дня смерти Гойи Сарагосский комитет по проведению юбилея Гойи предложил мне написать сценарий и поставить фильм об арагонском художнике – от его рождения до смерти. С помощью сестры Жана Эпштейна Мари я написал сценарий. А затем отправился к Валье-Инклану в Кружок изящных искусств и тут узнал, что он тоже собирается делать фильм о жизни Гойи. Я уже готов был отказаться, преклоняясь перед его мастерством, но он сам отказался от своей затеи, дав мне несколько полезных советов. В конце концов из-за отсутствия денег осуществить этот замысел не удалось. К счастью, хочется сказать сегодня.

Я испытывал живейшее восхищение перед Рамоном Гомесом де ла Серной. Мой второй сценарий был написан по семи или восьми его маленьким рассказам. Чтобы как-то их связать, я решил сначала показать с помощью хроники, как готовится издание газеты. Затем какой-то человек покупал на улице газету и садился на скамью, чтобы ее прочесть. Тогда и возникали различные персонажи Гомеса де ла Серны, как бы привязанные к разным рубрикам газеты: происшествие, политическое событие, спортивное обозрение и т. д. В конце концов, кажется, человек вставал и, смяв газету, выбрасывал ее.

Спустя несколько месяцев я начал снимать свой первый фильм «Андалусский пес». Гомес де ла Серна был разочарован, что фильм по его рассказам не был поставлен. Но в «Ревю дю синема» напечатали сценарий, и это слегка утешило писателя.

«Андалусский пес»

Этот фильм родился в результате встречи двух снов. Приехав на несколько дней в гости к Дали в Фигерас, я рассказал ему сон, который видел незадолго до этого и в котором луна была рассечена пополам облаком, а бритва разрезала глаз. В свою очередь он рассказал, что прошлой ночью ему приснилась рука, сплошь усыпанная муравьями. И добавил: «А что, если, отталкиваясь от этого, сделать фильм?»

Поначалу его предложение не очень увлекло меня. Но вскоре мы приступили в Фигерасе к работе.

Сценарий был написан меньше чем за неделю. По обоюдному согласию мы придерживались простого правила: не останавливаться на том, что требовало чисто рациональных, психологических или культурных объяснений. Открыть путь иррациональному. Принималось только то, что поражало нас, независимо от смысла.

У нас не возникло ни одного спора. Неделя безупречного взаимопонимания. Один, скажем, говорил: «Человек тащит контрабас». «Нет», – возражал другой. И возражение тотчас же принималось как вполне обоснованное. Зато когда предложение одного нравилось другому, оно казалось нам великолепным, бесспорным и немедленно вносилось в сценарий.

Закончив сценарий, я понял, что это будет совершенно необычный, шокирующий фильм. Ни одна компания не согласилась бы финансировать постановку такой ленты. Тогда я обратился к маме с просьбой одолжить мне денег, чтобы самому быть продюсером. Знакомый нотариус убедил ее дать мне необходимую сумму.

Я вернулся в Париж. Растратив половину маминых денег в кабачках, где проводил вечера, я наконец понял, что пора браться за дело. Я встретился с актерами Пьером Бачевым и Симоной Марёй, с оператором Дюверже, с руководителями студии «Бийанкур», где фильм был снят за две недели.

Нас было пятеро или шестеро на съемочной площадке. Актеры совершенно не понимали моих указаний. Я, скажем, говорил Бачеву: «Смотри в окно, словно ты слушаешь Вагнера. Еще восторженнее». Но он не видел ничего такого, что вызвало бы у него нужное состояние. Я уже обладал определенными техническими знаниями и отлично ладил с оператором Дюверже.

Дали приехал лишь за три или четыре дня до окончания съемок. На студии он заливал смолой глаза чучел ослов. В какой-то сцене я дал ему сыграть одного из монахов ордена св. Марии, которого с трудом тащит Бачев, но кадр не вошел в фильм (сам не знаю отчего). Его можно увидеть на втором плане после смертельного падения героя рядом с моей невестой

Жанной. В последний съемочный день в Гавре он был с нами.

Закончив и смонтировав фильм, мы задумались над тем, что с ним делать. Однажды в «Доме» сотрудник «Кайе д'ар» Териад, прослышавший об «Андалусском псе» (среди друзей на Монпарнасе я не очень распространялся на этот счет), представил меня Ман Рею. Тот как раз закончил в имении Ноайлей съемки фильма под названием «Тайны замка Де» (документальной картины об имении Ноайлей и их гостях) и искал фильм в качестве дополнения к программе.

Ман Рей назначил мне встречу через несколько дней в баре «Ла Куполь» (открывшемся за два года до этого) и представил Луи Арагону. Я знал, что оба они принадлежали к группе сюрреалистов. Арагон был старше меня на три года и вел себя с чисто французской обходительностью. Мы поговорили, и я сказал ему, что мой фильм в некотором смысле вполне можно считать сюрреалистическим. На другой день они с Ман Реем посмотрели его в «Стюдио дез юрсюлин» и с уверенностью заявили, что фильм надо немедленно показать зрителям, организовать премьеру.

Сюрреализм был прежде всего своеобразным импульсом, зовом, который услышали в США, Германии, Испании, Югославии все те, кто уже пользовался инстинктивной и иррациональной формой выражения. Причем люди эти не были знакомы друг с другом. Поэмы, которые я напечатал в Испании, прежде чем услышал о сюрреализме, – свидетельство этого зова, который и привел всех нас в Париж. Работая с Дали над «Андалусским псом», мы тоже пользовались своеобразным «автоматическим письмом». То есть, еще не называя себя сюрреалистами, на деле мы ими уже были.

Что-то, как это бывает, носилось уже в воздухе. Мне хочется сразу сказать, что лично для меня встреча с группой имела важнейшее значение и определила всю мою дальнейшую жизнь.

Эта встреча состоялась в кафе «Сирано» на площади Бланш, где группа собиралась ежедневно. С Арагоном и Ман Реем я был уже знаком. Мне представили Макса Эрнста, Андре Бретона, Поля Элюара, Тристана Тцару, Рене Шара, Пьера Юника, Танги, Жана Арпа, Максима Александра, Магритта – всех, за исключением Бенжамена Пере, находившегося тогда в Бразилии. Они пожали мне руку, угостили вином и пообещали быть на премьере фильма, который им горячо хвалили Арагон и Ман Рей.

Премьера состоялась по платным билетам в «Студио дез юрсюлин» и собрала весь так называемый «цвет Парижа» – аристократов, писателей, известных художников (Пикассо, Ле Корбюзье, Кокто, Кристиан Берар, композитор Жорж Орик). Группа сюрреалистов явилась в полном составе.

Взволнованный до предела, я сидел за экраном и с помощью граммофона сопровождал действие фильма то аргентинским танго, то музыкой из «Тристана и Изольды». Я запасся камушками, чтобы запустить их в зал в случае провала. Незадолго до этого сюрреалисты освистали картину Жермены Дюлак «Раковины и священник» (по сценарию Антонена Арто), которая, кстати сказать, мне очень нравилась. Я мог ожидать худшего.

Мои камушки не понадобились. В зале после просмотра раздались дружные аплодисменты, и я незаметно выбросил ненужные снаряды.

Мое вступление в группу сюрреалистов произошло весьма обыденно. Я был принят на одном из еженедельных собраний, они происходили в «Сирано» или, что случалось реже, на квартире Бретона, на улице Фонтен в доме 42.

Кафе «Сирано» на площади Пигаль было настоящим народным кафе, сюда захаживали потаскухи и жулики. Мы собирались там обычно между пятью и шестью вечера. Из напитков можно было выбрать перно, мандариновое кюрасао, пиво пикон (с добавлением чуточки гренадина). Последний — любимый напиток художника Танги. Он выпивал один стакан, потом другой. Для третьего ему приходилось зажимать нос двумя пальцами.

На наших собраниях мы читали и обсуждали статьи, говорили о журнале, о предстоящих выступлениях, о письме, которое следует написать, о демонстрации. Каждый предлагал какую-то идею, высказывал свое мнение. Если разговор касался какой-то конкретной, более конфиденциальной темы, собрание переносилось в мастерскую Бретона по соседству.

Когда я приходил на собрание в числе последних, я здоровался за руку только с теми, кто сидел рядом, и обычно жестом приветствовал Андре Бретона, который находился от меня далеко. Он даже спросил кого-то из группы: «Разве Бунюэль что-то имеет против меня?» Ему ответили, что я ничего не имею против него, что я просто ненавижу привычку французов по всякому случаю пожимать всем руку (позднее я отменил этот обычай на съемке фильма «Это называется зарей»).

Как и другие члены группы, я бредил мыслью о революции. Не считавшие себя террористами, вооруженными налетчиками, сюрреалисты боролись против общества, которое они ненавидели, используя в качестве главного оружия скандалы. Скандал казался им наилучшим средством привлечь внимание к социальному неравенству, эксплуатации человека человеком, пагубному влиянию религии, милитаризации и колониализму. Таким образом они пытались обнажить скрытые и пагубные пружины общества, с которым надо было покончить. Очень скоро, однако, некоторые из них изменили свои убеждения, обратившись к чистой политике, главным образом к движению, которое мы считали достойным называться революционным, — к движению коммунистическому. Вот откуда бесконечные споры, расколы, столкновения между сюрреалистами. Истинная цель сюрреализма заключалась не в том, чтобы сформировать новое направление в литературе, живописи и даже философии, а в том, чтобы взорвать общество, изменить жизнь.

Большинство этих революционеров — кстати, как и «сеньоритос», с которыми я встречался в Мадриде, — принадлежало к состоятельным семьям. Буржуа бунтовали против буржуазии. В том числе и я. У меня к этому добавлялся некий инстинкт отрицания, разрушения, который я всегда ощущал в себе в большей степени, чем стремление к созиданию. Скажем, мысль поджечь музей представлялась мне более привлекательной, чем открытие культурного центра или больницы.

На собраниях в «Сирано» больше всего меня увлекало значение морального аспекта в наших дискуссиях. Впервые в жизни я имел дело с выстроенной и прочной моралью, в которой не видел недостатков. Естественно, что эта агрессивная и прозорливая мораль сюрреалистов часто вступала в противоречие с обычной моралью, казавшейся нам отвратительной. Мы огульно отвергали все устоявшиеся ценности. Наша мораль опиралась на другие критерии, она воспевала страсти, мистификации, оскорбления, черный юмор. Но в пределах новой области действий, границы которой с каждым днем все более размывались, наши поступки, рефлексы, убеждения казались нам совершенно оправданными. Не вызывали и тени сомнения. Все было увязано. Наша мораль становилась более требовательной, опасной, но также и более твердой и органичной, более логичной, чем всякая другая мораль.

Добавлю – как заметил однажды Дали, – что сюрреалисты были красивыми людьми. Прекрасная и благородная внешность Андре Бретона бросалась в глаза, как и более утонченная красота Арагона. Элюар, Кревель, Дали и Макс Эрнст с его удивительным птичьим лицом и ясными глазами, Пьер Юник и другие – все это были горячие и гордые, незабываемые люди.

После «триумфальной премьеры» фильм «Андалусский пес» был куплен владельцем «Стюдио-28» Моклером. Сначала он дал мне тысячу франков, затем, поскольку фильм имел успех (он продержался на афише восемь месяцев), еще тысячу, потом еще тысячу – в общем, я получил, кажется, семь или восемь тысяч франков. В полицию явилось сорок или пятьдесят доносчиков, утверждавших: «Надо запретить этот неприличный и жестокий фильм». Это было началом многолетних оскорблений и угроз, которые преследовали меня до самой старости.

Во время просмотра произошли два выкидыша. Но фильм не был запрещен.

По предложению Ориоля и Жака Брюниюса я согласился отдать сценарий в журнал «Ревю дю синема», который издавал Галлимар. Я сам не знал, что делаю.

Тем временем бельгийский журнал «Варьете» решил посвятить отдельный номер движению сюрреалистов. Элюар предложил мне напечатать в нем сценарий. Я ответил, что, к сожалению, уже передал его в «Ревю дю синема». Это стало причиной инцидента, породившего во мне очень острую проблему долга (сама же эта история позволяет более конкретно осветить умонастроения и принципы, которым следовали сюрреалисты).

Спустя несколько дней после разговора с Элюаром Бретон спросил меня:

– Не можете ли вы, Бунюэль, прийти ко мне вечером на маленькое собрание?

Ничего не подозревая, я согласился и оказался перед всей группой. Это был настоящий суд. Арагон выступил в роли прокурора, в резких выражениях обвинив меня в том, что я отдал свой сценарий буржуазному журналу. К тому же коммерческий успех «Андалусского пса» начинал кое-кому казаться подозрительным. Каким образом столь провокационный фильм мог собирать полные залы? Чем я могу это объяснить?

Я с трудом защищался. Бретон даже спросил меня:

– Вы с полицией или с нами?

Я находился перед драматическим выбором, хотя слишком серьезный характер предъявленных мне тогда обвинений может вызвать сегодня только улыбку. Впервые в жизни я переживал столь острый конфликт. Вернувшись домой и не будучи в состоянии уснуть, я повторял: да, я свободен в своих поступках. Эти люди не имеют никаких прав на меня. Я могу бросить им в лицо свой сценарий и уйти, я не обязан им подчиняться. За кого они себя принимают?

Но одновременно я слышал и другой голос: они правы, ты должен это признать. Ты считаешь свою совесть единственным судьей, ты ошибаешься. Ты любишь этих людей, ты им доверяешь. Они приняли тебя в свой круг как равного. Ты отнюдь не свободен. Твоя свобода – всего лишь призрак, разгуливающий по свету в одежде из тумана. Ты хочешь его схватить, а он ускользает. И у тебя на руках остаются только следы влаги.

Этот внутренний конфликт мучил меня еще долго. Я и сегодня о нем думаю и, когда мне задают вопрос, что такое сюрреализм, неизменно отвечаю: поэтическое, революционное и *моральное* движение.

В конце концов я спросил у своих новых друзей, что же мне делать. Заставить Галлимара не печатать сценарий, ответили мне. Но как встретиться с Галлимаром? Как говорить с ним? Я даже не знал его адреса. «С вами пойдет Элюар», – сказал Бретон.

И вот мы с ним у Галлимара. Я говорю, что изменил свое решение, что не хочу публиковать сценарий в «Ревю дю синема». Мне отвечают, что об этом не может быть и речи, что я дал слово. Директор типографии сообщает, что текст уже набран.

Возвращаемся и докладываем группе. Принимается новое решение: я должен взять молоток, вернуться к Галлимару и разбить набор.

В сопровождении Элюара снова отправляюсь к Галлимару, спрятав под полой плаща огромный молоток. На этот раз действительно ничего нельзя сделать: журнал вышел. Мне показывают первые экземпляры.

В результате принимается последнее решение: журнал «Варьете» тоже опубликует сценарий «Андалусского пса» (что и было сделано), а я отправлю в 16 парижских газет письмо с выражением «живейшего возмущения», утверждая, что стал жертвой гнусной буржуазной махинации. Семь или восемь газет опубликовали мое письмо.

Более того, для «Варьете» и «Революсьон сюрреалист» я написал предисловие, в котором утверждал, что фильм, с моей точки зрения, был публичным призывом к убийству.

Незадолго до этого я предложил сжечь негатив фильма на площади Тертр, на Монмартре. Если бы с этим согласились, клянусь, я бы так и поступил. Я бы это сделал и сегодня. Представляю, как на костре в моем садике горят негативы и копии всех моих картин. Мне это было бы совершенно безразлично.

Но мое предложение отвергли.

Бенжамен Пере являл для меня идеальный пример поэта-сюрреалиста: полная свобода призрачного воображения, пробивающегося, подобно источнику, без всяких умственных усилий, помогала создавать свой собственный мир образов. В 1929 году вместе с Дали мы читали его поэмы из сборника «Большая игра» и подчас катались от хохота.

Когда меня принимали в группу, Пере находился в Бразилии, представляя там троцкистское движение. Я никогда не встречался с ним на собраниях и лично познакомился лишь после того, как его выслали из Бразилии. Мы встретились с ним в Мексике уже после войны. Я как раз снимал первый мексиканский фильм «Большое казино». Он пришел просить работу, какую угодно. Я пытался ему помочь, но это было не так просто, ведь и мое собственное положение было тогда весьма шатким. Он жил в Мексике с художницей Ремедиос Варо (возможно, они были женаты), которой я восхищался не менее, чем Максом Эрнстом. Пере был сюрреалистом в чистом виде, не способным ни на какой компромисс, и большую часть жизни пребывал в бедности.

Я часто рассказывал о Дали членам группы, показывал фотографии его картин (в том числе мой собственный портрет), но те проявляли большую сдержанность. Впрочем, сюрреалисты решительно изменили свое к нему отношение, когда сами увидели полотна, привезенные Дали из Испании. Его тотчас приняли в группу, и он участвовал в ее собраниях. Поначалу отношения Дали с Бретоном, восхищавшимся его «параноико-критическим методом», были прекрасными. Но под влиянием Гали Сальвадор Дали сильно изменился, став жадным до долларов, и был исключен из движения. Это случилось через четыре или пять лет.

Внутри движения существовали небольшие группки, определявшиеся личными симпатиями. Так, самыми близкими друзьями Дали были Кревель и Элюар. Лично я считал себя ближе к Арагону, Жоржу Садулю, Максу Эрнсту и Пьеру Юнику.

Ныне всеми забытый, Пьер Юник был блестящим и полным огня чудесным молодым человеком (я был старше его на пять лет), очень дорогим мне другом. Сын портного-еврея, да еще раввина, сам он был неверующим. Однажды он сказал отцу о моем желании – выраженном стремлением шокировать мою семью — обратиться в иудейскую веру. Его отец согласился меня принять, но в последний момент я предпочел сохранить верность христианству.

Вместе с его подругой Аньес Капри, а также со слегка прихрамывающей, но красивой хозяйкой книжной лавки Йоландой Оливьеро и фотографом Денизой мы проводили долгие вечера в беседах, отвечая по возможности честно на сексуальные анкеты и занимаясь играми, которые я бы назвал сегодня «целомудренно-распущенными». Юник напечатал сборник поэм «Театр белых ночей», другой его сборник вышел посмертно. Юник редактировал детскую газету, издаваемую компартией, с которой был тесно связан. 6 февраля 1934 года во время фашистских выступлений он таскал в кепке остатки мозга убитого рабочего. Его видели кричащим что-то во главе группы демонстрантов в метро. Преследуемые полицией, они убежали по шпалам.

Во время войны он находился в лагере в Австрии. Узнав о приближении советских войск, Юник совершил побег, чтобы присоединиться к ним. Но попал, как полагают, под снежный обвал и погиб, унесенный в пропасть. Тело его так и не было найдено.

Под обманчивой внешностью Арагона скрывался человек с твердым характером. Из всех воспоминаний о нем (мы встречались еще в 1970 году) мне особенно памятно одно. Я жил тогда на улице Паскаля. Однажды утром получаю письмо по пневматической почте, в котором Арагон просит как можно скорее зайти к нему. Он ждет меня. Должен сказать нечто крайне важное.

Через полчаса я прихожу к нему на улицу Кампань-Премьер. Он сообщает мне, что Эльза Триоле оставила его навсегда, что сюрреалисты напечатали оскорбительную для него брошюру и что компартия, членом которой он уже тогда был, намерена исключить его из своих рядов. В силу совершенно невероятного стечения обстоятельств вся жизнь его рушится. Он теряет все самое дорогое. Однако, несмотря на все эти несчастья, передо мной был человек, который мерил ногами помещение мастерской, напоминая разгневанного льва и являя пример мужества, о котором я понятия не имел. На другой день все уладилось. Эльза вернулась. Компартия отказалась от намерения исключить его. Что же касается сюрреалистов, то тогда они уже не имели для него значения.

Как воспоминание об этом дне у меня сохранился экземпляр «Преследуемого преследователя» с посвящением Арагона, в котором говорилось, как хорошо иногда, «когда чувствуешь, что жить осталось не так долго», иметь друзей, готовых пожать тебе руку, — это было написано пятьдесят лет назад.

Альбер Валантен тоже входил в нашу группу. Он был ассистентом Рене Клера и участвовал в съемках фильма «Свободу нам!», без конца повторяя: «Вот увидите, это подлинно революционный фильм, он вам понравится». Мы отправились на просмотр, но фильм всех разочаровал, показался столь мало революционным, что Ачьбера Валантена обвинили в обмане и исключили из группы. Позднее мы встретились с ним на Каннском кинофестивале — это был очень симпатичный человек, большой любитель рулетки.

Рене Кревель обладал приветливым характером. Единственный гомосексуалист в группе, он пытался бороться со своей склонностью. Эта борьба, усугубленная расхождениями между коммунистами и сюрреалистами, привела его к самоубийству однажды в одиннадцать вечера. Труп был обнаружен утром консьержем. Меня не было тогда в Париже. Мы не скрывали своего горя по поводу этой вызванной чувством страха смерти.

Андре Бретон был отлично воспитанным, несколько церемонным человеком, целовавшим дамам руки. Обожавший тонкий юмор, он презирал пошлые шутки и умел сохранить в нужный момент серьезность. Его поэма о жене наряду с произведениями Пере является для меня лучшим литературным воспоминанием о сюрреализме.

Его спокойствие, красота, элегантность — как и умение вынести верное суждение — не исключали вспышек внезапного и страшного гнева. Меня он так часто упрекал за то, что я не хочу познакомить сюрреалистов со своей невестой Жанной, обвиняя в ревности, свойственной испанцу, что мне пришлось согласиться принять его приглашение на обед вместе с ней.

На том же обеде оказались Магритт с женой. По непонятной причине Бретон сидел, уткнувшись в тарелку, нахмурив брови, и отвечал односложно. Мы ничего не могли понять, как вдруг, указав на золотой крестик на шее жены Магритта, он высокомерно заявил, что это недопустимая провокация и что она могла бы в данном случае надеть что-то другое. Магритт вступился за жену, началась перепалка, которая затем стихла. Магритт и его жена делали усилие, чтобы не уйти до конца вечера. Но их отношения с Бретоном стали более прохладными.

Бретон умел обращать внимание на неожиданные детали. Как-то мы встретились с ним после его визита к Троцкому в Мексике, и я спросил его мнение об этом человеке.

– У Троцкого, – ответил он, – есть любимая собака. Однажды она сидела рядом с ним и смотрела на него. «Не правда ли, у собаки человеческий взгляд?» – сказал он. Вы отдаете себе отчет? Как мог такой человек сказать подобную глупость? У собаки не может быть человеческого взгляда! У собаки – собачий взгляд!

Рассказывая об этом, он был в ярости. Однажды Бретон выскочил на улицу и стал пинать ногами переносную тележку бродячего продавца Библий.

Как и многие сюрреалисты, он ненавидел музыку, в особенности оперную. Желая разубедить его, я пригласил Бретона с Рене Шаром и Элюаром в «Опера комик» на оперу Шарпантье «Луиза». Когда поднялся занавес и мы увидели декорации и персонажей, все – и я первый – почувствовали живейшее разочарование. Это было совсем не похоже на то, что я больше всего любил в традиционной опере. На сцену выходит женщина с супницей и поет арию о супе. Это уж слишком! Бретон встает и, весьма рассерженный тем, что потратил время зря, выходит. Остальные следуют за ним. Я тоже.

Во время войны я встречал довольно часто Бретона в Нью-Йорке, а после окончания войны – в Париже. Мы остались друзьями до конца. Несмотря на все мои премии на международных фестивалях, он никогда не предавал меня анафеме. И признался даже, что плакал на «Виридиане». А вот «Ангел-истребитель» его почему-то несколько разочаровал.

Году в 1955-м мы встретились с ним в Париже, оба направляясь к Ионеско, но так как у нас было в запасе время, мы зашли выпить. Я спросил его, почему Макс

Эрнст, по заслугам премированный на венецианском Биеннале, был исключен из группы.

— Ну как вам сказать, дорогой друг, — ответил он. — Мы ведь расстались с Дали, когда он превратился в жалкого торгаша. С Максом случилось то же самое.

Помолчав, он добавил, и я увидел на его лице выражение истинного огорчения:

— Как ни печально, дорогой Луис, но скандалы ныне невозможны.

Я находился в Париже, когда появилось сообщение о его смерти, и отправился на кладбище. Мне не хотелось быть узнанным, не хотелось разговаривать с людьми, которых я не видел лет сорок, я изменил свою внешность, надев шляпу и очки. Держался я несколько в стороне.

Церемония похорон длилась недолго и в полном молчании. Потом люди разошлись кто куда. Мне было жаль, что, провожая его в последний путь, никто не сказал ни слова над его могилой.

«Золотой век»

После «Андалусского пса» не могло быть и речи о том, чтобы снять, как уже тогда говорили, «коммерческий фильм». Я хотел остаться сюрреалистом. Просить снова взаймы у матери я не решился и был готов оставить кино. Но в голове уже роились два десятка разных сюжетов и трюков: набитая рабочими тачка проезжает через светский салон, отец из ружья убивает сына, уронившего на пол пепел от сигареты. Все это я на всякий случай записывал. Во время поездки в Испанию я показал свои записи Дали. Они его заинтересовали. Он считал, что на их основе можно сделать фильм. Но как?

Я вернулся в Париж, где Зервос из «Кайе д'ар» представил меня Жоржу-Анри Ривьеру, а тот в свою очередь предложил мне познакомиться с семьей де Ноайлей, которые «обожали» «Андалусского пса». Сначала я, как водится, заявил, что не желаю иметь дело с аристократами. «Вы не правы, — сказали мне Зервос и Ривьер, — это замечательные люди, с которыми вы непременно должны познакомиться». В конце концов я согласился пойти к ним обедать вместе с Жоржем и Норой Орик. Их собственный особняк на площади Соединенных Штатов был изумительным, в нем находилась драгоценная коллекция произведений искусства. После обеда, когда мы устроились у камина, Шарль де Ноайль сказал мне:

– Мы предлагаем вам снять двадцатиминутный фильм. Даем полную свободу. Но при одном условии: у нас обязательства перед Стравинским, и он будет писать музыку.

– Очень сожалею, – возразил я, – но разве можно себе представить мое сотрудничество с господином, который часами выстаивает на коленях и бьет поклоны? (Такие глупости тогда рассказывали про Стравинского).

Реакция Шарля де Ноайля была неожиданной, так что я невольно почувствовал к нему уважение.

– Вы правы, – сказал он, не повышая голоса. – Вы со Стравинским несовместимы. Выбирайте композитора сами и делайте фильм. Стравинскому мы предложим что-нибудь другое.

Я дал согласие, даже принял аванс под будущую зарплату и отправился к Дали в Фигерас.

Был как раз канун Рождества 1929 года.

Я приехал в Фигерас из Парижа через Сарагосу (где всегда останавливался, чтобы повидать семью). Подходя к дому Дали, я услышал отголоски шумной ссоры. Контора нотариуса – отца Дали – находилась на первом этаже дома. Вся семья (отец, тетка и сестра Анна-Мария) жила на втором. Резко открыв дверь, отец Дали в ярости выталкивал своего сына, называя его мерзавцем. Дали пытался оправдаться.

Я подхожу, и отец, указывая на сына, говорит, что не желает больше видеть такую свинью в своем доме. Причиной (которую можно понять) гнева отца Дали был следующий факт: на выставке в Барселоне в углу своей картины Сальвадор нацарапал неразборчивым почерком: «Мне доставляет удовольствие плевать на портрет своей матери».

Изгнанный из Фигераса, Дали просит меня сопровождать его в Кадакес. Тут мы в течение двух или трех дней писали сценарий. Но удовольствие, которое мы испытывали, работая над «Андалусским псом», исчезло. Мы не находили общего языка. Возможно, это было влияние Гали? Каждый из нас отвергал предложение другого. Поняв, что работа не пойдет, мы дружески расстались, и я написал сценарий сам в Йересе, имении Мари-Лор и Шарля де Ноайль. Весь день я был предоставлен сам себе. А вечером читал им написанное. Они ни разу не высказали возражений, находя все – я лишь слегка преувеличиваю – «изумительным, прелестным».

В конце концов фильм стал часовым, более длинным, чем «Андалусский пес». Дали прислал мне в письме свои предложения, одно из которых вошло в фильм: по саду идет человек с камнем на голове. Он проходит около статуи, у которой на голове тоже лежит камень. Позднее, увидев фильм на экране, Дали сказал, что он ему понравился, и нашел его «похожим на американский».

Мы тщательно подготовились к съемкам, чтобы не разбазаривать деньги. Представив Шарлю де Ноайлю отчет о расходах, я вернул ему оставшиеся деньги.

Он оставил отчет в салоне, и мы перешли в столовую. Позднее по обуглившейся бумаге я догадался, что он просто сжег ведомость. Но не на моих глазах. Его поступок не выглядел показным, я это оценил больше, чем любые слова.

«Золотой век» снимался на студии «Бийанкур». В соседнем павильоне Эйзенштейн работал над «Сентиментальным романсом». С актером Гастоном Модо я познакомился на Монпарнасе. Он любил Испанию и играл на гитаре. Лию Лис и дочь русского писателя Куприна Ксению мне прислал импресарию. Не помню, почему я выбрал Лию Лис. Дюверже был оператором, Марваль – директором картины, как и в «Андалусском псе». Он также сыграл роль епископа, которого выбрасывают из окна.

Русский художник построил декорацию в павильоне. Натуру мы снимали в Каталонии, близ Кадакеса, и в окрестностях Парижа. Макс Эрнст изображал главаря банды, Пьер Превер – больного бандита. Среди гостей в салоне можно увидеть высокую и красивую Валентину Гюго, а рядом – известного испанского керамиста Артигаса, друга Пикассо, маленького человека, которого я «украсил» большими усами. Итальянское посольство усмотрело в нем сходство с королем Виктором-Эммануилом и подало на нас в суд.

С некоторыми актерами мне было трудно работать. В частности, с одним русским эмигрантом, который играл роль дирижера. Он был действительно плох. Зато я остался доволен статуей, специально изготовленной для картины. Добавлю, что в одной из уличных сцен можно увидеть Жака Превера, а голос за кадром – ведь это был один из первых звуковых фильмов, – произносивший «подвинь голову, тут более прохладная подушка», принадлежал Полю Элюару. На роль герцога Бланжи в последней части картины – в знак уважения к Саду – был приглашен Лионель Салем, специализировавшийся на ролях Христа.

Я никогда больше не видел этот фильм. Так что сегодня не могу высказать свое отношение к нему. Дали, чье имя осталось в титрах, отмечал позднее, сравнивая фильм с американскими (вероятно, из-за технической стороны), что при написании сценария он ставил своей задачей развенчать прогнивший механизм современного общества. Для меня же это еще – и главным образом – фильм о безумной любви, неумолимой силе, бросающей людей в объятия друг друга, хотя они понимают, что не могут быть вместе.

Во время съемок группа сюрреалистов решила напасть на кабаре, расположенное по бульвару Эдгара Кине, хозяин которого имел неосторожность использовать для своего заведения название поэмы Лотреамона «Песни Мальдорора». Преклонение сюрреалистов перед Лотреамоном хорошо известно.

Меня как иностранца наряду с другими в силу возможных осложнений с полицией избавили от участия в этой акции. Она имела чисто национальный характер. Кабаре было разгромлено, а Арагон тогда получил удар перочинным ножом.

Там как раз оказался один румынский журналист, написавший добрые слова о фильме «Андалусский пес», но решительно осудивший вторжение сюрреалистов в кабаре.

Когда спустя несколько дней он явился на студию «Бийанкур», я выставил его за дверь.

Первый просмотр для друзей состоялся у Ноайлей, которые – они неизменно говорили с легким бретонским акцентом – нашли его «изумительным, прелестным».

Несколько дней спустя в десять утра они организовали просмотр в кинотеатре «Пантеон», на который пригласили весь «цвет Парижа» и, в частности, некоторых аристократов. Мари-Лор и Шарль встречали гостей при входе (мне об этом рассказал Хуан Висенс – меня не было в Париже), жали руки, с некоторыми даже целовались. К концу сеанса они сели поближе к дверям, чтобы узнать у покидавших зал гостей их впечатление. Гости уходили поспешно, держались холодно и не говорили ни слова.

На другой день Шарль де Ноайль был исключен из Жокейского клуба. Его мать была вынуждена отправиться в Рим к папе, потому как поговаривали об отлучении ее сына от церкви.

Фильм был выпущен, как и «Андалусский пес», на экран «Стюдио-28» и шел в течение шести дней при переполненном зале. Затем против него началась яростная кампания правой прессы, а «Королевские молодчики» и «Патриотическая молодежь» совершили нападение на кинотеатр, содрали картины сюрреалистов на организованной в фойе выставке, бросили в экран бомбу, поломали кресла. Вот какой был «скандал с “Золотым веком”».

Спустя неделю во имя «поддержания порядка» префект полиции Кьяпп запретил его показ. Этот запрет действовал в течение пятидесяти лет. Фильм можно было увидеть только на частных просмотрах и в Синематеке. В Нью-Йорке он вышел в 1980 году, в Париже – в 1981-м.

Семейство де Ноайль никогда не попрекало меня этим запретом. Они гордились безоговорочным приемом фильма в среде сюрреалистов.

Я всегда встречался с ними, приезжая в Париж. В 1933 году они организовали в Йересе праздник, на котором каждый из приглашенных мог делать все что угодно. Дали и Кревель по какой-то причине отклонили приглашение. Зато композиторы Дариюс Мийо, Франсис Пуленк, Жорж Орик, Игорь Маркевич и Core сочинили по этому случаю и исполнили свои пьесы в муниципальном театре Йереса. Кокто нарисовал программу, а Кристиан Берар сделал эскизы костюмов для ряженых (одна ложа в театре была отдана им).

Под влиянием Бретона, который любил людей творческих и поддерживал в них стремление к самовыражению – он все меня спрашивал: «Когда же вы что-нибудь напишете для журнала?» – я за час написал «Жирафу».

Пьер Юник исправил мой французский, после чего я пошел в мастерскую Джакометти (он только что вступил в группу) и попросил его нарисовать и вырезать из фанеры в натуральную величину жирафу. Тот согласился, и мы отправились в Йерес, чтобы сделать все на месте. Каждое пятно жирафы, закрепленное на шарнирах, можно было отодвинуть рукой и прочитать текст. Если бы кто-нибудь выполнил все то, что я требовал в текстах, спектакль обошелся бы в четыреста миллионов долларов. Полный текст «Жирафы» напечатан в «Сюрреализме на службе Революции»». Так, на одном из пятен можно было прочесть: «Оркестр из ста музыкантов исполняет в подземелье "Валькирию". На другом – «Смеющийся взахлеб Христос». (Я очень горжусь, что первым придумал сей часто повторяемый другими образ.)

Жирафа была потом установлена в саду аббатства Сен-Бернар, владении Ноайлей. Гостей предупредили, что их ждет сюрприз. До ужина их попросили пойти в сад и, встав на табурет, прочесть тексты внутри пятен.

Они подчинились и, похоже, оценили мой талант. После ужина я вернулся с Джакометти в сад – жирафа исчезла. Исчезла бесследно. Может быть, ее посчитали слишком дерзкой после скандала с «Золотым веком»? Я так и не узнал, куда она делась. Шарль и Мари-Лор ни разу не заикнулись на сей счет. Я же не посмел выяснить у них причину этого внезапного исчезновения.

После нескольких дней, проведенных в Йересе, Роже Дезормьер сообщил мне, что едет в Монте-Карло дирижировать спектаклями Нового русского балета. Он предложил мне поехать с ним. Я тотчас же согласился. Гости, в том числе Кокто, отправились провожать нас на вокзал. Кто-то мне сказал: «Будьте осторожны с балеринами. Они очень молоды, очень невинны, зарабатывают гроши, не дай бог, если кто-то из них забеременеет».

Убаюкиваемый ходом поезда, я, как со мной часто бывает, предался игре воображения. Я представил себя в гареме с целым роем балерин, сидящих вокруг в черных чулках на стульях и ожидающих моих приказов. Я указывал пальцем на одну из них, и она, поднявшись, послушно приближалась ко мне. Тогда я передумывал и требовал к себе другую, столь же покорную. Так я и ехал, развлекаемый своими грезами.

На деле же все случилось иначе.

У Дезормьера была приятельница-балерина. После премьеры он пригласил меня и ее с подругой в кабаре. Естественно, я не возражал.

Представление прошло успешно. Но в конце (может быть, им мало платили и дурно кормили?)

две или три балерины упали в обморок, и среди них оказалась приятельница Дезормьера. Придя в себя, она пригласила подругу – очень красивую русскую из белых эмигрантов – пойти с нею. Так мы оказались в кабаре вчетвером.

Все шло отлично. Дезормьер с подружкой вскоре удалились, оставив меня наедине с русской. Не знаю, какой бес толкнул меня затеять с ней политический спор о России, о коммунизме и революции. Балерина сразу заявила, что настроена антисоветски, и стала говорить о преступлениях сталинского режима.

Я очень рассердился на нее, обозвал жалкой реакционеркой, мы еще спорили какое-то время, после чего я дал ей денег на фиакр и вернулся домой.

Впоследствии я часто сожалел о своей несдержанности, как в этом, так и в других подобных случаях.

Среди подвигов сюрреалистов есть один, который мне кажется самым великолепным. Мы обязаны им Жоржу Садулю и Жану Копенну.

Однажды в 1930 году Жорж Садуль и Жан Копенн где-то в провинции, бездельничая, читают в кафе газеты. Им попадается на глаза заметка о результатах конкурса в военную академию Сен-Сир. Первым по конкурсу прошел некий майор по фамилии Келлер.

Мне нравилось в этой истории именно то, что Садуль и Копенн бездельничают. Они одни в провинции, немного скучают. И тут им приходит в голову блестящая идея:

– А что, если написать письмо этому кретину?

Сказано – сделано. Потребовав у официанта бумагу и перо с чернилами, они написали одно из самых прекрасных оскорбительных писем в истории сюрреализма. Подписавшись, они тотчас же отправили его майору в Сен-Сир. В нем были такие незабываемые фразы: «Мы плюем на трехцветное знамя... Вместе с вашими подчиненными мы вывесим на солнце кишки всех офицеров французской армии... Если нас заставят воевать, мы будем охотно служить под славной остроконечной немецкой каской...» И т. д.

Получив письмо, Келлер передал его начальнику Сен-Сира. Тот в свою очередь переслал генералу Гуро. Одновременно оно было опубликовано в «Сюрреализме на службе Революции».

Письмо наделало много шума. Садуль пришел сказать, что должен бежать из Франции. Я рассказал об этом де Ноайлям, которые дали ему четыре тысячи франков. Жан Копенн был арестован. Отец Садуля и отец Копенна пошли извиняться в генштаб. Тщетно. Сен-Сир требовал публичных извинений. Садуль уехал из Франции, а Жан Копенн, говорят, умолял простить его, стоя на коленях перед учащимися военной академии. Не знаю, насколько это правда.

Вспоминая эту историю, я не могу забыть, с какой обезоруживающей печалью Андре Бретон в 1955 году сказал мне, что такой скандал ныне просто невозможен.

К сюрреализму примыкали многие писатели и художники. Некоторые увлекались движением, сближались с ним, потом отходили, возвращались, снова уходили. Другие продолжали свои искания в одиночку. На Монпарнасе я часто встречал Фернана Леже. Андре Массон почти никогда не принимал участия в наших сборищах, но поддерживал дружеские отношения с группой. Истинными художниками-сюрреалистами были Дали, Танги, Арп, Миро, Магритт и Макс Эрнст. Последний, мой близкий друг, принадлежал когда-то к группе дадаистов. Воззвание сюрреалистов застало его в Германии, а Ман Рея – в США.

Прекрасный, как орел, Макс Эрнст похитил сестру сценариста Жана Оранша Мари-Берту, сыгравшую маленькую роль в «Золотом веке» в сцене на приеме, и женился на ней. Однажды – уж не помню, до или после свадьбы, – он проводил лето в той же деревне, что и Анхелес Ортис, не знавший счета своим победам над женскими сердцами. И надо же было случиться, что оба влюбились в одну женщину, – победа досталась Ортису.

Как-то ко мне на улицу Паскаля постучались Бретон и Элюар, сказав, что пришли по просьбе Макса Эрнста, оставшегося ждать за углом дома. Макс обвинял меня в том, что я якобы своими интригами помог Ортису одержать победу. Бретон и Элюар от его имени требовали объяснений. Я ответил, что не имею никакого отношения к этой истории, что никогда не был советчиком Ортиса в любовных делах. Они удалились.

Андре Дерен не был связан с сюрреалистами. Он был намного старше меня (лет на 30–35) и часто вспоминал Парижскую коммуну. Он первым рассказал мне о расстрелянных во время зверских репрессий версальцев коммунарах за то, что у них оказались мозолистые руки – знак принадлежности к рабочему классу.

Среди писателей я был хорошо знаком с Роже Витраком, которого Бретон и Элюар отчего-то не жаловали. Андре Тирион был единственным человеком в группе, увлеченным политикой. Выходя после одного из собраний, Поль Элюар предупредил меня: «Его интересует только политика».

Называя себя коммунистом-революционером, Тирион однажды пришел ко мне на улицу Паскаля с большой каргой Испании. Тогда в моде были путчи, и он тоже решил организовать путч, чтобы свергнуть испанскую монархию. Тирион просил меня сообщить ему некоторые географические подробности о побережье, о тропинках, чтобы нанести их на карту. Я ничем не смог ему помочь.

Он написал об этом периоде книгу «Революционеры без революции», которая мне очень понравилась. Он, естественно, преувеличивал свою роль в этот период (все мы так поступаем, часто даже не отдавая себе отчета), приведя несколько интимных подробностей, показавшихся мне излишними и бесполезными. Зато я готов подписаться под тем, что он говорит об Андре Бретоне. Позднее, уже после войны, Жорж Садуль сообщил, что Тирион окончательно «предал» группу, переметнулся к деголлевцам и стал инициатором повышения тарифов на проезд в метро.

Максим Александр примкнул к католикам. Жак Превер представил меня Жоржу Батаю, автору «Истории глаза», который хотел со мной познакомиться из-за кадра с бритвой в «Андалусском псе». Мы вместе пообедали. Жена Батая Сильвия, вышедшая позднее за Жака Лакана, наряду с женой Рене Клера – Броней – одна из самых красивых женщин, которых я когда-либо встречал. Что касается Батая – которого Бретон не очень любил, считая его слишком грубым материалистом, – то у него было суровое и серьезное лицо, на котором, казалось, нет места для улыбки.

Я был мало знаком с Антоненом Арто. Мы встречались раза два-три. Помню его в метро 6 февраля 1934 года в очереди за билетом, я как раз оказался за ним. Он разговаривал сам с собой, делая широкие жесты. Я решил его не беспокоить.

Меня часто спрашивают, что стало с сюрреализмом. Я просто не знаю, что сказать. Иногда я отвечаю, что сюрреализм победил в мелочах и потерпел поражение в главном. Андре Бретон, Арагон, Элюар стали одними из лучших французских писателей XX века, их книги на видном месте во всех библиотеках. Макс Эрнст, Магритт, Дали принадлежат к числу самых признанных художников, их полотна бесценны и представлены во всех музеях. Таковы художественные и культурные достижения сюрреализма. Но именно они-то имели наименьшее значение для большинства из нас. Сюрреалисты мало заботились о том, чтобы войти в историю литературы и живописи. Они в первую очередь стремились, и это было важнейшим и неосуществимым их желанием, переделать мир и изменить жизнь. Но именно в этом, главном вопросе мы явно потерпели поражение.

Разумеется, иначе и быть не могло. Мы лишь сегодня можем должным образом оценить, какое ничтожное место занимал сюрреализм по сравнению с необозримыми и постоянно обновлявшимися силами исторической действительности. Раздираемые несбыточными мечтами, мы были лишь маленькой группой дерзких интеллигентов, которые любили поболтать, сидя в кафе, и издавали свой журнал. Группой идеалистов, быстро терявшей свое единство, едва речь заходила о том, чтобы принять непосредственное и активное участие в событиях.

Тем не менее на всю жизнь у меня остался от моего краткого пребывания – продолжавшегося не многим более трех лет – в рядах сюрреалистов совершенно определенный след. Осталось стремление свободно проникать в глубины человеческого сознания, обращаться к иррациональному, темному, импульсивному, таящемуся где-то в глубине нашего «я». Это стремление впервые было выражено тогда с такой силой, мужеством, редкой дерзостью, при всей склонности к игре и несомненной последовательности, в борьбе против всего, что нам казалось пагубным. От этого я никогда не отрекусь.

Добавлю, что большая часть предвидений сюрреалистов оказалась верной. Приведу только один пример — труд, слово неприкосновенное, святая святых буржуазного общества. Сюрреалисты первыми стали постоянно разоблачать его суть, обнажая обман и утверждая, что наемный труд постыден. Отклик на это можно найти в «Тристане», когда дон Лопе говорит молодому немому:

— Бедные рабочие! Рогоносцы — вот кто они такие, да еще и побитые врагом! Труд — это проклятие, Сатурно. Долой труд, который нужен, чтобы зарабатывать на жизнь! Этот труд не украшает нас, как они говорят, он лишь обогащает тех, кто нас эксплуатирует. Зато труд, которым занимаешься с удовольствием, по призванию, облагораживает человека. Надо, чтобы все могли бы трудиться именно так. Пусть меня повесят, я не стану работать. Ты видишь, я живу, живу плохо, но живу, не работая.

Некоторые элементы этого монолога можно было бы найти в произведении Гальдоса, но они имели иной смысл. Автор осуждал своего героя за то, что тот не работает. Он видел в этом порочность.

Сюрреалисты первыми интуитивно почувствовали, что труд по принуждению утратил свой смысл. Сегодня, пятьдесят лет спустя, повсюду говорят о деградации этой считавшейся вечной ценности. Все задаются вопросом: неужели человек родился, чтобы только работать? Начинают подумывать о цивилизации бездельников. Во Франции даже есть министр по делам Свободного времени.

Сюрреализм помог мне открыть для себя наличие жесткого конфликта между принципами любой расхожей морали и личной моралью, рожденной моим инстинктом и активным опытом. До вступления в группу я никогда не думал, что такой конфликт может поразить меня. Я считаю его неизбежным в жизни любого человека.

Словом, с той поры — помимо художественных открытий, утонченности вкусов или мыслей — у меня сохранились ясные и непреложные моральные требования, которым я, несмотря на все бури и ветры, остался верен. Быть верным определенной морали не так-то просто. Вы все время сталкиваетесь с эгоизмом, тщеславием, порочностью, слабостью, забвением. Подчас мне случалось поддаваться некоторым искушениям, и я отступал от своих правил — но обычно ради вещей, которые считаю малозначительными. В общем, мое общение с сюрреалистами помогло мне выстоять. А это, вероятно, и есть самое главное.

В начале мая 1968 года я находился в Париже и готовился с ассистентами к съемкам «Млечного пути». Однажды мы внезапно натолкнулись на баррикаду, возведенную студентами Латинского квартала. Вскоре привычная жизнь в Париже, как все помнят, оказалась нарушенной.

Я был знаком с книгами Маркузе, которым аплодировал. Я одобрял то, что читал и что слышал об обществе потребления, о необходимости, пока не поздно, изменить течение бесплодной и опасной жизни. Май 68-го ознаменовался прекрасными мгновениями. Прогуливаясь по улицам взбунтовавшегося города, я с удивлением видел на стенах лозунги сюрреалистов: «Вся власть воображению!», например, или: «Запретить запрещать!».

Как и другие в Париже, мы не работали, и я не знал, что делать. Я чувствовал себя любопытным и немного обеспокоенным туристом. Когда я пересекал бульвар Сен-Мишель, где ночью происходили стычки, слезоточивый газ щипал мне глаза. Я не все понимал. Скажем, зачем демонстранты мяукали: «Мао! Мао!» – словно искренне желали установления маоистского режима во Франции. Я видел, как обычно благоразумные люди теряли голову. Так, Луи Маль – очень близкий мне человек, – стоявший во главе боевой группы, готовя свое войско к страшному бою, приказал моему сыну Жану-Луи стрелять в полицейских, как только они появятся на улице (если бы тот его послушался, то был бы единственным гильотинированным в мае). Наряду с серьезностью намерений и пустыми разговорами в умах была полная путаница. Каждый искал свою собственную революцию. Я не переставал повторять себе: «Будь это в Мексике, они не продержались бы и двух дней. И насчитали бы по крайней мере три сотни убитых». (Именно это случилось в октябре на площади Трех культур в Мехико.)

Серж Зильберман, продюсер картины, отвез меня на несколько дней в Брюссель, откуда мне было бы легче добраться на самолете к себе домой. Но я решил вернуться в Париж. Спустя неделю все вошло, как говорят, в свое русло, и великолепное и, к счастью, не ставшее кровавым празднество окончилось. Лозунги мая 68-го года имели много общего с сюрреалистическим движением: те же идейные темы, тот же порыв, те же расхождения, те же иллюзии, та же разобщенность между словом и делом. Как и мы, студенты мая 68-го много говорили и мало действовали. Но я ничем их не попрекаю. Бретон мог бы сказать по этому поводу: поступки стали почти невозможны, как и скандалы.

Существовала, конечно, перспектива выбрать терроризм – на этот путь некоторые и встали. Здесь я не могу не вспомнить, например, слова Андре Бретона, отражающие наши настроения в молодости: «Простейший поступок сюрреалиста заключается в том, чтобы выйти на улицу с револьвером в руке и стрелять по толпе». Да и я, помнится, написал когда-то про «Андалусского пса», что это не что иное, как призыв к убийству.

Я часто раздумывал над присущим нашему веку символическим характером террора. Он привлекал меня своей конечной целью – уничтожением классового общества как такового. Я презираю тех, кто превращает террор в политическое оружие, в защиту какого-то дела, тех, скажем, кто, дабы привлечь внимание к судьбе армян, расправляется с ни в чем не повинными мадридцами. Я просто не хочу говорить об этих террористах. Они внушают мне ужас.

Я вспоминаю банду Бонно, которой когда-то восхищался, Аскасо и Дуррути, которые тщательно отбирали свои жертвы, французских анархистов конца XIX века, всех, кто хотел взорвать мир, который представлялся им недостойным существовать, погибнув вместе с ним. Я их понимаю, я часто ими гордился. Но между моим воображением и действительностью – пропасть, как и у большинства людей. Я никогда не был человеком действия, я не бросал бомб и не мог подражать тем, с кем был подчас весьма близок духовно.

Я до конца остался дружен с Шарлем де Ноайлем. Наезжая в Париж, я обедал или ужинал с ним.

В последний раз он пригласил меня в свой особняк, где впервые принимал пятьдесят лет назад. Все выглядело иначе. Мари-Лор умерла. На стенах, на этажерках ничего не осталось от былых сокровищ.

Шарль оглох, как и я, и нам было трудно общаться. Мы ели, почти не разговаривая друг с другом.

Америка

1930 год. «Золотой век» еще не выпущен на экраны. Ноайли оборудовали в своем особняке первый в Париже зал для показа «говорящих» фильмов. Они разрешили мне в свое отсутствие показать «Золотой век» сюрреалистам. Те явились в полном составе и до начала сеанса стали прикладываться в баре к бутылкам, выливая остатки в раковину. Самыми отчаянными оказались, кажется, Тирион и Тцара. По возвращении Ноайли спросили меня, как прошел просмотр – кстати, великолепно, – и любезно промолчали относительно опустошенных бутылок.

Благодаря Ноайлям мой фильм увидел представитель «Метро-Голдвин-Майер» в Европе. Как и многие американцы, он очень любил бывать в аристократических кругах. Придя к нему в кабинет, я услышал следующее:

– Я видел «Золотой век», он мне совершенно не понравился. Я лично ничего в нем не понял, но все равно нахожусь под впечатлением. Я предлагаю вам поехать в Голливуд и заняться там освоением лучшей в мире американской техники. Я посылаю вас туда, оплачиваю дорогу, вы пробудете там полгода, получая по 250 долларов в неделю. (В то время сумма немалая.) Перед вами одна задача: смотреть, как снимаются фильмы. Потом мы подумаем, что с вами делать.

Весьма удивленный, я попросил 48 часов на размышление. В тот же вечер должно было состояться собрание у Бретона. Вместе с Арагоном и Садулем я собирался в Харьков на Международный конгресс революционных писателей. Я рассказал о сделанном мне предложении. Никто не стал меня отговаривать.

Я подписал контракт и в декабре 1930 года поднялся на палубу американского теплохода «Левиафан», тогда самого большого в мире. Я совершил дивное путешествие в компании испанского юмориста Тоно и его супруги Леоноры.

Тоно был приглашен в Голливуд для работы над испанскими вариантами американских картин. В 1930 году кино стало говорящим и сразу потеряло свой универсальный характер. В немых фильмах достаточно было сменить титры в зависимости от того, в какой стране их показывали. А теперь приходилось снимать в тех же декорациях, с тем же освещением различные варианты – с французскими или испанскими актерами. Отсюда приток в Голливуд иностранных писателей и актеров, чтобы писать диалоги и исполнять их на своем языке.

Я был влюблен в Америку еще до знакомства с нею. Мне нравилось там все – нравы, фильмы, небоскребы и даже форма полицейских. В совершенном упоении я провел первые пять дней в Нью-Йорке в отеле «Алгонкин». Ко мне был приставлен аргентинец-переводчик, так как я не знал ни слова по-английски.

Затем опять же с Тоно и его женой мы сели в поезд и поехали в Лос-Анджелес. Полный восторг. Я думаю, что США —самая прекрасная страна в мире. Проведя в поезде четыре дня, мы прибыли в Лос-Анджелес в пять вечера. Нас встретили испанские писатели, тоже приглашенные в Голливуд: Эдгар Невиль, Лопес Рубио и Угарте.

С вокзала мы поехали обедать к Невилю. «Ты познакомишься со своим наставником», — сказал мне Угарте. К семи часам действительно пришел седой господин с очаровательной молодой женщиной, и мне его представили как будущего наставника. За столом я впервые в жизни пробовал плоды авокадо.

Невиль служил переводчиком, а я не переставал присматриваться к своему наставнику, повторяя про себя: «Знакомое лицо, я его уже где-то видел». К концу обеда меня вдруг осенило: это были Чаплин и Джорджия Хейл, снимавшаяся в картине «Золотая лихорадка».

Чаплин не знал ни слова по-испански, но говорил, что обожает Испанию. Впрочем, нравилась ему фольклорная и фальшивая Испания, с постукиванием каблуков и криками «Оле!». Он был дружен с Невилем. Поэтому и пришел к нему.

На другой день я поселился на Оукхерст-драйв, в Беверли-Хиллз, вместе с Угарте. Мама дала мне денег. Я купил машину «форд», карабин и «лейку». Мне начали платить. Все было прекрасно. Лос-Анджелес мне нравился бесконечно — не только из-за Голливуда.

Спустя несколько дней я был представлен продюсеру-режиссеру Левину, работавшему на Тальберга, босса МГМ. А тот в свою очередь передал меня на попечение некоему Фрэнку Девису, ставшему затем моим другом. Ему было поручено курировать меня.

Он нашел мой контракт «странным» и сказал:

— С чего бы вы хотели начать? С монтажа, сценария, съемок или с работы художников?

— Со съемок.

— Отлично. На студии «Метро» имеется 24 павильона, выбирайте, какой хотите. Вы получите официальный пропуск и сможете ходить повсюду.

Я выбрал павильон, где снимался фильм с участием Греты Гарбо. Уже достаточно зная нравы кино, я тихо вошел, стараясь остаться незамеченным, пока гримеры суетились вокруг «звезды». Похоже, готовились снимать крупный план.

Несмотря на все мои старания, она таки меня заметила. Сделала знак какому-то усачу и показала в мою сторону. Тот подошел и спросил по-английски:

— Что вы тут делаете?

Разумеется, я его не мог понять и тем более ответить, так что меня выставили за дверь.

С этого дня я решил тихо сидеть дома и появляться на студии лишь по субботам, у кассы. Меня не трогали четыре месяца. Никому до меня не было дела.

Иногда, впрочем, бывали исключения. Так, в одном из испанских вариантов я сыграл роль бармена за стойкой (снова бары!). В другой раз я пошел посмотреть интересную декорацию.

За пределами студии построили бассейн. Посреди него высилась в натуральную величину декорация судна. Для съемки сцены бури судно поместили на мощных рессорах, чтобы имитировать покачивание на волнах, вокруг расставили гигантские вентиляторы, огромные резервуары воды, готовые вылиться на терпящий бедствие корабль. Как обычно, меня поражали и поражают всегда технические средства и качество трюковой съемки. Казалось, что тут все возможно, даже новое сотворение мира.

Я любил встречать здесь знаменитостей, в особенности актеров на роли «предателей», Уоллеса Бири например. Мне нравилось, сидя в кресле в холле студии, подставлять свои ботинки для чистки, посматривая на проходящих «звезд». Однажды по соседству устроился Амбросио. Так звали в Испании этого огромного комика с черными жуткими глазами, который часто играл у Чаплина. Другой раз в театре я оказался рядом с Беном Тюрпином, который косил в жизни, как и на экране.

Из любопытства я отправился однажды в большой павильон МГМ. Было объявлено, что всемогущий Луис Б. Майер намерен обратиться с речью к служащим фирмы.

Нас было несколько сотен на скамейках напротив трибуны, где босс уселся вместе с другими важными персонами. Тальберг был среди них, разумеется. Собрались секретари, техники, актеры, рабочие – все.

В тот день я как бы вновь открыл для себя Америку. На трибуну поочередно поднимались директора и что-то говорили, им аплодировали. Наконец встал большой босс и в воцарившейся тишине сказал:

– Дорогие друзья, после долгих размышлений мне, думается, удастся в лапидарной – и, возможно, окончательной – формуле выразить то, что позволит нашей фирме, учитывая общие интересы, достичь прогресса и процветания. Эту формулу я сейчас вам напишу.

Позади него находилась грифельная доска. Луис Б. Майер повернулся – в тишине, полной ожидания и надежд, как вы можете себе представить, – и мелом написал прописными буквами слово: КООПЕРАТИВ.

После чего сел под шумные аплодисменты.

Я был потрясен.

Помимо поучительных экскурсий в мир кино, я один или с другом Угарте совершал в своем «форде» долгие прогулки, добираясь до пустыни. Ежедневно я встречался с новыми лицами, я познакомился с Долорес Дель Рио, которая была тогда замужем за художником, с французским режиссером Жаком Фейдером, которым всегда восхищался, с Бертольтом Брехтом, жившим тогда в Калифорнии. Остальное время проводил дома. Из Парижа мне присылали газеты, где во всех подробностях описывался скандал с «Золотым веком». Меня обзывали страшными словами. Восхитительный был скандал!

Каждую субботу Чаплин приглашал нашу маленькую компанию в ресторан. Я довольно часто бывал в его доме на холме. Мы играли в теннис, плавали и парились в бане. Однажды я даже заночевал у него. Довольно часто я встречал у Чаплина Эйзенштейна, который собирался в Мексику снимать фильм «Да здравствует Мексика!».

После восторженного приема фильма «Броненосец "Потемкин"» я был весьма разочарован, увидев во Франции на студии «Эпиней» его картину «Сентиментальный романс» – с белым роялем посреди поля колышущейся пшеницы, с плавающими в студийном пруду лебедями и прочими банальностями. Я стал разыскивать Эйзенштейна в кафе Монпарнаса, чтобы побить его, но не нашел. Позднее он рассказал мне, что это был фильм его ассистента Александрова. Неправда. Я сам видел, как он снимал на студии «Бийанкур» сцену с лебедями*.

В Голливуде я, конечно, забыл о своем возмущении, и мы пили с ним прохладительные напитки возле чаплиновского бассейна, разговаривая обо всем и ни о чем.

В павильоне студии «Парамаунт» я познакомился с Джозефом фон Штенбергом, пригласившим меня к своему столу. Немного позже за ним пришли, и он позвал меня на съемку. Действие картины происходило в Китае. Восточная толпа под руководством ассистентов плавала по каналам, толкалась на мостах и в тесных улочках. Поражало, что камеры размещал не режиссер, а художник. Штернберг лишь кричал «Мотор!» и руководил актерами. К тому же это был выдающийся режиссер! Другие в своем большинстве были просто рабами на службе у хозяев компаний и старательно выполняли все, что им говорили. Они не имели никаких прав на фильм. Даже в монтажный период.

В свободное время, которого у меня было предостаточно, я разработал довольно странную вещь, документ, увы, мною утерянный (как и многое другое в жизни), — сводную таблицу штампов американского кино.

На большом листе картона были расчерчены колонки, по которым можно было передвигать фишки, легко ими маневрируя. Первая колонка, скажем, обозначала «Атмосферу действия» — атмосферу Парижа, вестерна, гангстерского фильма, войны, тропиков, комедии, средневековой драмы и т. д. Другая колонка

* Действительно, С. М. Эйзенштейн снял первую общую сцену фильма Г. В. Александрова, что и дало повод Луису Бунюэлю посчитать этот фильм эйзенштейновским. — *Прим. перев.*

означала «Эпоху», третья – «Главных героев». Колонок было четыре или пять.

Принцип был следующий: в то время американское кино подчинялось настолько жестким, механическим штампам, что с помощью простого приспособления было несложно свести воедино «атмосферу» и «эпоху», определенных персонажей и безошибочно догадаться об основной интриге в фильме.

Мой друг Угарте, живший надо мной в том же доме, знал наизусть эту таблицу. Добавлю, что по этой таблице можно было получить особенно точные сведения о судьбе женских персонажей.

Однажды вечером продюсер Штернберга пригласил меня на предварительный просмотр картины «Обесчещенная» с Марлен Дитрих (у французов она называется «Агент X–27» и рассказывает историю шпионажа, в которой произвольно использованы эпизоды из жизни Мата Хари). Предварительный просмотр преследует цель выяснить реакцию зрителей на картину, которая еще не вышла на экраны, и происходит неожиданно. Это делают обычно вечером в одном из кинотеатров после основной программы.

Поздно ночью мы возвращаемся в одной машине с продюсером. Высадив Штернберга, продюсер говорит мне:

– Прекрасный фильм, не правда ли?

– Прекрасный.

– Какой режиссер!

– Безусловно.

– Какой оригинальный сюжет!

Тогда я позволяю себе заметить, что Штернберг не отличается особой оригинальностью при выборе сюжетов. Он часто берет дешевую мелодраму, банальные истории и трансформирует их в своей постановке.

– Банальные истории? – восклицает продюсер. – Как вы можете так говорить! Тут нет ничего банального! Напротив. Вы даже не отдаете себе отчета в том, что в конце фильма он убивает «звезду»! Марлен Дитрих! Он ее убивает! Такого еще никто не видел!

– Прошу прощения, но уже через пять минут после начала картины я знал, что она будет расстреляна.

– Что такое? Что вы болтаете! Я вам говорю, такого еще не было в истории американского кино! А вы – догадались! Бросьте! Кстати, на мой взгляд, зрителю не понравится такой конец. Нисколько!

Он начинает нервничать, и, чтобы его успокоить, я приглашаю его зайти ко мне выпить по рюмке.

Мы заходим ко мне, и я отправляюсь будить моего друга Угарте, которому говорю:

– Идем, ты мне нужен.

Протирая заспанные глаза, он спускается в пижаме, я приглашаю его сесть напротив продюсера и медленно говорю:

– Слушай внимательно. Речь идет о фильме.

– Да.

– Атмосфера Вены.

– Да.

– Эпоха: Первая мировая война.

– Да.

– В начале картины перед нами шлюха. Мы четко видим, что это шлюха. Она подцепила на улице офицера, она...

Угарте, зевая, встает, жестом прерывает меня и на глазах удивленного, но все же успокоенного продюсера направляется досыпать, сказав:

– Можешь не продолжать. Она будет расстреляна в конце фильма.

На Рождество 1930 года Тоно и его жена организовали обед для дюжины испанцев, актеров и писателей, пригласив Чаплина и Джорджию Хейл. Каждый принес подарок за 20–30 долларов, и их развесили на елке.

Мы сели за стол. Несмотря на запреты, вино лилось рекою. И тут поднялся довольно известный тогда актер Ривельес и стал читать по-испански напыщенную поэму Маркина во славу солдат, погибших во Фландрии.

Стихи вызвали у меня чувство тошноты, они были столь же отвратительны, как и проповедуемая в них идея патриотизма. Я сидел между Угарте и молодым двадцатилетним актером по имени Пенья.

– Когда я высморкаюсь, – прошептал я им, – это будет сигналом. Мы встанем и сломаем эту елку.

Что и было сделано на глазах пораженных гостей.

К несчастью, не так просто уничтожить рождественскую елку. Мы ободрали себе руки. Сорвав подарки, мы стали топтать их ногами.

В комнате царила гробовая тишина. Чаплин ничего не понимал. Жена Тоно Леонора сказала мне:

– Луис, это грубо.

– Ничуть, – ответил я. – Это все что угодно, но только не грубость. Проявление вандализма, подрывных настроений – да!

Вечеринка кончилась рано.

На другой день – удивительное совпадение! – я прочитал в газете, что в Берлине какой-то верующий встал во время службы и попытался сломать рождественскую елку в церкви.

Но наш подрывной акт имел продолжение. В новогоднюю ночь Чаплин пригласил нас к себе. В комнате стояла другая елка, с другими подарками. Перед тем как идти к столу, он остановил нас и сказал (Невиль переводил):

– Раз уж вы любите ломать деревья, Бунюэль, сделайте это сейчас, чтобы не беспокоить нас потом.

Я ответил, что не занимаюсь уничтожением деревьев. Просто ненавижу показной патриотизм, вот и все. Именно это и возмутило меня в тот рождественский вечер.

Чаплин как раз заканчивал «Огни большого города». Я смотрел его в ходе монтажа. Сцена, где он глотает свисток, показалась мне невероятно затянутой, но я не посмел ничего сказать. Невиль разделял мое мнение. Потом он сказал, что Чаплин сам подрезал сцену.

Чаплин был довольно неуверенным в себе человеком. Вечно сомневался, просил совета. Музыку к фильмам он сочинял по ночам, для чего ставил рядом с постелью звукозаписывающий аппарат. Просыпаясь, Чаплин спросонья напевал приснившуюся ему мелодию и снова засыпал. Так он совершенно невинно «сочинил» для своего фильма песню, использовав мелодию «Фиалки», за что был привлечен к суду и заплатил большой штраф.

Он видел десяток раз «Андалусского пса» у себя дома. В первый раз, когда начался фильм, все услышали сзади какой-то грохот. Его мажордом-китаец, исполнявший обязанности механика, внезапно упал в обморок.

Позднее Карлос Саура рассказывал мне, что, когда Джеральдина Чаплин была маленькой, отец, чтобы попугать ее, рассказывал некоторые эпизоды моего фильма.

Я подружился с молодым звукооператором Джеком Джорданом. Он был в приятельских отношениях с Гретой Гарбо и часто прогуливался с нею под дождем. Это был симпатичный, проявлявший антиамериканские настроения американец, он часто заходил ко мне выпить (у меня было все что угодно). Перед моим отъездом в Европу в марте 1931 года он зашел попрощаться. Мы поболтали, и тут он внезапно задал мне неожиданный, очень удививший меня вопрос, не помню какой, но не имевший даже отдаленного отношения к нашему разговору. Я был поражен, но все-таки ответил. Он пробыл еще некоторое время, а затем удалился.

На следующий день перед отъездом я рассказал об этом другому приятелю и услышал: «Все понятно! Это обычный тест! По ответу судят о вас как о личности».

Итак, человек, знавший меня несколько месяцев, в последний день подсовывает мне тест. И еще называет себя другом! Да к тому же кичится антиамериканскими настроениями!

Настоящим моим другом был Томас Килкпатрик, сценарист и ассистент Фрэнка Девиса. Не знаю, каким чудом, но он научился идеально говорить по-испански. Ему принадлежит довольно известный фильм о человеке, который уменьшается в росте. И вот однажды он говорит:

– Тальберг просит тебя прийти завтра вместе с другими испанцами посмотреть пробы Лили Дамиты. Он хочет знать, есть ли в ее речи испанский акцент.

– Во-первых, я сюда приглашен как француз, – отвечаю ему, – а не испанец. Во-вторых, скажите господину Тальбергу, что я не стану слушать всяких шлюх.

На другой день я подал в отставку и стал готовиться к отъезду. Не тая злобы, МГМ вручила мне при отъезде прекрасное письмо, в котором говорилось, что обо мне здесь будут долго помнить.

Я продал машину жене Невиля, продал и ружье. Я уезжал с прекрасными воспоминаниями. И сегодня, когда я думаю о запахе весны в Лавровом каньоне, об итальянском ресторане, в котором тайком пили вино из кофейных чашек, о полицейских, остановивших меня однажды, чтобы проверить, не везу ли я спиртное, и проводивших меня до дома, так как я заблудился, когда я вспоминаю своих друзей Девиса и Килкпатрика, всю эту жизнь, не похожую на нашу, теплоту и наивность американцев – меня и сегодня не покидает чувство волнения.

В те времена моим идеалом была Полинезия. В Лос-Анджелесе я стал готовиться к поездке на эти благословенные острова, но отказался по двум причинам. Во-первых, я был влюблен – как обычно, весьма целомудренно – в подругу Лии Лис. Во-вторых, до выезда из Парижа Бретон потратил два или три дня, составляя мой гороскоп (тоже утерянный), по которому выходило, что я умру либо перепутав лекарства, либо в дальних морях.

Я отказался, стало быть, от путешествия и выехал поездом в Нью-Йорк, где меня ожидал такой же восторг. Я пробыл там десять дней – то была эпоха «спикизи» – и отправился во Францию на пароходе «Лафайет». На том же судне было несколько французских актеров, возвращавшихся в Европу, а также английский промышленник, мистер Энкл, владевший шляпной фабрикой в Мексике и служивший нам переводчиком.

Все вместе мы здорово шумели. Вспоминаю себя ночью в баре с женщиной на коленях. Во время путешествия мои твердые сюрреалистические убеждения стали поводом для мини-скандала. На балу по случаю дня рождения капитана оркестр заиграл американский гимн. Все встали, кроме меня. Когда последовала «Марсельеза», я положил ноги на стол. Подошел молодой человек и заявил, что мое поведение возмутительно. Я ответил, что нет ничего более возмутительного, чем национальные гимны. Мы обменялись оскорблениями, и молодой человек удалился.

Спустя полчаса он вернулся с извинениями и протянул руку. Ничуть не успокоившись, я ударил его по руке. В Париже не без гордости (которая кажется мне сегодня детской) я рассказал об этом друзьям-сюрреалистам, и те выслушали меня с удовольствием.

Во время этой поездки я пережил сентиментальное приключение — смешное и, естественно, платоническое — с восемнадцатилетней девушкой, американкой, заявившей, что она без ума от меня. Она путешествовала одна, чтобы прогуляться по Европе, и, вероятно, была дочкой миллионера, ибо на суше ее ждал «роллс» с шофером.

Не так-то уж она мне нравилась, но тем не менее я сопровождал ее во время долгих прогулок по палубе. В первый день она пригласила меня к себе в каюту и показала портрет красивого парня в золоченой рамке. «Это мой жених, — сказала она, — мы поженимся, когда я вернусь». За три дня до прихода в порт я побывал еще раз в ее каюте и увидел фотографию разорванной. Она сказала:

— Во всем виноваты вы.

Я предпочел ничего не отвечать на столь легкомысленное выражение мимолетной страсти, родившейся в уме довольно тощей американки, которую больше никогда не встречал.

В Париже меня ждала моя невеста Жанна. Я был без гроша в кармане, и ее семья одолжила мне немного денег, чтобы я мог съездить в Испанию.

Я приехал в Мадрид в апреле 1931 года за два дня до отречения короля и радостного провозглашения Испанской республики.

Испания и Франция

1931–1936

Провозглашение Испанской республики, обошедшееся без кровопролития, было встречено с большим восторгом. Король удалился без всякого шума. Но охватившая всех радость быстро уступила место сначала беспокойству, затем страху. В течение пяти лет, предшествовавших гражданской войне, я жил в Париже, где занимал квартиру на улице Паскаля и зарабатывал на жизнь дубляжами для «Парамаунта», а с 1934 года – в Мадриде.

Я никогда не путешествовал только ради удовольствия. Мне незнакомо столь широко распространенное пристрастие к туризму. Я не испытываю никакого любопытства к стране, которая мне незнакома и которую я никогда не узнаю. Зато я люблю возвращаться в те места, где уже жил, с которыми связаны мои воспоминания.

Зятем виконта де Ноайля был принц Линь (знатная бельгийская фамилия). Зная, что меня привлекают острова Южных морей, то есть Полинезия, и полагая, что во мне живет дар исследователя, Ноайль сказал, что по инициативе его зятя, генерал-губернатора Бельгийского Конго, организуется потрясающая экспедиция, которая должна пересечь всю Африку от Дакара до Джибути. В нее входило двести или триста человек – антропологов, географов, зоологов. Не хочу ли я снять документальный фильм об этой экспедиции? Следует только подчиняться некоторой военной дисциплине и не курить во время переходов. Но снимать я могу все, что мне заблагорассудится.

Я отказался. Ничто не влекло меня в Африку. Я поговорил с Мишелем Лерисом, он поехал вместо меня и привез фильм «Африка – привидение».

Я участвовал в деятельности сюрреалистов до 1932 года. Арагон, Пьер Юник, Жорж Садуль и Максим Александр ушли из группы еще раньше, вступив в компартию. Элюар и Тцара последовали их примеру позднее.

Будучи очень близок к компартии и работая в киносекции Ассоциации революционных писателей и артистов (АРПА), я никогда не вступал в ее ряды. Я не любил долгих политических заседаний в АРПА, на которые иногда ходил вместе с Эрнандо Виньесом. Нетерпеливый по натуре, я не мог вынести всей повестки дня, бесконечных споров.

В этом я очень походил на Бретона. Как и все сюрреалисты, он тоже был близок к компартии, которая в наших глазах несла в себе революционное начало. Но на первом же собрании, куда он пришел, его попросили составить подробный доклад о состоянии итальянской угольной промышленности. Весьма разочарованный, он говорил: «Я готов писать о том, что знаю, а не об угольной промышленности»...

Я стал отдаляться от сюрреалистов из-за их политических распрей и некоторого снобизма. В первый раз я был очень удивлен, увидев в витрине книжного магазина на бульваре Распай отличные рекламные фотографии Бретона и Элюара (в связи с публикацией «Непорочного зачатия», кажется). Я сказал им об этом. Они ответили, что имеют полное право рекламировать свои произведения.

Мне не понравился новый журнал «Минотавр», по своей сути светский и буржуазный. Постепенно я перестал ходить на собрания и покинул группу так же просто, как вступил в нее. Но сохранил добрые личные отношения со своими бывшими друзьями. Я был очень далек от их ссор, расколов, обвинений в умышленном поведении. Сегодня в живых остались редкие представители той эпохи – Арагон, Дали, Андре Массон, Тирион, Хуан Миро и я. Но я с нежностью вспоминаю и о тех, кто умер.

В 1933 году я некоторое время занимался одним фильмом. Его предполагалось снимать в России – это должно было быть русское производство «Подземелий Ватикана» по Андре Жиду. Арагон и Поль Вайян-Кутюрье (я любил его от всей души, прекрасный был человек; когда он приходил ко мне на улицу Паскаля, двое полицейских в штатском, следовавших за ним по пятам, расхаживали по улице) взялись за организацию постановки. Андре Жид принял меня и сказал, что польщен выбором, сделанным советским правительством, но сам лично понятия не имеет о кино. В течение трех дней – по часу или два, не более – мы разговаривали о том, как экранизировать роман. Однажды утром Вайян Кутюрье сообщил мне: «Съемки отменяются...» До свидания, Андре Жид.

«Лас Урдес. Земля без хлеба»

В Эстрамадуре, между Касересом и Саламанкой, находится пустынный горный район — только скалы, вереск и козы: здесь жили урды. Некогда эти высоко расположенные земли населяли евреи, бежавшие от инквизиции, и бандиты.

Я прочитал основательное исследование об этом районе, написанное директором Французского института в Мадриде Лежандром. Книга чрезвычайно заинтересовала меня. Однажды в Сарагосе я заговорил о возможности снять документальный фильм об урдах с моим другом Санчесом Вентурой и анархистом Рамоном Асином, который внезапно сказал:

— Слушай, если я выиграю большой приз в лотерее, я оплачу расходы по фильму.

Два месяца спустя он выиграл в лотерее если не большой приз, то, во всяком случае, крупную сумму. И сдержал слово.

Убежденный анархист Рамон Асин по вечерам давал уроки рисования рабочим. Когда в 1936 году началась война, к нему в Уэску явились, чтобы арестовать его, правые экстремисты. Он ловко ускользнул от них. Фашисты схватили его жену и объявили, что расстреляют ее, если Асин не явится к ним сам. На другой день он явился, и они расстреляли обоих.

Для съемок «Лас Урдеса» я пригласил из Парижа Пьера Юника в качестве ассистента и оператора Эли Лотара. Ив Аллегре одолжил нам камеру. Располагая двадцатью тысячами песет – сумма очень маленькая, – я поставил перед собой задачу снять картину за месяц. Четыре тысячи ушли на покупку старого «фиата», который я сам чинил по мере необходимости (я был довольно приличным механиком).

В заброшенном после антиклерикальных реформ, предпринятых Мендисабалем в XIX веке, старом монастыре Лас Батуэкаса размещалась убогая гостиница, в которой едва ли насчитывалось десять номеров. Но примечательная вещь: с умывальниками.

Каждый день мы отправлялись на съемку до восхода солнца. Два часа в машине, а затем пешком, неся аппаратуру на руках. Я был совершенно сражен видом голых гор. Меня буквально потрясла нищета населения, но также его ум и верность своей затерянной родине, своей «земле без хлеба». По крайней мере в двадцати деревнях никто никогда не ел свежего хлеба. Временами кто-то привозил из Андалусии сухарь, который становился предметом натурального обмена.

По окончании съемок, без гроша в кармане, я был вынужден сам монтировать картину на кухонном столе в Мадриде. Не имея мовиолы, я рассматривал кадры в лупу и кое-как их склеивал. В корзину, безусловно, попали и интересные куски, которые я не мог как следует разглядеть.

Первый просмотр состоялся в «Сине де ла Пренса». Фильм был немой, и я лично комментировал его через микрофон. «Надо пустить его в прокат», — сказал Асин, которому очень хотелось вернуть затраченные деньги. Тогда мы решили показать фильм крупному испанскому ученому Мараньону, назначенному президентом «Патронато» (своего рода Верховный совет) в Лас Урдесе.

В то время Испанская республика подвергалась яростным нападкам со стороны правых и крайне правых кругов. С каждым днем волнения становились все серьезнее. Члены фаланги, созданной Примо де Риверой, стреляли по продавцам газеты «Мундо Обреро». Приближались времена, обещавшие стать кровавыми.

Мы подумали, что Мараньон поможет нам благодаря своему авторитету и положению получить разрешение на прокат фильма, который, как и следовало ожидать, запретила цензура. Но его реакция была отрицательной. Он сказал:

— Зачем показывать только самое уродливое, самое неприятное? Я видел в стране урдов телеги с зерном. (Ложь: такие телеги можно было встретить только в низинах, по дороге в Гранадилью, да к тому же очень редко.) Почему не показать фольклорные танцы Ла Альберки, самые прекрасные в мире?

Ла Альберка была средневековой деревней, которых немало встречаешь в Испании, но она не входила в страну урдов.

Я ответил Мараньону, что у каждого народа, если ему верить, есть свои, самые прекрасные в мире, фольклорные танцы и что он говорит как банальный и жалкий националист. После этого я ушел, и фильм остался под запретом.

Спустя два года испанское посольство в Париже выделило мне необходимые средства для озвучивания картины у продюсера Пьера Бронберже. Тот приобрел ее и постепенно мелкими суммами кое-как расплатился со мной (однажды я пришел в ярость и пригрозил, что разломаю пишущую машинку его секретарши огромным молотком, купленным в хозяйственном магазине по соседству, если он не заплатит мне).

В конце концов я смог вернуть деньги двум дочерям Рамона Асина уже после его смерти.

Во время испанской войны, когда республиканские войска с помощью колонны анархистов во главе с Дуррути захватили город Кинто, мой друг Мантекон, губернатор провинции Арагон, обнаружил в архиве Гражданской гвардии мое личное дело. Я назывался там опасным скандалистом, наркоманом, а главное, автором омерзительного, преступного фильма, направленного против родины, — «Лас Урдес». При поимке меня следовало тотчас препроводить к фалангистским властям — словом, в моей дальнейшей судьбе можно было не сомневаться.

Однажды в Сен-Дени, по инициативе Жака Дорио, тогда коммунистического мэра, я показал «Лас Урдес» рабочим. Среди них находилось четверо иммигрантов-урдов. Один из них, встретив меня, когда я позднее снова приехал в его родные бесплодные горы, поклонился мне. Эти люди покидали родные места, но потом возвращались обратно. Какая-то сила тянула их в этот ад, принадлежавший только им.

Несколько слов о Лас Батуэкасе, одном из немногих райских уголков, которые я знаю в мире. Вокруг руин церкви, ныне отреставрированной, посреди скал стояло несколько одиноких сельских домиков. Прежде, до выселения по приказу Мендисабаля, каждый отшельник должен был звонить в полночь в колокольчик в доказательство того, что он бодрствует.

На огородах здесь росли лучшие в мире овощи (я говорю так без всякого национализма). Оливковая давильня, мельница и даже источник с минеральной водой. Во время съемок в Лас Батуэкасе жил только старый монах со служанкой. В пещерах можно было увидеть наскальные рисунки, козу и улей.

В 1936 году я едва не купил все это за 150 тысяч песет, то есть очень дешево. Я договорился с владельцем, неким доном Хосе, жившим в Саламанке. Перед этим он вел переговоры с монахинями ордена Святого сердца Иисусова, но те обещали расплачиваться по частям, то есть в рассрочку. Я же платил все наличными. Он явно готов был отдать предпочтение мне.

Мы собирались подписать соглашение через три-четыре дня. Но разразилась гражданская война и все смела на своем пути.

Если бы я купил Лас Батуэкас и если бы в начале гражданской войны приехал в Саламанку, один из первых городов, оказавшихся в руках фашистов, меня бы наверняка тотчас же расстреляли.

Я вернулся в монастырь Лас Батуэкас в 60-е годы с Фериандо Реем. Франко кое-что сделал для этих богом забытых мест — провел дороги, открыл школы. На воротах монастыря, занимаемого теперь кармелитами, можно было прочесть: «Путник, если у тебя есть проблемы с совестью, постучи — тебе откроют. Вход женщинам запрещен».

Фернандо постучал, точнее — позвонил. Нам ответили по внутреннему телефону. Дверь открылась. Вышел человек, поинтересовался тем, какие проблемы нас мучают. Совет, который он дал, показался мне настолько рассудительным, что я вложил его в уста одного из монахов в фильме «Призрак свободы»: «Если бы весь мир ежедневно возносил молитвы святому Иосифу, дела вокруг шли бы куда лучше».

Мадридский продюсер

Я женился в начале 1934 года, запретив семье моей жены присутствовать на свадьбе в мэрии XX округа. Я ничего не имел против ее родни, просто само понятие «семья» вызывало у меня чувство отвращения. Нашими свидетелями были Эрнандо и Лулу Виньес, третьим стал прохожий на улице. После обеда в «Молочном поросенке», близ Одеона, я оставил жену, зашел поприветствовать Арагона и Садуля, а затем сел в поезд на Мадрид.

Еще в Париже, работая над дубляжем фильмов «Парамаунта» вместе с моим другом Клаудио де ла Торре и под руководством мужа Марлен Дитрих, я всерьез занялся английским. Оставив «Парамаунт», я согласился занять в Мадриде пост руководителя дубляжной студии братьев Уорнер. Работа была спокойная, зарплата высокая. Это продолжалось восемь или десять месяцев. Снять еще фильм? Я всерьез не думал об этом. Я не мог себе представить, что буду делать коммерческие картины. Но ничто не мешало мне снимать их чужими руками.

Так я стал продюсером, очень строгим и, возможно, достаточно большим канальей. Повстречав однажды Рикардо Ургойти, продюсера популярных фильмов, я предложил ему свои услуги в качестве компаньона. Он расхохотался. Но когда я сказал, что располагаю ста пятьюдесятью тысячами песет (половина бюджета фильма), он перестал смеяться и дал согласие. Я ставил только одно условие: чтобы мое имя не фигурировало в титрах.

Сначала я предложил экранизировать пьесу мадридского автора Арничеса «Дон Кинтин-горемыка». Фильм имел огромный коммерческий успех. На доходы от проката я купил в Мадриде земельный участок в две тысячи квадратных метров, который перепродал в 60-х годах.

Сюжет пьесы – и фильма – следующий: надменный, дерзкий человек, сеющий вокруг себя страх, весьма недовольный тем, что у него есть дочь, бросает ее на дороге в хижине землекопов. А спустя двадцать лет разыскивает ее и не может найти.

Очень интересная сцена фильма происходила в кафе. Дон Кинтин расположился там за столиком вместе с двумя друзьями. За другим столиком сидят его дочь – которую он не узнает – и ее муж. Дон Кинтин ест оливки. Одна из брошенных им косточек попадает в глаз молодой женщины. Пара встает и молча выходит. Друзья дона Кинтина хвалят его за удаль, когда внезапно возвращается муж женщины и заставляет дона Кинтина проглотить косточку. Потом дон Кинтин начинает его искать, чтобы убить. Ему дают адрес, он идет по этому адресу и встречает свою дочь, которую по-прежнему не узнает. Следует большая мелодраматическая сцена между отцом и дочерью. Во время съемок этой сцены я сказал Анне-Марии Кустодио, игравшей главную роль (мне случалось вмешиваться в режиссуру): «Нужно вложить в эту сцену больше пакости, больше сентиментальной мерзости». «С тобой нельзя серьезно работать», – ответила она мне.

Другой фильм, тоже имевший огромный коммерческий успех, продюсером которого я был, представлял собой убогую мелодраму с песенками – «Дочь Хуана Симона». Самый популярный в Испании певец фламенко Анхелильо исполнял главную роль. Сюжет картины был почерпнут из песенки.

В этом фильме, во время довольно длинной сцены в кабаре, можно увидеть великую танцовщицу фламенко, дебютировавшую в кино, цыганку Кармен Амайа, тогда еще очень молодую. Позднее я подарил копию этого фильма Синематеке Мехико.

Мой третий фильм как продюсера «Что ты делаешь со мной?» – история маленькой несчастной девочки – был единственным, который провалился в прокате.

Однажды вечером Хименес Кабальеро, директор «Гасета литерариа», организовал банкет в честь Валье-Инклана. Среди присутствовавших были Альберти и Инохоса. После банкета нас попросили что-нибудь сказать. Я встал и произнес следующее:

– Минувшей ночью я спал, как вдруг почувствовал, будто кто-то меня щекочет. Я зажег свет и увидел, что по моему телу бегают тысячи маленьких инкланчиков.

Альберти и Инохоса сказали что-то в таком же духе. Наши слова были встречены вежливым молчанием.

На другой день на улице Алькала я случайно встретил Валье-Инклана. Он вежливо приподнял свою высокую шляпу, словно ничего не произошло.

В Мадриде, где я работал, моя контора помещалась на Гран Виа. Вместе с Жанной, которая приехала из Парижа с нашим совсем маленьким сыном Жаном-Луи, мы занимали квартиру из шести или семи комнат.

Испанская республика приняла одну из самых либеральных конституций, и это позволило правым законно захватить власть. В 1935 году новые выборы дали преимущество левым и Народному фронту, таким людям, как Прието, Ларго Кабальеро, Асанья.

Последний, назначенный премьер-министром, столкнулся с серьезными рабочими волнениями, которые с каждым днем нарастали. Известна пресловутая расправа правых сил в Астурии в 1934 году, когда почти вся испанская армия с пушками и авиацией была брошена на подавление повстанческого народного движения. Асанья, несмотря на свою принадлежность к левым, тоже был вынужден однажды отдать приказ стрелять в народ.

В январе 1935 года в местечке под названием Касас Вьехас, в Андалусии, в провинции Кадиса восставшие рабочие построили баррикады, против них были применены гранаты. Многие повстанцы – кажется, девятнадцать человек – погибли. Правые стали называть Асанью «убийцей Касас Вьехас».

В этой-то обстановке непрерывных забастовок, неизменно сопровождавшихся стычками, нападениями с обеих сторон, поджогами церквей (так народ инстинктивно действовал против своего извечного врага), я пригласил в Мадрид Жана аремийона снимать фильм-комедию «Часовой, тревога!». Гремийон, с которым я познакомился в Париже и который очень любил Испанию, где уже снял один фильм, согласился. Единственное поставленное им условие заключалось в том чтобы в титрах не значилось его имя. Я охотно пошел ему навстречу, тем более что сам поступал точно так же. Кстати, в те дни, когда Гремийону не хотелось утром вставать, мне случалось заменять его на съемке или поручать это Угарте.

Ситуация в Испании становилась все более напряженной. В предшествующие войне месяцы было просто невозможно дышать. Толпа сожгла церковь, в которой мы собирались снимать. Пришлось искать другую. Монтируя картину, мы слышали отовсюду выстрелы. Фильм вышел в разгар гражданской войны, имел большой успех, который подтвердился во время его проката в латиноамериканских странах. Естественно, мне это ничего не принесло.

В восторге от нашего сотрудничества, Ургойти предложил мне прекрасные условия. Мы должны были вместе снять восемнадцать фильмов. Я уже подумывал об экранизации произведений Гальдоса. Но эти планы, как и другие, остались на бумаге. В течение ряда лет, когда в Европе бушевала война, мне было не до кинематографа.

Любовь, любовь

Долгое время я находился под впечатлением одного самоубийства, которое произошло в 1920 году, когда я еще жил в Резиденции. В районе Аманьеля в саду ресторана покончили с собой студент и его молодая невеста. Было известно, что они страстно влюблены друг в друга. Их семьи поддерживали наилучшие отношения. Вскрытие показало, что девушка невинна.

Таким образом, не существовало никаких видимых препятствий, никаких проблем, мешающих браку, – их прозвали «влюбленными Аманьеля». Они собирались пожениться. Так отчего произошло это двойное самоубийство? Я не способен хоть как-то прояснить эту таинственную историю. Быть может, страстная, восторженная, всесжигающая любовь несовместима с жизнью? Она слишком высока и сильна для нее. Только смерть может принять ее.

В этой книге я то тут, то там говорю о любви, которая всегда сопутствует жизни человека. В детстве я испытывал сильнейшие чувства любви, лишенные всякого полового влечения, к своим однолеткам — девочкам и мальчикам. Это была платоническая любовь в чистом виде. Я чувствовал такую же влюбленность, какую ревностный монах испытывает к Святой деве Марии. Мне была отвратительна сама мысль потрогать тело девочки или коснуться ее губ.

Платоническая любовь сопутствовала мне до посвящения в интимные отношения, посвящения, состоявшегося самым банальным образом в одном из борделей Сарагосы. Уступив место половому влечению, она, однако, не исчезла совершенно. Это можно заметить на страницах моей книги. Я поддерживал платонические отношения с женщинами, в которых был влюблен. Подчас эти чувства, идущие от сердца, смешивались с эротическими мыслями, но не всегда.

В дни нашей молодости мы не любили педиков. Я уже описал свою реакцию, когда такие необоснованные подозрения коснулись Гарсиа Лорки.

В ту эпоху в Испании гомосексуализм представлялся чем-то грязным и непонятным. В Мадриде были официально известны только три или четыре педераста. Один был аристократом, маркизом, старше меня лет на пятнадцать. Однажды я встретил его на остановке трамвая и стал держать пари с одним из приятелей, что заработаю 25 песет. Я подошел к маркизу, начал строить ему глазки, мы завели разговор, и в конце концов он назначил мне на завтра свидание в одном из кафе. Тогда я сказал, что беден, что школьная форма дорога. И он дал мне 25 песет.

Естественно, я не пошел на свидание. Спустя неделю я опять встретил маркиза в трамвае. Он кивнул мне, но я ответил грубым жестом.

По разным причинам – и в первую очередь из-за моей застенчивости – большинство женщин, которые мне нравились, так и остались мне далеки. Вероятно, я им не нравился. Зато мне случалось быть добычей женщин, которые меня преследовали и к которым я не чувствовал никакого влечения. Второе мне представляется более неприятным, чем первое. Я предпочитаю любить и быть любимым.

Расскажу об одном приключении в Мадриде в 1935 году. Я был продюсером. Я знал, с каким отвращением относятся в среде кино к продюсерам и режиссерам, злоупотребляющим своим положением, своей властью, чтобы склонять к сожительству девушек – а их много, – стремящихся стать актрисами. Со мной это случилось лишь однажды.

Итак, в 1935 году я встретил статистку лет семнадцати или восемнадцати и влюбился. Назовем ее Пепитой. На вид девушка казалась самой невинностью. Жила она вместе с матерью.

Мы начали встречаться, ездили на пикники в горы, танцевали на балах в Бомбилье близ Мансанареса, сохраняя при этом самые невинные отношения. В те годы я был вдвое старше Пепиты и, хотя был очень влюблен (а может быть, именно в силу этой любви), относился к ней бережно. Брал за руку, прижимал к себе, часто целовал в щечку. Однако, несмотря на сильное желание, наши отношения оставались платоническими более двух месяцев. Все лето.

Накануне дня, когда мы собирались поехать на очередную экскурсию, ко мне явился один знакомый, работавший в кинематографе. Меньше меня ростом, внешне ничем не приметный, он слыл донжуаном.

Поговорив о чем-то несущественном, он вдруг сказал:

– Ты едешь завтра в горы с Пепитой?

– Откуда ты знаешь? – спросил я удивленно.

– Мы спали вместе, и утром она сказала мне об этом.

– Утром?

– Да. У нее дома. Я ушел в девять часов. Она сказала: «Завтра мы не увидимся, я уезжаю с Луисом на экскурсию».

Я был поражен. Совершенно очевидно, он пришел лишь для того, чтобы мне об этом рассказать. Я не хотел ему верить.

– Быть того не может! Она ведь живет с матерью!

– Да. Но ее мать спит в другой комнате.

На студии я часто видел, как он разговаривает с Пепитой, но не придавал этому значения. Какой удар! Я сказал:

– А я еще считал ее невинной!

– Да. Знаю.

И удалился.

В тот же день Пепита пришла ко мне в гости. Ничего не сказав ей о посещении ее любовника, скрыв свои чувства, я заметил:

– Слушай, Пепита, у меня к тебе предложение. Ты мне нравишься, и я хочу, чтобы ты стала моей любовницей. Я буду давать тебе 2 тысячи песет в месяц, ты будешь по-прежнему жить у матери, но заниматься любовью станешь только со мной.

Она удивилась, что-то проговорила и согласилась. Тогда я попросил ее раздеться. Стал помогать ей, затем схватил ее и обнял. Однако нервное напряжение и волнение парализовали меня.

Спустя полчаса я предложил ей пойти потанцевать. Мы сели в машину, но вместо того, чтобы направиться в Бомбилью, я выехал из Мадрида. В двух километрах от Пуэрто де Иерро я открыл дверцу, высадил Пепиту на обочину и сказал:

— Пепита, я знаю, что ты спишь с другими. Не отрицай. Так вот, прощай. Я бросаю тебя здесь.

Я развернулся и поехал в Мадрид, предоставив Пепите пешком проделать тот же путь. На этом наши отношения прекратились. Мы сталкивались много раз на студии, но я обращался к ней только по делу. Так закончилась моя любовная история.

Чтобы быть совсем искренним, скажу, что позже я раскаялся и жалею о своем тогдашнем поведении до сих пор.

В молодые годы любовь представлялась нам сильным чувством, способным изменить жизнь. Сопровождавшее ее половое влечение предполагало наличие духовной близости, ощущение победы и взаимность, которые должны были вознести нас над всем земным и дать силы для свершения великих дел.

Одна из анкет сюрреалистов начиналась следующим вопросом: «Какие надежды приносит вам любовь?». Лично я ответил так: «Если я люблю, то все — надежда. Если нет, то нет и надежды». Любовь необходима для жизни, для любого поступка, для всякого поиска.

Сегодня, если верить всему, что мне говорят, любовь отступает в такой же мере, как вера в бога. Существует опасность ее полного исчезновения, во всяком случае в некоторых кругах. Любовь рассматривают как историческое явление, как иллюзию из области культуры. Ее изучают, анализируют — и, если возможно, от нее излечивают.

Я протестую. Мы не были жертвами иллюзий. Даже если это покажется кому-то невероятным, мы действительно любили.

Испанская война

1936–1939

В июле 1936 года Франко высадился во главе марокканских войск с твердым намерением покончить с Республикой и восстановить «порядок» в Испании.

Жена и сын вернулись в Париж месяцем раньше. Я остался в Мадриде. Однажды утром меня разбудил взрыв, за которым последовали новые. Это самолет республиканцев бомбил казарму Ла Монтанья. Я услышал также несколько пушечных выстрелов.

В этой мадридской казарме, как и во всех казармах Испании, войска находились на осадном положении. Тем не менее там нашла прибежище группа фалангистов. Они беспорядочно стреляли, сея смерть среди прохожих. Утром 18 июля вооруженные группы рабочих, поддержанные штурмовыми гвардейцами, отрядами, созданными Асаньей, атаковали казарму. К десяти часам все было кончено. Мятежных офицеров и членов фаланги расстреляли. Началась война.

Я с трудом привыкал к этой мысли. С балкона дома я слышал отдаленные пулеметные очереди. Я видел, как однажды провезли шнейдеровскую пушку, которую тянули трое рабочих и — что мне показалось особенно страшным — двое цыган и цыганка. И это была та самая революция, приближение которой мы все ощущали в течение нескольких лет и которую я лично горячо приветствовал. Это она, стало быть, проходила под моими окнами, на моих глазах. А я чувствовал себя сбитым с толку, растерянным.

Спустя две недели историк искусства Эли Фор, горячо поддерживавший дело республиканцев, приехал на несколько дней в Мадрид. Я отправился проведать его в отель и словно сейчас вижу, как он стоит в кальсонах с подвязками, наблюдая уличные демонстрации. Он плакал от волнения, видя народ, взявший в руки оружие. Однажды мы наблюдали шествие вооруженных чем попало крестьян — одни шли с охотничьими ружьями, другие с револьверами, вилами, серпами. Всячески стараясь держать равнение, шагали они по четыре в ряд. Мне кажется, мы с ним плакали от восторга.

Ничто, казалось, не в силах было победить это народное движение. Но довольно быстро порыв радости, революционный энтузиазм первых дней уступили место неприятному ощущению раздоров, дезорганизации и успокоенности. С этим ощущением мы прожили до ноября 1936 года, когда республиканцы сумели установить дисциплину и правосудие.

Я не собираюсь описывать вслед за другими историю великого раскола, который поразил Испанию. Я не историк и боюсь, что не смогу быть беспристрастным. Я лишь хочу рассказать о том, что видел сам, что запомнил.

Например, отлично помню первые месяцы в Мадриде. Теоретически город был во власти республиканцев, в нем еще находилось их правительство, но франкистские войска быстро продвигались по Эстремадуре, достигнув Толедо. Многие другие города Испании оказались в руках их сторонников. Например, Саламанка и Бургос.

В самом Мадриде сторонники фашистов то тут, то там завязывали перестрелки. Поэтому священники, богатые собственники, все, кто был известен своими консервативными взглядами и мог подозреваться в поддержке франкистских мятежников, жили под страхом расстрела. Едва только начались военные действия, анархисты освободили из заключения всех уголовников и приняли их в ряды НКТ (Национальной конфедерации труда), находившейся под прямым влиянием Анархистской федерации.

Некоторые члены федерации проявляли экстремизм до такой степени, что только за наличие в комнате религиозного изображения отправляли владельца в Каса-де-Кампо. В этом народном парке на окраине Мадрида совершались расстрелы. Когда кого-то арестовывали, то ему говорили, что его увозят «на прогулку». Расстрелы происходили обычно по ночам.

Рекомендовалось обращаться друг к другу на «ты» и использовать в разговоре энергичное «камарадас», если слушатели были коммунистами, и «компаньерос», если обращались к анархистам. Дабы избежать последствий обстрела со стороны фашистов, машины прикрывали несколькими матрасами. Стало опасно выставлять руку при повороте машины — этот жест могли расценить как фашистское приветствие и послать вам вдогонку автоматную очередь. «Сеньоритос», дети богатых семей, нарочно плохо одевались, чтобы скрыть свое происхождение. Они надевали старые кепки и замасливали одежду, чтобы в какой-то степени походить на рабочих, в то время как по указанию компартии рабочим рекомендовалось носить галстуки и белые сорочки.

Известный художник Онтаньон сообщил мне об аресте Саэнса де Эредиа, режиссера, работавшего на меня. Это он снимал «Дочь Хуана Симона» и «Что ты делаешь со мной?». Опасаясь возвращаться домой, Саэнс ночевал на скамьях в парках. Он был родственником Примо де Риверы, основателя фаланги. Несмотря на все меры предосторожности, его арестовала группа левых социалистов. Эредиа грозила расправа.

Я тотчас отправился на знакомую студию «Ротпенс». Как и на большинстве других предприятий, рабочие и служащие образовали там Студийный совет. Они как раз заседали. Я спросил у представителей разных цехов, как вел себя всем им знакомый Саэнс де Эредиа. Они ответили: «Очень хорошо. У нас нет к нему претензий».

Тогда я попросил делегацию отправиться со мной на улицу Маркеса де Рискаля, где режиссера держали под стражей, и повторить социалистам свои слова. Шестеро вооруженных последовали за мной. По прибытии туда мы увидели часового. Винтовка его небрежно лежала на коленях. Выражаясь как можно более решительно, я спросил, где его начальство. Вышел человек, – оказывается, я накануне обедал с ним, – одноглазый лейтенант, отчисленный из армии. Он узнал меня.

– А, Бунюэль, что тебе нужно?

Я объясняю. Говорю, что нельзя ведь перебить всех, что мы, разумеется, знаем о родственных связях Саэнса с Примо де Риверой, но это не мешает мне заявить, что режиссер всегда вел себя безукоризненно. Представители студии тоже выступили в защиту Саэнса, и тот был освобожден.

Он уехал во Францию и вскоре затем перешел на сторону Франко. После войны он возобновил работу режиссера и снял даже фильм во славу каудильо «Франко, этот человек». Однажды на Каннском фестивале в 50-е годы мы вместе обедали и долго вспоминали прошедшие времена.

В те годы я познакомился с Сантьяго Каррильо, тогда он, кажется, был секретарем Федерации социалистической молодежи. Совсем незадолго до начала войны я отдал два или три своих револьвера печатникам, работавшим на первом этаже нашего дома. Теперь, оставшись безоружным в городе, где стреляли со всех сторон, я отправился к Каррильо и потребовал оружие. Тот открыл ящик и показал, что он пуст. «У меня больше ничего нет», — сказал он.

В конце концов мне все же дали винтовку. Однажды на площади Независимости, где я находился с друзьями, началась пальба. Стреляли с крыш, из окон, на улице. Все растерялись. А я стоял со своей бесполезной винтовкой за деревом, не зная, в кого стрелять. К чему тогда вообще иметь оружие? И я отдал его.

Первые три месяца были самыми трудными. Как и большинство моих друзей, я был напуган царившим беспорядком. Я, который так желал ниспровержения строя, изменения тогдашнего порядка, оказавшись в самом жерле вулкана, испугался. Некоторые поступки казались мне безумными и великолепными: набившись однажды в грузовик, рабочие поехали к памятнику Святого сердца Иисусова, возведенному в двадцати километрах к югу от Мадрида, выстроились в ряд и расстреляли по всем правилам статую Христа. Другие — самосуды, грабежи, акты бандитизма – я искренне отвергал. Восставший, захвативший власть народ оказался сразу разделен и раздираем противоречиями. Неоправданное сведение счетов заставляло порой забывать о главной цели войны.

Каждый вечер я отправлялся на собрание Лиги революционных писателей, где встречался с большинством моих друзей – Альберти, Бергамином, крупным журналистом Корпусом Варгой, поэтом Альтолагирре, верившим в бога. Это он финансировал несколько лет спустя в Мексике мой фильм «Лестница на небо». Он погиб в автомобильной катастрофе в Испании.

Здесь в бесконечных дискуссиях сталкивались самые разные мнения: что лучше – стихийность или организованность? Как обычно, во мне боролись теоретическое и сентиментальное влечение к беспорядку и естественная потребность порядка и мира. Два или три раза я ужинал с Мальро. Шла смертельная борьба. Мы же обсуждали вопросы теории.

А Франко все продвигался вперед. Некоторые города и деревни оставались верны Республике, другие сдавались без боя. Репрессии фашистов были безжалостными. Расстреливали всякого подозреваемого в либерализме. Пока мы, вместо того чтобы любой ценой объединиться, сделать это как можно скорее в предчувствии борьбы, которая обещала стать смертельной, только теряли время, анархисты преследовали священников. Однажды прислуга говорит мне: «Спуститесь вниз, там на улице, справа, лежит убитый священник». Даже будучи убежденным антиклерикалом, я не мог одобрить такую жестокость.

Только не подумайте, что священники в свою очередь не принимали участия в борьбе. Как и все кругом, они взялись за оружие. Иные стреляли с колоколен, и мы видели, как доминиканцы поливали огнем из пулемета. Лишь некоторые священнослужители поддерживали республиканцев, большинство откровенно встали на сторону фашистов. Война велась тотальная. Оставаться нейтральным, принадлежать третьей Испании в гуще этой борьбы было невозможно.

В иные дни меня охватывал страх. Занимая довольно роскошную квартиру, я подумывал, что со мной будет, если как-нибудь ночью ко мне ворвутся неуправляемые люди и предложат «пойти прогуляться». Как сопротивляться? Что говорить?

Разумеется, по другую сторону — в лагере фашистов — жестокостей было больше. И если республиканцы ограничивались расстрелами, то мятежники проявляли подчас в своих пытках большую изощренность. В Бадахосе, например, красных выбрасывали на арены и обрекали на смерть в соответствии с ритуалом корриды.

Рассказывали разные истории. Я вспоминаю следующую: монашки из мадридского или окрестного монастыря шли процессией к часовне и остановились перед статуей Девы Марии с младенцем Иисусом на руках. С помощью молотка и стамески настоятельница отделила ребенка от матери и унесла с собой, сказав Деве:

— Мы вернем его, когда выиграем войну.

Вероятно, все так и произошло.

Начался раскол и в самом лагере республиканцев. Коммунисты и социалисты в первую очередь стремились выиграть войну, бросая все силы для достижения победы. Анархисты, напротив, считая, что уже находятся на завоеванных позициях, организовывали свое идеальное общество.

Хиль Бель, директор профсоюзной газеты «Эль Синдикалиста», назначил мне однажды встречу в кафе «Кастилья» и сказал:

– Мы основали анархистскую колонию в Торрелодонесе. Там уже поселились люди. Ты должен занять один из домов.

Я был крайне удивлен. Дома принадлежали изгнанным людям, подчас скрывавшимся или расстрелянным. Торрелодонес находится у подножия горы Гвадаррама в нескольких километрах от фашистских боевых позиций, а анархисты на расстоянии пушечного выстрела преспокойно осуществляли свою утопию!

В другой раз вместе с композитором Ремачем, одним из руководителей «Фильмсоно», где я работал, мы обедали в ресторане. Сын хозяина был серьезно ранен в боях с франкистами в горах Гвадаррамы. Входят вооруженные анархисты, обращаются ко всем с приветствием «Салуд, компаньерос» и требуют бутылки с вином. Я не смог сдержать свой гнев и сказал, что им лучше бы сражаться в горах, вместо того чтобы распивать вино в ресторане человека, чей сын борется со смертью.

Они никак не отреагировали и ушли, не забыв прихватить бутылки. В уплату они выдали «боны», клочки бумаги, не имевшие никакой цены.

По вечерам целые бригады анархистов спускались с Гвадаррамы, где шли бои. Они опустошали винные погребки в округе. Их поведение склоняло нас на сторону коммунистов.

Вначале немногочисленные, но с каждым днем укреплявшие свои ряды коммунисты казались мне тогда – да и кажутся сегодня – безукоризненной партией. Всю свою энергию они отдавали ведению войны. Как ни печально, но надо сказать: анархисты-синдикалисты ненавидели их, возможно, больше, чем фашистов.

Эта ненависть черпает свои истоки в событиях, предшествовавших войне. В 1935 году ФАИ (Иберийская федерация анархистов) развязала всеобщую забастовку среди рабочих-строителей. Делегаты коммунистов пришли к руководителям ФАИ – мне об этом рассказывал анархист Рамон Асин, финансировавший «Лас Урдес», – и сказали им:

– Среди вас находятся три осведомителя полиции.

И назвали имена. На что анархисты с яростью ответили:

– Ну и что такого? Мы это знаем. Мы предпочитаем полицейских осведомителей коммунистам.

Теоретически симпатизируя анархистам, я не одобрял их произвола, спонтанных поступков и фанатизма. В иных случаях достаточно было иметь диплом инженера или выпускника университета, чтобы они отправили вас в Каса-де-Кампо. Когда в связи с приближением фашистов республиканское правительство приняло решение переехать из Мадрида в Барселону, анархисты перегородили единственное свободное шоссе около Куэнки. В Барселоне – и это только один пример – они ликвидировали директора и инженеров металлургического завода, дабы доказать, что завод может работать силами одних рабочих. Они построили броневик и не без гордости демонстрировали его советскому представителю. Последний попросил парабеллум, выстрелил и легко пробил броню машины.

Говорят даже – хотя есть и другие предположения, – что на маленькой группе анархистов лежит ответственность за смерть Дуррути, убитого пулей в тот момент, когда он выходил из машины на улице Принцессы, чтобы помочь осажденным Университетского городка. Эти непреклонные анархисты, называвшие своих дочерей Acratia (безвластие) или Quatorze Septembre (14 сентября), не могли простить Дуррути дисциплину, которую он ввел в своих частях.

Нам приходилось также опасаться самовольных действий ПОУМ, теоретически рассуждая – троцкистской организации. В мае 1937 года мы стали свидетелями того, как члены этой группировки, к которой подключились и анархисты ФАИ, стали возводить на улицах Барселоны баррикады против республиканской армии, которой пришлось вступить с ними в бой.

Мой друг писатель Клаудио де ла Торре, которому я к свадьбе подарил картину Макса Эрнста, проживал в доме неподалеку от Мадрида. Его отец был франкмасоном, что в глазах анархистов было совершенно недопустимо. Масоны были ненавистны им в такой же мере, как и коммунисты.

Кухаркой у Клаудио служила женщина, которую боялись потому, что ее жених был в рядах анархистов. Однажды я отправился к другу пообедать и посреди дороги повстречал машину поумовцев, которую легко было узнать по надписи на дверце. Я стал нервничать, так как при мне были только документы, подписанные коммунистами и социалистами, не имеющие никакой цены в глазах ПОУМа. И это могло навлечь неприятности. Машина остановилась возле нас, шофер что-то спросил – как проехать, кажется, – и они уехали. Я с облегчением вздохнул.

Повторяю, я высказываю тут свои личные ощущения одного из миллионов испанцев, но, полагаю, они совпадают с мнением некоторого числа людей, которые в тот период были на стороне левых. Несмотря на опасность фашистов, стоявших у стен города, в нашей среде царили неуверенность и смута, усугубленные внутренними противоречиями.

Я видел, как на моих глазах воплощается старая мечта, но не испытывал ничего, кроме чувства печали.

Однажды от одного республиканца, перешедшего линию фронта, мы узнали о гибели Лорки.

10-9647

Лорка

Незадолго до «Андалусского пса» глупая ссора на некоторое время развела нас. Будучи весьма обидчивым андалусцем, он подумал или сделал вид, будто этот фильм направлен против него. Он говорил:

– Бунюэль сделал маленький фильм, вот такой. (Жест пальцами.) Он называется «Андалусский пес». Этот пес – я.

В 1934 году мы помирились. Вечно окруженный толпами поклонников, он находил, однако, время проводить со мной долгие часы. Вместе с Угарте мы часто отправлялись на моем «форде» в горы, чтобы отдохнуть в тиши готического великолепия Эль Паулар. Здание монастыря было разрушено, но шесть или семь комнат находились в распоряжении работников искусств. Тут можно было даже заночевать, если привезти с собой спальный мешок. Художник Пейнадо, с которым я случайно встретился в этом самом месте сорок лет спустя, часто приезжал в этот заброшенный монастырь.

Чувствовалось приближение грозы — нам было трудно говорить о живописи и поэзии. За четыре дня до высадки Франко Лорка внезапно — как и все, кто тогда не испытывал склонности к политике, — решил уехать в Гранаду, свой родной город. Я пытался отговорить его:

— Послушай, Федерико, близится страшное время. Останься. В Мадриде ты будешь в большей безопасности.

Другие друзья тщетно старались разубедить его. Он уехал крайне взволнованный, очень напуганный.

Известие о его смерти было для нас всех страшным ударом.

Среди людей, которых мне довелось встретить в жизни, Федерико занимает особое место. Я говорю не о его театре и поэзии, я имею в виду его самого. Он был истинным шедевром. Трудно себе представить другого, похожего на него. Он был неотразим и тогда, когда за роялем подражал Шопену, и тогда, когда показывал пантомиму или разыгрывал театральную сценку. Что бы он ни читал, с его губ срывалось нечто прекрасное. Сколько в нем было страсти, радости, молодости! Он был подобен пламени.

Когда я впервые встретился с ним в Студенческой резиденции, я был лишь грубоватым провинциальным атлетом. Дружба с ним преобразила меня, благодаря ему я познакомился со многими интересными людьми. Я обязан ему большим, чем мог бы выразить словами.

Его останки так никогда и не были найдены. На этот счет ходили легенды. Дали намекал на преступление гомосексуалистов. Это абсурд. Федерико погиб потому, что был поэтом, в то самое время, когда по ту сторону баррикады раздавались вопли: «Смерть интеллигенции!».

В Гранаде он нашел убежище у одного фалангиста, поэта Росалеса, чья семья дружила с семьей Лорки. Он считал себя в безопасности. Какие-то люди (не имеет значения, каких они были взглядов), возглавляемые неким Алонсо, пришли ночью и арестовали его, посадили на грузовик вместе с несколькими рабочими и увезли.

Федерико страшно боялся физических страданий и смерти. Представляю, что он испытывал ночью в грузовике, увозившем его в оливковую рощу, где его убили... Я часто думаю об этой минуте.

В конце сентября мне назначили встречу в Женеве с министром иностранных дел Республики Альваресом дель Вайо...

Я выехал туда в поезде, переполненном людьми, настоящем поезде военного времени. Напротив сидел командир-поумовец, рабочий, ставший майором, решительно утверждавший, что республиканское правительство сплошь состоит из негодяев и что всех их надо убрать. Вспоминаю это только потому, что позднее в Париже использовал его в качестве своего агента.

В Барселоне у меня была пересадка. Я встретился тут с Хосе Бергамином и Муньосом Суайем, направлявшимися с десятком студентов в Женеву для участия в политическом митинге. Они поинтересовались, с какими документами я еду, и, услышав мой ответ, Муньос Суай воскликнул:

— С ними тебе никогда не удастся пересечь границу! Нужна виза анархистов.

Прибываем в Пор-Бу. Я первым схожу с поезда и вижу окруженный военными столик, за которым восседают три человека, словно члены маленького суда. Это анархисты. Их начальник — бородатый итальянец.

Показываю им свои документы, и они говорят:

— Ты не имеешь права пересечь границу.

Испанский язык, вероятно, самый насыщенный богохульствами язык в мире. В других языках ругательства и проклятия обычно очень короткие и отделены друг от друга. Испанские же проклятия быстро приобретают характер длинной речи, где непристойности, относящиеся к Богоматери, Богу, Христу, Святому духу и святым апостолам, включая и папу, могут следовать одна за другой, обретая эсхатологический и весьма впечатляющий характер. Богохульства — это сугубо испанское искусство. В Мексике, скажем, где за четыре века испанская культура оставила глубокие следы, я ни разу не слышал порядочного богохульства. В Испании же прекрасное богохульство может занять две-три строчки текста. При определенных обстоятельствах оно становится настоящей молитвой навыворот.

Именно такие мои богохульства, сопровождаемые страшными проклятиями, спокойно выслушали трое анархистов в Пор-Бу. После чего разрешили ехать дальше.

Добавлю, что в старинных испанских городах, скажем в Толедо, на главных воротах можно было прочесть: «Попрошайничество и богохульства запрещены», за это наказывали штрафом или кратковременным заключением, что служит как раз доказательством вездесущего характера богохульных восклицаний. Когда в 1960 году я вернулся в Испанию, мне показалось, что богохульства стали раздаваться на улицах реже. А может быть, я ошибался – я ведь стал слышать куда хуже, чем прежде.

В Женеве я имел лишь двадцатиминутную беседу с министром. Он попросил меня отправиться в Париж и поступить в распоряжение нового посла Республики. Этим послом был Аракистайн, знакомый мне левый социалист, бывший журналист и писатель. Ему нужны были верные люди.

Я тотчас выехал в Париж.

Париж во время гражданской войны

Я пробыл в Париже до конца войны. Официально, в своем офисе на улице Пепиньер, я занимался тем, что собирал все республиканские пропагандистские фильмы, снятые в Испании. На самом же деле мои обязанности были значительно шире. Я был своеобразным начальником протокольного отдела, которому вменялась в обязанность организация обедов в посольстве, где, скажем, Арагон и Андре Жид не должны сидеть рядом. К тому же я занимался сбором «информации» и пропагандой.

В этот период, используя любую возможность помочь делу Республики, я не раз ездил в Швейцарию, Антверпен, Стокгольм, много раз в Лондон. Неоднократно с разными заданиями мне пришлось ездить в Испанию, прихватив чемоданы с листовками, напечатанными в Париже. В Антверпене большую поддержку нам оказывали бельгийские коммунисты. Благодаря некоторым матросам наши листовки даже переправлялись на немецких судах.

Во время одной из поездок в Лондон лейбористский депутат Айвор Монтегю, возглавлявший лондонское Кинематографическое общество, организовал банкет, на котором я должен был произнести короткую речь по-английски. Среди присутствующих, симпатизировавших делу Испании, находились сидевшие рядом со мной Ролан Пенроз, игравший в «Золотом веке», и Конрад Фейдт.

Миссия в Стокгольм носила совсем иной характер. Район Биаррица и Байонны был наводнен фашистами всех мастей, и мы искали агентов, которые могли бы нас о них информировать. Я поехал в Стокгольм, чтобы предложить эту роль красивой шведке по имени Карен, члену шведской компартии. Ее знала и рекомендовала нам жена посла. Карен согласилась, и мы вместе вернулись обратно морем и поездом. Во время этой поездки мне пришлось пережить настоящий конфликт между сильным влечением к этой женщине и долгом. Долг победил. Мы даже ни разу не поцеловались, и я молча страдал. Карен уехала в район Нижних Пиренеев, откуда регулярно присылала мне потом агентурные сведения. Я никогда ее больше не встречал.

Относительно Карен добавлю, что один из ответственных коммунистов Агитпропа, с которым мы поддерживали регулярный контакт, в особенности при покупке оружия (всегда находились подонки, готовые сыграть на нашей нужде в оружии, и нам приходилось все время проявлять осторожность), упрекнул меня в том, что я содействовал въезду во Францию «троцкистки». За очень короткий срок, за время моего путешествия, шведская компартия изменила свою политическую линию. А я не был в курсе дела.

В отличие от французского правительства, не пожелавшего себя скомпрометировать содействием делу Республики – а такое вмешательство, вероятно, изменило бы ход событий, – из трусости или из страха перед французскими фашистами и международными осложнениями, французский народ, в особенности рабочие, члены ВКТ, оказывал нам большую и ценную помощь. Нередко, скажем, подходил к нам машинист паровоза или таксист и говорил: «Вчера поездом 20.15 приехали два фашиста, приметы такие-то, остановились в таком-то отеле». Я передавал эти сведения Аракистайну, который был, вероятно, нашим лучшим послом в Париже.

Невмешательство Франции и других демократических стран парализовывало наши действия. Хотя Рузвельт выступил в защиту Республики, ему пришлось уступить нажиму американских католиков, и, подобно Леону Блюму во Франции, он отказал нам в помощи. Мы никогда и не рассчитывали на прямое вмешательство, но надеялись, что Франция разрешит хотя бы переброску через свою территорию оружия и «добровольцев», подобно тому как поступали наши противники – Германия и Италия. Тогда исход войны мог бы быть иным.

Мне хочется хотя бы кратко остановиться на судьбе беженцев во Франции. Многие из них были просто загнаны в лагеря. А позднее попали в руки нацистов и погибли в Германии, главным образом в Маутхаузене.

Поистине действенную помощь нам оказали дисциплинированные, организованные и подготовленные коммунистами интербригады, они служили для нас прекрасным примером. Следует отдать должное

Мальро, хотя иные из набранных им летчиков были просто наемниками, и всем тем, кто по доброй воле пришел бороться за наше дело. Их было немало из разных стран. В Париже я выдал пропуска Хемингуэю, Дос Пассосу, Йорису Ивенсу, который снял фильм о республиканской армии. Я вспоминаю Корнильон-Молинье, который храбро сражался за нас. Мы увиделись позднее с ним в Нью-Йорке, за день до его отъезда к де Голлю. Он был совершенно уверен в поражении нацистов и приглашал приехать в Париж после войны, чтобы совместно поставить картину. В последний раз мы встретились с ним на фестивале в Канне, он был уже министром и чокался с префектом департамента Приморские Альпы. Мне было стыдно оказаться в компании таких сановников.

Я стал свидетелем и участником целого ряда интриг и авантюр. Попробую рассказать о некоторых, наиболее интересных. Большинство из них происходили втайне, и даже сегодня я не могу назвать некоторые имена.

Во время войны мы снимали фильмы в Испании. В числе тех, кто помогал нам, было два советских оператора. Эти пропагандистские фильмы показывали во всем мире, и в Испании тоже. Однажды, не имея известий о судьбе давно отснятого материала, я отправился к представителю торгпредства СССР. Мне пришлось ждать больше часа. Я торопил секретаря. В конце концов я был принят, но очень прохладно. Тот спросил мое имя и сказал:

— Что вы делаете в Париже? Вам следовало бы быть на фронте в Испании!

Я ответил, что не его дело судить о моем поведении, что я выполняю приказы и только хочу знать, где пленка, снятая на средства Испанской республики.

Он ушел от ответа, и мы расстались.

Вернувшись к себе, я тотчас написал четыре письма – в «Юманите», «Правду», советскому послу и последнее – испанскому министру. Я осуждал в нем то, что мне представлялось предательством или саботажем внутри торговой миссии и что потом подтвердил один французский коммунист, сказавший: «Так почти всюду». Советский Союз был представлен за рубежом если не нашими врагами, то весьма осторожными чиновниками. Кстати, торгпред, который так нелюбезно меня принял, стал позднее жертвой сталинских чисток.

Три бомбы

Одна из самых занятных историй, проливающая свет на поведение французской полиции (да и всех полиций мира), связана с тремя бомбами.

Однажды в мой кабинет вошел молодой и довольно красивый колумбиец. Ему требовался военный атташе, а так как тот отсутствовал (его заподозрили в измене и отослали), посетителя переправили ко мне. Так вот, войдя ко мне, он ставит на стол в малом салоне посольства небольшой чемоданчик, внутри которого лежат три бомбочки. Колумбиец говорит:

– Это очень мощные бомбы. С их помощью мы уже совершили взрывы в испанском консульстве в Перпиньяне и в поезде Бордо – Марсель.

Весьма удивленный, я спросил его, что ему угодно и зачем он принес бомбы. Он ответил, что не скрывает своей принадлежности к фашистам, что он служит в легионе «Кондор» (в этом я не сомневался), что поступает так исключительно из чувства ненависти к своему шефу.

– Мне хочется, чтобы его арестовали. Если желаете его видеть, приходите завтра в «Ла Куполь», он будет сидеть справа от меня. До свидания. Оставляю вам бомбы.

После его ухода я предупредил обо всем посла Аракистайна, он позвонил префекту полиции. Бомбы были тотчас обследованы французскими специалистами. Террорист оказался прав: они были неизвестной доселе конструкции.

На другой день, не объясняя причины, я попросил сына посла и одну знакомую актрису пойти со мной в «Ла Куполь». Там я тотчас увидел своего колумбийца, сидевшего за столиком в группе людей. Справа от него находился человек, его начальник, оказавшийся знакомым мне и актрисе латиноамериканским актером. Проходя, мы обменялись с ним рукопожатием.

Мой осведомитель и глазом не моргнул.

По возвращении в посольство, зная имя командира этой группы террористов и гостиницу в Париже, где он живет, я позвонил префекту полиции, социалисту. Он сказал, что его тотчас же арестуют. Но ничуть не бывало. Спустя некоторое время я встречаю этого типа в окружении друзей в кафе на Елисейских Полях, в «Селекте». Мой друг Санчес Вентура подтвердит, в какой я был ярости. Меня неотступно преследовал вопрос: в каком мире мы живем? Почему полиция не хочет задержать этого преступника? Почему?

Осведомитель же снова пришел ко мне и заявил:

– Мой шеф собирается завтра явиться в ваше посольство за визой в Испанию.

И точно. Латиноамериканский актер, располагая дипломатическим паспортом, действительно явился в посольство и без всякого труда получил визу. Он ехал в Мадрид с какой-то миссией, суть которой я так никогда и не узнал. На границе его задержала испанская республиканская полиция, которую мы предупредили, но освободила после вмешательства его правительства. Он спокойно выполнил в Мадриде поручение и благополучно вернулся в Париж. Был ли он неуязвим? Какой поддержкой располагал? Я был в отчаянии.

Именно в тот период мне пришлось поехать в Стокгольм. В Швеции в одной из газет я прочитал, что взрывом необыкновенной силы был разрушен небольшой дом близ площади Звезды, в котором располагался какой-то рабочий профсоюз. В статье обращалось внимание, если не ошибаюсь, на мощь бомбы, в результате которой дом рухнул и погибли двое полицейских.

Совершенно очевидно, что это сделала рука террориста.

И снова ничего не произошло. Знакомый актер продолжал свою деятельность, охраняемый безразличием французской полиции, которая, как и в других европейских странах, больше симпатизировала сильной власти.

В конце войны латиноамериканский актер, как член «пятой колонны», был, естественно, награжден Франко.

В то же самое время я подвергся яростным нападкам со стороны французских правых. «Золотой век» не был забыт. Говорилось о моем пристрастии к профанации, об «анальном комплексе», а газета «Гренгуар» (или «Кандид») в редакционной статье, занимавшей целый подвал на первой полосе, напоминала, что я приезжал несколько лет назад в Париж для того, чтобы «развратить французскую молодежь».

Я продолжал встречаться со своими друзьями-сюрреалистами. Однажды ко мне в посольство позвонил Бретон и сказал:

– Милый друг, распространяются пренеприятные слухи о том, что испанские республиканцы расстреляли Пере только из-за его принадлежности к ПОУМу.

Протроцкистская ПОУМ неизвестно почему пользовалась симпатиями сюрреалистов. Бенжамен Пере действительно выехал в Барселону, где каждый день появлялся на площади Каталонии в окружении поумовцев. По просьбе Бретона я навел справки. Мне сообщили, что он поехал на арагонский фронт, в район Уэски, и столь открыто и громко нападал на членов ПОУМа, что некоторые из них стали говорить о необходимости расстрелять его. Я заверил Бретона, что Пере не был расстрелян республиканцами. И действительно, он вскоре вернулся во Францию.

Мы иногда обедали вместе с Дали в перигорской закусочной на площади Сен-Мишель. Как-то он сделал мне довольно странное предложение:

– Я хочу тебя познакомить с очень богатым англичанином, большим другом Испанской республики, который желает подарить вам бомбардировщик.

Я согласился встретиться с этим англичанином – Эдвардом Джеймсом, большим другом Элеоноры Кэррингтон. Он скупил у Дали все его работы за 1938 год и сказал мне, что действительно на одном из аэродромов Чехословакии находится предназначенный нам ультрасовременный бомбардировщик. Он отдавал его нам, зная о большой нехватке самолетов у Республики. А взамен просил несколько шедевров из музея Прадо для организации выставки в Париже и в других городах. Сохранность этих картин будет гарантирована якобы Международным судом в Гааге. Если войну выиграют республиканцы, картины возвратят в Прадо. В противном случае – республиканским властям в изгнании.

Я сообщил об этом любопытном предложении Альваресу дель Вайо, нашему министру иностранных дел. Он признался, что принял бы бомбардировщик с большой радостью, но что ни под каким видом не станет обменивать его на картины из Прадо. «Что о нас подумают? Что будут писать газеты? Что мы разбазариваем наши сокровища для получения вооружения? Никогда!»

И соглашение не было заключено.

Эдвард Джеймс жив и поныне. У него дворцы во всем мире и даже ранчо в Мексике.

Моя секретарша на улице Пепиньер была дочерью казначея ФКП. Когда-то в молодости он входил в банду Бонно, и моя секретарша вспоминала о своих прогулках, будучи малышкой, за руку с «ученым Раймоном» (так уж получилось, что я лично знал двух членов банды Бонно – Риретта Метрежана и того, кто выступал в кабаре под именем «Невинный каторжник»).

Как-то мы получили сообщение от Хуана Негрина, главы республиканского правительства. Его интересовал груз поташа, который отправили из одного итальянского порта для испанских фашистов. Негрин просил собрать на этот счет информацию.

Я говорю об этом моей секретарше, она звонит отцу. Через два дня он приходит ко мне и предлагает: «Проедемся за город, я вас кое с кем познакомлю». Отправляемся на машине, останавливаемся в кафе в 45 минутах езды от Парижа, и он знакомит меня с американцем лет тридцати пяти – сорока, серьезным и элегантным, изъяснявшимся с сильным акцентом.

– Я слышал, что вас интересует груз поташа, – говорит американец.

– Да.

– Я могу дать информацию о корабле, на котором его везут.

И рассказывает о грузе и пути следования. Все сведения были переданы Негрину.

Несколько лет спустя мы столкнулись с этим американцем на одном из приемов в Нью-Йорке в Музее современного искусства. Я узнал его, он меня тоже, но мы не подали виду.

После окончания войны я встретил его с женой в «Ла Куполь». На сей раз мы поболтали. До войны этот американец владел в окрестностях Парижа заводом. Он поддерживал Испанскую республику, и потому его знал отец моей секретарши.

Я жил тогда в Медоне. Возвращаясь домой, мне приходилось останавливать машину и, вынув пистолет, внимательно осматриваться, чтобы убедиться в отсутствии слежки Нас окружала атмосфера тайн, интриг, запутанных отношений. Следя за ходом войны час за часом и понимая, что великие державы, за исключением Италии и Германии, останутся на позиции невмешательства до конца, мы стали постепенно терять всякую надежду.

Не следует удивляться тому, что испанские республиканцы, и я в том числе, поддерживали советско-германский пакт. Мы были так разочарованы поведением западных демократий, которые с презрением относились к Советскому Союзу, отказываясь иметь с ним действенные контакты, что увидели в поступке Сталина средство выиграть время, набраться сил, которые так или иначе будут потом брошены в великую битву.

В большинстве своем французские коммунисты тоже поддерживали этот пакт. Арагон сказал об этом громко и ясно. Одинокий голос протеста принадлежал Полю Низану, блестящему ученому-марксисту, который пригласил меня однажды на свою свадьбу (шафером был Жан-Поль Сартр). Однако мы понимали, независимо от своих убеждений, что этот пакт недолговечен, что он скоро лопнет, как и все прочее.

Я сохранил свои симпатии к компартии до конца 50-х годов. Затем я стал все более и более отдаляться от нее. Я не терплю фанатизма ни в каком виде. Любая религия имеет свою правду. Марксизм тоже. В 30-е годы марксистские доктринеры не допускали разговора о подсознании, о глубинных психологических тенденциях индивидуума. Все должно было подчиняться социально-экономическим законам, а это казалось мне абсурдным. Забывалась другая сторона жизни человека.

Я кончаю это отступление. Отступления позволяют мне вести рассказ более свободно, как это делается в плутовских испанских романах. Но с годами при неизбежном ослаблении памяти приходится быть осторожным. Я начинаю рассказывать историю, затем обрываю ее ради скобок, которые представляются мне очень привлекательными, забываю о том, с чего начал, и теряюсь совсем. Я все время спрашиваю у друзей: «К чему я это вам рассказываю?»

В моем распоряжении были определенные денежные фонды, которые я мог тратить, не беря расписок. Ни одна моя миссия не походила на другую. Однажды по собственной инициативе я сыграл роль телохранителя Негрина. Вместе с художником-социалистом Кинтельей, вооруженные пистолетами, мы следовали за прибывшим на вокзал д'Орсэ Негрином, не будучи им замеченными.

Несколько раз я перевозил в Испанию документы. Именно при выполнении одного такого поручения я впервые летел на самолете с Хуанито Негрином, сыном премьер-министра. Едва мы пересекли Пиренеи, как нам сообщили о приближении фашистского самолета с Майорки. Но истребитель повернул в сторону, испугавшись противозенитной обороны Барселоны...

Когда однажды какая-то республиканская бригада попала в осаду по другую сторону Гаварни, симпатизирующие нам французы снабжали ее через горы оружием. Выехав туда однажды с Угарте, мы столкнулись с роскошной машиной (водитель которой заснул), сбившейся с пути. Угарте получил ушибы, и нам пришлось задержаться на три дня, прежде чем мы смогли ехать дальше.

Во время одной такой поездки в Валенсию я отправился повидать начальника Агитпропа. Я говорю ему, что нахожусь в командировке и хочу показать ему документы, привезенные из Парижа, которые могут его заинтересовать. На другой день в девять утра он сажает меня к себе в машину и везет на виллу, расположенную в десяти километрах от Валенсии. Там он знакомит меня с. одним русским, который, просмотрев эти документы, говорит, что они ему давно известны. У нас были десятки такого рода контактов. Думаю, что подобной же деятельностью занимались и наши противники, сотрудничавшие с немцами. Разведки обеих сторон учились своему ремеслу.

В течение всей войны пиренейские контрабандисты подверглись серьезным испытаниям. Они переводили людей и переносили пропагандистские материалы. В районе Сен-Жан-де-Люс бригадир французской жандармерии, чье имя я, увы, позабыл, свободно пропускал контрабандистов, если они несли на другую сторону границы республиканские листовки. Дабы выразить ему свою благодарность – хотя я предпочел бы, чтобы это было сделано официально, – я подарил ему великолепную шпагу, купленную мной на свои деньги около площади Республики, которую вручил «за услуги, оказанные Испанской республике».

И последняя история – история Гарсии – свидетельствует о сложности наших отношений с фашистами.

Гарсиа был рядовым бандитом, наглым канальей, который считал себя социалистом. В первые месяцы войны в Мадриде он вместе с группой убийц создал зловещую «предрассветную бригаду». Рано утром они врывались в какой-нибудь дом буржуа, уводили мужчин «на прогулку», насиловали женщин и забирали все, что попадалось под руку.

Я находился в Париже, когда один профсоюзный деятель, работавший, кажется, в гостинице, сообщил нам, что какой-то испанец собирается уехать на корабле в Южную Америку, увозя целый чемодан награбленных драгоценностей. Это был Гарсиа, вывезший из Испании целое состояние и путешествовавший под вымышленным именем.

Фашисты разыскивали его. Его стыдилась вся Испания. Я сообщил послу об информации француза. Судно должно было сделать остановку в Санта-Крус-де-Тенерифе, находившемся в руках франкистов. Посол, не раздумывая, предупредил их через дипломата нейтральной страны. Гарсиа был опознан, арестован и повешен.

Каландский пакт

Когда начался мятеж, гражданской гвардии было приказано покинуть Каланду и сосредоточиться в Сарагосе. Перед уходом офицеры передали всю власть по поддержанию порядка своего рода совету, в который входили только именитые люди деревни.

Первым делом те арестовали и посадили в тюрьму всех известных активистов, среди которых были популярный анархист, несколько крестьян-социалистов и единственный в Каланде коммунист.

Когда в начале войны отряды анархистов Барселоны стали грозить захватом Каланды, отцы селения отправились в тюрьму и сказали заключенным:

– Идет война, никто не знает, кто победит. Мы предлагаем вам пакт. Мы вас освобождаем и берем все вместе обязательство, как бы ни завершилась война, не прибегать к насилию.

Заключенные дали согласие. Их освободили. Когда спустя несколько дней в город ворвались анархисты, они первым делом расстреляли 82 человека. Среди них были девять доминиканцев, большинство именитых граждан (мне показывали потом список), врачей, землевладельцев и даже бедняков, не совершивших никакого преступления, разве что были они набожными людьми.

С помощью пакта его инициаторы хотели спасти Каланду от царившего кругом насилия, обеспечить ей мир вопреки происходящему в стране. Конечно, это было невозможно. Наивно думать, что можно избежать исторической участи, спастись, когда кругом все горит.

Но именно в Каланде случилось, думается мне, необыкновенное событие (не знаю, произошло ли подобное в других деревнях), я имею в виду публичное провозглашение свободной любви. В один прекрасный день по приказу анархистов на площадь вышел глашатай с трубой и возвестил:

– Компаньерос, с сегодняшнего дня в Каланде провозглашается свободная любовь!

Не думаю, чтобы встреченное всеобщим недоумением провозглашение свободной любви имело хоть какие-то серьезные последствия. К некоторым женщинам, правда, приставали на улицах, их склоняли к «свободной» любви (о которой никто не имел ни малейшего представления), но после их решительного отказа отпускали. Не так-то было просто перейти от суровых понятий, воспитанных католицизмом, к свободной любви анархистов. Дабы навести порядок в чувствах, мой друг Мантекон, губернатор Арагона, согласился выступить однажды с импровизированной речью с балкона нашего дома. Он громко заявил, что, по его мнению, свободная любовь – абсурд и что у нас нашлись бы дела поважнее, если бы не война.

Когда к Каланде подошли в свою очередь франкистские войска, все, кто в какой-то степени симпатизировал республиканцам, естественно, покинули селение. Те, кто остался и встретил франкистов, не имели никаких оснований для беспокойства. Однако, по словам одного священника-лазариста, посетившего меня позднее в Нью-Йорке, сотня совершенно «невиновных» людей с точки зрения франкистов (из пяти тысяч жителей) была расстреляна — настолько сильным было желание истребить республиканскую заразу.

Сестру мою Кончиту арестовали в Сарагосе. Республиканские самолеты бомбили город (бомба попала в крышу собора, но не взорвалась, и это дало повод говорить о чуде), и ее мужа, офицера, обвинили в том, что он замешан в этом деле. Однако он находился в тюрьме у республиканцев, и сестру отпустили. Она избежала серьезной опасности.

Священник-лазарист, который привез мне в Нью-Йорк мой свернутый в трубку портрет, написанный Дали в Студенческой резиденции (картины Пикассо, Танги, Миро были потеряны окончательно, но мне было не до этого), рассказывая историю Каланды, наивно заметил:

— Смотрите, не ездите туда!

Естественно, у меня не было никакого желания ехать туда. Прошло много лет, прежде чем я смог вернуться в Испанию.

В 1936 году испанский народ впервые получил право слова. Инстинктивно его гнев обрушился сначала на исконных врагов — церковь и крупных помещиков. Сжигая соборы и монастыри, убивая священников, народ совершенно ясно указывал на своего древнейшего противника.

По ту сторону баррикад преступления вершили более богатые и более образованные испанцы. Чаще всего без особой на то необходимости, с холодным ожесточением, как это случилось в Каланде.

Это позволяет мне утверждать, что народу в большей степени присуще благородство. Причины, побудившие его к восстанию, всем известны. В первые месяцы войны меня пугали некоторые факты жестокости со стороны республиканцев (я этого никогда не скрывал). Но уже с ноября 1936 года в стране был восстановлен порядок и прекратились самочинные расстрелы. В основном мы вели войну с мятежниками.

Всю жизнь я не могу избавиться от воспоминаний о фотографии, на которой перед собором Сантьяго-де-Компостела высшие представители духовенства во всем своем облачении приветствуют фашистским жестом нескольких офицеров. Бог и «опора родины» были рядом. Они всегда приносили нам кровавые репрессии.

Я никогда не был фанатичным противником Франко. С моей точки зрения, он вовсе не являл собой воплощение дьявола. Готов поверить, что именно он помешал нацистам вторгнуться в обескровленную Испанию. Я даже допускаю некую двусмысленность в его поведении.

Убаюкиваемый своим безвредным нигилизмом, я полагаю, что богатство и культура, оказавшиеся по другую сторону баррикады, у франкистов, должны были бы помешать размаху жестокостей. Но этого не случилось, даже напротив. И вот, сидя один перед своим стаканом «драй-мартини», я начинаю сомневаться в благе, которое приносят деньги, и в благе, которое дарует культура.

Атеист милостью божьей

Говорят, что все вершит Его Величество Случай. Осознание необходимости возникает потом. Но оно лишено чистоты помысла. Если из всех своих картин я испытываю особую нежность к «Призраку свободы», то именно потому, что она затрагивает эту мало разработанную тему.

Я всегда мечтал о сценарии, исходная точка в котором была бы мелкой, банальной. Например: нищий пересекает улицу. Из дверцы роскошной машины чья-то рука выбрасывает сигару. Нищий резко останавливается, чтобы подобрать окурок. На него налетает другая машина и убивает насмерть.

Несчастный случай, сам по себе, дает повод для целого ряда вопросов. Каким образом произошла встреча нищего с сигарой? Что делал нищий в этот час на улице? Почему куривший выбросил сигару именно в этот момент? Ответ на каждый из этих вопросов может породить другие, еще более многочисленные.

В результате мы окажемся на еще более сложном перекрестке, который увлечет нас на другие, в фантастические лабиринты, когда придется выбирать, куда идти. Стало быть, обращаясь к чисто внешним причинам, являющимся лишь серией безграничных по щедрости случайностей, мы сможем с головокружительной быстротой вернуться назад во времени, через события истории, через все цивилизации, вплоть до наших прародителей-ихтиозавров.

Можно, разумеется, подойти к сценарию и с другой стороны: сам факт виновности владельца сигары в смерти нищего способен коренным образом изменить ход истории и даже привести к концу света.

Прекрасный пример такой исторической случайности описан Роже Кайюа в его ясной и емкой книге «Понтий Пилат», квинтэссенции определенного вида французской культуры. У Понтия Пилата, рассказывает Кайюа, есть все основания умыть руки и позволить осудить Христа. На том настаивает его советник, опасающийся беспорядков в Иудее. В свою очередь Иуда молится о том, чтобы свершилась воля божья. Наконец, халдейский пророк Мордухай понимает, что последует за смертью Мессии. Он уже видит эти события и предсказывает их.

Пилат может противопоставить разным точкам зрения лишь свою порядочность, свою жажду справедливости. После ночи раздумий он принимает решение освободить Христа. Того с радостью встречают его единомышленники. Он продолжает жить, проповедует свое учение и умирает довольно старым, с репутацией очень святого человека. В течение двух веков к его могиле будут приходить паломники. А затем его забудут.

История мира, естественно, станет совершенно иной.

Я очень долго размышлял над этой книгой. Я знаю все, что мне могут сказать об историческом предназначении или всемогуществе бога, которые и толкнули, мол, Пилата умыть руки. Но ведь он мог их и не умывать. Отказавшись от этого, он изменил бы всю последующую историю.

Случай пожелал, чтобы он умыл руки. Как и Кайюа, я не вижу никакой необходимости в этом поступке.

Конечно, если наше рождение есть чистая случайность, результат слияния яйцеклетки и сперматозоида (почему именно этих среди миллионов других?), случайность упраздняется, когда речь заходит о создании человеческих обществ, когда зародыш, а потом ребенок начинает подчиняться их законам. И это относится ко всем особям. Законы, обычаи, исторические и социальные условия для определенного вида эволюции, определенного прогресса, все, что способствует учреждению, поступательному движению вперед, стабильности цивилизации, к которой мы принадлежим, в силу везения или невезения, определенного нашим рождением, — все это представляется повседневной и упорной борьбой против случайности. Обладающая удивительной живучестью, не поддающаяся уничтожению, она стремится приспособиться к общественной необходимости.

Но в сих необходимых законах, которые позволяют нам жить вместе, следует с большой осторожностью усматривать лишь насущную, изначальную необходимость. Мне кажется, что нет никакой потребности в существовании мира, в котором мы все живем и умираем. Но раз наше рождение случайность, земля, вселенная могут существовать и без нас. Трудно себе представить картину теоретически бессмысленной, пустой и бесконечной вселенной, которую не может увидеть человек и которая существует одна, как некий бесконечный хаос, подобно пропасти, необъяснимым образом пребывающей без каких-либо признаков жизни. Быть может, существуют другие миры, о которых мы не имеем представления и которые продолжают свое непостижимое существование. Так выясняется подчас глубоко запрятанная в нас самих потребность в хаосе.

Иные мечтают о бесконечном мире, другие изображают его ограниченным в пространстве и времени. Я чувствую себя где-то посредине этих двух таинственных, одинаково непостижимых миров. С одной стороны, образ бесконечного и непонятного мира, с другой – представление о завершенном мире, который однажды исчезнет, увлекает меня в завораживающую и одновременно страшную бездну. Я мечусь между ними. И не знаю, как быть.

Вообразим себе, что случайность больше не существует и что проблемы истории мира, ставшей внезапно логичной и предугадываемой, могут решаться с помощью простейших математических вычислений. В таком случае необходимо верить в бога, полагать неизбежным активное существование великого часовщика как одного из высших организаторов жизни.

Но как мог всемогущий бог из чистого каприза создать мир, подвластный воле случая? Нет, ответят нам философы. Случай не может быть порождением божьим, ибо он есть само отрицание бога. Эти два термина антиномичны. Они исключают один другой.

Не обладая верой (и убежденный, что вера, как и все другое, часто порождена случайностью), я не вижу, как выбраться из этого заколдованного круга. Поэтому я и не вхожу в него вовсе.

Выводы, которые я делаю для себя лично, очень просты: верить и не верить суть одно и то же. Если бы мне могли доказать существование бога, это все равно не изменило бы моего отношения. Я не могу поверить, что бог все время наблюдает за мной, что он занимается моим здоровьем, моими желаниями, моими ошибками. Я не могу поверить – во всяком случае, я не приемлю этого, – что он способен наложить на меня вечное проклятие.

Что я для него? Ничто, кусок грязи. Моя жизнь столь коротка, что не оставляет следа. Я бедный смертный, я не могу быть принят в расчет ни в пространстве, ни во времени. Бог не занимается нами. Если он существует, то так, словно и не существует вовсе.

Свою мысль я когда-то выразил в следующей формуле: «Я атеист милостью божьей». Эта формула противоречива лишь на первый взгляд.

Рядом со случайностью находится ее сестра тайна. Атеизм – мой, во всяком случае, – приводит к признанию необъяснимого. Весь наш мир – тайна.

Раз я отказываюсь признать вмешательство божественной силы, действия которой кажутся мне еще более таинственными, чем сама тайна, мне остается жить в некоем тумане. Я согласен на это. Ни одно самое простое объяснение не может быть всеобъемлющим. Между двумя тайнами я выбираю собственную, ибо она по крайней мере обеспечивает мне моральную свободу.

Мне скажут: а наука? Не стремится ли она, другими путями, уменьшить окружающие нас тайны?

Может быть. Но наука не интересует меня. Она кажется мне претенциозной, аналитической и поверхностной. Она игнорирует сны, случайность, смех, чувство и противоречия, то есть все то, что ценно для меня. Один из персонажей «Млечного пути» говорил: «Ненависть к науке и презрение к технологии приведут меня в конечном счете к абсурдной вере в бога». Ничего подобного. Что касается меня лично, это как раз невозможно. Я выбрал свое место, я живу в мире, полном тайн. Мне ничего не остается, как уважать их.

Жажда познания их, а стало быть, умаление, сведение к заурядности – всю жизнь мне досаждали глупейшими вопросами: «Почему это, почему то?» – является одним из несчастий нашей натуры. Если бы мы могли вручить нашу судьбу случаю и спокойно признать тайну нашей жизни, мы могли бы приблизиться к счастью, схожему в чем-то с невинностью.

Где-то между случайностью и тайной проскальзывает воображение как образ полной свободы человека. Такую свободу, как и всякую другую, старались стереть, ограничить. С этой целью христианство придумало грех в помыслах. То, что я прежде считал своей совестью, запрещало мне даже представлять некоторые вещи: как я убиваю брата, сплю с матерью. Я говорил себе: «Какой ужас!» – и яростно отбрасывал эти, давно всеми проклятые, мысли.

Лишь в возрасте шестидесяти или шестидесяти пяти лет я полностью осознал невинный характер воображения. Все это время понадобилось мне, чтобы понять факт, что все происходящее в моей голове касается лишь меня одного и никоим образом не является, как говорят, ни «дурными мыслями», ни грехом и что не надо сдерживать свое распоясавшееся воображение.

С тех пор я могу представить себе все что угодно, я говорю: «Ну ладно, я пересплю с матерью. Что из того?» И тотчас изгнанные моим равнодушием, картины преступления и инцеста отходят на второй план.

Воображение – наша главная привилегия. Необъяснимое, как и порождающая его случайность. Всю свою жизнь я старался признать, не пытаясь вникнуть, принудительный характер образов, которые возникали в моем воображении. Так, в Севилье во время съемок картины «Этот смутный объект желания» под воздействием внезапного вдохновения в конце одной сцены я вдруг попросил Фернандо Рея подобрать большой джутовый мешок помощника оператора, лежавший на скамье, и, удаляясь, набросить его себе на плечи.

Одновременно я понимал всю нерациональность такого поступка и немного боялся его. Я снял два варианта сцены – с мешком и без него. На другой день во время просмотра материала вся группа согласилась – и я тоже, – что сцена с мешком была лучше. Почему? Трудно сказать, не впадая в психоаналитические штампы или в другие объяснения.

Психиатры и психоаналитики много писали о моих картинах. Я благодарен им, но никогда не читал их сочинений. Они меня не интересуют. В следующей главе я скажу, что думаю о психоанализе как о прекрасном терапевтическом средстве. Добавлю лишь, что иные, отчаявшись понять, объявили меня «не поддающимся анализу», словно я принадлежу к иной культуре, иному времени – что, в общем-то, вполне возможно.

Пусть пишут. Мое неуязвимое воображение поможет мне прожить до конца. Ужасно, если все понимаешь. Какое счастье, когда способен встретить неожиданность. С годами эти старые привычки стали еще очевиднее. Я понемногу отстраняюсь. В минувшем году я подсчитал, что за шесть дней, то есть за сто сорок четыре часа жизни, я лишь три часа беседовал с друзьями. Остальное время – предавался мечтам, сидел в одиночестве, пил воду или кофе, дважды в день – аперитив, удивлялся возникшему воспоминанию, посетившему видению. Одна вещь тянула за собой другую – и вот уже наступал вечер.

Если то, что я написал выше, покажется запутанным и скучным, прошу прощения. Подобные размышления, как и фривольные подробности, составляют часть нашей жизни.

Я не философ, я никогда не был склонен к абстракциям. Если иные философские умы или считающие себя таковыми улыбнутся, читая мои рассуждения, я буду рад тому, что доставил им минуту развлечения. У меня такое чувство, будто я снова оказался в сарагосском коллеже иезуитов. Указуя перстом на одного из учеников, учитель говорит ему: «Опровергните Бунюэля!» И это занимает всего две минуты.

Я лишь старался быть как можно понятнее. Испанский философ Хосе Гаос, умерший не так давно, писал, как и все философы, на невероятном жаргоне. Однажды он так ответил человеку, который упрекнул его за это: «Тем хуже для вас! Философия предназначена для философов».

На что приведу фразу Андре Бретона: «Философ, который мне непонятен, – негодяй». Я полностью с ним согласен, хотя подчас не без труда понимаю, что говорит сам Бретон.

Снова Америка

В 1939 году я находился в Нижних Пиренеях, в Байонне. В мои задачи организатора пропаганды входила переправка через границу на воздушных шарах листовок. Друзья-коммунисты, позднее расстрелянные нацистами, занимались запуском шаров, используя подходящее направление ветра.

Подобная деятельность казалась мне довольно бессмысленной. Ведь шары могли опуститься где угодно, упасть на поля, в леса. Да и какую роль мог сыграть листок бумаги, присланный неизвестно откуда? Придумал это один американский журналист, друг Испании, немало сделавший для Республики.

Я отправился к испанскому послу в Париж, последнему послу Республики, Марселино Паскуа, бывшему министру здравоохранения, и высказал ему свои опасения. Не может ли он предложить что-нибудь более разумное?

В то время в США снимались фильмы, где рассказывалось о войне в Испании. В одном из них играл

Генри Фонда. В Голливуде готовились к съемкам картины «Груз для невинных» об эвакуации Бильбао.

Эти фильмы грешили грубыми ошибками и неточностями в воссоздании местного колорита. Паскуа посоветовал мне вернуться в Голливуд и предложить себя в качестве «консультанта по техническим и историческим вопросам». У меня оставались какие-то средства от зарплаты, получаемой в течение трех лет. Сумму, которой не хватало для приобретения билетов на меня, жену и сына, дали друзья, в том числе Санчес Вентура и одна американка, много сделавшая для Испанской республики.

Мой прежний консультант Фрэнк Девис был продюсером фильма «Груз для невинных». Он тотчас взял меня в качестве консультанта по историческим вопросам, добавив, что, с точки зрения американцев, неточности не имеют большого значения, и дал прочесть почти законченный сценарий. Я уже готов был приступить к работе, когда из Вашингтона пришло распоряжение. Ассоциация американских кинопродюсеров, подчинявшаяся, естественно, правительственным директивам, просто-напросто запретила съемки любого фильма о войне в Испании — независимо от того, направлен он в поддержку Республики или против нее.

Я остался на несколько месяцев в Голливуде. Деньги потихоньку таяли. Не имея средств вернуться в Европу, я стал подыскивать работу. Я даже встретился с Чаплином, чтобы продать ему некоторые «гэги». Отказавшись подписать петицию в защиту Республики — тогда как Джон Уэйн, например, председательствовал в комитете в поддержку Франко, — он просто надул меня.

В связи с этим расскажу о таком совпадении. Подсказанный сном, в одном из «гэгов» револьвер стрелял так вяло, что пуля падала на землю, едва вылетев из дула. Тот же «гэг» можно обнаружить в чаплиновском «Диктаторе», когда большой снаряд вылетает из огромной пушки. Совпадение чисто случайное, ведь Чаплин не мог знать о моей выдумке.

Найти работу было невозможно. Я встретился с Рене Клером, в то время одним из самых знаменитых режиссеров в мире. Он отказывался от всех предложений – ни одно не устраивало его. Но признался, что в течение ближайших трех месяцев все равно придется снять картину, иначе его за отказ станут считать «европейским блефом». В результате он сделал фильм «Я женился на ведьме», который оказался вполне приличным. Рене Клер проработал в Голливуде всю войну.

Я был совсем одинок и без средств к существованию. А де Ноайли писали, не найду ли я интересной работы для Олдоса Хаксли. Очаровательная наивность! Как мог я, одинокий и никому не известный человек, найти работу прославленному писателю?

В тот самый момент я узнал о призыве мужчин моего возраста. Мне надлежало ехать на фронт. Я написал нашему послу в Вашингтоне, что нахожусь в его распоряжении, прося о репатриации вместе с женой. Он ответил, что надо подождать, ситуация, мол, неясна. Едва я понадоблюсь, мне сообщат.

Спустя несколько недель война закончилась.

Сбежав из Голливуда, где мне нечего было делать, я отправился в поисках работы в Нью-Йорк. Мрачный период в моей жизни. Я согласен был принять любое предложение.

В течение долгого времени за Нью-Йорком слыла слава – не легенда ли это? – гостеприимного и благородного города, где легко найти работу. Я встретил тут каталонского механика, некоего Гали. Приехав в 1920 году с другом-скрипачом, они тотчас получили работу. Скрипача взяли в Филармонический оркестр, а механика Гали – танцором в большой отель.

Сейчас были иные времена. Гали представил меня другому каталонцу, рэкетиру, знакомому с одним полугангстером, возглавлявшим профсоюз поваров. Мне дали письмо и велели явиться в отель. С такой протекцией я мог в лучшем случае получить место на кухне.

В конце концов я не пошел туда. Я встретился с женщиной, которой многим обязан. Это англичанка Айрис Бэрри, жена вице-президента Музея современного искусства Дика Эббота. Айрис прислала мне телеграмму, пообещав обеспечить квартирой. Я поспешил к ней.

Вот каким планом она со мной поделилась. Нелсон Рокфеллер решил создать комитет, занимающийся пропагандой на страны Латинской Америки, под названием Координационный комитет по межамериканским делам. Ждали лишь разрешения правительства, которое всегда проявляло полное равнодушие к пропаганде, особенно в области кино. Тем временем в Европе началась Вторая мировая война.

Айрис предложила мне поработать для Комитета, решение о создании которого скоро будет принято. И я дал согласие.

– Сначала, – сказала она, – чтобы с вами немного познакомиться, я предлагаю вам вот что: первый секретарь немецкого посольства (Айрис взяла слово, что я сохраню секрет) тайно передал нам два немецких пропагандистских фильма. Первый назывался «Триумф воли» Лени Рифеншталь, второй показывал завоевание Польши нацистской армией. В отличие от немцев американские правительственные круги не верят в эффективность кинопропаганды. Мы докажем, что они ошибаются. Возьмите эти немецкие картины, перемонтируйте их, так как они слишком длинные, сведите к десяти или двенадцати частям, и мы покажем их всем, кому необходимо, чтобы доказать силу их воздействия.

Мне дали немецкую ассистентку, потому что, если я уже довольно прилично говорил по-английски (исправно посещая вечерние курсы), в немецком ничего не смыслил (а этот язык тем не менее меня притягивал). Надо было, сокращая речи Гитлера и Геббельса, сохранить определенную последовательность.

Я проработал в монтажной около трех недель. В идейном смысле фильмы были ужасные, но превосходно сделаны и производили огромное впечатление. Для съемок Нюрнбергского съезда специально для камер были поставлены три вышки. Я перемонтировал фильмы, сделал новые ракорды — все в лучшем виде. Именно такими их показывали повсюду в качестве примера действенной пропаганды — сенаторам, в консульствах. Рене Клер и Чарли Чаплин посмотрели их однажды вместе. Реакция у них была совершенно разная. Под впечатлением фильма Рене Клер в ужасе сказал мне: «Только никому не показывайте их, иначе мы пропали». Чаплин же хохотал как безумный. Он даже свалился с кресла при этом. Почему? Не из-за «Диктатора» ли? Я и сегодня не могу объяснить это.

Тем временем Нелсон Рокфеллер получил необходимое разрешение на создание Комитета по межамериканским делам.

Однажды в Музее современного искусства был организован прием. Айрис Бэрри сказала, что намерена познакомить меня с миллиардером, который окончательно решит мою судьбу.

Этот человек восседал в одном из залов музея, как царь. Дабы быть ему представленными, люди выстраивались в очередь.

– По моему знаку, – сказала Айрис (очень занятая и переходившая от одной группы к другой), – вы станете в очередь.

Я наблюдал за этим таинственным церемониалом в компании Чарлза Лаутона и его жены Эльзы Ланчестер, с которыми потом много раз встречался. По знаку Айрис я встал в очередь и наконец предстал пред миллиардером.

– Давно ли вы здесь, мистер Бунюэль? – спросил он по-английски.

– Шесть месяцев, – ответил я ему на его языке.

– Замечательно.

В тот же день после коктейля в баре Плазы у нас в присутствии Айрис состоялась более серьезная беседа. Он спросил, коммунист ли я. Я ответил, что являюсь испанским республиканцем, и по окончании беседы был принят на работу в Музей современного искусства. На следующий же день я получил кабинет, двадцать сотрудников и звание главного редактора.

Моя задача заключалась в том, чтобы отбирать с помощью Айрис Бэрри антинацистские пропагандистские фильмы (по этому случаю я встретился с Джозефом Лоузи, который принес нам свою короткометражку) и прокатывать их на трех языках – английском, испанском и португальском. Они предназначались для Северной и Южной Америки. Две картины мы должны были сделать сами.

Я жил на углу 86-й улицы и Второй авеню, в самом сердце нацистского квартала. В начале войны на улицах Нью-Йорка довольно часто проходили демонстрации в поддержку нацистского режима. Они сталкивались с яростными контрдемонстрациями. Когда Америка вступила в войну против Германии, демонстрации прекратились.

В Нью-Йорке было введено затемнение, здесь очень боялись бомбежек. В Музее современного искусства, как и повсюду, проводились учебные тревоги.

Мой добрый друг Александр Кальдер, у которого мы жили, оставил квартиру и уехал в штат Коннектикут. Я купил у него мебель и переписал квартиру на себя. В городе было много бывших сюрреалистов – Андре Бретон, Макс Эрнст, Марсель Дюшан, Зелигман. Самый странный, самый «богемистый» в этой группе, с непокорной шевелюрой, художник Танги женился на настоящей итальянской принцессе, которая пыталась отучить его от алкоголя. Однажды, встречая их, мы подобострастно выстроились в ряд. Все мы, как могли, в разгар войны пытались продолжать эпатировать общество. Вместе с Дюшаном и Фернаном Леже, тоже находившимся в Нью-Йорке, мы задумали снять порнофильм на крыше одного из небоскребов. Но риск (десять лет тюрьмы) показался нам слишком большим.

В Нью-Йорке находился уже знакомый мне Сент-Экзюпери, который поражал нас своими фокусами. Я встречался также с Клодом Леви-Стросом, иногда принимавшим участие в наших сюрреалистических опросах, и Леонорой Кэррингтон, которая только что вышла из психиатрической лечебницы в Сантандере в Испании, куда ее поместила английская родня.

Расставшись с Максом Эрнстом, Леонора жила с мексиканским писателем Ренато Ледуком. Однажды, придя в дом некоего мистера Рейса, у которого все мы собрались, она вошла в ванную и встала в одежде под душ. Затем, несмотря на стекавшие с нее ручьи, уселась в салоне в кресло. Схватив мою руку и пристально глядя на меня, она сказала по-испански:

– Вы красивый мужчина и очень похожи на моего сторожа.

Много позднее, во время съемок «Млечного пути», Дельфин Сейриг рассказала, что совсем маленькой девочкой на одном из таких собраний сидела у меня на коленях.

Дали

Дали, уже знаменитый, тоже находился в Нью-Йорке. Наши пути разошлись много лет назад. В феврале 1934 года, на другой день после волнений в Париже, я отправился повидать его. Взволнованный увиденным, я застал Дали – уже женатого на Гале – за лепкой женщины с невероятно широкими бедрами, сидящей на корточках. В ответ на выраженную мной тревогу последовало безразличное молчание.

Позднее, во время гражданской войны в Испании, он много раз высказывал свои симпатии фашистам. Дали предложил фаланге создать довольно экстравагантный мемориальный памятник. Речь шла о том, чтобы собрать воедино кости всех погибших на войне. Он предлагал поставить на каждом километре по пути из Мадрида в Эскориал цоколи с настоящими скелетами на них. По мере продвижения к Эскориалу скелеты становились бы все крупнее. Первый, по выезде из Мадрида, был бы размером в несколько сантиметров, последний – в Эскориале – достигал бы трех-четырех метров.

Легко понять, что этот проект отвергли.

В своей тогда только что вышедшей книге «Тайная жизнь Сальвадора Дали» он писал обо мне как об атеисте. В некотором роде это обвинение оказалось более серьезным, чем обвинение в коммунистических взглядах.

Некий господин Прендергаст, представлявший в Вашингтоне интересы католических кругов, используя свое влияние на правительство, стал добиваться моего увольнения из музея. Лично мне об этом ничего не было известно. Поначалу друзьям удалось замять скандал.

Однажды прихожу я в свой кабинет и вижу двух своих секретарш в слезах. Они показывают мне статью в «Моушн Пикчер геральд», в которой говорится, что странной личности по имени Бунюэль, автору скандального фильма «Золотой век», поручена ответственная должность в Музее современного искусства.

Я пожал плечами, меня уже не раз подвергали оскорблениям, мне было плевать на это, но секретарши говорят: «Нет, это очень серьезно». Я иду в проекционный зал, и механик, который уже прочел статью, встречает меня словами: «Bad boy!» – скверный парень.

Отправляюсь к Айрис Бэрри. Нахожу ее тоже в слезах, как будто меня приговорили к казни на электрическом стуле. Она рассказывает, что вот уже год, вслед за появлением книги Дали, под влиянием Прендергаста госдепартамент оказывает давление на дирекцию музея, требуя моего увольнения. Теперь, после опубликования статьи, о скандале узнают все.

Это был тот самый день, когда американцы высадились в Африке. Айрис звонит директору музея мистеру Бэру, который советует мне не сдаваться.

Но я предпочитаю подать в отставку и снова оказываюсь на улице. Опять наступили черные дни. В тот период меня так мучил ишиас, что подчас приходилось передвигаться на костылях. Благодаря Владимиру Познеру меня взяли диктором испанских вариантов документальных картин об американской армии, пехоте, артиллерии и т. д. Эти фильмы затем показывались во всех странах Латинской Америки. Мне было сорок три года.

После моей отставки я назначил Дали встречу в баре «Черри Незерленд». Он приходит очень точно и заказывает шампанское. В ярости, готовый его побить, говорю ему, что он мерзавец, что по его вине я оказался на улице. Он отвечает мне словами, которых я никогда не забуду:

– Послушай, я написал эту книгу, чтобы возвести себя на пьедестал, а не тебя.

Я оставил оплеуху в кармане. Выпив несколько бутылок шампанского, вспомнив былое, мы расстались почти друзьями. Но разрыв был глубоким. Я встретился с ним потом только один раз.

Пикассо был художником, и только художником. Дали претендовал на большее. Даже если иные черты его личности вызывают отвращение – скажем, мания саморекламы, выставление себя напоказ, манерность и оригинальничанье, которые для меня давно утратили свое значение, как и слова «Любите ли вы друг друга?», – это настоящий гений, писатель, рассказчик, мыслитель. Ни на кого не похожий. Долгие годы мы были близкими друзьями, и наше сотрудничество в период «Андалусского пса» оставило прекрасные воспоминания о полной гармонии вкусов. Но никому не известно, что это самый непрактичный человек в мире. Его же считают опытным дельцом, умеющим оперировать деньгами. На самом деле, до встречи с Галей, он ничего не смыслил в деньгах и моя жена, Жанна, должна была покупать ему билеты на поезд. Однажды в Мадриде, где мы были вместе с Лоркой, Федерико просит его перейти улицу Алькала и купить билеты в «Аполло», где шла оперетка. Дали уходит, отсутствует полчаса и возвращается без билетов, говоря: «Ничего не понимаю. Не знаю, как это делается».

В Париже тетка брала его за руку и переводила через бульвар. Расплачиваясь, он забывал о сдаче, и т. д. Под влиянием Гали, буквально загипнотизировавшей его, он перешел от одной крайности к другой и начал делать деньги, вернее, золото, оно было его божеством всю вторую половину жизни. Но я убежден, что и сегодня он лишен всякой практической сметки.

Однажды на Монмартре я пришел к нему в отель и застал в бинтах, обнаженным до пояса. Решив, что по нему ползет клоп – или еще какое-то насекомое – на самом деле это был просто прыщик, – он разрезал себе спину бритвой и потерял много крови. Хозяин отеля вызвал врача. И все из-за воображаемого клопа.

Он рассказывал много всяких небылиц, но одновременно был не способен лгать. Когда, например, исключительно для того, чтобы шокировать американцев, он писал, будто вид динозавра в каком-то палеонтологическом музее так возбудил его, что он тут же набросился на Галю, это была заведомая ложь. Но Дали настолько самовлюблен, что чувствует себя завороженным своими же выдумками.

Практически он никогда не интересовался женщинами. Как человек, склонный к воображению, с некоторыми садистскими тенденциями, он даже в молодости не был женолюбом и насмехался над друзьями, увлекавшимися женщинами. Невинности его лишила Галя. После чего он написал мне на шести страницах великолепное письмо с описанием радостей плотской любви.

Галя – единственная женщина, которую он действительно любил. Ему случалось обольщать и других женщин, в особенности американок-миллиардерш. Но при этом он только раздевал их, варил крутые яйца, клал им на плечи и, не говоря больше ни слова, отправлял домой.

Когда он в первый раз приехал в Нью-Йорк в начале 30-х годов – эту поездку организовал его торговец картинами, – Дали был представлен миллиардерам, которые ему очень нравились, и приглашен на костюмированный бал. В тот момент вся Америка переживала трагедию из-за похищения ребенка знаменитого летчика Линдберга. На этот бал Галя явилась в одежде ребенка, со следами кровоподтеков на лице, шее, плечах. Представляя ее, Дали говорил:

– Она вырядилась в одежду убитого ребенка Линдберга.

Его не поняли. Он позволил себе насмехаться над чем-то почти священным, над историей, прикосновение к которой было недопустимо ни под каким предлогом. Продавец картин сделал ему выговор, Дали повернул на 180 градусов и стал рассказывать журналистам на псевдопсихоаналитическом жаргоне, что Галя действовала под влиянием комплекса «X» и что речь идет о фрейдистском травести.

По возвращении в Париж его вызвали в группу. Он совершил большую ошибку, публично отрекаясь от сюрреалистического акта. Меня не было на том собрании, и Бретон потом рассказывал, что Дали на коленях, в слезах, заламывая руки клялся всеми святыми, что газетчики наврали и что он всегда утверждал, что Галя изображала убитого ребенка Линдберга.

Когда много позднее, в 60-е годы, он снова жил в Нью-Йорке, к нему однажды пришли три мексиканца, которые готовили фильм. Карлос Фуэнтес написал сценарий, Хуан Ибаньес был режиссером. С ними был директор картины Америго.

Они просили у Дали только одного: разрешить снять его входящим в бар Сан-Режис и направляющимся к своему любимому столику с маленькой пантерой (или леопардом) на золотом поводке.

Дали встретился с ними в баре и переправил к Гале, которая, мол, «занимается такими вещами».

Галя приняла гостей, усадила их и спросила:

– Что вам угодно?

Они объяснили. Выслушав, Галя резко спросила:

– Любите ли вы бифштекс? Вкусный, толстый и мягкий?

Несколько сбитые с толку и думая, что их приглашают обедать, все трое ответили утвердительно.

Тогда Галя продолжала:

– Так вот, Дали тоже любит бифштексы. А вам известно, сколько они стоят?

Те не знали, что говорить.

Тогда она заломила такую сумму – десять тысяч долларов, что гости удалились несолоно хлебавши.

Как и Лорка, Дали страшно боялся физической боли и смерти. Он написал однажды, что ничто так не действует на него, как зрелище вагона третьего класса, набитого трупами рабочих, попавших в катастрофу.

Настоящую смерть он впервые увидел, когда один его знакомый, своего рода законодатель моды, князь Мдивани, приглашенный художником Сертом в Каталонию, погиб в автомобильной катастрофе. В тот день сам Серт и его гости находились в море на яхте. Дали остался в Паламосе, чтобы поработать. Ему первому и сообщили о гибели Мдивани. Он отправился на место происшествия и заявил, что глубоко взволнован. Гибель князя была для него настоящей смертью. Ничего похожего на вагон, наполненный трупами рабочих.

Мы не виделись лет тридцать пять. Однажды в Мадриде, в 1966 году, во время работы с Карьером над сценарием «Дневной красавицы», я вдруг получаю из Кадакеса на французском языке (верх снобизма) напыщенную телеграмму, в которой он просит немедленно приехать, чтобы написать вместе с ним продолжение «Андалусского пса». Он подчеркивает: «У меня есть идеи, ты заплачешь от радости» — и добавляет, что готов сам приехать в Мадрид, если я не могу присоединиться к нему в Кадакесе.

Я ответил ему испанской поговоркой: «Струя воды, сбежав по колесу мельницы, уже не вращает его».

Еще позднее он прислал поздравительную телеграмму, когда я получил в Венеции «Золотого льва» за фильм «Дневная красавица». Он предлагал мне сотрудничать в журнале «Носороги», который собирался выпускать. Я ничего ему не ответил.

В 1979 году во время большой выставки работ Дали в Париже в музее Бобур я отдал для экспозиции свой портрет, выполненный им, когда мы были еще студентами в Мадриде, – очень тщательно написанный портрет, техникой соединения множества квадратиков. Он в точности измерил мой нос, рот, добавив по моей просьбе немного длинных и легких дымков, которые я так любил на картинах Мантеньи.

Мы собирались встретиться на этой выставке, но, так как это должно было произойти на официальном банкете с фотографами и рекламой, я отказался и не пошел.

Думая о нем, я не могу простить ему, несмотря на воспоминания молодости и мое сегодняшнее восхищение некоторыми его произведениями, его эгоцентризм и выставление себя напоказ, циничную поддержку франкистов и в особенности откровенное пренебрежение чувством дружбы.

Несколько лет назад в одном интервью я сказал, что хотел бы перед смертью выпить с ним по бокалу шампанского. Он прочел это и ответил: «Я тоже. Но я больше не пью».

Голливуд: продолжение и конец

Итак, в 1944 году я находился без работы в Нью-Йорке. Меня мучил ишиас. Президент Общества массажистов Нью-Йорка едва не сделал меня полным инвалидом, настолько грубыми были его методы лечения. Опираясь на костыли, я пришел однажды в контору братьев Уорнер, а там мне предложили вернуться в Лос-Анджелес и снова делать испанские варианты картин. Я дал согласие.

В Лос-Анджелес я поехал поездом с женой и двумя сыновьями (второй, Рафаэль, родился в Нью-Йорке в 1940 году). Я так страдал от ишиаса, что вынужден был лежать на доске. К счастью, в Лос-Анджелесе нашлась женщина-массажистка, которая за два месяца очень деликатного лечения поставила меня на ноги.

На сей раз я пробыл тут два года. Первый год я жил своей работой. Второй, потеряв ее, — на сэкономленные средства. Эпоха фильмов в языковых вариантах заканчивалась. Война шла к концу, и становилось ясно, что после нее весь мир захочет видеть американские фильмы, американских актеров. Так, например, в Испании публика явно предпочитала Хэмфри Богарта, говорящего по-испански – даже плохо сдублированного, как это ни покажется странным, – испанскому актеру в той же роли.

Дубляж одержал победу. Им и стали заниматься, но не в Голливуде, а в тех странах, где фильмы выходили на экран.

Бесполезные планы

В этот свой приезд я довольно часто встречался с Рене Клером и Эрихом фон Штрогеймом, к которому испытывал живейшую симпатию. Решив никогда больше не снимать фильмы, я тем не менее записывал пришедшие в голову мысли, скажем историю потерявшейся девочки, которую разыскивают родители, несмотря на то что она живет с ними (ситуация, которую я затем использовал при постановке «Призрака свободы»). Еще записал я сюжет двухчастевого фильма, герои которого вели себя как насекомые: пчела или паук.

Я заговорил об одной идее с Ман Реем. Однажды, катаясь в машине, я обнаружил огромную городскую свалку: ров длиной в два километра и глубиной в двести или триста метров. Там можно было найти все что хочешь: очистки и рояли, целые дома. То там, то сям горели костры с. отбросами. А в глубине рва на расчищенном месте стояли два-три домика, в которых жили люди.

Из дверей одного такого дома вышла девушка лет четырнадцати, и я стал придумывать для нее любовную историю в этой декорации конца света. Ман Рей выразил согласие работать со мной, но денег мы не достали.

Вместе с испанским писателем Рубеном Барсиа, который занимался дубляжем, мы стали писать сценарий загадочного фильма «Невеста полуночи», в котором умершая (кажется) девушка появлялась снова, – история была совершенно реалистической, и в конце все объяснялось. Но и тут мы не сумели найти продюсера.

Я попробовал работать для Робера Флорея, который готовил «Пятипалое животное». Из чувства дружбы он попросил меня написать эпизод для актера Петера Лорре. Я придумал сцену в библиотеке, где действовала живая лапа животного. Петеру Лорре и Роберу Флорею понравилась моя работа. Они отправились к продюсеру, чтобы поговорить с ним, а меня попросили подождать перед дверью. Выйдя через некоторое время, Флорей мизинцем сделал отрицательный жест: ничего не получилось.

Позднее в Мексике я увидел фильм. Моя сцена вошла в него полностью. Я решил было начать процесс, когда кто-то предупредил меня, что у фирмы «Уорнер бразерс» только в Нью-Йорке шестьдесят адвокатов. У меня не было никаких шансов выиграть процесс.

И я отступился.

Именно в этот самый период в Лос-Анджелесе меня нашла Дениза Тюаль. Я был с нею знаком по Парижу, она была когда-то замужем за Пьером Бачевом, игравшим главную роль в «Андалусском псе». Но потом вышла за Ролана Тюаля.

Я был очень обрадован встрече с нею. Она спросила, хочу ли я сделать киноверсию лорковской пьесы «Дом Бернарды Альбы». Пьеса не очень-то мне нравилась, хотя и имела большой успех в Париже, но я принял предложение.

Она решила провести три или четыре дня в Мексике – подумайте только, сколь прихотлива игра случая! – и я поехал с нею. Из отеля «Монтехо» в Мехико, городе, в котором я оказался впервые, я позвонил брату Федерико Лорки – Пакито – в Нью-Йорк. Он сказал, что лондонские продюсеры дают ему за право экранизации пьесы в два раза больше, чем Дениза. Я понял, что ничего не выйдет, и сказал ей об этом.

И вот я снова без работы в чужом городе. Тогда Дениза свела меня с продюсером Оскаром Данцигером, которому я однажды был представлен Жаком Превером в парижском кафе «Дё Маго».

Оскар спросил меня:

– Не хотите ли остаться в Мехико? Я могу вам кое-что предложить.

Когда меня спрашивают, не сожалею ли я, что не стал голливудским режиссером, как это случилось со многими европейскими постановщиками, я отвечаю: не знаю. Случай представляется только раз и почти никогда не повторяется. Мне кажется, что в Голливуде при американской системе производства с ее возможностями, несравнимыми с мексиканскими, мои картины были бы совершенно иными. Какие картины? Сам не знаю. Я ведь их не снял. Стало быть, я ни о чем не жалею.

Много лет спустя в Мадриде Николас Рей пригласил меня на обед. Мы поболтали о том о сем, и он меня спросил:

– Как вам, Бунюэль, удается с таким маленьким бюджетом делать столь интересные фильмы?

Я ответил, что проблема денег никогда не стояла передо мной. Только так, и не иначе. Я приспосабливал свой сюжет к той сумме, которой располагал. В Мексике съемки продолжались не более двадцати четырех дней (исключение составил «Робинзон Крузо», о чем я еще расскажу). Но я также знал, что скромный бюджет фильмов был залогом моей свободы. И я ему сказал:

— Вы, знаменитый режиссер (это был период его славы), проделайте опыт. Вы можете все себе позволить. Попытайтесь завоевать такую свободу. Вы только что сняли картину за 5 миллионов долларов, так сделайте теперь фильм за 400 тысяч. И тогда сами увидите разницу.

— Да что вы! — воскликнул он. — Если я такое сделаю, в Голливуде все подумают, что я спятил, что мои дела пошатнулись. И я пропал! И никогда не найду себе работу!

Он говорил совершенно серьезно. Разговор этот опечалил меня. Лично я никогда не сумел бы приспособиться к такой системе.

За всю свою жизнь я снял только две картины на английском языке и на американские деньги. Кстати, я очень их люблю — «Робинзон Крузо» в 1952 году и «Девушка» в 1960-м.

«Робинзон Крузо»

Продюсер Джордж Пеппер и звезда сценаристов Хью Батлер, бегло говоривший по-испански, предложили мне снять «Робинзона Крузо». Поначалу я не испытывал особого восторга. Но по мере того как работа продвигалась, я увлекся сюжетом: ввел в него некоторые элементы секса (в мечтах, не совпадавших с реальностью) и сцену бреда, в которой Робинзон видит отца.

Во время съемок в Мексике на Тихоокеанском побережье, неподалеку от Мансанильо, я, по сути дела, находился в подчинении оператора Алекса Филипса, американца, жившего в Мексике, специалиста по крупным планам. Это был в своем роде экспериментальный фильм: впервые съемки велись на пленке «Истманколор». Филипс долго колдовал, прежде чем говорил, что можно снимать (отсюда и три месяца съемок, единственный случай в моей практике). Каждый день мы отправляли отснятый материал в Лос-Анджелес для проявки.

«Робинзон Крузо» имел почти всюду большой успех. Его себестоимость составила менее 300 тысяч долларов, его несколько раз показывали по американскому телевидению. Наряду с малоприятными воспоминаниями о съемках – необходимостью убить маленького кабана – я припоминаю подвиг мексиканского пловца, плывшего по бурным волнам в начале картины: он дублировал Робинзона. Три дня в году в июле в этом месте отмечается сильный прибой с огромными волнами. Пловец, живший в маленьком порту, хорошо натренированный, блестяще справился с ними.

За этот успешный фильм на английском языке, продюсером которого был Оскар Данцигер, я получил десять тысяч долларов, довольно мизерную сумму по тем временам. Но я никогда не умел вести финансовые дела. У меня не было своего импресарио, адвоката, который бы защищал мои интересы. Узнав о размере моего вознаграждения, Пеппер и Батлер предложили мне двадцать процентов своих доходов со сборов, но я отказался.

Я никогда в жизни не спорил по поводу предлагаемой мне суммы по договору. Я просто не способен на это. Я соглашался или отказывался, но не спорил. Думается, я никогда не делал за деньги то, чего мне не хотелось делать. Если я отказываюсь, то никакое предложение не может заставить меня изменить решение. Могу сказать: то, что я не сделаю за один доллар, я не сделаю и за миллион.

«Девушка»

Многие думают, что съемки фильма «Девушка» проходили в Южной Каролине, в США. Ничего подобного. Весь фильм был снят в Мексике, в районе Акапулько, и на студии Чурубуско в Мехико. Пеппер был продюсером. А Батлер вместе со мной написал сценарий.

Весь технический состав группы был из мексиканцев, а актеры – американские, за исключением Клаудио Брука в роли пастора, превосходно говорившего по-английски. Мы с ним работали вместе еще несколько раз – на «Симеоне-столпнике», «Ангеле-истребителе», «Млечном пути».

Девочка лет тринадцати или четырнадцати, игравшая героиню, не имела ни опыта, ни особого таланта. К тому же решительные родители не оставляли ее ни на минуту без присмотра, заставляли старательно работать: подчиняясь распоряжениям режиссера, девочка не раз плакала. Может быть, именно в силу этих условий – ее неопытности, ее страха – она производит такое впечатление в фильме. Так часто бывает с детьми. Лучшими актерами в моих картинах были дети и карлики.

Сегодня стало обыкновением говорить о своем антиманихействе. Любой писателишка, написавший первую книгу, тотчас заявит, что, с его точки зрения, худшая вещь в мире – это манихейство (хотя он и не очень-то понимает, что это такое). Это стало такой модой, что подчас мной овладевает искреннее желание провозгласить себя манихеистом и действовать в соответствии с этим.

Во всяком случае, внутри американской моральной системы, превосходно используемой в кинематографе, существовало деление на добрых и злых. «Девушка» претендовала на то, чтобы выступить против этой укоренившейся традиции. Негр был столь же добрым и злым, как и белый, который говорил негру перед его казнью за предполагаемое насилие: «Я не могу считать тебя человеческим существом».

Такой отказ от манихейства, вероятно, и объясняет провал фильма. Выпущенный в Нью-Йорке к рождественским праздникам 1960 года, он подвергся нападкам со всех сторон. И верно: он никому не нравился. Гарлемская газета писала даже, что меня надо повесить вниз головой на одном из фонарей Пятой авеню. Такие яростные нападки преследовали меня всю жизнь.

А я ведь сделал фильм с любовью. Но ему не повезло. Моральный кодекс не мог принять такой фильм. Он не имел успеха и в Европе, и сегодня его редко можно увидеть на экране.

Другие планы

Среди других, так и неосуществленных американских планов я должен назвать «Одну любовь» («Незабвенная»), экранизацию романа Ивлина Во, рассказывавшего историю любви в среде служащих похоронного бюро, который мне страшно нравился.

Вместе с Хью Батлером мы написали сценарий, а Пеппер попробовал продать его одной из ведущих голливудских компаний. Но смерть оставалась одним из запретных сюжетов, который лучше было не трогать.

Директор одной из компаний назначил Пепперу встречу в десять утра. Пеппер является вовремя, его проводят в маленький салон, где ждут другие посетители. Проходит несколько минут. Затем вспыхивает экран телевизора, и на нем появляется лицо директора.

— Здравствуйте, господин Пеппер, — говорит он. — Спасибо, что пришли. Мы ознакомились с вашим замыслом, но в данный момент он нас не заинтересовал.

Надеюсь, что нам еще представится возможность поработать вместе. До свидания, господин Пеппер.

Щелчок. Экран погас.

Даже американцу Пепперу такой прием показался странным. Лично я считаю эту историю отвратительной.

В конце концов мы перепродали права на сценарий, и фильм был сделан Тони Ричардсоном, но я ни разу его не видел.

Другим замыслом, который казался мне очень соблазнительным, была экранизация «Повелителя мух». Но мы не смогли приобрести права. Питер Брук потом снял фильм, но я его тоже не видел.

Среди книг, которые я прочел, одна произвела на меня особое впечатление — роман Далтона Трамбо «Джонни берет винтовку». Это история солдата, потерявшего на войне почти все части тела, который на больничной койке пытается общаться с окружающими, не видя и не слыша их.

Я собирался снять фильм на деньги Алатристе в 1962 или 1963 году. Автор сценария Далтон Трамбо (один из прославленных сценаристов Голливуда) неоднократно приезжал ко мне в Мехико для работы. Я много говорил, он делал заметки. Хотя он использовал лишь некоторые из моих предложений, он был так любезен, что хотел поставить наши фамилии на рукописи рядом. Я отказался.

Дело затянулось. Десять лет спустя Трамбо сам снял этот фильм. Я увидел его в Канне и пошел с ним на пресс-конференцию. В фильме остались отдельные интересные эпизоды, хотя он был слишком длинным и, к сожалению, начинен стандартными снами.

Наконец, чтобы не возвращаться больше к моим американским планам, скажу, что Вуди Аллен предложил мне сыграть самого себя в «Энни Холл». Мне пообещали 30 тысяч долларов за два съемочных дня, но я не мог уехать из Нью-Йорка. Пришлось отказаться. В конце концов сцену в кинотеатре сыграл Мак Логан. Я видел фильм, но он мне не понравился.

Американские и европейские продюсеры неоднократно предлагали мне экранизировать роман Малколма Лаури «У подножия вулкана», где все действие протекает в Куэрнаваке. Я читал и перечитывал роман, но не находил адекватного кинематографического решения. Чисто внешне действие до крайности банально. Все происходит в душе главного героя. Как выразить в образах конфликты внутреннего мира?

Я прочитал восемь разных вариантов экранизации. Ни одна меня не убедила. Замечу, что и другие режиссеры были очарованы этой прекрасной книгой, но до сих пор никто не решился снять по ней фильм.

Возвращение

В 1940 году, после моего назначения в Музей современного искусства, я подвергся тщательному допросу, в частности, мне задавали вопросы о моих связях с коммунистами. Это потребовалось для того, чтобы стать официальным иммигрантом. Затем я отправился с семьей в Канаду, откуда вернулся спустя несколько часов. Простая формальность.

В 1955 году проблема возникла снова, но более серьезно. Я возвращался из Парижа после съемок фильма «Это называется зарей». В аэропорту меня задержали. Провели в маленькую комнату, и тут я узнал, что состою в комитете по поддержке журнала «Свободная Испания», занимавшего резко антифранкистскую позицию и выступавшего против США. Поскольку я был в числе подписавших обращение против атомной бомбы, я подвергся новому допросу, в ходе которого были заданы те же вопросы относительно моих политических убеждений. Меня внесли в пресловутый «черный список». Всякий раз, проезжая через Соединенные Штаты, я подвергался одним и тем же дискриминационным мерам, ко мне относились как к гангстеру. Мое имя было вычеркнуто из «черного списка» только в 1975 году.

Я вернулся в Лос-Анджелес лишь в 1972 году по случаю показа на фестивале «Скромного обаяния буржуазии». Я с удовольствием прошелся по тихим аллеям Беверли-Хиллз, снова ощутил царящий тут порядок и безопасность, американскую вежливость. Однажды я получил приглашение на обед к Джорджу Кьюкору, для меня неожиданное, поскольку мы не были знакомы. Он пригласил также Сержа Зильбермана и Жана-Клода Каррьера, приехавших вместе со мной, и моего сына Рафаэля, жившего в Лос-Анджелесе. Нам сказали, что приглашены еще «некоторые друзья».

Обед оказался необычным. Мы приехали первыми в прекрасный дом Кьюкора, который встретил нас очень тепло. Потом я увидел, как мускулистый негр, нечто вроде раба, помогает войти призрачному существу с перевязанным черным платком глазом, в котором я узнал Джона Форда. Прежде мы никогда не встречались. Я даже полагал, что он не имеет представления о моем существовании. Оказалось, что это не так. Он устроился рядом на диване и выразил радость по поводу моего приезда в Голливуд. Форд сообщил, что готовит «большой вестерн» – увы, через несколько месяцев его не стало.

Послышались чьи-то шаркающие по паркету шаги, и в дверях появился розовощекий и толстый Хичкок, с распростертыми объятиями направившийся ко мне. С ним я тоже никогда прежде не встречался, но знал, что он неоднократно очень лестно отзывался о моих картинах. Хичкок присел рядом, а во время обеда выразил желание находиться по левую руку. Обняв меня за шею и почти повиснув на мне, он не переставал расхваливать свой винный погреб, рассуждал о диете (он ел очень мало) и в особенности об ампутированной ноге в «Тристане»: «О, эта нога!..»

Затем прибыли Уильям Уайлер, Билли Уайлдер, Джордж Стивене, Рубен Мамулян, Роберт Уайз и более молодой – Роберт Маллиган. После аперитива все перешли к столу в затененный, освещенный канделябрами зал. Это странное сборище призраков было созвано в мою честь. Никогда бы иначе они не оказались все вместе, чтобы поговорить о «старых добрых временах». От «Бен Гура» до «Вестсайдской истории», от «Иные любят погорячее» до «Дурной славы», от «Дилижанса» до «Гиганта» – сколько фильмов за одним столом...

После обеда кому-то пришло в голову позвать фотографа и сделать семейный портрет. Фотография эта стала «гвоздем» сезона. К сожалению, на ней нет Форда. Его раб-негр явился за ним к середине трапезы. Он слабым голосом попрощался с нами и, пошатываясь, ушел, чтобы больше уже никогда с нами не увидеться.

Конечно, произносились многочисленные тосты. Так, например, Джордж Стивенс поднял тост «за то, что, несмотря на разное происхождение и религию, объединяет всех нас».

Я поднялся и чокнулся с ним. Я всегда, впрочем, с сомнением относился к солидарности культур, на которую возлагают слишком большие надежды. Поэтому я сказал: «Я пью, но сомневаюсь».

На другой день меня пригласил к себе Фриц Ланг. Плохо себя чувствуя, он не смог прийти на обед к Кьюкору. В тот год мне исполнилось семьдесят два года, а Фрицу Лангу было за восемьдесят.

Мы встретились впервые. Поболтали с часок, и я успел сказать ему, какую решающую роль сыграл он в моей жизни. И хотя это не в моих привычках, попросил его перед уходом надписать свою фотографию.

Не скрывая удивления, он пошел искать ее и подписал. Он был изображен на ней в старости. Тогда я попросил фотографию 20-х годов, периода, когда он снял «Три огонька» и «Метрополис». Он нашел и такую и сделал прекрасную надпись. Затем я вернулся к себе в гостиницу.

Не знаю судьбу этих фотографий. Помнится, одну я отдал мексиканскому режиссеру Артуро Рипштейну. А где вторая – неизвестно.

12-9647

Мексика

1946–1961

Латинская Америка столь мало привлекала меня, что я всегда говорил друзьям: «Если я исчезну, ищите меня где угодно, только не там». И тем не менее вот уже тридцать шесть лет я живу в Мексике. Я даже стал в 1949 году мексиканским гражданином. После гражданской войны многие испанцы избрали Мексику местом изгнания. Среди них оказались и некоторые мои лучшие друзья. Эти испанцы принадлежали к различным социальным прослойкам. Среди них были рабочие, но также и писатели, ученые, без особого труда приспособившиеся к жизни на новой родине.

Что касается меня, то, когда Оскар Данцигер предложил мне поставить в Мексике фильм, я как раз собирался получить американское гражданство. Именно в тот момент я встретил крупного мексиканского этнолога Фернандо Бенитеса, он спросил, не желаю ли я остаться в Мексике. Я дал положительный ответ, и он направил меня к Эктору Пересу Мартинесу, министру, которого все прочили на пост президента, если бы смерть не распорядилась иначе. Он принял меня и заверил, что я смогу легко получить визу для всей семьи. Я снова встретился с Оскаром, дал ему согласие, съездил в Лос-Анджелес, откуда привез жену и обоих сыновей.

Между 1946 и 1964 годами, начиная с «Большого казино» и кончая «Симеоном-столпником», я поставил в Мексике двадцать фильмов (из тридцати двух). Помимо «Робинзона Крузо» и «Девушки», о которых я уже говорил, все они были сняты на испанском языке, с участием мексиканских актеров и техников-мексиканцев. Время, затраченное на постановку, занимало от восемнадцати до двадцати четырех дней — это очень мало, исключение составил «Робинзон Крузо». Средства были весьма ограниченные, зарплата — более чем скромная. Дважды мне случалось делать три фильма в год.

Необходимость жить своим трудом и кормить семью, вероятно, объясняет тот факт, что эти картины сегодня оцениваются очень различно, и мне это вполне понятно. Случалось, что я брался за сюжет, который мне не нравился, и работал с актерами, мало подходящими для своих ролей. Но как я часто повторял, мне кажется, я не снял ни одной сцены, которая бы противоречила моим убеждениям, моей личной морали. В этих неравнозначных фильмах ничто не кажется мне недостойным. Добавлю, что мои отношения с мексиканскими съемочными группами в большинстве случаев были превосходными.

У меня нет охоты разбирать все фильмы и высказывать свое мнение о них — это не мое дело. К тому же я считаю, что жизнь не следует смешивать с работой. Мне хотелось бы просто рассказать о каждом из снятых за долгие годы жизни в Мексике фильме что-то такое, что особенно запомнилось (речь может идти и просто о детали). Эти воспоминания помогут, возможно, взглянуть на Мексику по-иному, не через призму кино.

Для съемок моего первого мексиканского фильма «Большое казино» Оскар Данцигер подписал контракт с двумя крупными латиноамериканскими звездами — певцом Хорхе Негрете, настоящим мексиканским «чарро», который, садясь за стол, пел молитву и никогда не расставался со своим слугой, и аргентинской певицей Либертад Ламарк. Стало быть, задумывался музыкальный фильм. Я предложил рассказ Мишеля Вебера, действие в котором происходит в среде нефтяников.

Я получил согласие и отправился в курортное местечко Сан-Хосе-Пуруа, в Мичоакане, в большой отель, расположенный в прекрасном полутропическом каньоне, где потом написал сценарии двадцати фильмов. Это был истинный рай на земле. Американские туристы приезжают сюда часто на сутки и уезжают в полном восторге. Они принимают тут радоновые ванны, пьют минеральную воду, за которой следует один и тот же напиток «дайкири», едят стандартный обед и на другое утро уезжают.

Со времени отъезда из Мадрида в течение пятнадцати лет я ничего не снимал. И хотя считаю, что сюжет фильма не представляет интереса, технически он сделан на достаточно высоком уровне.

Сюжет был очень мелодраматичный. Либертад приезжает из Аргентины в поисках убийцы своего брата. Сначала она всерьез подозревает Негрете. Но они примиряются, и следует непременная любовная сцена. Как и все банальные любовные сцены, она была мне отвратительна, и я искал способа обойтись без нее.

Поэтому я попросил Негрете в этой сцене взять палочку и помешивать ею нефтяную лужу у своих ног. Затем я снял другой план, в котором крупно была показана другая рука, которая держит палку и тоже мешает грязь. Тотчас возникает впечатление о чем-то другом, но только не о нефти.

Несмотря на участие популярнейших звезд, фильм имел очень скромный успех. Тогда меня «наказали». Я два с половиной года просидел без работы, ковыряя в носу и считая мух. Мы жили на деньги, которые мне посылала мать. Морено Вилья приходил ко мне ежедневно.

Я начал писать сценарий с крупнейшим испанским поэтом Хуаном Ларреа. Фильм, названный «Неразборчивый сын флейты», выглядел сюрреалистическим. Наряду с несколькими удачными находками в фильме все вращалось вокруг весьма спорной темы: со старой Европой покончено, новая надежда грядет из Латинской Америки. Оскару Данцигеру так и не удалось поставить фильм. Много позднее мексиканский журнал «Вуельта» опубликовал сценарий. Но Ларреа без моего согласия добавил в него элементы символики, которые мне не нравятся.

В 1949 году Данцигер сделал мне новое предложение. Крупный мексиканский актер Фернандо Солер должен был снимать картину, в которой у него была главная роль. Полагая, что для одного человека это трудновато, он искал честного и послушного режиссера. Оскар предложил это мне. Я тотчас дал согласие.

Фильм называется «Большой кутила».

По-моему, он лишен всякого интереса. Но он имел такой успех, что Оскар сказал: «Мы сделаем вместе настоящий фильм. Надо найти сюжет».

«Забытые»

Оскару показался интересным сюжет о бедняках и заброшенных детях, живущих милостыней (я очень любил фильм Витторио Де Сики «Шуша»).

В течение четырех или пяти месяцев я разъезжал иногда в сопровождении художника канадца Фицджеральда, иногда в сопровождении Луиса Алькорисы, но чаще всего один по «затерянным городам», то есть по очень бедным бидонвиллям, окружающим Мехико. Слегка замаскированный, одетый в старую одежду, я смотрел, слушал, задавал вопросы, устанавливал связи с людьми. Иные увиденные вещи прямо вошли в фильм. После его выпуска на меня обрушились многочисленные оскорбления. Так, Игнасио Паласио написал, например, что я не имел права поместить в деревянном бараке бронзовые кровати. Но это – правда. Я сам их видел в одном деревянном бараке. Некоторые молодожены ценой лишений покупали их после свадьбы.

Работая над сценарием, я хотел ввести в фильм несколько необъяснимых кадров, очень быстро мелькающих, которые должны были вызвать у зрителей вопрос: а видел ли я то, что видел? Скажем, когда дети следуют за слепым по пустырю, они проходят мимо большого строящегося здания. Мне хотелось, чтобы огромный оркестр играл на стройке, но звука на экране не было слышно. Опасаясь провала фильма, Оскар Данцигер запретил мне это сделать.

Он не разрешил мне также показать цилиндр, когда мать главного героя Педро выгоняет вернувшегося сына из дома. Из-за этой сцены, кстати, ушла из группы наша парикмахерша. Она заявила, что ни одна мексиканская мать так бы не поступила. А я как раз прочитал накануне в газете, как мексиканская мать выбросила своего мальчика из поезда.

Хотя группа работала очень серьезно, ее члены не скрывали своей враждебности к картине. Например, один из техников сказал мне: «Почему вы не хотите сделать настоящий мексиканский фильм вместо этого убожества?» Писатель Педро де Урдемалас, помогавший мне ввести в диалог чисто мексиканские словечки, не разрешил поместить свое имя в титрах.

Фильм был снят за двадцать один день. Все было сделано в срок, как и при съемке остальных моих картин. Мне кажется, я ни разу не вышел за пределы намеченного плана работы. Исходя из моих методов съемки, я мог неизменно монтировать негатив за три-четыре дня. Точно так же хочется сказать, что я никогда не тратил больше двадцати тысяч метров пленки. А это мало.

За сценарий и режиссуру фильма «Забытые» я получил всего-навсего две тысячи долларов и не имел никаких процентов со сборов.

Выпущенный весьма скромно в Мехико, фильм продержался на афише четыре дня и тотчас вызвал резкие нападки. Сегодня, как и вчера, крупнейшей проблемой Мексики является доведенный до крайности национализм, скрывающий глубокий комплекс неполноценности. Профсоюзы и различные ассоциации тотчас потребовали моего выдворения из страны. Критика очень резко отзывалась о фильме. Немногочисленные зрители выходили из кинотеатра, словно с похорон. По окончании частного просмотра Лупе, жена художника Диего Риверы, не пыталась скрыть своего враждебного отношения, отказавшись говорить со мной; Берта, жена испанского поэта Леона Фелипе, набросилась на меня с кулаками, крича, что я поступил подло, низко по отношению к Мексике. Я постарался быть спокойным и сдержанным, хотя ее опасные когти мелькали в трех сантиметрах от моих глаз. К счастью, вмешался другой художник, Сикейрос, и выразил свое восхищение. Фильм понравился и некоторым другим представителям мексиканской интеллигенции.

В конце 1950 года я отправился в Париж, чтобы показать этот фильм. Проходя по улицам после десятилетнего перерыва, я чувствовал слезы на глазах. Все мои друзья-сюрреалисты пришли посмотреть фильм в «Стюдио 28» и, как мне кажется, были тронуты. Но на другой день Жорж Садуль сказал, что нам надо поговорить об очень серьезной вещи. Мы встретились в кафе около площади Звезды, и он взволнованно поведал, что коммунисты не советуют ему писать о картине. Весьма удивленный, я спросил почему.

— Потому что это буржуазный фильм, — ответил он.

— Буржуазный? Как это?

— Во-первых, через витрину магазина видно, как один педик заигрывает с кем-то из молодых людей. Приходит полицейский, и педик убегает. Получается, полиция делает полезное дело, а этого говорить нельзя! В конце фильма в исправительном доме ты показываешь симпатичного, очень человечного директора, который разрешает ребенку пойти купить сигареты.

Такие аргументы показались мне наивными, смешными, и я сказал Садулю об этом. Но тот был бессилен что-либо сделать. К счастью, через несколько месяцев после этого советский режиссер Пудовкин увидел фильм и написал в «Правде» восторженную статью. Позиция французской компартии изменилась. И Садуль остался весьма доволен.

Таков один пример поведения компартии, с которым я не мог согласиться. Есть и другой, связанный с первым, и это меня неизменно шокировало: если товарищ выходил из партии, то остальные утверждали, что он изначально «предавал ее, умело скрывая всегда свою игру».

Противником картины в Париже был посол Мексики Торрес Бодет, культурный человек, живший много лет в Испании и даже сотрудничавший в «Гасета литерариа». Он тоже считал, что «Забытые» бесчестят его страну.

Все изменилось после Каннского фестиваля 1961 года, на котором мексиканский поэт Октавио Пас — о нем я впервые услышал от Бретона и восхищаюсь им по сей день — лично раздавал при входе в зал свою статью, вероятно лучшую из написанных о фильме. Картину встретили очень горячо, было много чудесных рецензий. Она получила приз за режиссуру.

Позднее я испытал чувство печали и стыда, увидев в прокатных субтитрах слова: «Забытые, или Пожалейте их». Смешно.

После успеха в Европе мне отпустили грехи в Мексике. Оскорбления прекратились, и фильм был выпущен в хорошем кинотеатре в Мехико, где демонстрировался два месяца.

В том же, 1950 году я снял фильм «Сусанна», названный во Франции «Развратная Сусанна», о котором мне нечего сказать. Жалею только, что в финале, когда все чудом кончается благополучно, не усугубил еще более карикатурный показ событий. Неподготовленный зритель может принять этот финал всерьез.

В одной из первых сцен картины, когда Сусанна находится в тюрьме, в сценарии предусматривалось показать огромного паука-птицееда, ползущего по решетке камеры, его тень на полу выглядела крестом. Когда я запросил паука, продюсер сказал: «Мы не нашли то, что вам надо». Я был крайне недоволен и готов был уже обойтись без паука, когда реквизитор сказал, что паук есть, что он сидит в маленькой клетке. Продюсер солгал, так как боялся, что я потеряю на съемку время.

Мы поставили клетку за кадром, открыли ее, я вытолкал паука небольшой щепкой, и он с первого же раза пересек решетку именно так, как мне хотелось. Это заняло всего минуту.

В 1951 году я снял три фильма: «Дочь обмана» — это неудачное название придумал Данцигер. За ним скрывалась новая версия пьесы Арничеса «Дон Кинтин». Я уже финансировал фильм по этой пьесе в Мадриде в 30-е годы. Затем «Женщину без любви», вероятно мой самый плохой фильм. Меня попросили сделать ремейк хорошей картины Андре Кайата по роману «Пьер и Жан» Мопассана. Речь даже шла о том, чтобы поставить в павильоне мовиолу, дабы я мог план за планом копировать Кайата. Естественно, я отказался и снял, как мне хотелось. Результат получился весьма посредственный.

Зато у меня остались довольно приятные воспоминания от работы над фильмом «Лестница на небо». Это был рассказ о поездке в автобусе. В основу были положены приключения кинопродюсера, испанского поэта Альтолагирре, старого друга по Мадриду, который женился на богатой кубинке. Все действие происходило в штате Герреро и сегодня известном жестокостью своего населения.

Съемки прошли быстро. Был построен жалкий макет автобуса, который скачкообразно передвигался по склону горы. Кроме того, начались обычные съемочные неприятности, типичные для Мексики. По плану работы нам полагались три ночные съемки длинной сцены, во время которой хоронят девочку, укушенную змеей на кладбище, где расположился передвижной кинотеатр. В последнюю минуту мне сказали, что по требованию профсоюза эти три ночи должны быть сведены к двум часам. Пришлось все снять одним планом, отменить сеанс, работать очень быстро. В Мексике я научился по необходимости работать очень быстро – о чем, в общем, подчас жалею.

Во время съемок «Лестницы на небо» помощник директора картины был задержан в отеле «Лас Пальмерас» в Акапулько за неуплату по счету.

«Он»

Снятый в 1952 году после «Робинзона Крузо», «Он» — один из моих любимых фильмов. По правде говоря, в нем нет ничего мексиканского. Действие могло бы разворачиваться где угодно, поскольку это портрет параноика.

Параноики подобны поэтам. Они такими рождаются. Затем уж они неизменно толкуют действительность в соответствии со своими наваждениями. Допустим, жена параноика играет на рояле какую-то мелодию. У ее мужа тотчас возникает подозрение, что это сигнал спрятавшемуся где-то на улице любовнику. И так далее.

В фильме «Он» было немало достоверных фактов, взятых из повседневных наблюдений, но много и придуманных. Так, например, в начальной сцене mandatum — омовения ног в церкви — параноик тотчас обнаруживает свою жертву, как коршун чайку. Интересно, не опирается ли такая интуиция на что-то реальное?

Фильм показали на фестивале в Канне на сеансе — сам не знаю почему — в честь ветеранов войны и инвалидов, которые громко заявили протест. В целом фильм был принят плохо. За редким исключением, пресса в Канне отнеслась к нему отрицательно. Жан Кокто, посвятивший мне некогда несколько страниц в «Опиуме», заявил даже, что фильм «Он» для меня самоубийство. Правда, позднее Кокто изменил свое мнение.

Утешение в Париже принес мне Жак Лакан, который видел фильм на просмотре для пятидесяти двух психиатров в Синематеке. Он долго обсуждал со мной фильм, в котором ощутил правду, и многократно потом показывал его своим ученикам.

В Мексике фильм провалился. В первый день Оскар Данцигер вышел из зала потрясенный и сказал: «Но они смеются!» Я вошел в зал, как раз шли кадры, навеянные далекими воспоминаниями о купальных кабинах в Сан-Себастьяне, — когда человек просовывает длинную иглу в замочную скважину, чтобы ослепить подглядывающего, которого он воображает за своей дверью.

Только престиж Артуро де Кордобы, игравшего главную роль, помог фильму продержаться на афише две-три недели.

В связи с паранойей я могу рассказать о пережитом раз чувстве страха. Это было в 1952 году, приблизительно в период съемок фильма «Он». Я знал, что в нашем районе живет один офицер, весьма похожий на героя картины. Например, он заявлял, что едет на маневры, а возвращался к вечеру и, изменив голос, говорил жене через дверь: «Твой муж уехал, открой мне».

Я рассказал об этом кому-то из друзей, и он использовал этот факт в своей статье в газете. Уже знакомый с обычаями мексиканцев, я страшно испугался, сожалея, что рассказал. Как он среагирует? Как мне поступить, если он постучится ко мне с оружием в руках с намерением отомстить?

Но ничего не произошло. Вероятно, он не читал эту газету.

Вот что я хочу рассказать о Кокто. В 1954 году на Каннском фестивале он был председателем жюри, в которое входил и я. Однажды он сказал, что хочет поговорить со мной, и назначил встречу в баре отеля «Карлтон» в полдень, когда там немного народу. Я явился с обычной своей пунктуальностью, но не нашел Кокто (заняты были лишь несколько столиков), подождал с полчаса и ушел.

Вечером он спросил, почему я не пришел. Я ответил, что был там. Оказывается, он поступил в точности так же, как и я, и меня не заметил. Я был убежден, что он не лгал.

Мы тщательно с ним все сверили, но не нашли объяснения тому, почему столь таинственно сорвалась наша встреча.

Году в 1930 вместе с Пьером Юником я написал сценарий по книге «Грозовой перевал». Как и всех сюрреалистов, меня влекло к этому роману, и мне хотелось снять по нему фильм. Такая возможность представилась в Мексике в 1953 году. Я достал из ящика сценарий. По-моему, один из лучших, которые мне когда-либо приходилось держать в руках. К несчастью, я был вынужден взять актеров, приглашенных Оскаром для съемок в музыкальной картине, – Хорхе Мистраля, Эрнесто Алонсо, танцовщицу и исполнительницу румбы Лилию Прадо, а на роль романтической героини – польскую актрису Ирасему

Дилиан, которой пришлось, вопреки своей славянской внешности, играть сестру мексиканца-метиса. О проблемах, возникших у меня в ходе съемок ради достижения весьма сомнительного результата, лучше и вовсе не говорить.

В одной из сцен фильма старик читает ребенку отрывок из Библии – на мой взгляд, прекраснейший в этой книге, во многом превосходящий «Песнь песней». Он взят из «Книги премудрости Соломона», которая отсутствует в некоторых изданиях. Автор вкладывает эти слова в уста безбожников. Иначе их невозможно было бы произнести. Надо взять в скобки первую фразу, а уже затем читать:

«(Неправо умствующие говорили в себе:) “Коротка и прискорбна наша жизнь, и нет человеку спасения от смерти, и не знают, чтобы кто освободил из ада.

Случайно мы рождены и после будем как небывшие: дыхание в ноздрях наших – дым, и слово – искра в движении нашего сердца.

Когда она угаснет, тело обратится в прах, и дух рассеется, как жидкий воздух.

И имя наше забудется со временем, и никто не вспомнит о делах наших; и жизнь наша пройдет, как след облака, и рассеется, как туман, разогнанный лучами солнца и отягченный теплотою его.

Ибо жизнь наша – прохождение тени, и нет нам возврата от смерти: ибо положена печать, и никто не возвращается.

Будем же наслаждаться настоящими благами и спешить пользоваться миром, как юностью..

Преисполнимся дорогим вином и благовониями, и да не пройдет мимо нас весенний цвет жизни; увенчаемся цветами роз прежде, нежели они увяли.

Никто из нас не лишай себя участия в нашем наслаждении; везде оставим следы веселья, ибо это наша доля и наш жребий..."»

Нельзя и слова выкинуть из этой далекой проповеди атеизма. Словно слышишь лучшие страницы Божественного маркиза.

В один год с фильмом «Иллюзия разъезжает в трамвае» я снял картину «Река и смерть», показанную на Венецианском фестивале. Отталкиваясь от мысли, как просто погубить ближнего, фильм демонстрировал большое число легко совершенных и даже бессмысленных убийств. При каждом убийстве публика в Венеции хохотала и кричала: «Еще! Еще!»

А между тем большинство событий в фильме подлинные и позволяют как бы мимоходом увидеть этот аспект мексиканских нравов. В Мексике, как в большинстве стран Латинской Америки, в частности в Колумбии, есть обыкновение легко хвататься за пистолет. На этом континенте есть страны, где человеческая жизнь – собственная и чужая – ценится куда меньше, чем где-либо еще. Можно убить за здорово живешь, за недобрый взгляд или просто оттого, что «так захотелось». Мексиканские газеты каждое утро рассказывают о некоторых происшествиях, которые вызывают удивление у европейцев. Среди прочих такой типичный случай. Человек спокойно ждет автобуса. Подходит другой и спрашивает его: «Здесь останавливается автобус до Чапультепека?» «Да», – отвечает первый. «А он идет до такого-то места?» «Да», – отвечает тот. «А в Сан-Анхель?» «О нет!» – отвечает первый. «Тогда получай за все три». И пускает в него три пули, убив на месте, то есть, как сказал бы Бретон, совершив чисто сюрреалистический поступок.

Или вот еще (эту историю я прочитал в числе первых по приезде туда): человек входит в дом № 39 и спрашивает сеньора Санчеса. Консьерж отвечает, что не знает такого, что тот, вероятно, живет в доме № 41. Тот идет в дом № 41 и опять спрашивает Санчеса. Консьерж отвечает: вероятно, он живет в доме № 39 и что консьерж первого дома ошибся.

Человек возвращается в дом 39 и снова объясняет консьержу, что он хочет. Тот просит обождать минуту, заходит в другую комнату, берет револьвер и убивает посетителя.

Больше всего меня поразила интонация журналиста, который рассказывал эту историю: он явно оправдывал консьержа. Заголовок был такой: «Его убили, так как он слишком много хотел знать».

В одной из сцен фильма показаны обычаи штата Герреро, где государство время от времени проводит кампанию по борьбе со злоупотреблением оружием, после которой все бросаются обзаводиться им снова. В этой сцене один человек убивает другого и убегает. Семья возит труп из дома в дом, чтобы все могли с ним попрощаться. Перед каждой дверью пьют, целуются, иногда поют. В какой-то момент процессия останавливается перед домом убийцы, дверь в который остается наглухо заперта, несмотря на призывы открыть ее.

Мэр какой-то деревни сказал мне однажды как о чем-то обыденном: «Каждое воскресенье имеет своего маленького мертвеца».

Не по душе мне сама идея фильма, взятая из книги, по которой он сделан: «Давайте станем образованными, станем более культурными, будем все учеными и перестанем убивать друг друга». В это я не верю.

В связи с фильмом «Река и смерть» я мог бы рассказать несколько историй, происходивших во время съемок. Признаюсь, кстати, что я всегда любил оружие, с самого детства. До последнего времени в Мексике я неизменно носил его с собой. Надо ли подчеркивать, что я ни разу не воспользовался им.

Поскольку так часто говорят о мексиканском machismo, не лишено смысла напомнить, что сие «мужественное» поведение и, как следствие, положение женщины в Мексике имеет испанские корни, и вряд ли это надо скрывать. Machismo объясняется очень сильным и очень тщеславным чувством собственного достоинства. Мексиканец очень вспыльчив, чувствителен, и нет ничего опаснее, когда он спокойно смотрит на вас и, если вы, не дай бог, отказались выпить с ним десятую рюмку текилы, нежным голосом произносит такие слова:

— Вы хотите меня обидеть.

Тут уж лучше выпить эту десятую рюмку.

К подобному проявлению мексиканского machismo следует добавить случаи поспешной расправы. Бывший мой ассистент по фильму «Лестница на небо» Даниель рассказал мне следующую историю. Однажды он отправился в воскресенье поохотиться с друзьями. Их было человек семь или восемь. Днем они остановились пообедать. Внезапно их окружила группа вооруженных людей на лошадях и отобрала у них винтовки и сапоги.

Один из охотников был другом какого-то влиятельного лица в том районе. Он рассказал ему о происшествии. Влиятельное лицо, выяснив некоторые подробности, заявило:

– Имею честь пригласить вас всех через неделю в гости.

На следующее воскресенье они приезжают. Хозяин радушно их принимает, угощает кофе и ликерами, затем просит пройти в соседнюю комнату. Там они находят свои сапоги и ружья. Охотники спрашивают, кто были те люди, могут ли они с ними увидеться. Им любезно отвечают, что этого делать не стоит.

Больше их никто никогда не встречал. Подобным образом в Латинской Америке ежегодно «исчезают» тысячи людей. Вмешательство Лиги прав человека и «Амнисти интернейшнл» не дало никаких результатов. Они продолжают исчезать.

О мексиканском убийце судят по количеству загубленных жизней. О нем говорят: «Этот имеет за собой столько-то загубленных жизней». У некоторых бандитов таких «жизней» более сотни. С пойманными, правда, полиция ведет себя без всяких церемоний.

Во время съемок фильма «Смерть в этом саду» около озера Катемако начальник местной полиции, разыскивавший убийцу, узнав, что французский актер Жорж Маршаль любит огнестрельное оружие, пригласил его, словно речь шла о пустяке, принять участие в охоте на человека. Маршаль в ужасе отказался. Через несколько дней полицейские, проезжая мимо, сказали, что все кончилось благополучно.

Однажды на студии я увидел довольно известного режиссера Чано Уруэта. Он работал с кольтом за поясом. Когда я спросил его, к чему это оружие, тот ответил:

– Никто не знает, что может случиться.

В другой раз, для «Преступной жизни Арчибальда де ла Круса», я был вынужден по требованию профсоюза записать чью-то музыку. На запись явилось тридцать музыкантов, и, так как было очень жарко, они сняли пиджаки. Могу поклясться, что у большинства из них под мышкой в футляре находился револьвер.

Оператор Агустин Хименес жаловался, что ездить по мексиканским дорогам, особенно ночью, небезопасно. В 50-е годы ни в коем случае нельзя было останавливаться, если вы встречали на пути поврежденную машину или просящих подвезти людей. Случалось, ехавшие в машине подвергались в подобной ситуации нападению.

В подкрепление этих слов Хименес рассказал о своем шурине. Однажды ночью тот возвращался из Толуки в Мехико (по большому шоссе, почти автостраде), как вдруг увидел на обочине машину и людей, сигналивших, чтобы он остановился. Разумеется, он нажал на газ. Проезжая мимо, четырежды выстрелил. Нет, ночью действительно ездить небезопасно!

Другой пример, который можно было бы назвать «мексиканской рулеткой». Известный аргентинский писатель Варгас Вила приехал в Мексику в 1920 году. Его принимали мексиканские интеллектуалы, организовав в его честь банкет. В конце обеда он заметил, что мексиканцы о чем-то тихо переговариваются. После чего один из них попросил Вилу покинуть комнату.

Писатель полюбопытствовал, что затевается. Тогда один из гостей взял револьвер, взвел курок и объяснил:

— Этот револьвер заряжен. Сейчас мы подбросим его в воздух. Он упадет на стол. Может, ничего не случится. А может, под действием удара произойдет выстрел.

Варгас Вила решительно запротестовал, и игра была отложена до другого раза.

Многие известные люди подчинялись культу огнестрельного оружия, который долгое время существовал в Мексике. Среди них художник Диего Ривера, который однажды выстрелил в грузовик. Режиссер Эмилио Фернандес, поставивший «Марию Канделарию», «Жемчужину», из-за своего пристрастия к кольту–45 угодил в тюрьму.

По возвращении с Каннского фестиваля, на котором его оператор Габриель Фигероа получил приз за операторскую работу, он пригласил четверых журналистов в свой роскошный дом-дворец, выстроенный в Мехико. Поболтав о том о сем, журналисты заговорили о призе за операторскую работу. Он стал возражать, утверждая, что это приз за режиссуру, то есть «Гран-при». Журналисты не могут поверить. Он настаивает на своем и говорит:

– Подождите, я сейчас принесу документы.

Едва он вышел из комнаты, кто-то из журналистов заметил, что Фернандес пошел явно не за документами, а за оружием. Они вскакивают и бросаются бежать, но не слишком быстро, ибо режиссер выстрелом из окна ранит в грудь одного журналиста.

Историю о «мексиканской рулетке» мне рассказал один из известных мексиканских писателей, Альфонсо Рейес, с которым я часто встречался в Париже и в Испании. Он рассказал также, как в начале 20-х годов посетил Васконселоса, тогда госсекретаря по народному образованию. Они поболтали – о мексиканских нравах, естественно, – и Рейес заметил:

– Кроме нас с тобой, здесь все вооружены.

– Отвечай только за себя, – ответил Васконселос и показал револьвер под пиджаком.

Но самая великолепная история, обладающая исключительным смыслом, была мне рассказана художником Сикейросом. В конце революции двое офицеров, старые друзья, учившиеся в военной академии, но сражавшиеся во враждебных друг другу лагерях (скажем, в лагерях Обрегона и Вильи), встречаются снова. Один является пленником другого и должен быть им расстрелян (тогда расстреливали лишь офицеров и миловали простых солдат, если они соглашались кричать «Да здравствует!» — называя имя генерала-победителя).

Вечером офицер-победитель выводит пленного из камеры и приглашает выпить с ним. Они обнимаются по мексиканскому обычаю и садятся друг против друга. Оба рыдают. Со слезами на глазах вспоминают былые годы, свою дружбу и злую судьбу, которая заставляет одного стать палачом другого.

— Кто бы мог подумать, что однажды мне придется расстрелять тебя, — говорит один.

— Исполняй свой долг, — отвечает другой. — У тебя нет выхода.

Они пьют снова, пьянеют и наконец, в ужасе от создавшейся ситуации, заключенный говорит:

— Послушай, друг. Окажи мне последнюю услугу. Я хочу, чтобы ты сам убил меня.

И тогда, со слезами на глазах, не вставая со стула, офицер-победитель берет свой револьвер и выполняет желание старого товарища.

В заключение столь длинного отступления (но, повторяю, я всегда любил оружие и в этом смысле чувствовал себя мексиканцем) замечу: мне не хотелось бы, чтобы в глазах читателя мое представление о Мексике ограничивалось серией анекдотов. Помимо того что эти нравы стали меняться, особенно после закрытия оружейных магазинов – в принципе теперь все виды оружия зарегистрированы, и только в Мехико полмиллиона людей владеют оружием, – я считаю, что самые низменные и отвратительные преступления (Ландрю, Петио, массовые убийства, мясники, продающие человечину), имеющие место в индустриальных странах, встречаются в Мексике крайне редко. Мне известен только один случай: несколько лет назад на севере страны стали пропадать проститутки одного из борделей. Когда, по мнению хозяйки заведения, они становились малопривлекательными или, состарившись, приносили малый доход, их убивали и закапывали в саду. Эта история наделала много шума. Чаще всего убийство совершается просто выстрелом из револьвера, без «ужасных подробностей», с которыми встречаешься во Франции, Англии, Германии или США.

Хотелось бы также отметить, что жители Мексики, как никакой другой страны, одержимы горячим стремлением к знаниям, к совершенствованию. К этому добавляется необыкновенная любезность, чувство дружбы и гостеприимство. Не случайно именно Мексика стала после войны в Испании (за что надо поклониться великому Ласаро Карденасу) и вплоть до пиночетовского мятежа в Чили обетованной землей для многих. Можно даже сказать, что расхождения, существовавшие между мексиканцами и испанскими эмигрантами, исчезли вовсе.

Из всех стран Латинской Америки это наиболее стабильная страна. Она живет в мире около шестидесяти лет. Военные бунты и caudilismo стали лишь печальным воспоминанием. Получили развитие экономика, народное образование. Мексика поддерживает прекрасные отношения с государствами самых разных систем. К тому же страна очень богата нефтью.

Критикуя Мексику, следует проявлять осторожность, ибо некоторые обычаи, кажущиеся скандальными для европейцев, не запрещены мексиканской конституцией. Скажем, семейственность. Здесь нормально и традиционно назначение президентом на главные посты членов своей семьи. Никто и не думает протестовать. Таков обычай.

Один чилийский эмигрант дал весьма остроумное определение Мексики как страны фашистской, нравы которой смягчаются коррупцией. Несомненно, в этом есть доля истины. Тоталитарной считать страну можно в силу неограниченной власти президента. Однако он избирается только на один срок, что мешает ему стать тираном. Но в течение шести лет своего президентства он волен делать все что угодно.

Пример тому дал несколько лет назад знакомый мне президент Луис Эчеверриа, человек просвещенный и исполненный доброй воли. Кстати, он посылал мне иногда бутылки французского вина. Так вот, на другой день после расстрела в Испании (Франко тогда был у власти) пяти анархистов, расстрела, вызвавшего возмущение во всем мире, он тотчас распорядился о разрыве с Испанией торговых отношений, прекращении почтовой и авиационной связи, высылке некоторых испанцев. Оставалось только послать мексиканские эскадрильи бомбить Мадрид.

Подобное чрезмерное использование власти — назовем ее «демократической диктатурой» — сопровождается коррупцией. Говорят, что mordida, взятка, является ключом к каждому мексиканцу. Она существует на любом уровне (и не только в Мексике). Это признают все мексиканцы, и все они пользуются ею и становятся жертвами коррупции. Жаль. Если бы не это, мексиканская конституция, одна из лучших в мире, могла бы способствовать созданию идеальной демократии в Латинской Америке.

Однако решение вопроса о коррупции – дело самих мексиканцев. Все они отдают себе в этом отчет, что позволяет надеяться на ее хотя бы частичное искоренение. Вряд ли найдется страна на Американском континенте – не исключая США, – которая посмела бы бросить в нее камень, потому что сама избавлена от этой проказы.

Что же касается неограниченности президентской власти, то, если народ ее приемлет, ему и решать эту проблему. Не следует быть святее римского папы. Я же, хотя и мексиканец не по рождению, а по волеизъявлению, абсолютно аполитичен.

Наконец, Мексика – страна с самой большой плотностью населения, с самой высокой рождаемостью. Но население тут очень бедное, ибо естественные ресурсы распределены неравномерно, люди покидают деревни и переполняют ciudades perdidas, окрестности больших городов, в особенности Мехико. Сегодня никто толком не может сказать, сколько жителей насчитывает этот город. Полагают, что это самый многонаселенный город мира, что рост населения тут головокружительный (каждый день сюда приезжает тысяча крестьян в поисках работы, поселяясь бог знает где) и что к 2000 году Мехико будет насчитывать тридцать миллионов жителей. Если добавить – как прямое следствие этого – драматический характер загрязнения среды (против чего никакие меры не принимаются), недостаток воды, растущее неравенство в доходах, рост цен на самые необходимые товары (кукурузу, фасоль), экономическое господство США – все это вряд ли позволяет сказать, что Мексика разрешила все свои проблемы. Я забыл сказать о росте преступности. Чтобы в этом убедиться, достаточно прочитать раздел происшествий в газетах.

Как правило, хотя сие правило и имеет счастливые исключения, мексиканский актер всегда играет только то, что он мог бы сделать в жизни.

Когда я снимал в 1954 году фильм «Зверь», Педро Армендарис, стрелявший иногда даже внутри помещения студии, отказывался надевать рубашки с короткими рукавами, полагая, что их носят одни педики. И я чувствовал, как его охватывает страх при мысли, что о нем могут подумать. В этом фильме, где его преследуют убийцы, он встречает юную сироту, затыкает ей рукой рот, чтобы не дать кричать, а когда преследователи исчезают, просит ее вытащить всаженный ему сзади в спину нож.

Во время репетиций он приходил в ярость и кричал: «Я никогда не буду говорить “сзади”!» Он думал, что любое использование слова «зад» фатально для его репутации. Тогда я убрал это слово.

Фильм «Преступная жизнь Арчибальда де ла Круса», снятый в 1955 году, был сделан по единственному, если я не ошибаюсь, роману мексиканского драматурга Родольфо Усигли.

Картина имела успех. Для меня она связана со странной драмой. В одной из сцен главный актер

Эрнесто Алонсо сжигал в горне керамиста манекен, в точности воспроизводивший облик актрисы Мирославы Стерн. Спустя некоторое время после съемок Мирослава покончила с собой из-за несчастной любви и была, согласно ее воле, сожжена.

Когда в 1955 и 1956 году я восстановил контакты с Европой, то снял две картины на французском языке – одну на Корсике, «Это называется зарей», другую в Мексике, «Смерть в этом саду».

Я никогда не видел больше фильм «Это называется зарей», сделанный по роману Эммануэля Роблеса, но очень люблю его. Клод Жежер, ставший моим другом и сыгравший много маленьких ролей в других картинах, взял на себя обязанности директора. Марсель Камю был моим первым ассистентом. Ему помогал длинноногий, передвигающийся всегда очень медленно парень по имени Жак Дерей. На этом фильме я встретился также с Жоржем Маршалем и Жюльеном Берто. Лючия Бозе была тогда невестой тореро Луиса Мигеля Домингина, часто звонившего мне до начала съемок, чтобы узнать: «Так кто же будет играть героя? Жорж Маршаль? Это что за тип?»

Над сценарием мы работали с Жаном Ферри, одним из друзей сюрреалистов. При этом нам пришлось столкнуться с весьма характерным случаем. Ферри написал для фильма, по его словам, «прекрасную любовную сцену» (на самом деле три страницы довольно скверного диалога), и я почти полностью ее вырезал. Вместо этого мы видим, как Жорж Маршаль входит, устало садится, снимает ботинки, ест суп, поданный Лючией Бозе, и в качестве подарка подает ей маленькую черепаху. Клод Жежер (он швейцарец) помог мне написать несколько нужных реплик, а недовольный Жан Ферри послал продюсеру письмо, в котором жаловался на ботинки, суп, черепаху и заявлял, имея в виду наши реплики: «Это, вероятно, по-бельгийски или швейцарски, но только не по-французски». Он хотел даже снять свою фамилию с титров, в чем продюсер ему отказал.

Я продолжаю настаивать, что сцена с супом и черепахой одна из лучших.

У меня возникли некоторые неприятности с семьей Поля Клоделя. В фильме можно было увидеть его книги, лежавшие на столе полицейского комиссара рядом с парой наручников. Дочь Поля Клоделя написала мне письмо с обычными – не удивившими меня – оскорблениями.

Что же касается «Смерти в этом саду», я вспоминаю в основном лишь трудности с написанием сценария – а хуже этого нет ничего. Мне никак не удавалось их разрешить. Часто я вставал ночью и писал сцены, которые на заре отдавал Габриелю Ару, чтобы он поправил мой французский. Днем я должен был их снимать. Раймон Кено приехал на две недели в Мексику, чтобы попытаться – тщетно – помочь мне. Вспоминаются его юмор, его деликатность. Он никогда не говорил: «Мне это не нравится, это плохо», а всякий раз начинал фразу так: «Не кажется ли вам, что...»

Ему принадлежит потрясающая находка. Симона Синьоре играла роль шлюхи в небольшом горняцком городке, где происходят волнения. Она направляется за покупками. Покупает сардины, иголки, другие необходимые вещи, а затем просит кусок мыла. В этот момент звучат трубы, возвещающие о прибытии солдат, чтобы восстановить в городе порядок. Тогда она меняет решение и просит пять кусков мыла.

Не знаю, по каким причинам, но, увы, эта подсказанная Кено сцена так и не попала в фильм.

Думаю, у Симоны Синьоре не было желания сниматься в фильме «Смерть в этом саду». Она предпочла бы остаться в Риме с Ивом Монтаном. По дороге в Мексику через Нью-Йорк она положила в свой паспорт документы, то ли удостоверявшие ее принадлежность к компартии, то ли советские документы. Она надеялась, что в Нью-Йорке ее задержат и отправят обратно. Но ее пропустили без всяких осложнений.

Она была шумной особой и во время съемок отвлекала других актеров, поэтому я попросил помощника оператора отмерить от камеры сто метров и поместить на этом расстоянии стулья для французских актеров.

Зато благодаря фильму я встретился с Мишелем Пикколи, который стал одним из моих верных друзей. Мы сделали с ним пять или шесть картин. Мне нравится его чувство юмора, его скрытое благородство, его сумасшедшинка и неизменное уважение ко мне, никогда не выставляемое напоказ.

«Назарин»

Приступая к «Назарину», который снимался в 1958 году в Мехико и во многих прекрасных деревнях района Куаутлы, я впервые обратился к роману Гальдоса. Во время этих же съемок я весьма шокировал Габриеля Фигероа, приготовившего мне эстетически безупречный кадр на фоне Попокатепетля, с неизменными белыми облаками. Я повернул камеру и снял самый банальный пейзаж, который казался мне более правдивым и нужным. Я никогда не любил сфабрикованную кинематографическую красивость, заставляющую забывать о том, что говорится в картине, и лично меня никак не трогающую.

Я сохранил суть образа Назарина, созданного Гальдосом, приведя в соответствие с нашей эпохой мысли, сформулированные около ста лет назад. В конце книги Назарину снится, что он служит мессу. Я заменил этот сон сценой сбора милостыни. К тому же на протяжении фильма я добавлял новые элементы, скажем забастовку, а во время эпидемии чумы – сцену с умирающей, подсказанную мне «Диалогом священника и умирающего» Сада, в которой женщина хочет видеть любовника и отвергает бога.

Среди фильмов, снятых в Мексике, «Назарин» — один из самых любимых. Он был хорошо принят, хотя и не без некоторых недоразумений, вызванных самим содержанием фильма. Так, на Каннском фестивале, где он получил Международный Гран-при, созданный специально для него, он едва не получил католическую премию ОСИК. Три члена жюри решительно защищали его. Но оказались в меньшинстве.

В этой связи решительный антиклерикал Жак Превер выразил сожаление, что я сделал священника главным героем фильма. По его мнению, все священники заслуживают осуждения. «К чему интересоваться их проблемами?» — сказал он мне.

Но недоразумение, именуемое «попыткой реабилитации», продолжалось. После избрания папы Иоанна XXIII меня пригласили в Нью-Йорк, где кардинал, преемник гнусного Спелманна, хотел вручить мне почетный диплом за фильм, Я, естественно, отказался. Зато продюсер картины Барбакано поехал туда.

За и против

В эпоху сюрреализма мы решительно отделяли добро от зла, справедливость от несправедливости, красоту от убожества. Одни книги надо было читать, другие – нет. Одни вещи делать – другие не делать. Вспомнив эту старую игру, я решил произвольно выплеснуть на страницы мемуаров некоторые свои отвращения и пристрастия. Советую всем проделать как-нибудь то же самое.

Я обожал «Энтомологические воспоминания» Фабра. За удивительную наблюдательность, за безграничную любовь к живым существам. Эта ни с чем не сравнимая книга много выше Библии. Долгое время я говорил, что именно ее взял бы с собой на необитаемый остров. Сегодня я передумал: я не взял бы ни одной книги.

Я любил Сада. Мне было более двадцати пяти лет, когда в Париже я впервые прочитал его книгу. Это чтение произвело на меня впечатление еще более сильное, чем чтение Дарвина.

Книгу «Сто двадцать дней Содома» впервые издали в Берлине в небольшом количестве экземпляров.

Таким Луис Бунюэль предстал на обложке японского киножурнала

«Млечный путь». Жюльен Берто (Монсиньор)

Мишель Пикколи (Маркиз де Сад)

Бернар Верле (Иесус)

С Дельфин Сейриг

Лоран Терзиев (Жан), Поль Франкер (Пьер)

С Фернандо Реем

«Тристана» – Катрин Денев

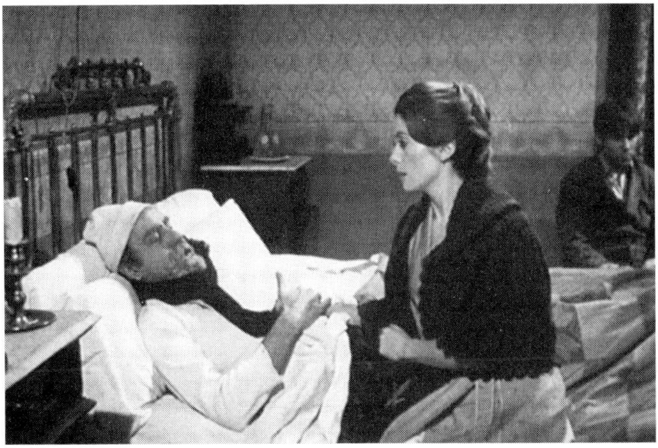

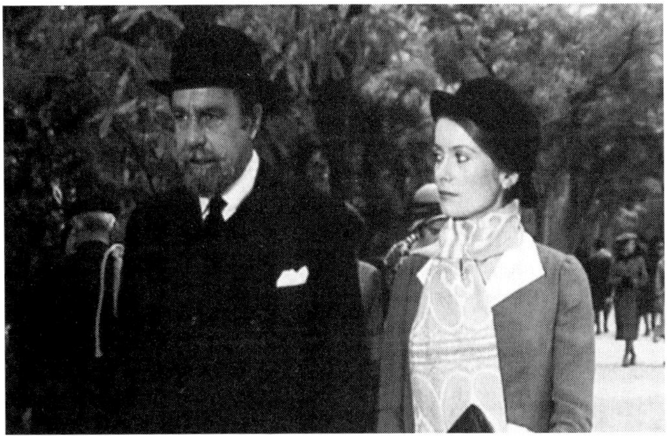

Катрин Денев (Тристана), Фернандо Рей (Дон Лопе)

«Скромное обаяние буржуазии». Фернандо Рей (Посол), Стефани Одран (Алиса)

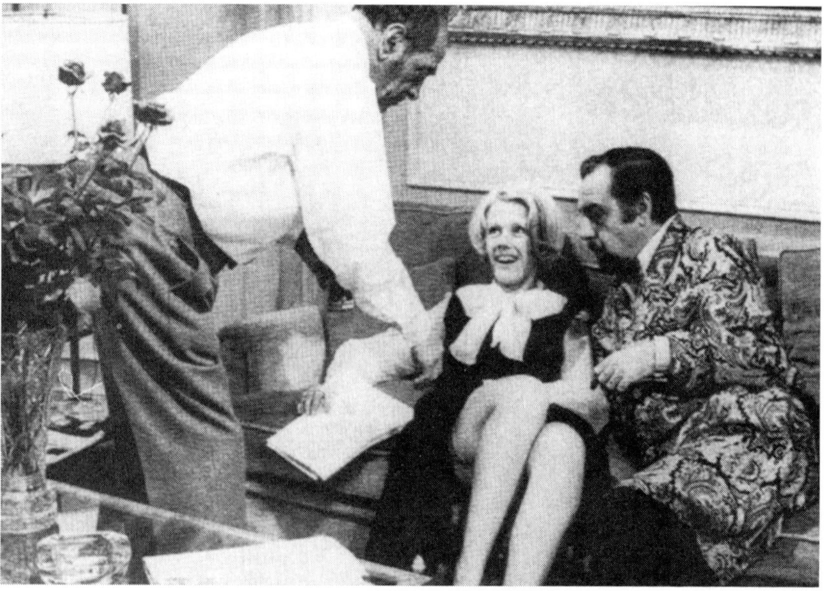

Рабочий момент съемок. С Дельфин Сейриг (Симона) и Фернандо Реем

«Скромное обаяние буржуазии». Сцены из фильма

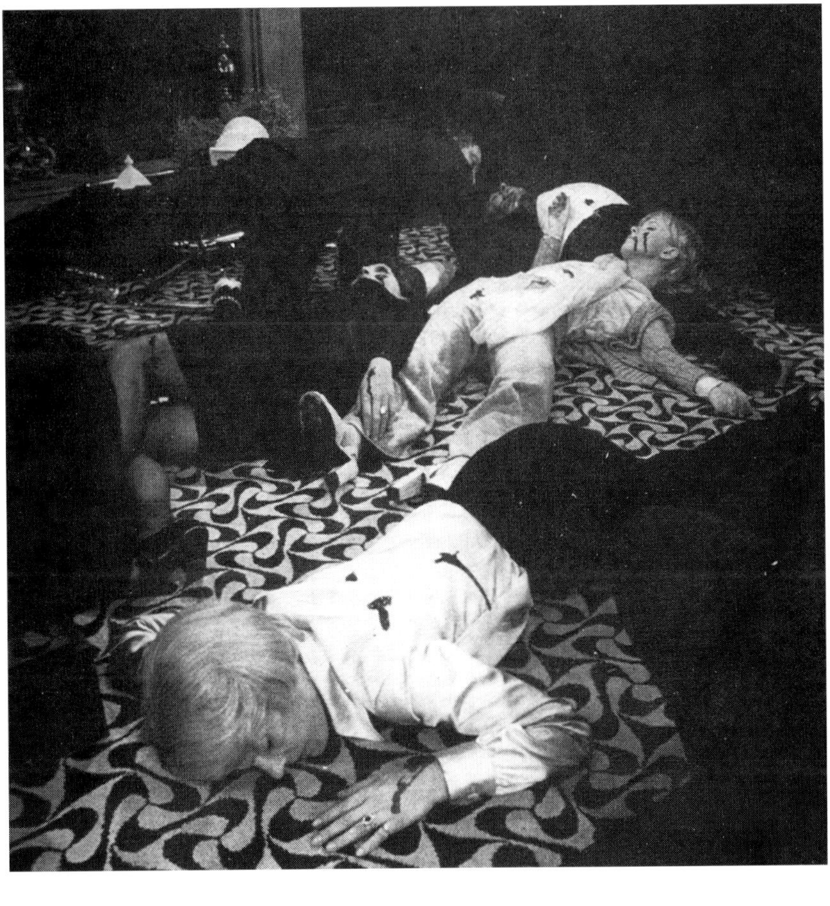

«Скромное обаяние буржуазии». Сцены из фильма

«Смутный объект желания». Афиша фильма

Фернандо Рей (Матье), Кароль Буке (Кончита), Анхела Молина (Кончита).
«Этот смутный объект желания». Сцены из фильма

Сцены из фильма «Этот смутный объект желания»

Сцены из фильма «Этот смутный объект желания»

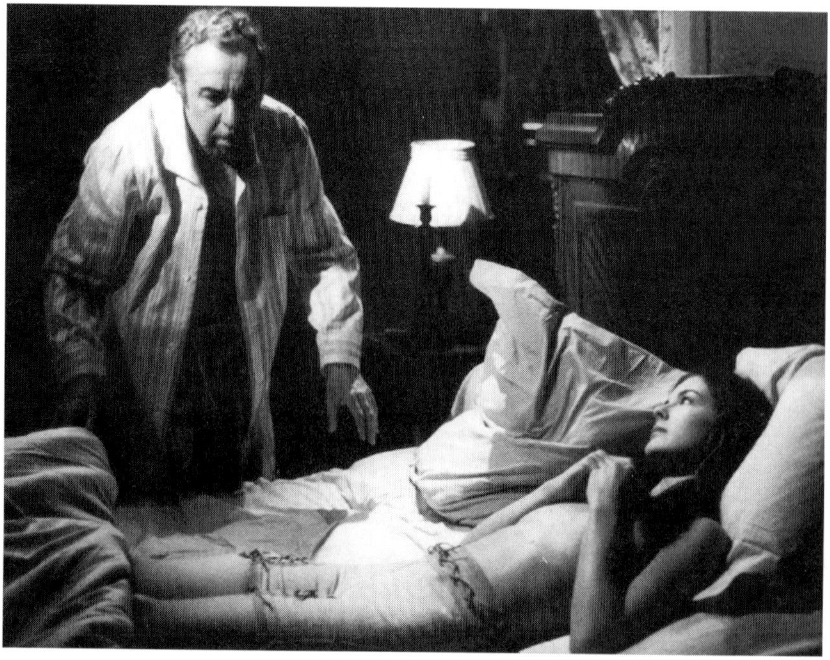

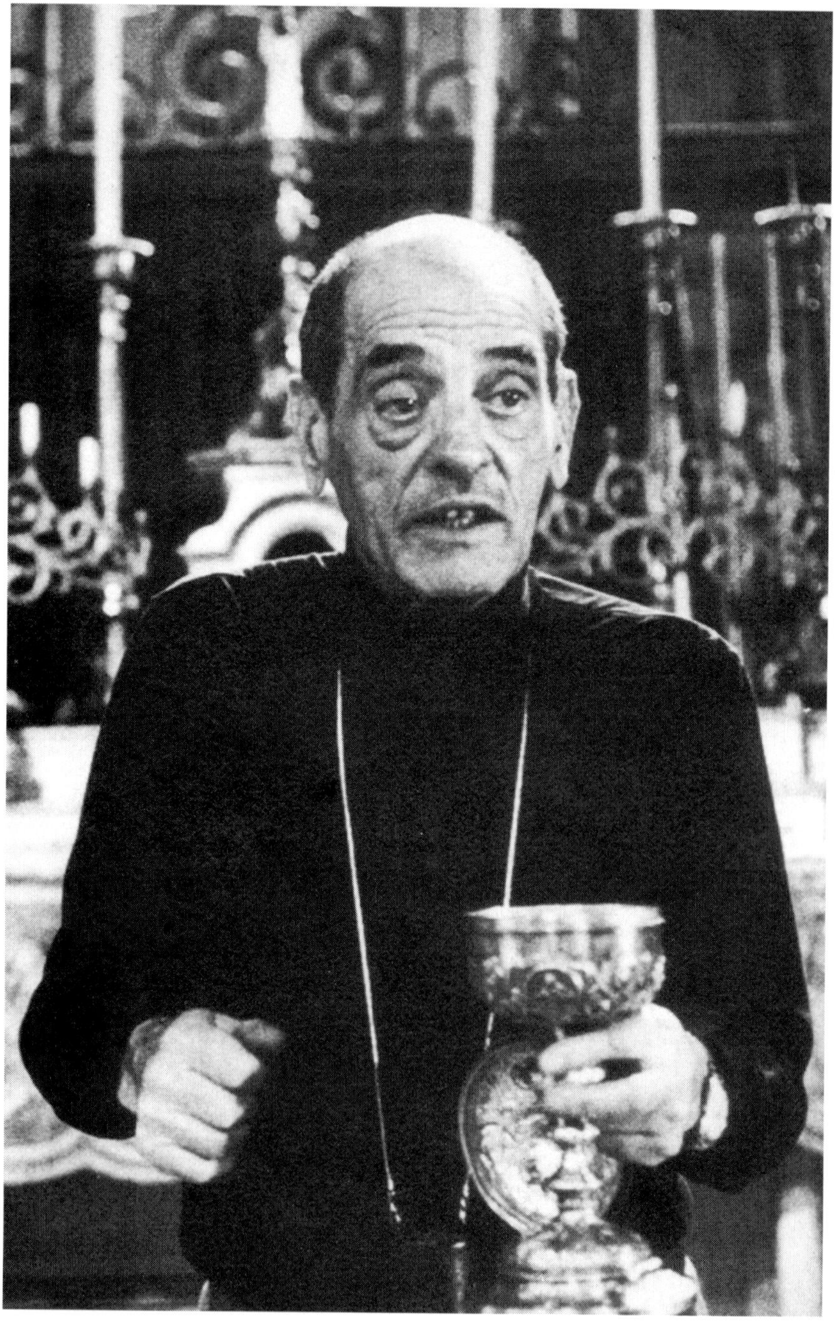

Однажды я увидел один из них у Ролана Тюаля, у которого был в гостях вместе с Робером Десносом. Этот единственный экземпляр читал Марсель Пруст и другие. Мне тоже одолжили его.

До этого я понятия не имел о Саде. Чтение весьма меня поразило. В университете Мадрида мне практически были доступны великие произведения мировой литературы — от Камоэнса до Данте, от Гомера до Сервантеса. Как же мог я ничего не знать об этой удивительной книге, которая анализировала общество со всех точек зрения — глубоко, систематично — и предлагала культурную «tabula rasa». Для меня это был сильный шок. Значит, в университете мне лгали. И тотчас другие шедевры предстали передо мной лишенными смысла, значения. Я попробовал перечитать «Божественную комедию», и она показалась мне самой непоэтичной книгой в мире — еще менее, чем Библия. А что сказать о «Лузиадах» или «Освобожденном Иерусалиме»?

Я говорил себе: нужно было прочесть Сада раньше этих книг! Сколько зря потраченного времени!

Я тотчас пожелал найти другие книги Сада. Но все они были строжайше запрещены, и их можно было обнаружить только среди раритетов XVIII века. Владелец книжного магазина на улице Бонапарта, к которому меня привели Бретон и Элюар, занес мое имя в список желающих приобрести «Жюстину», но так и не достал ее. Зато в моих руках побывала оригинальная рукопись «Ста двадцати дней Содома», я даже чуть не купил ее. В конечном счете ее приобрел виконт де Ноайль — это был довольно внушительный рулон.

Я позаимствовал у друзей «Будуарную философию», которую обожал, «Диалог священника и уми-

рающего», «Жюстину» и «Жюльетту». В последней мне особенно нравилась сцена между Жюльеттой и Папой, в которой Папа признается в атеизме. Мою внучку зовут Жюльеттой, но я оставляю ответственность за выбор имени моему сыну Жану-Луи.

У Бретона был экземпляр «Жюстины», у Рене Кревеля тоже. Когда Кревель покончил с собой, первый, кто пришел к нему, был Дали. Затем уже появились Бретон и другие члены группы. Немного позднее из Лондона прилетела подруга Кревеля. Она-то и обнаружила в похоронной суете исчезновение «Жюстины». Кто-то ее украл. Дали? Не может быть. Бретон? Абсурд. К тому же у него был свой экземпляр. Вором оказался близкий Кревелю человек, хорошо знавший его библиотеку. Но он не наказан до сих пор.

Я был потрясен завещанием Сада, в котором он просил, чтобы его прах был разбросан где придется и чтобы человечество забыло о его книгах и о его имени. Хотелось бы мне сказать о себе то же самое. Я считаю лживыми и опасными все памятные даты, все статуи великих людей. К чему они? Да здравствует забвение! Я вижу достоинство только в небытии.

Если сегодня мой интерес к Саду утрачен — ведь всякая восторженность проходит, — я все равно не могу забыть эту культурную революцию. Его влияние на меня было, вероятно, очень значительным. Относительно «Золотого века», где цитаты из Сада бросаются в глаза, Морис Гейне написал статью, утверждая, что Божественный маркиз остался бы очень недоволен. Он ведь обрушивался на все религии, не ограничиваясь, как я, только христианством. Я ответил, что не ставил задачу продемонстрировать уважение к высказываниям умершего автора, а хотел лишь создать картину.

Я обожал Вагнера и использовал его музыку во многих картинах, начиная с первой («Андалусский пес») и кончая последней («Этот смутный объект желания»). Я неплохо знал его произведения.

Одним из самых больших огорчений последних лет жизни является невозможность слушать музыку. Вот уже двадцать лет мои уши не различают звуков, словно ноты стали меняться местами в написанном тексте, мешая восприятию. Если бы случилось чудо и ко мне вернулся слух, моя старость была бы спасена и музыка стала бы своеобразным успокаивающим средством, помогающим мне спокойно уйти в небытие. Но я вижу лишь одно средство помочь себе — съездить в Лурд.

В молодости я играл на скрипке, а позднее в Париже пощипывал струны банджо. Я любил Бетховена, Сезара Франка, Шумана, Дебюсси и многих других.

С годами мое отношение к музыке решительно изменилось. В прежнее время, когда нам сообщали о приезде в Сарагосу Большого симфонического оркестра Мадрида, всеми овладевало волнение, сладость ожидания. Мы готовились, считали дни, разыскивали партитуры, напевали мелодии. В вечер концерта все испытывали ни с чем не сравнимую радость.

Сегодня достаточно нажать на кнопку, чтобы тотчас же у себя дома услышать любую музыку. Явственно вижу, что мы потеряли. А что выиграли? Для достижения прекрасного мне всегда казались необходимыми три условия: надежда, борьба и победа.

Я люблю поесть спозаранку. Ложусь рано и встаю поздно. В этом смысле я совершенно не похож на испанца.

Я люблю север, холод и дождь. В этом смысле я настоящий испанец. Родившись в стране, где очень жарко, я не знаю ничего лучше, чем огромные влажные леса и туманы. Отправляясь летом на север, в Сан-Себастьян, я испытывал волнение при виде папоротника, мха на стволах деревьев. Мне всегда нравились Скандинавские страны (где я никогда не был) и Россия. Семи лет я написал сказку, действие которой происходило в транссибирском экспрессе, мчавшемся через заснеженные степи.

Мне нравится шум дождя. Для меня это воспоминание о чем-то удивительно прекрасном. Я слышу шум дождя через свой слуховой аппарат, но это не прежний шум.

Дождь создает великие нации.

Я действительно люблю холод. В молодости даже в самые жестокие зимние дни я прогуливался без пальто, в одном пиджаке и рубашке. Я чувствовал, как холод проникает в меня, но я сопротивлялся, и это ощущение было мне по душе. Друзья называли меня el sin-abrigo, беспальточный. Однажды они сфотографировали меня голым на снегу.

Как-то зимой в Париже, когда Сена начала замерзать, я встречал Хуана Висенса на вокзале д'Орсэ, куда прибывали поезда из Мадрида. Холод был настолько пронизывающим, что мне пришлось бегать вдоль перрона. Но это не помешало мне подцепить пневмонию. Едва поправившись, я тотчас же купил себе теплую одежду – впервые в жизни.

В 30-е годы вместе с Пепином Бельо и еще одним другом – Луисом Салинасом, капитаном артиллерии, мы часто ездили зимой в горы Гвадаррамы. По правде говоря, вместо того чтобы заниматься зимним спортом, мы запирались в доме и сидели перед горевшим огнем с несколькими бутылками доброго вина. Время от времени мы выходили подышать свежим воздухом, закутавшись в шарф, bufanda, которым обычно закрываются до самого носа, как Фернандо Рей в «Тристане».

Естественно, альпинисты не скрывали своего презрения к нам.

Я не люблю теплые страны. Это логическое следствие вышесказанного. В Мексике я живу по чистой случайности. Не люблю пустыни, песок, арабскую, индийскую и в особенности японскую цивилизации. В этом смысле я человек несовременный. Меня привлекает только греко-романо-христианская цивилизация, на которой я вырос.

Я обожаю рассказы о путешествиях в Испанию, написанные английскими и французскими путешественниками XVIII и XIX веков.

Мне нравится плутовской роман, в частности «Ласарильо из Тормеса», «Горбун» Кеведо и «Жиль Блаз». Последний написан французом Лесажем, но настолько превосходно переведен в XVIII веке на испанский отцом Ислой, что воспринимается как произведение испанской литературы. На мой взгляд, он очень точно показывает Испанию. Я читал его десятки раз.

Как большинство глухих, *я не очень люблю слепых...* Иногда я задаю себе вопрос: правда ли, что слепой счастливее глухого? Не думаю. Я знал одного удивительного слепого по имени Лас Эрас. Он потерял зрение в восемнадцать лет, несколько раз пытался покончить с собой — родители зарешетили окна его комнаты. Потом он привык к своему состоянию. В 20-е годы его часто можно было видеть в Мадриде. Он еженедельно приходил в кафе «Помбо», на улице Карретас, где Гомес де ла Серна собирал своих почитателей. Немного писал. По вечерам, когда мы бродили по улицам, он ходил с нами.

Однажды утром, когда я жил в Париже на площади Сорбонны, позвонили в дверь. Открываю – это Лас Эрас. Весьма удивленный, впускаю его. Он говорит, что только что приехал по делам в Париж совсем один. Объясняется на чудовищном французском. Спрашивает, могу ли я его проводить до автобуса. Я провожаю его и вижу, как он уезжает один в незнакомом городе, который он к тому же не видит. Это показалось мне невероятным. Чудо-слепой.

Среди всех слепых в мире есть один, которого я не очень люблю, – Хорхе Луис Борхес. Он очень хороший писатель, это очевидно, но в мире полно хороших писателей. К тому же я не могу уважать человека только потому, что он хорошо пишет. Нужны другие достоинства. А вот Борхес, которого я встречал два-три раза лет шестьдесят назад, представляется мне высокомерным и самовлюбленным человеком. Во всех его заявлениях я слышу что-то менторское (sienta catedra, как говорят испанцы), напыщенное. Мне не нравится также реакционный характер некоторых его заявлений, его презрение к Испании. Умеющий хорошо говорить, как и большинство слепых, он одержим желанием стать лауреатом Нобелевской премии. Совершенно очевидно, что он мечтает ее получить.

Я противопоставляю его позиции поведение Жана-Поля Сартра. Избранный Шведской академией лауреатом Нобелевской премии, он отказался принять звание и деньги. Когда я прочитал об этом в газетах, я послал ему телеграфом поздравление. Я был искренне тронут.

Разумеется, если мне придется снова встретиться с Борхесом, я, возможно, решительно изменю свое мнение о нем.

Думая о слепых, я вспоминаю фразу Бенжамена Пере (цитирую по памяти, как и все прочее): «Правда ли, что болонская колбаса изготовляется слепыми?» На мой взгляд, это утверждение в вопросительной форме столь же очевидно, как евангельская истина. Естественно, что некоторые могут считать абсурдом связь между слепыми и болонской колбасой. Для меня же это волшебный пример совершенно иррациональной фразы, проливающей внезапный и таинственный свет истины.

Я презираю педантизм и жаргон. Я смеялся до слез, читая некоторые статьи в «Кайе дю синема». Став в Мексике почетным председателем Киноцентра, высшей киношколы, я был однажды приглашен посетить это учреждение. Мне представили нескольких профессоров. Среди них был один прилично одетый, краснеющий от застенчивости молодой человек. Я спросил его, что он преподает. Он ответил: «Семиологию и клоническое изображение». Я готов был его убить.

Жаргонный педантизм как типично парижское явление оказал самое пагубное влияние на слаборазвитые страны. Это совершенно очевидный, наглядный пример культурной колонизации.

Я смертельно презираю Стейнбека. В частности, за одну статью, написанную в Париже. В ней он – совершенно серьезно – рассказывал, как увидел французского мальчика, который, проходя мимо Елисейского дворца, отсалютовал часовым батоном хлеба. Стейнбек нашел поступок «волнующим». Чтение этой статьи вызвало у меня дикую ярость. Как можно проявлять такое бесстыдство?

Стейнбек был бы никем без американских пушек. А заодно с ним могу назвать Дос Пассоса и Хемингуэя. Если бы они родились в Парагвае или Турции, кто бы стал их читать? Судьбу писателей решает могущество их страны. Гальдос-романист может быть в чем-то приравнен к Достоевскому. Но кто его знает за пределами Испании?

Мне нравится римское и готическое искусство. В частности, соборы Сеговии, собор Толедо. Это целый живой мир. Французские соборы отличаются холодной красотой архитектурных форм. В Испании мне кажется ни с чем не сравнимым алтарь с его удивительным орнаментом, в котором мечтательность прячется в тщательно продуманных извивах барокко.

Я люблю монастырские дворики и с особой нежностью отношусь к дворику монастыря Эль Паулар. Среди бесчисленного количества незабываемых мест это мне особенно по душе.

Когда мы с Каррьером работали в Эль Паулар над сценарием, мы каждый день ходили туда помечтать. Это довольно большой готический дворик. Он окружен не колоннами, а похожими на них строениями с высокими стрельчатыми окнами, закрытыми деревянными ставнями. Крыши выложены римской черепицей. Доски ставен сломаны, а стены поросли травой. Здесь ощущается тишина вечности.

В центре дворика на маленьком, готической формы строении, возвышающемся над каменными скамьями, находится лунный циферблат. Монахи показывают его как редкость, как знак светлых ночей. Между столетними кипарисами змеится самшитовая изгородь.

Каждый раз наше внимание привлекали три могилы, расположенные рядом. В первой, самой величественной, XVI века, покоятся останки одного из настоятелей монастыря, оставившего, вероятно, добрые воспоминания о себе. Во второй похоронены две женщины, мать и дочь, погибшие в автомобильной катастрофе в нескольких сотнях метров от монастыря. Поскольку никто не явился за их останками, они находятся в этом склепе.

На камне третьей могилы — очень простом, уже покрытом сухой травой — начертано американское имя. Монахи нам рассказали, что человек, покоящийся здесь, был одним из советников Трумэна в момент взрыва атомной бомбы над Хиросимой. Как и многие другие, участвовавшие в разрушении этого города, например пилот самолета, американец страдал нервной депрессией. Он оставил семью, работу, сбежал и некоторое время бродяжничал по Марокко и оттуда приехал в Испанию. Однажды вечером он постучал в дверь монастыря. Он был так истощен, что монахи приютили его у себя. Неделю спустя он умер.

Как-то монахи пригласили нас с Каррьером — мы жили в соседнем с монастырем отеле — пообедать с ними в их большой готической столовой. Обед был довольно вкусным, с барашком и картофелем. Но во время трапезы было запрещено разговаривать. Один из бенедиктинцев читал что-то из Священного писания. Зато после обеда мы прошли в соседнее помещение с телевизором, пили там кофе, ели шоколад и наговорились всласть. Эти монахи, очень простые люди, изготовляли сыр и джин (потребление последнего им было запрещено, ибо они не платили налога) и продавали по воскресеньям туристам почтовые открытки и инкрустированные трости. Настоятель знал о дьявольской репутации моих фильмов, но лишь усмехался и, почти извиняясь, говорил, что никогда не ходит в кино.

Я ненавижу газетных фотографов. Двое из них буквально осаждали меня как-то, когда я прогуливался по дороге неподалеку от Эль Паулар. Подпрыгивая вокруг меня, они щелкали камерами, несмотря на выраженное мной желание побыть одному. Но я был слишком стар, чтобы проучить их. И жалел, что не имел при себе оружия.

Я люблю пунктуальность. Вероятно, это мания. Не помню, чтобы я куда-то опоздал. Если я приходил раньше времени, то расхаживал поблизости, пока не наступала минута стучать в дверь.

Я люблю и одновременно не люблю пауков. Эту манию я разделяю со своими сестрами и братьями. Мои чувства можно сравнить с влечением и отвращением одновременно. На семейных сборищах мы могли часами разговаривать о пауках, прибегая к подробным и ужасным описаниям.

Я обожаю бары, напитки и табак. Они имеют столь важное для меня значение, что я им посвятил целую главу.

Я ненавижу толпу. Я называю толпой всякое сборище, где больше шести человек. Вспоминается знаменитая фотография Виджи – пляж на Кони-Айленде в воскресенье, – тьма людей. Такие сборища вызывают у меня чувство удивления и ужаса.

Мне нравятся маленькие инструменты – щипчики, ножнички, лупы, отвертки. Как и зубная щетка, они всегда при мне. Я аккуратно раскладываю их в ящике и часто ими пользуюсь.

Я люблю рабочих, восхищаюсь ими и завидую их умелым рукам.

Мне нравятся фильмы Кубрика «Тропы славы», «Рим» Феллини, «Броненосец “Потемкин”» Эйзенштейна, «Большая жратва» Марко Феррери, эдакий гедонистский памятник трагедии плоти, «Гупи – Красные Руки» Жака Беккера и «Запрещенные игры» Рене Клемана. Как я уже говорил, мне очень нравились ранние фильмы Фрица Ланга, Бестера Китона, братьев Маркс, фильм Хаса (по роману Я. Потоцкого) «Рукопись, найденная в Сарагосе» – я видел его трижды, что для меня редкость, и заставил приобрести для Мексики в обмен на «Симеона-столпника».

Я очень люблю довоенные картины Ренуара, «Персону» Бергмана. У Феллини мне также нравятся «Дорога», «Ночи Кабирии», «Сладкая жизнь». Я никогда не видел «Маменькиных сынков» и сожалею об этом. А с «Казановы» я ушел задолго до конца.

У Де Сики я очень любил фильмы «Шуша», «Умберто Д.» и «Похитители велосипедов». Я был с ним знаком и считал его близким человеком.

Мне очень нравились фильмы Эриха фон Штрогейма. В свое время картина «Ночи Чикаго» показалась мне великолепной.

Я с отвращением отнесся к фильму «Отныне и во веки веков» Циннемана, милитаристской и шовинистической мелодраме, которая, увы, имела большой успех.

Я очень люблю Вайду и его фильмы. Мы никогда не встречались, но однажды, на одном из Каннских фестивалей, он публично заявил, что мои первые фильмы побудили его заняться кинематографом. Это напоминает мне мое собственное восхищение первыми картинами Фрица Ланга, решившее мой выбор. Есть что-то трогательное в таинственных связях, идущих от фильма к фильму, от одной страны к другой. Однажды Вайда прислал мне открытку, иронически подписанную «ваш ученик». Это трогает меня, тем более что его фильмы, которые я видел, кажутся мне превосходными.

Мне нравились картины «Манон» Клузо и «Аталанта» Виго. Я был у Виго на съемке. У меня осталось о нем впечатление как о человеке физически очень слабом, очень молодом и очень любезном.

В числе моих любимых картин я хотел бы назвать английский фильм «Глухая полночь» — собрание фантастических киноновелл, фильм «Белые тени Южных морей», который показался мне сильнее, чем «Табу» Мурнау. Я обожал «Портрет Дженни» с Джениффер Джонс, малоизвестное, но полное таинственности и поэзии произведение. Однажды я высказал свое восхищение им, и Селзник написал мне слова благодарности.

Я презирал фильм Росселини «Рим — открытый город». Дешевый прием с показом священника, которого пытают рядом с комнатой, где немецкий офицер пьет шампанское с женщиной на коленях, показался мне недостойным.

Среди фильмов Карлоса Сауры, как и я, арагонца, которого я давно знаю (он даже уговорил меня сыграть роль палача в своем фильме «Плач по бандиту»), я очень любил «Комнату» и «Кузину Анхелику». Мне очень нравится этот режиссер. Исключение составляет фильм «Выкорми ворона». Последние его работы я не видел. Я больше не смотрю фильмы.

Мне нравится фильм Джона Хьюстона «Сокровище Сьерра-Мадре». Хьюстон — великий режиссер и очень теплый человек. Мой фильм «Назарин» был показан в Канне во многом благодаря ему. Увидев его в Мексике, он целое утро дозванивался в Европу. Я этого не забуду.

Я обожаю тайные ходы, полки библиотек, которые бесшумно поворачиваются и могут скрывать помещения, скрипящие лестницы, замурованные в стены сейфы (у меня тоже есть такой, но не скажу где).

Я люблю оружие и стрельбу. У меня было штук шестьдесят пять револьверов и ружей. Большую часть своей коллекции я продал в 1964 году, когда думал, что умру. Я любил стрелять и делал это даже в своем кабинете, используя в качестве цели металлическую коробку на одной из полок библиотеки. Стрелять в закрытом помещении нельзя. Из-за этого я и оглох на одно ухо в Сарагосе.

Я увлекался особым видом стрельбы: вы идете, потом внезапно оборачиваетесь и, словно в вестерне, стреляете по цели.

Мне нравятся шпаги-трости. У меня их с полдюжины. Прогуливаясь с ними, я чувствую себя увереннее.

Я не люблю статистику. Это одна из язв нашего времени. На нее без конца наталкиваешься в газетах. К тому же статистика лжет. Могу заверить. Точно так же я не люблю сокращения — другую современную манию. Особенно в Америке. В текстах XIX века нет ни одного сокращения.

Я люблю ужей и особенно крыс. За исключением последних лет, у меня всегда водились крысы. Я их приручал, а потом отрезал кусок хвоста (крысиный хвост очень уродлив). Крыса — удивительное и милое существо. Когда в Мексике у меня накапливалось штук сорок, я отправлялся в горы и выпускал их на волю.

Я ненавижу вивисекцию. В студенческие годы мне однажды пришлось распять лягушку и лезвием бритвы рассечь ее, чтобы увидеть, как работает ее сердце. Этот абсолютно бессмысленный эксперимент поразил меня на всю жизнь, я до сих пор не могу себе этого простить. Я целиком одобряю одного из своих племянников, крупного американского нейрохирурга, вполне достойного Нобелевской премии, который бросил исследовательскую работу из-за отвращения к вивисекции. Надо в некоторых случаях иметь мужество послать к черту науку!

Я очень любил русскую литературу. Приехав в Париж, я знал ее лучше, чем Бретон или Жид. Между Россией и Испанией существует тайное притяжение, которое проходит над Европой или под нею.

Я любил оперу. Отец начал водить меня в оперу с тринадцати лет. Увлечение началось с итальянцев и кончилось Вагнером. Дважды я заимствовал эпизоды из опер, из «Риголетто» — эпизод с сумкой в «Забытых». Общая ситуация в фильме «Лихорадка пришла в Эль Пао» та же, что и в «Тоске».

Я ненавижу некоторые фасады кинотеатров, особенно в Испании. Они предельно убоги, и мне становится так стыдно, что я ускоряю шаг.

Я люблю пирожные с кремом, которые испанцы называют pastelazo. Мне не раз хотелось использовать их в своих фильмах. Но в последнюю минуту я всегда отказывался. Жаль!

Я обожаю переодевания — с самого детства. В Мадриде я одевался священником и прогуливался по улицам — это грозило мне пятью годами тюрьмы. Переодевался я и в рабочего. В трамвае никто не обращал на меня внимания. Я словно не существовал.

Вместе с одним приятелем в Мадриде мы любили разыгрывать из себя грубиянов и мужланов. Заходили в какую-нибудь таверну, и я говорил хозяйке, подмигивая: «Дайте-ка банан моему другу, вот будет потеха». И тот съедал его вместе со шкуркой.

Однажды я оделся офицером, прицепился к двум артиллеристам, которые не отдали мне честь, и отправил их к дежурному офицеру. В другой раз вместе с Лоркой, тоже переодетым, мы встретили известного тогда поэта, которому было суждено умереть молодым. Федерико стал его оскорблять. Поэт нас не узнал.

Много позднее в Мексике, где Луи Маль снимал фильм «Вива, Мария!» на студии Чурубуско – там все меня знали, – я надел простой парик и направился на съемочную площадку. Я встретил Луи Маля, но он меня не узнал, остальные тоже не узнали: ни операторы, ни Жанна Моро, которая снималась у меня, ни мой сын Жан-Луи, ассистент режиссера.

Переодевание – удивительная штука. Рекомендую попробовать. Оно позволяет увидеть иную жизнь. Если вы рабочий, вам механически дают самые плохие спички. Не уступают дорогу. Девушки не смотрят на вас. Словно этот мир – не для вас.

Я смертельно ненавижу банкеты и вручение призов. Эти церемонии подчас кончались конфузом. В 1978 году в Мехико министр культуры вручал мне Национальную премию искусств – прекрасную медаль из золота, на которой было выгравировано: Buñuelos, что по-испански означает «пирожок». За ночь эту надпись исправили.

В другой раз на банкете в Нью-Йорке мне вручили раскрашенный диплом, в котором говорилось, что я сделал «безмерный» вклад в развитие современной культуры. При этом в слове «безмерный» была допущена орфографическая ошибка, и ее тоже пришлось исправлять.

Мне случалось иногда выставлять себя напоказ, скажем на фестивале в Сан-Себастьяне по случаю какого-то чествования, и я сожалею об этом. Пример предельного самовыставления напоказ явил Клузо, когда созвал журналистов, чтобы сообщить им о перемене веры.

Мне нравится постоянство и знакомые места. Отправляясь в Сеговию или Толедо, я неизменно следую одним путем. Останавливаюсь в одних и тех же местах, наблюдаю, ем одно и то же. Если мне предлагают поездку в далекие места, скажем в Дели, я неизменно отказываюсь и говорю: «А что мне делать в Дели в три часа пополудни?»

Я люблю селедку с постным маслом, как ее готовят во Франции, *сардины по-арагонски,* маринованные в оливковом масле, с чесноком и тмином. Люблю копченую семгу, икру, но вообще-то мои вкусы просты и незатейливы. Я не гурман. Два яйца под майонезом доставляют мне большее удовольствие, чем лангусты по-венгерски или запеченная в тесте шамборская утка.

Я ненавижу тиражированную информацию. Чтение газет — самое беспокоящее меня зло в мире. Если бы я был диктатором, я бы разрешил издание только одной газеты, одного иллюстрированного журнала, да еще под наблюдением строгой цензуры. Причем цензура ведала бы только информацией, не посягая на свободу мнений. Нынешняя информация, скажем об искусстве, о зрелищах, просто постыдна. Заголовки газет вызывают тошноту. Сколько восклицаний по поводу нищеты – и все для того, чтобы продать побольше бумаги. К тому же одна новость быстро вытесняет другую.

Однажды на Каннском фестивале я прочитал в «Нис-Матэн» очень интересную (по крайней мере для меня) информацию: была сорвана попытка взорвать один из куполов Сакре-Кёр на Монмартре. На другой день, желая узнать имена людей, пытавшихся совершить этот варварский акт, их происхождение, причины, побудившие их так поступить, я покупаю снова ту же газету. Ищу – ни слова. Очередной угон самолета затмил купол Сакре-Кёр. И к нему больше не возвращались.

Я люблю наблюдать за животными, особенно за насекомыми. Их физиология, как и анатомия, меня не интересует. Просто интересно наблюдать их привычки.

Я сожалею, что мало охотился в молодости.

Я не люблю людей, считающих себя обладателями истины. Кто бы они ни были. Мне с ними скучно, и они вызывают у меня страх. Я (фанатичный) антифанатик.

Я не люблю психологию, анализ, психоанализ. Среди психоаналитиков у меня есть друзья. Некоторые из них писали мне, как они трактуют мои фильмы со своей точки зрения. Это их право. К тому же не стану отрицать, что в молодости учение Фрейда и открытие подсознательного оказали на меня влияние.

В такой же степени, как психология, которую я считаю чисто произвольной дисциплиной, постоянно опровергаемой человеческим опытом и почти совершенно бесполезной, когда речь идет о том, чтобы вдохнуть жизнь в героев картины, в такой же степени психоанализ кажется мне терапией, предназначенной для определенного социального класса, определенной категории людей, к которой я не принадлежу. Вместо длинной речи ограничусь простым примером.

Когда я работал во время Второй мировой войны в нью-йоркском Музее современного искусства, мне пришла в голову мысль сделать фильм о шизофрении, ее происхождении, развитии, лечении. Я поговорил с профессором Шлезингером, другом музея, и он сказал: «В Чикаго имеется потрясающий психоаналитический центр во главе с известным врачом Александером, последователем Фрейда. Я могу вас к нему проводить».

Приезжаем в Чикаго. Центр занимает три или четыре этажа в роскошном небоскребе. Александер принимает нас и говорит: «В этом году кончается наша субсидия. Мы бы хотели что-то сделать, чтобы нам ее продлили. Ваш замысел нас интересует. Библиотека и наши ученые в вашем распоряжении».

Юнг видел «Андалусского пса» и нашел в нем прекрасную иллюстрацию dementia precox. Я предлагаю прислать Александеру копию фильма. Он в восторге.

По дороге в библиотеку я ошибся дверью и успел увидеть лежащую на диване изящную женщину, проходившую курс лечения. Рассвирепевший доктор бросился к двери и закрыл ее.

Кто-то сказал мне, что в этом центре лечатся только миллионеры и их жены. Если одну из них застанут в банке за воровством денег, кассир не скажет ни слова, просто тактично предупредит мужа, и женщину направят к психоаналитику.

Я вернулся в Нью-Йорк. Спустя некоторое время приходит письмо от доктора Александера. Он посмотрел «Андалусского пса» и написал, что смертельно напуган, или, если угодно, в ужасе, и не желал бы иметь каких-либо отношений с человеком по имени Луис Бунюэль.

Я задаю простой вопрос: разве должен так вести себя врач-психолог? Можно ли его посвящать в свою жизнь, если он в ужасе от фильма? Серьезно ли это?

Естественно, что я так никогда и не снял фильма о шизофрении.

Я люблю мании. О некоторых я иногда рассказываю. Они могут помочь жить. Мне жаль людей, у которых их нет.

Я люблю одиночество при условии, что друзья время от времени заходят ко мне поговорить о том о сем.

Я в ужасе от мексиканских шляп. Я хочу этим сказать, что презираю официальный и организованный фольклор. Мне больше по душе мексиканское charro, когда вижу его в деревне. Но не выношу его рядом с еще более широкой, покрытой золочеными украшениями шляпой на сцене ночного кабаре. То же относится и к арагонской хоте.

Я люблю карликов. Я восхищаюсь их самоуверенностью. Это симпатичные, умные люди, я люблю с ними работать. Большинство из них никогда не притворяются. Они ни за что на свете не согласились бы стать людьми нормального роста. Они очень сексуальны. Тот, что играл в «Назарине», имел в Мехико двух любовниц нормального роста, с которыми встречался поочередно. Иным женщинам нравятся карлики. Быть может, потому, что они видят в них одновременно любовника и ребенка.

Мне не нравится зрелище смерти, но одновременно оно меня притягивает. На меня большое впечатление произвели мумии в Гуанахуата, отлично сохранившиеся благодаря особенностям почвы на своеобразном кладбище. Можно увидеть галстуки, запонки, грязь под ногтями. Словно пришел поприветствовать друга, умершего пятьдесят лет назад.

Один из моих друзей, Эрнесто Гарсиа, был сыном директора сарагосского кладбища, где многие тела помещены в стенных нишах. Году в 20-м однажды утром рабочие стали очищать некоторые ниши, чтобы освободить место. Эрнесто увидел скелет монашки в лохмотьях и цыгана с палкой. Они покатились по земле и застыли в объятиях друг друга.

Я ненавижу рекламу и всячески стараюсь ее избегать, хотя все наше общество зиждется на рекламе. Меня могут спросить: «Тогда к чему эта книга?» Отвечаю: во-первых, я никогда не стал бы писать ее один. Добавлю, во-вторых, что прожил жизнь, не испытывая особых неудобств из-за собственных многочисленных противоречий, нисколько не стремясь с ними расстаться. Они – часть меня самого, моей двойственной природы.

Среди семи смертных грехов *один я по-настоящему ненавижу – это зависть.* Остальные – кроме некоторых ситуаций гнева – носят как бы личный характер, они никого не оскорбляют. Зависть – единственный грех, который неумолимо приводит к тому, что начинаешь подчас желать смерти ближнему, чье счастье делает тебя несчастным.

Вообразите: один мультимиллионер из Лос-Анджелеса ежедневно получает газету, которую ему приносит скромный почтальон. Неожиданно почтальон перестает появляться. Миллионер спрашивает у дворецкого, почему его нет. Почтальон, отвечает дворецкий, выиграл в лотерее десять тысяч долларов и больше не работает. Тогда мультимиллионер начинает страшно завидовать почтальону. Он завидует до такой степени, что желает ему смерти.

Зависть – в высшей степени испанский грех.

Я не люблю политику. Вот уже сорок лет на этот счет у меня нет никаких иллюзий. Я в нее больше не верю. Два года назад я был поражен, увидев, как демонстранты в Мадриде несут лозунг: «Борясь с Франко, мы были лучше».

Испания–Мексика–Франция 1969–1977

Я вернулся в Испанию в 1960 году, впервые после двадцати четырех лет отсутствия.

После отъезда в эмиграцию я много раз имел возможность провести несколько дней с членами моей семьи в По или Сен-Жан-де-Люс. Мать, сестры и братья пересекали французскую границу, чтобы встретиться со мной. Такова жизнь изгнанника.

В 1960 году – я был уже более десяти лет мексиканским гражданином – я попросил визу в испанском консульстве в Париже. И получил ее без всяких трудностей. Сестра Кончита приехала встретить меня в Пор-Бу на случай инцидента или ареста. Но ничего не произошло. Спустя две недели ко мне явились двое полицейских в штатском и вежливо осведомились, на какие средства я живу. Это были мои единственные отношения с франкистской Испанией.

Я заехал сначала в Барселону, затем в Сарагосу и уж потом отправился в Мадрид. Нет нужды говорить о моем волнении при виде мест, где прошли мое детство и молодость. Как и во время возвращения в Париж за десять лет до этого, мне случалось плакать, проходя по той или другой улице.

В этот первый приезд, который продлился несколько недель, Франсиско Рабаль («Назарин») познакомил меня с довольно своеобразным человеком, который стал моим продюсером и другом, — мексиканцем Густаво Алатристе.

Мы повстречались с ним однажды на съемках фильма «Арчибальд де ла Крус». Он пришел повидаться с актрисой, на которой был женат, потом развелся, чтобы жениться на Сильвии Пиналь, мексиканской певице и актрисе. Сын организатора петушиных боев, он и сам увлекался этими боями, был бизнесменом в разных областях, владельцем двух магазинов, земельных угодий, мебельной фабрики. И этот человек вдруг решил заняться кино. (Сегодня у него тридцать шесть кинотеатров в Мексике, он стал прокатчиком, режиссером и даже актером. Скоро у него будут собственные студии.) Он-то и предложил мне снять картину. В Алатристе удивительно сочетаются мошенник и простак. В Мадриде ему случалось выстаивать мессу, чтобы испросить помощи бога для решения какой-нибудь финансовой проблемы. Однажды он мне совершенно серьезно задал следующий вопрос: «Существуют ли очевидные внешние признаки, позволяющие узнать герцога, маркиза или барона?» Я ответил — нет, и мой ответ его вполне устроил.

Красивый, с шармом, способный на царские подарки, он, скажем, зная, что меня при моей глухоте тяготит большое скопление людей, заказывал для нас двоих целый зал роскошного ресторана. И одновременно мог прятаться в туалете своей конторы, чтобы не платить двести песо журналисту. Он был другом политиков, хвастуном и обаятельным человеком, но не имел понятия, что такое кино.

Расскажу весьма характерный для него случай. Однажды он говорит, что уезжает завтра из Мехико, и назначает мне встречу в Мадриде. Три дня спустя я случайно узнаю, что он никуда не поехал. По очень простой причине – он должник, и ему не разрешен выезд. В аэропорту Алатристе пытался подкупить таможенника, предложив ему десять тысяч песо (400 или 500 долларов). Отец восьмерых детей, тот было заколебался, но затем отказался. Когда я встретился с Алатристе, он признал все эти факты. И добавил, что сумма его долга, из-за которой его не выпускают, не превышает восемь тысяч песо – то есть меньше предложенной взятки.

Спустя несколько лет он назначил мне достаточно высокую месячную зарплату только для того, чтобы изредка приходить за консультацией – кинематографической и моральной. Я отверг это предложение, но он имеет право на мои советы бесплатно, когда только пожелает.

«Виридиана»

На теплоходе, увозившем меня после Мадрида в Мехико, я получил телеграмму Фигероа с предложением снять какую-то историю, происходящую в джунглях. Я отказался, а так как Алатристе давал мне полную свободу – о чем я его никогда не просил, – я решил написать оригинальный сценарий, историю женщины по имени Виридиана, в знак воспоминания о мало кому известной святой, о которой нам когда-то рассказывали в коллеже Сарагосы.

Мой друг Хулио Алехандро помог разработать рассказанный мной старый эротический сон, о котором я уже говорил и во время которого мне удалось, усыпив королеву Испании, пробраться к ней в постель. На эту историю наслаивалась другая. Когда сценарий был готов, Алатристе сказал:

– Этот фильм мы снимем в Испании.

Тогда возникла проблема. Я дал согласие сотрудничать только с группой Бардема, известной своими оппозиционными настроениями к франкистскому режиму. Несмотря на это, едва только стало известно о моем решении, как в эмигрантских кругах Мексики начался шум и протесты республиканцев. На меня снова обрушились с нападками и оскорблениями, но исходили они теперь от тех, с кем я дружил.

За меня вступились друзья, и вспыхнула полемика: имеет ли право Бунюэль снимать в Испании? Не предательство ли это? Вспоминается карикатура Исаака, появившаяся немного позднее. На первом рисунке был изображен Франко, ожидающий меня на испанской земле. Я прибываю из Америки с бобинами «Виридианы», и оскорбленные люди кричат: «Предатель! Продажная тварь!» Эти же люди вопят и на втором рисунке, в то время как Франко любезно приветствует меня, и я ему вручаю бобины, на третьем рисунке бобины взрываются в его руках.

Фильм снимался на студии Мадрида и в роскошном имении за городом. И студия, и имение ныне не существуют. Смету мне предоставили нормальную, актеры были превосходные, я имел семь-восемь недель для съемок. Мы снова работали с Рабалем, я впервые снимал Фернандо Рея и Сильвию Пиналь. Некоторые старые актеры на маленькие роли были мне знакомы по «Дону Кинтину» и по другим картинам, которые я снимал в 30-е годы. Особенно запомнился мне оригинальный тип, игравший прокаженного. Он был полубродягой-полубезумцем. Ему разрешили жить на студийном дворе. Он был совершенно неуправляем, и тем не менее я нахожу его в фильме превосходным. Однажды в Бургосе французские туристы, видевшие фильм, узнали его и стали поздравлять. Он тотчас собрал вещички, закинул за спину мешок и двинулся вперед. Куда? «Я иду в Париж! Меня там знают!»

Он умер по дороге.

Вот что рассказывает моя сестра Кончита о том, как велись съемки «Виридианы»:

«На съемках “Виридианы” я была “секретарем” моего брата. Жизнь его в Мадриде напоминала отшельническую. Мы занимали квартиру на семнадцатом этаже единственного небоскреба столицы. Луис жил там, как монах-столпник на своем столбе.

Глухота его прогрессировала, он принимал лишь тех людей, без которых не мог обойтись. В помещении были четыре постели, но Луис спал при открытых окнах на полу, укрывшись одеялом. Он часто отрывался от рабочего стола, чтобы взглянуть на пейзаж: вдали горы, ближе — Каса-де-Кампо и Королевский дворец.

Он вспоминал свои студенческие годы и казался счастливым. Свет в Мадриде неизменный, говорил он, но мне казалось, что он много раз меняется от зари до сумерек. Каждое утро Луис встречал восход солнца.

Мы ужинали в семь вечера, что непривычно в Испании. Сырые овощи, сыр и немного вина из Риоха. Днем мы всегда обедали в хорошем ресторане. Нашим любимым блюдом был молочный жареный поросенок. С тех пор я страдаю комплексом каннибализма, и мне иногда снится Сатурн, пожирающий своих детей.

Как только со слухом у Луиса стало получше, мы начали принимать гостей: старых друзей, молодежь из Киноинститута, членов съемочной группы. Я прочитала сценарий “Виридианы”, и он мне понравился. Мой племянник Жан-Луи сказал, что сценарий отца — это одно, а то, что он сделает из него, — другое. Так и случилось.

Я видела, как снимались некоторые сцены. У Луиса ангельское терпение. Он никогда не сердится. Но делает по нескольку дублей.

Один из двенадцати бедняков в фильме был настоящим нищим, которого прозвали Прокаженным. Брат узнал, что ему платили в три раза меньше, чем другим, и возмутился. Продюсеры попытались его успокоить, сказав, что по окончании съемок для него соберут пожертвования. Гнев Луиса стал еще сильнее, он не мог допустить, чтобы за работу человек получал милостыню. Он потребовал, чтобы бродяге платили зарплату каждую неделю, как и всем.

«Костюмы» в фильме подлинные. Чтобы их разыскать, нам пришлось пошарить в трущобах и под мостами. Мы обменивали их на настоящие и хорошие вещи. Отрепья были продизенфицированы, но актеры ощущали запах нищеты.

Во время съемок на студии я совсем не видела брата. Он вставал в пять утра, к восьми уезжал на студию и возвращался через одиннадцать или двенадцать часов, чтобы поесть и тотчас улечься на полу спать.

Подчас нам, однако, удавалось развлечься или поиграть. Так, по утрам в воскресенье мы делали бумажных голубей и запускали их с семнадцатого этажа гостиницы. Наверное, мы разучились их делать, они парили как-то тяжело, неловко и странно. Но мы все равно запускали их. Чей голубь спускался первым, тот проигрывал. Наказание заключалось в том, что надо было съесть соответствующее количество бумаги — либо с горчицей, либо, как поступала я, с сахаром и медом.

Еще Луис очень любил прятать деньги, которые надлежало найти с помощью дедукции. Это помогло мне существенно увеличить свою зарплату секретаря».

Кончита уехала из Мадрида во время съемок, так как в Сарагосе умер наш брат Альфонсо. Позже она не раз приезжала ко мне в Мадрид, где я жил в небоскребе в просторных и светлых комнатах. Сегодня он, увы, превращен в административное здание. С нею и другими друзьями мы часто ходили вкусно поесть к донье Хулии, в одну из лучших таверн Мадрида. Именно в это время я познакомился с хирургом Хосе Луисом Барросом, ставшим лучшим моим другом сегодня.

Избалованная Алатристе, который однажды дал ей 800 песо на чай при счете 200 песо, донья Хулиа предъявила мне как-то счет на астрономическую сумму. Я безмолвно рассчитался, весьма удивленный, а затем рассказал об этом хорошо ее знавшему Пако Рабалю.

Тот поинтересовался, отчего она представила мне такой большой счет. И она простодушно ответила:

– Я подумала, раз он знаком с сеньором Алатристе, он тоже миллионер.

В те времена я почти ежедневно посещал, вероятно, последние собрания Мадрида. Они происходили в старом «Кафе Вьена». Здесь собирались Хосе Бергамин, Хосе Луис Баррос, композитор Питталуга, матадор Луис Мигель Домингин и другие друзья. Входя, я приветствовал тех, кто уже пришел, но делал это незаметно, как франкмасоны, хотя никогда не принадлежал к ним. Во франкистской Испании такое поведение приобретало привкус риска.

Испанская цензура в те времена отличалась мелочными придирками. Сначала я придумал такой эпилог: Виридиана стучится в дверь своего двоюродного брата. Дверь открывается, она входит, дверь закрывается.

Цензура запретила его. Пришлось придумать другой, более порочный, ибо он намекал на жизнь втроем. Виридиана садится за карточную игру, в которой участвуют ее кузен и женщина, его любовница. И брат говорит ей: «Я так и знал, что рано или поздно ты станешь с нами играть в "туте"».

«Виридиана» вызвала в Испании скандал, сравнимый разве что с «Золотым веком», который искупил мой грех в глазах испанских республиканцев, живущих в Мексике. И в самом деле, после очень враждебной статьи, появившейся в «Оссерваторо романо», фильм, получивший затем «Золотую пальмовую ветвь» на Каннском фестивале как испанский, был тотчас запрещен в Испании министром туризма и информации. Одновременно был досрочно выведен на пенсию директор Испанской синематеки за то, что принял приз в Канне, поднявшись для этого на сцену.

История наделала столько шума, что Франко попросил показать ему фильм. Кажется, он видел его дважды и, судя по тому, что мне рассказывали испанские сопродюсеры, не нашел в нем ничего предосудительного (по правде говоря, после того, что он видел, этот фильм должен был показаться ему весьма невинным). Но он отказался отменить решение своего министра, и «Виридиана» осталась в Испании под запретом.

В Италии картина сначала вышла в Риме, где имела успех, а затем в Милане. Генеральный прокурор этого города запретил ее, подал в суд, и меня приговорили к году тюрьмы, если я посмею ступить на землю Италии. Этот приговор был позднее отменен высшей инстанцией.

Просмотрев первый раз фильм, Густаво Алатристе был ошеломлен и ничего не сказал. Он смотрел его потом в Париже, еще дважды в Канне и, наконец, в Мехико. После этого последнего просмотра, то есть пятого или шестого, он бросился ко мне очень довольный:

– Луис, это потрясающе! Я все понял.

Тут уж я не мог найти слов. По-моему, фильм рассказывал простейшую историю. Что же показалось ему таким трудным для понимания?

Посмотрев фильм в Мехико, Витторио Де Сика вышел из зала в ужасе. Он поехал в такси вместе с моей женой Жанной, чтобы где-то выпить, и по дороге выспрашивал ее, не чудовище ли я, не бью ли ее. Она отвечала:

– Если надо убить паука, он зовет меня.

В Париже недалеко от своего отеля я увидел как-то рекламу одного из моих фильмов с такими словами: «Самый жестокий в мире кинорежиссер». Глупость, конечно, но она меня опечалила.

«Ангел-истребитель»

Подчас мне случалось сожалеть, что я снял «Ангела-истребителя» в Мексике. Мне хотелось бы снять его в Париже или в Лондоне, с европейскими актерами и некоторой роскошью в костюмах и аксессуарах. В Мексике же, несмотря на красоту дома, несмотря на усилия, затраченные на то, чтобы выбрать актеров с внешностью не типично мексиканской, я страдал, скажем, от убогого вида столовых салфеток. И смог показать только одну. Да и то она принадлежала гримерше, которая ее нам одолжила.

Сценарий был оригинальным, как и сценарий «Виридианы». Он рассказывал о группе людей, которые однажды вечером, после театрального представления, идут поужинать к одному из них. После ужина они переходят в салон и по непонятным причинам не могут оттуда выйти. Поначалу это называлось «Потерпевшие бедствие с улицы Провидения». Но я вспомнил, как год назад Хосе Бергамин рассказал мне о замысле одной пьесы, которую он хотел назвать

«Ангел-истребитель». Я нашел название прекрасным и сказал ему:

– Если я увижу ее на афише, то немедленно пойду смотреть.

Из Мехико я написал ему, спрашивая, как идет пьеса с таким названием. Он ответил, что пьеса не получилась и что название ему не принадлежит, его можно найти в Апокалипсисе. Так что я могу им воспользоваться. Что я и сделал.

Во время большого обеда в Нью-Йорке хозяйка дома решила развлечь приглашенных разными трюками. Например, официант, который растягивается на полу с полным подносом, – подлинный случай. Но приглашенные не оценили трюка. Хозяйка дома придумала еще трюк с медведем и двумя баранами, который так и не показала, что, впрочем, не помешало иным критикам, видящим во всем символику, утверждать, что медведь – это намек на русский большевизм, который подстерегает раздираемое противоречиями капиталистическое общество.

Как в жизни, так и в картинах меня всегда привлекала повторяемость вещей. Сам не знаю почему, я не пытаюсь этого объяснить. В «Ангеле-истребителе» насчитывается дюжина повторений. Скажем, мы видим двух мужчин, которых представляют друг другу, они жмут руки, говоря: «Очень приятно». Спустя минуту они встречаются снова и знакомятся, словно впервые. А в третий раз они, наконец, горячо пожимают руки, как два давних друга.

Дважды, но снятых под разными углами, мы видим гостей, проходящих в холл, и хозяина дома, зовущего метрдотеля. Когда фильм был смонтирован, Фигероа, главный оператор картины, бросился ко мне:

— Луис, там есть серьезный ляп.

— Что?

— План, где они входят в дом, показан дважды.

Как мог он заподозрить хоть на секунду, он, который снял оба плана, что столь грубая ошибка могла ускользнуть от меня и монтажера?

В Мексике сочли, что актеры играют плохо. Я так не думаю. Конечно, актеры не первостатейные, но в целом они кажутся мне достаточно приличными. Кстати, я считаю, что нельзя говорить о фильме, будто он интересен, но плохо сыгран.

«Ангел-истребитель» — из тех редких фильмов, которые я видел неоднократно. И всякий раз сожалел о недостатках, вызванных тем, что у меня было мало времени на съемки. Я вижу в фильме людей, которые не могут сделать то, что им хочется, то есть выйти из комнаты. Им не удается исполнить простое желание. Так часто бывает в моих фильмах. В «Золотом веке» пара не может воссоединиться. В фильме «Этот смутный объект желания» речь идет о неспособности стареющего мужчины удовлетворить свое желание. Герой «Арчибальда де ла Крус» тщетно пытается убить. Персонажи «Скромного обаяния» хотят любой ценой вместе отужинать, и это им не удается. Вероятно, можно найти и другие примеры.

«Симеон-столпник»

После первого просмотра «Ангела-истребителя» Густав Алатристе наклонился ко мне и сказал:

– Дон Луис, я ничего не понял. Это сañon.

Слово сañon означает «сильное впечатление», «шок», «большой успех».

Два года спустя, в 1964 году, Алатристе дал мне возможность снять в Мексике фильм об удивительном человеке – святом Симеоне-столпнике, отшельнике IV века, который более сорока лет прожил на вершине колонны в сирийской пустыне.

Я думал о нем много лет, с тех пор как Лорка в Резиденции дал мне прочесть «Позолоченную легенду». Он долго смеялся, читая, что испражнения отшельника напоминали оплывший воск свечи. На самом деле, раз он питался лишь несколькими листьями салата, которые ему приносили и которые он поднимал в корзинке, его экскременты должны были скорее напоминать козий горошек.

Однажды в Нью-Йорке в сильный дождь я отправился за справками в библиотеку на углу 42-й улицы. На эту тему очень мало книг. Я вошел в библиотеку около пяти вечера, стал искать в картотеке написанную отцом Фестугиересом книгу, лучшую, которую хотел прочесть. Но карточки на нее не было на месте. Поворачиваю голову – рядом стоит человек, карточка в его руках. Еще одно совпадение.

Я написал сценарий для полнометражного фильма. К сожалению, у Алатристе во время съемок возникли денежные трудности, и мне пришлось урезать фильм наполовину. Я предусмотрел сцену под снегом, паломничество и даже (исторический) визит византийского императора. Пришлось их сократить, чем и можно объяснить скомканный конец.

Но и в нынешнем виде «Столпник» получил пять премий на Венецианском кинофестивале, чего не случалось ни с одним моим фильмом. Добавлю, что для получения призов туда никто не поехал. Позднее его показывали на одном сеансе с «Бессмертными Амберсонами» Орсона Уэллса.

Сегодня мне представляется, что «Симеон-столпник» может стать сюжетом эпизода встречи двух паломников из «Млечного пути» на столбовой дороге в Сантьяго-де-Компостела.

В 1963 году французский продюсер Серж Зильберман, пожелав встретиться со мной, снял квартиру в Мадридской башне и стал искать мой адрес. Оказалось, что я живу как раз напротив. Он позвонил в дверь, мы распили бутылку виски; так родилось наше сердечное согласие, которое ни разу с тех пор не нарушалось.

Он предложил мне снять фильм, и мы договорились, что это будет экранизация «Дневника горничной» Октава Мирбо, который был мне давно знаком. По разным причинам я решил перенести время действия в конец 20-х годов, то есть в эпоху, хорошо мне известную. Это позволило мне в память о «Золотом веке» ввести в картину крики крайне правых демонстрантов «Да здравствует Кьяпп» в конце фильма.

Следует поблагодарить Луи Маля, который продемонстрировал нам в картине «Лифт на эшафот» походку Жанны Моро. Я был всегда неравнодушен как к женской походке, так и к женскому взгляду. В «Дневнике горничной», в сцене, когда она надевает ботинки, я с удовольствием снимал, как она расхаживает. Ее нога, когда она идет на высоких каблуках, слегка дрожит. Такая неустойчивость походки вызывает волнение. Актриса она превосходная, мне почти не приходилось ее поправлять. Она рассказала мне о своей героине вещи, о которых я и не подозревал.

Над этим фильмом, снимавшимся во Франции осенью 1963 года в Париже и около Милли-ла-Форе, я впервые работал с французскими коллегами, и с тех пор мы не расставались: мой первый ассистент Пьер Лари, прекрасный помреж Сюзанна Дюррамберже и сценарист Жан-Клод Каррьер, играющий роль кюре. У меня осталась в памяти спокойная, организованная, дружественная атмосфера съемки. Именно на этой картине я познакомился с актрисой Мюни, очень странной женщиной, личная жизнь которой была весьма загадочна и которая стала для меня своеобразным фетишем. Она играла роль одной из служанок и спрашивала у фашиста-ризничего (я предпочитаю процитировать их реплики):

— Почему вы все время говорите, что надо убивать евреев?

— А вы разве не патриотка? — спрашивает ризничий.

— Патриотка.

— Так что вы хотите?

Вслед за этим фильмом я снял «Симеона-столпника» — мой последний мексиканский фильм. Затем Зильберман и его коллега Саффра предложили мне сделать новый фильм. Я выбрал «Монаха» Монка Льюиса, один из самых знаменитых «черных» романов английской литературы. Сюрреалисты боготворили эту книгу, перевод которой сделал Антонен Арто. Я много раз собирался ее экранизировать. И даже говорил об этом с Жераром Филипом несколько лет назад. А также о прекрасном романе Жана Жионо «Гусар на крыше» (старое увлечение эпидемиями и холерами). Но случилось так, что Жерар Филип, выслушав меня довольно рассеянно, высказался за более политический фильм. Он поддержал мысль снять картину «Лихорадка пришла в Эль Пао». Сюжет интересный, фильм сделан неплохо, но сказать о нем мне нечего.

«Дневная красавица»

Идея снять «Монаха» была оставлена (фильм снял несколько лет спустя Адо Киру). В 1966 году я принял предложение братьев Хаким экранизировать «Дневную красавицу» Жозефа Кесселя. Роман показался мне довольно мелодраматичным, но удачно построенным. Он позволял ввести в фильм повседневные мечты Северины, главной героини, которую играла Катрин Денёв, и лучше очертить портрет буржуазки-мазохистки.

Фильм позволил мне также описать некоторые случаи отклонения от нормы. Мой интерес к фетишизму сказался уже в первой сцене фильма «Он» и в сцене с ботинками в «Дневнике горничной». Но спешу подчеркнуть, что испытываю к таким отклонениям лишь теоретический и чисто внешний интерес. Они меня забавляют и интересуют, но лично я никогда не предавался им. Обратное было бы странным. Я считаю, что такой человек никогда не станет демонстрировать свои склонности, ибо хранит их в тайне.

От этого фильма у меня осталось одно сожаление. Я хотел снять первую сцену в ресторане на Лионском вокзале Парижа, но хозяин не разрешил этого сделать. Многие парижане и сегодня понятия не имеют об этом месте, для меня одном из самых прекрасных в мире. Году в 1900-м на вокзале, на втором этаже, художники, скульпторы и декораторы создали оперную залу во славу поезда и стран, куда он может нас увезти. Бывая в Париже, я довольно часто хожу туда, иногда один. Я неизменно обедаю за столиком с видом на железнодорожные пути.

В фильме «Дневная красавица» снимался Франсиско Рабаль, до этого игравший в «Назарине» и «Виридиане». Я люблю его и как актера, и как человека. Он называет меня «дядюшкой» и требует, чтобы я его звал «племянником». У меня нет никакого особого метода в работе с актерами. Все зависит от их таланта, от того, что они сами мне предлагают, или от моих усилий в работе с ними, если актеры выбраны неудачно. В любом случае работа с актерами зависит всегда от личного взгляда режиссера, от того, что он сам чувствует, но что не всегда может объяснить.

Мне жаль ряд вырезанных по требованию цензуры сцен в этой картине. В частности, сцены между Жоржем Маршалем и Катрин Денёв, где она лежит в гробу, а он называет ее дочерью, сцены в часовне после мессы, которую служат под копией Христа Грюневальда, чье истерзанное тело всегда производило на меня большое впечатление. Без мессы общая атмосфера сцены стала иной.

Среди глупейших вопросов, которые мне задавали по поводу моих картин, самый частый и навязчивый касался маленькой коробочки, которую приносит с собой в бордель клиент из Азии. Он открывает ее, показывает девушкам (зритель ничего не видит). Девушки, кроме Северины, с отвращением отказываются смотреть. Не помню, сколько раз меня спрашивали, особенно женщины: «Что там такое в коробке?» А я и сам не знал и отвечал: «Да что угодно».

Фильм снимался на студии Сен-Морис, которая ныне не существует (это слово повторяется в книге, как рефрен), а рядом Луи Маль работал над фильмом «Вор». Мой сын Жан-Луи был его ассистентом. «Дневная красавица» имела самый большой коммерческий успех из моих фильмов, я объясняю этот успех скорее наличием в картине шлюх, чем режиссерской работой.

После «Дневника горничной» моя личная жизнь тесно переплелась с картинами, которые я снимал. Поэтому я ускорю ритм своего рассказа, чтобы он не стал монотонным. У меня больше не было трудностей в работе, а жизнь протекала просто: я жил в Мехико, ежегодно проводил по нескольку месяцев в Испании и Франции, занимаясь сценариями или съемками. Верный своим привычкам, я останавливался в одних и тех же отелях, посещал одни и те же кафе, из тех, что сохранились от прежних времен.

Все мои европейские картины снимались в условиях куда более удобных, чем мексиканские. О каждой из них много писали. Скажу лишь несколько слов.

Я считаю, что самым важным в создании фильма является хороший сценарий. Но я никогда не был пишущим режиссером. Почти для всех своих картин (кроме четырех) я приглашал писателя, сценариста, чтобы изложить задуманное черным по белому и придумать диалоги. Это не означает, что он выполнял роль секретаря, призванного протоколировать мои слова. Напротив. Он имел право и обязан был спорить со мной и вносить предложения, даже если в конечном счете решал все я.

На протяжении своей жизни я работал с двадцатью восемью разными писателями. Среди них мне особенно памятен Хулио Алехандро, драматург, мастер диалога, и Луис Алькориса, энергичный, способный человек, который уже давно сам ставит фильмы по собственным сценариям. Человек, который оказался мне ближе всех, –Жан-Клод Каррьер. Начиная с 1963 года мы с ним написали сценарии шести фильмов.

Главное в сценарии – умение поддерживать интерес у зрителя напряженным развитием действия, не оставляя ему ни минуты, чтобы расслабиться. Можно спорить относительно содержания фильма, его эстетики (если таковая имеется), стиля, моральной тенденции. Но он не имеет права быть скучным.

«Млечный путь»

Мысль сделать картину о ересях христианской религии восходит к чтению вскоре после приезда в Мексику работы Менендеса Пелайо «Испанские еретики». Я узнал из книги вещи, о которых понятия не имел, в частности о жертвах еретиков, столь же уверовавших, если не в большей степени, в непогрешимость своей веры, как и христиане. В поведении еретика меня буквально завораживало сознание непогрешимости веры и странный характер некоторых предрассудков. Позднее я узнал фразу Бретона, который, несмотря на свое отвращение к религии, признавал «наличие некоторых точек соприкосновения» между сюрреалистами и еретиками.

Все, что показано и сказано в фильме, опирается на подлинные документы. Эксгумированный и сожженный труп архиепископа (ибо после его смерти были обнаружены написанные его рукой еретические тексты) — это история толедского архиепископа Каррансы. Мы начали с долгих изысканий, со «Словаря ересей» аббата Плюке, а осенью 1967 года написали первый вариант сценария. Это происходило в райском уголке — Касорле, в Испании, в провинции Хаен. Мы были одни с Карьером в горах Андалусии. Дорога упиралась в гостиницу. Несколько охотников уходили утром и возвращались за полночь, принося иногда теплую тушу горного барана. Весь день мы только и разговаривали что о Святой Троице, о двойственности Христа, о чудесах Девы Марии. Зильберман одобрил наш замысел, что показалось нам удивительным, и мы закончили сценарий в Сан Хосе Пуруа в феврале-марте 1968 года. После нависшей было опасности, вызванной майскими событиями 68-го года, фильм удалось снять в Париже и его окрестностях летом того же года. Роли обоих паломников играли Поль Франкер и Лоран Терзиев, отправляющиеся в наши дни пешком в Сантьяго-де-Компостела. По дороге, как бы оказавшись вне времени и пространства, они встречают разных людей, носителей основных видов ереси. Млечный путь, частью которого мы, кажется, являемся, прежде назывался «дорогой Сантьяго», ибо указывал путь в Испанию паломникам со всех концов Европы. Отсюда его название.

В этом фильме снова снимались Пьер Клементи, Жюльен Берто, Клаудио Брук и верный мне Мишель Пикколи. Впервые мне пришлось работать с Дельфин Сейриг, прекрасной актрисой; помню ее маленькой девочкой, которую во время войны в Нью-Йорке я качал на коленях. Во второй раз – и в последний – у меня в фильме действовал сам Христос, роль которого исполнял Бернар Верлей. Я хотел показать его обычным, улыбающимся человеком, сбивающимся с пути, собирающимся даже побриться, весьма отдаленно напоминающим канонический образ.

Поскольку мы говорим о Христе, мне кажется, что в современной религии Христос постепенно занял привилегированное место по отношению к двум другим персонажам Святой Троицы. Говорят только о нем. Бог-отец еще присутствует, но как-то отдаленно, смутно. Что касается Святого духа, до него никому нет дела, и ему приходится побираться на перекрестках.

Несмотря на сложность и необычность сюжета, благодаря критике и усилиям Зильбермана, вероятно лучшего пропагандиста кино, фильм пользовался изрядным успехом. Как и «Назарин», он вызвал противоречивые толки. Карлос Фуэнтес увидел в нем боевую антирелигиозную картину, тогда как Хулио Кортасар дошел до того, что заявил, будто мне заплатил за нее Ватикан.

Все эти споры относительно моего замысла оставляют меня безразличным. С моей точки зрения, «Млечный путь» ни за, ни против религии. Помимо показа подлинных доктринерских споров, он представлялся мне прогулкой в область фанатизма, когда каждый всеми силами цепляется за свою частицу истины, готовый убить или умереть за нее. Мне казалось, что путь, который проходят герои, может относиться ко всякой политической и даже художественной идеологии.

Когда фильм вышел в Копенгагене (о чем рассказал Хенниг Карлсен, в кинотеатрах которого его демонстрировали), его показывали там с датскими субтитрами.

В один из первых дней дюжина цыган, мужчин, женщин и детей – не говоривших ни по-датски, ни по-французски, – купила билеты и посмотрела фильм. Они приходили каждый день в течение трех недель. Весьма заинтригованный, Карлсен попытался отгадать причину такого интереса. Но не смог ничего добиться, так как те не объяснялись на его языке. В конце концов он впустил их бесплатно, но больше они не появились.

«Тристана»

Хотя этот роман в письмах и не лучший у Гальдоса, образ дона Лопе давно уже привлекал мое внимание. Мне нравилась также идея перенести действие из Мадрида в Толедо и тем самым воздать должное моему любимому городу.

Сначала я собирался снимать Сильвию Пиналь и Эрнесто Алонсо. Потом в Испании фильм заинтересовал других продюсеров. И я подумал о Фернандо Рее, который был так великолепен в «Виридиане», и о молодой итальянской актрисе Стефании Сандрелли, которая мне очень нравилась. Скандал, разразившийся вокруг «Виридианы», сорвал осуществление этого замысла.

Запрет был снят в 1969 году, и я дал согласие двум продюсерам – Эдуардо Дюкаю и Гурручаге.

Хотя Катрин Денёв по своему типу и не подходила, как мне казалось, к образному миру Гальдоса, я с удовольствием снова встретился с ней. Она несколько раз писала о том, что думает о роли. Все съемки состоялись в Толедо, городе, полном воспоминаний о 20-х годах, и на студии в Мадриде, где художник Аларкон в точности воспроизвел кафе Сокодовера.

Хотя, как и в «Назарине», главный герой (я считаю, что Фернандо Рей великолепен в этой роли) остается верен романтической модели Гальдоса, я внес существенные изменения в структуру и атмосферу произведения, поместив действие, как и в случае с «Дневником горничной», в знакомую мне эпоху, когда начинаются общественные волнения.

Вместе с Хулио Алехандро мы ввели в «Тристану» много вещей, к которым я был неравнодушен всю свою жизнь, скажем колокольню Толедо и памятник кардиналу Тавера, над которым в фильме склоняется Тристана. Я никогда больше не видел фильм, поэтому мне трудно говорить о нем сегодня, но, помнится, мне нравилась вторая его половина, с момента возвращения молодой женщины, которая потеряла ногу. Я все еще слышу ее шаги по коридору, стук ее костылей и разговоры священника за чашкой шоколада.

Воспоминание о съемке связано с розыгрышем, который я придумал для Фернандо Рея. Будучи близким другом, он простит мне этот рассказ. Как и многие актеры, Фернандо гордится своей популярностью. Ему нравится, и это вполне нормально, когда его узнают на улицах, оборачиваются ему вслед.

Однажды я велел директору картины связаться с учениками одного класса в коллеже и попросить их, когда я окажусь рядом с Фернандо, поочередно подходить ко мне с просьбой дать автограф. Но только ко мне. Так все и было проделано.

Мы сидим с Фернандо на террасе кафе. Подходит молодой человек и просит у меня автограф. Я охотно это делаю, и тот уходит, не обратив даже внимания на Рея, сидящего рядом. Затем подходит второй, и все повторяется.

Когда подходит третий, Фернандо начинает хохотать. Он понял шутку по одной простой причине: ему показалось совершенно невероятным, чтобы автограф просили у меня и не узнавали при этом его. И он был безусловно прав.

«Скромное обаяние буржуазии»

После «Тристаны», показанной, к сожалению, во Франции в дублированном варианте, я снова вернулся к Зильберману, и мы уже больше не расставались. Я поселился в Париже в том же районе Монпарнаса, в отеле «Эглон». Окна номера выходили на кладбище. Первые завтраки я получал в «Ла Куполь», «Ла Палетт» или «Ла Клозри де Лила». Я снова проделывал ежедневные прогулки, а вечера проводил в одиночестве. Очень часто во время съемок я сам готовил себе еду. Мой сын Жан-Луи живет с семьей в Париже. Он часто работал со мной.

Я уже писал в связи с «Ангелом-истребителем», насколько привлекают меня повторяющиеся действия или фразы. Мы искали предлог для показа повторяющегося действия, когда Зильберман рассказал историю, приключившуюся с ним самим. Он пригласил к себе поужинать друзей и забыл предупредить жену, а также забыл, что в этот же день должен был пойти куда-то еще. К девяти вечера появились гости с цветами. Зильбермана не оказалось дома. Жену его они застали в халате, уже поужинавшую и готовую лечь спать.

С этой сцены и начинается фильм «Скромное обаяние буржуазии». Теперь нужно было продолжить рассказ, придумать разные ситуации. Не слишком отходя от реальности, хотелось показать, как вся эта группа ищет, где бы она могла поужинать. Работа затянулась. Мы написали пять вариантов сценария. Следовало создать равновесие между действительным событием, которое должно быть логичным и повседневным, и нагромождением неожиданных препятствий, которые не должны казаться фантастическими или экстравагантными. На помощь пришел сон, даже сон во сне. Наконец, мне доставило особое удовольствие продемонстрировать в фильме свой рецепт изготовления «драй-мартини».

О съемках остались самые лучшие воспоминания. Поскольку в картине много говорят о еде, актеры, в особенности Стефан Одран, приносили нам на площадку поесть. Около пяти часов мы устраивали маленький перерыв и исчезали минут на десять.

Начиная со «Скромного обаяния», с 1972 года я работал с помощью видеокамеры. С годами мне стало трудно двигаться во время съемок и давать указания актерам. Я садился перед монитором, на котором была та же картинка, что и в визире оператора, и мог поправить кадр и место актеров, не поднимаясь с кресла. Такая техника позволила мне экономить силы и время.

У сюрреалистов было обыкновение в поисках названия брать слово или группу неожиданных слов, придающих новое освещение картине или книге.

Я несколько раз прибегал к этому методу в кино, в «Андалусском псе» и «Золотом веке», а также в «Ангеле-истребителе».

Работая над сценарием, мы никогда не думали о буржуазии. В последний вечер в Толедо, как раз в день смерти де Голля, мы решили найти название. Кто-то сказал – «Обаяние буржуазии». Каррьер заметил, что не хватает прилагательного, и слово «скромное» было выбрано из тысячи других. Нам показалось, что под таким названием фильм приобрел иную форму и почти другой смысл. Его иначе воспринимаешь.

Год спустя, когда фильм был выдвинут на голливудского «Оскара» и мы уже работали над другим сценарием, четверо знакомых мне мексиканских журналистов разыскали нас и явились пообедать в «Эль Паулар». Во время обеда они задавали мне вопросы, записывали и, конечно, спросили:

– Дон Луис, надеетесь ли вы получить «Оскара»?

– Да, я убежден, – серьезно ответил я им. – Я уже заплатил 25 тысяч долларов, которые у меня запросили. У американцев много недостатков, но это люди слова.

Мексиканцы поверили. Через четыре дня мексиканские газеты сообщили, что я купил «Оскара» за 25 тысяч долларов. В Лос-Анджелесе разразился скандал, меня завалили телексами. Из Парижа, весьма расстроенный, приехал Зильберман и спросил, что это со мной произошло. Я сказал, что это шутка.

Потом все утихло. Спустя три недели фильм получил «Оскара», что и позволило мне говорить всем и каждому:

– У американцев много недостатков, но это люди слова.

«Призрак свободы»

Это название уже присутствовало в одной фразе, произнесенной в фильме «Млечный путь» («Ваша свобода есть лишь призрак»), оно является как бы скромной данью Карлу Марксу, написавшему в самом начале «Коммунистического манифеста» о «призраке коммунизма», который «бродит по Европе». Свобода, которая в первой же сцене фильма выглядела свободой политической и социальной (она навеяна подлинными событиями, испанский народ действительно кричал, из чувства ненависти к либеральным порядкам Наполеона, при возвращении на трон Бурбонов: «Да здравствуют цепи!»), затем получала другой смысл – свобода художника и творца столь же иллюзорна, как и всякая другая.

Этот весьма честолюбивый фильм было трудно писать и ставить. Он представлялся мне несколько отчужденным. Некоторые эпизоды, естественно, затмевают другие. И все равно это один из тех фильмов, которым я отдаю предпочтение. Я считаю, что его замысел интересен, мне нравится любовная сцена между теткой и племянником, мне нравятся сцены поиска потерявшейся девочки, которая никуда не исчезала (об этом сюжетном ходе я думал уже долгое время), сцена с двумя префектами полиции, посещающими кладбище как дань далекому воспоминанию о кладбище святого Мартина, и финал в зоосаде – с упрямо глядящим в объектив страусом, ресницы которого кажутся фальшивыми.

Сегодня, раздумывая над «Млечным путем», «Скромным обаянием буржуазии» и «Призраком свободы», сделанными по оригинальным сценариям, я представляю их своеобразной трилогией или, скорее, средневековым триптихом. Одни и те же темы, подчас те же фразы встречаются во всех трех картинах. Они говорят о поиске истины, от которой надо бежать, едва она открыта, о неумолимой силе социальной рутины. Они говорят о необходимости поиска, о случайностях, о морали, о тайне, которую надо уважать.

Еще мне хочется добавить, что четыре испанца, которых расстреливают в начале картины французы, – это Хосе Луис Баррос (самый великий из всех), Серж Зильберман (с повязкой на лбу), Хосе Бергамин в роли священника и я сам, скрытый под бородой и сутаной священника.

«Этот смутный объект желания»

После «Призрака свободы», снятого в 1974 году (мне, стало быть, было 74 года), я подумал было вовсе уйти из кино. Потребовались настойчивые уговоры друзей, и в частности Зильбермана, чтобы я снова взялся за работу.

Я вернулся к старому замыслу – экранизации «Жены шута» Пьера Луиса. Я снял его в 1977 году с участием Фернандо Рея, Кароль Буке и Анжелы Молины, которые играли одну роль. Большинство зрителей явно этого не заметили.

Отталкиваясь от выражения Пьера Луиса «бледный объект желания», мы назвали фильм «Этот смутный объект желания». Мне кажется, что сценарий был хорошо разработан, каждая сцена имела начало, развитие и конец. Фильм сохраняет верность книге, но содержит ряд добавлений в тексте, позволяющих совершенно изменить интонацию. Последняя сцена – где рука женщины в кровавых кружевах старательно чинит дыру на пальто (это был последний снятый мною план) – волнует меня, неизвестно почему, ибо сохраняет таинственный смысл до финального взрыва.

Раскрывая, много позднее «Золотого века», историю невозможности обладания женским телом, я стремился на протяжении всего фильма создать атмосферу покушений и отсутствия безопасности, которая мучит нас всех, где бы мы ни жили. Как раз 16 октября 1977 года в «Ридж-тиэтер» Лос-Анджелеса, где демонстрировался фильм, взорвалась бомба. Четыре бобины фильма были украдены, а на стенах обнаружены оскорбительные надписи в духе «На сей раз ты зашел слишком далеко». Одна из них была подписана «Микки Маус». Кое-что позволяло думать, что это нападение было совершено группой организованных гомосексуалистов. Гомосексуалистам фильм крайне не понравился. Я лично никогда не пойму почему.

Лебединая песнь

По последним данным, у нас теперь столько атомных бомб, что можно не только уничтожить жизнь на Земле, но и заставить Землю сойти с орбиты, отправив ее, пустую и холодную, навеки в бесконечность. Одно теперь мне совершенно ясно: наука – враг человека. Она льстит нашему стремлению к всемогуществу, которое обрекает нас на самоуничтожение. Кстати, это подтверждается недавней анкетой: из семисот тысяч «высококвалифицированных» ученых, работающих в настоящее время в мире, пятьсот тысяч заняты тем, как бы улучшить условия нашего умирания, как уничтожить человечество. Лишь сто девяносто тысяч ищут способы спасения.

Вот уже несколько лет как у наших дверей гремят трубы Апокалипсиса, а мы затыкаем уши. Сей новый Апокалипсис, как и прежний, приближается в виде скачущих верхом четырех всадников: перенаселения (первый из них, самый младший, несет черное знамя), науки, технологии и информации. Остальные виды зла есть лишь следствие первых четырех. Без всяких раздумий я причисляю информацию к разряду этих зловещих всадников. Последний сценарий, над которым я работал, но который не смогу поставить, опирался на тройственный союз – науки, терроризма и информации. Последняя, которую так часто представляют завоеванием, а подчас и благом, является, может быть, самой вредной, ибо следует за тремя другими всадниками и питается их разрушениями. Если бы она пала, сокрушенная стрелой, то тотчас возникла бы передышка для других, идущих на приступ сил зла.

Я настолько потрясен демографическим взрывом, что часто говорю – даже в этой книге, – что подчас мечтаю о межпланетной катастрофе, которая позволила бы уничтожить два миллиарда жителей, пусть и меня в том числе. Хочу только добавить, что, с моей точки зрения, такая катастрофа имела бы смысл, если бы стала результатом действий природных сил – землетрясения, невероятного бедствия, разрушительного и непобедимого вируса. Я терплю и уважаю силы природы. Но не выношу жалких фабрикантов несчастий, которые с каждым днем все сильнее углубляют нашу общую могилу. Эти лицемерные преступники говорят при этом: «Иначе поступить нельзя».

Я полагаю, что человеческая жизнь сегодня не дороже жизни мухи. Практически я уважаю всякую жизнь, даже мухи, столь же загадочного, сколь и восхитительного существа.

Одинокий и старый, я ничего не могу вообразить, кроме катастрофы или хаоса. То и другое представляется мне неизбежным. Я знаю, что в далекие времена солнце для стариков было более теплым. Я знаю также, что в конце каждого тысячелетия людям свойственно предсказывать конец света. Мне кажется, что весь наш век толкает человечество к несчастью. Зло выиграло в извечной и возвышенной борьбе. Силы разрушения и распада победили. Человеческий дух нисколько не прогрессирует. Быть может, он просто регрессирует. Слабость, страхи и болезни окружают нас. Откуда взяться сокровищам доброты и ума, которые могли бы нас спасти? Даже случайность не представляется возможной.

Я родился на заре этого века, который, как иногда кажется, пролетел в одно мгновение. С каждым днем время будто движется все быстрее. Когда я говорю о событиях молодости, которые выглядят такими близкими, я принужден признать: «Это было пятьдесят или шестьдесят лет назад». В другие минуты жизнь представляется мне длинной. Этот ребенок, этот молодой человек, который делал то или другое, словно никогда и не существовали.

Находясь в 1975 году вместе с Зильберманом в Нью-Йорке, я повел его в итальянский ресторан, куда ходил тридцать пять лет назад. Хозяин умер, но его жена меня узнала, поклонилась, усадила нас. Было такое впечатление, будто я обедал тут несколько дней назад. Время не всегда представляется одинаковым.

К чему настаивать на том, что с тех пор, как я открыл глаза, земля изменилась?

До семидесяти пяти лет я совсем неплохо относился к своей старости. Я даже находил в ней положительные стороны, эдакую новую форму успокоения от страстей и желаний. Мне больше не нужны ни вилла у моря, ни «роллс-ройсы», ни в особенности предметы искусства. Опровергая самого себя в молодости, я говорю: «Долой любовь! Да здравствует дружба!»

До семидесяти пяти лет, встречая на улице или в холле гостиницы очень старого и хилого мужчину, я говорил кому-нибудь из находящихся при этом друзей: «Вы только посмотрите на Бунюэля! Просто невероятно! В прошлом году он казался таким крепким! Как постарел!» Мне нравилось изображать преждевременно состарившегося человека. Я читал и перечитывал прекрасную книгу Симоны де Бовуар «Старость» и уже не показывался в бассейне в плавках. Я все меньше разъезжал. Но жизнь моя оставалась активной и уравновешенной. Последний свой фильм я сделал в возрасте семидесяти семи лет.

В следующие пять лет я почувствовал настоящую старость. На меня посыпались разные, хотя и не страшные хвори. Я стал жаловаться на ноги, которые прежде были такими сильными, затем на глаза и даже на голову (я стал все забывать и терял координацию движений). В 1979 году начались проблемы с желчным пузырем. Я провел три дня в больнице в кислородной палатке. Больница внушает мне ужас. На третий день я оборвал все провода и шланги и вернулся домой. В 1980 году мне сделали операцию по поводу простаты. В 1981 году возобновились неприятности с желчным пузырем. Угрозы сыплются со всех сторон. И я трезво отдаю себе отчет в собственной немощи.

Мне легко поставить себе диагноз. Я стар, вот в чем моя главная болезнь. Мне хорошо только дома, где я подчиняюсь однажды заведенному порядку. Встаю, пью кофе, полчаса занимаюсь гимнастикой, моюсь, снова пью кофе и что-то ем. Уже девять или полдесятого. Иду на прогулку вокруг дома и скучаю до полудня. Глаза мои видят плохо. Я читаю с лупой при сильном освещении, и это меня быстро утомляет. Глухота давно уже мешает мне слушать музыку. Вот я и жду, размышляю, что-то вспоминаю и с внезапным чувством нетерпения часто поглядываю на часы.

Полдень — священный час аперитива, который я медленно пью в своем кабинете. После обеда я дремлю в кресле до трех часов. С трех до пяти мне особенно скучно. Немного читаю, отвечаю на письма, трогаю предметы. После пяти я снова начинаю часто поглядывать на часы: сколько осталось до второго аперитива, который я неизменно пью в шесть часов? Иногда я хитрю и делаю это минут на пятнадцать раньше. Случается, что после пяти ко мне приходят друзья, мы болтаем. В семь ужин с женой. Спать я ложусь рано.

Из-за слабого зрения вот уже четыре года как я не был в кино. Этому препятствует также отсутствие слуха, отвращение к уличному движению, к толпе. Я никогда не смотрю телевизор.

Подчас целыми неделями ко мне никто не приходит. Я чувствую себя забытым. Затем появляется кто-то, кого я меньше всего ждал и давно не видел. А на другой день заходят сразу четверо или пятеро друзей, и я провожу с ними часок. Среди них Алькориса, с которым я прежде писал сценарии, наш лучший театральный режиссер Хуан Ибаньес, который пьет коньяк в любое время дня. И еще отец Хулиан, современный доминиканец, превосходный художник и гравер, автор двух странных фильмов. Мы с ним не раз говорили о вере и существовании бога. Наталкиваясь на мой прочный атеизм, он сказал однажды:

– До знакомства с вами я иногда чувствовал, что моя вера колеблется. С тех пор как мы общаемся, она во мне очень окрепла.

То же самое я могу сказать по поводу своего безверия. Но что бы сказали Превер или Пере, увидев меня в компании доминиканца!

В условиях чисто механического, идеально отлаженного существования написание книги вместе с Каррьером может выглядеть неким потрясением основ моей жизни. Но я нисколько не жалуюсь. Эта работа позволила мне не закрывать наглухо дверь.

Уже давно я записываю в блокнот имена ушедших друзей. Я называю сей блокнот «Книга усопших» и часто его перелистываю. В нем сотни имен по алфавиту. Я вношу туда имена только тех людей, с которыми хоть раз имел настоящий человеческий контакт. Члены группы сюрреалистов отмечены там красными крестиками. 1977–1978 годы были для них роковыми: Ман Рей, Макс Эрнст, Кальдер, Жак Превер ушли в течение нескольких месяцев.

Иные мои друзья ненавидят эту книжку, боясь, вероятно, однажды попасть в нее. А я ее очень люблю. Благодаря ей я не забываю никого из тех, с кем встречался. Сестра Кончита сообщила мне как-то о смерти одного молодого испанского поэта. Я внес его в свой список. Спустя некоторое время, сидя в мадридском кафе, я увидел его идущим навстречу. В течение нескольких минут мне казалось, что я пожимаю руку привидению.

Я давно привык к мысли о смерти. Еще с тех пор, как на святую неделю мы носили по улицам Каланды человеческие скелеты, смерть стала составной частью моей жизни. Я никогда не пытался ее отрицать или игнорировать. Но что может сказать о смерти такой старый атеист, как я? С этой тайной и придется уйти из жизни. Подчас мне кажется, что я хотел бы знать. Но что? Никто не может ничего знать – ни во время, ни после. После – наступает небытие. Нас ожидает лишь тлен, терпкий запах вечности. Быть может, я распоряжусь, чтобы меня сожгли, дабы избежать этого.

Иногда я все же задаю себе вопрос: что же такое эта смерть?

Исключительно ради развлечения я все-таки раздумываю о том, что представляет собой ад. Общеизвестно, что пламя и головешки в нем отсутствуют и что ад, с точки зрения современных теологов, является лишь местом, где человека лишают божественного света. И вот я вижу свое тело плывущим в вечной мгле, со всеми его тканями, которые понадобятся мне для конечного воскрешения. Внезапно я наталкиваюсь на другое тело – сиамца, умершего две тысячи лет назад при падении с кокосовой пальмы. Он удаляется во мглу. Проходят еще миллионы лет, и вдруг я опять чувствую толчок. Оказывается, это маркитантка Наполеона. Я даю себя увлечь на какое-то время в страшные потемки этого нового ада, а затем возвращаюсь на землю, на которой живу.

Не строя иллюзий по поводу своей смерти, я подчас спрашиваю себя, какую форму она примет. Иногда мне кажется, что прекрасна скоропостижная, внезапная смерть – как смерть моего друга Макса Ауба, который скончался за игрой в карты. Но по большей части я отдаю предпочтение более длительной подготовке к смерти, той, которую все время ждешь. Это позволяет в последний раз проститься с местами, где жил, работал, которые стали частью тебя самого, — такими, как Париж, Толедо, Эль Паулар, Сан-Хосе-Пуруа. Всякий раз за последние годы, покидая эти дорогие мне места, я прощаюсь с ними и говорю: «Прощай, Сан-Хосе, здесь я был счастлив. Без тебя моя жизнь была бы иной. Теперь я ухожу, я больше тебя не увижу, ты будешь существовать без меня, я говорю тебе — прощай». Я прощаюсь так же с горами, источниками, деревьями и лягушками.

Разумеется, мне случается возвращаться в те места, с которыми я распрощался. Тогда, уходя, я прощаюсь с ними снова.

Мне и умереть хочется так, чтобы знать наверняка — возврата не будет. Когда меня в последние годы спрашивают, отчего я все меньше разъезжаю, почему я так редко бываю в Европе, я отвечаю: «Из страха смерти». Мне говорят, что у меня столько же шансов умереть там, как и тут. Тогда я возражаю: «Это не вообще страх смерти. Вы меня не понимаете. Умереть я не боюсь. Но только не во время поездки, не в дороге. Для меня нет ничего страшней смерти в номере отеля, посреди раскрытых чемоданов и беспорядочно разбросанных бумаг».

Еще более страшной представляется мне смерть, которую оттягивают с помощью ухищрений современной медицины. Во имя клятвы Гиппократа и священного характера человеческой жизни врачи открыли самую рафинированную форму пытки: выживание. Это преступление. Мне даже было жаль Франко, жизнь которого искусственно поддерживали в течение многих месяцев, и это стоило ему страшных мучений. Зачем? Конечно, врачи подчас помогают нам. Но по большей части они превратились в moneys-makers, то есть делают деньги, подчиняясь науке и технологическому прогрессу. Лучше уж пусть нам дадут умереть в положенное время или даже помогут уйти поскорее. Я уверен, что будут изданы законы, разрешающие, естественно при определенных условиях, евтаназию. Продление человеческой жизни, когда это сопровождается долгими страданиями для умирающего и для тех, кто остается жить, – бессмысленно.

В предчувствии своего последнего вздоха я думаю, какую бы мне учинить шутку. Я вызываю старых друзей, как и я, убежденных атеистов. Они грустно рассаживаются вокруг моей постели. Приходит священник. К великому негодованию своих товарищей, я исповедуюсь, прошу отпущения грехов и получаю последнее миропомазание. После чего поворачиваюсь на бок и умираю.

Но хватит ли сил, чтобы шутить в такой момент?

Об одном я грущу: я не буду знать, что произойдет в нашем мире после меня, ведь я оставляю его в состоянии движения, словно посреди чтения романа, продолжение которого еще не опубликовано. Мне кажется, что прежде люди не испытывали такого любопытства к тому, что будет после смерти, во всяком случае, оно не было таким сильным. Ведь мир так медленно менялся. Признаюсь еще в одном: несмотря на всю свою ненависть к газетам, я хотел бы вставать из гроба каждые десять лет, подходить к киоску и покупать несколько газет. Я не прошу ничего больше. С газетами под мышкой, бледный, прижимаясь к стенам, я возвращался бы на кладбище и там читал бы о несчастьях мира. После чего, умиротворенный, засыпал бы снова под надежным покровом своего могильного камня.

ПОСМЕЯТЬСЯ ПЕРЕД СМЕРТЬЮ

Четверть века назад, 29 июля 1983 года, в Мехико скончался один из величайших режиссеров XX века — Луис Бунюэль. Обозреватель The New Times Антон Долин встретился с Хуаном Луисом Бунюэлем — сыном и ассистентом великого режиссера.

— Есть ли в сегодняшнем кино если не ученики, то хотя бы последователи Бунюэля?

Да, немало тех, кто унаследовал его чувство юмора, отчасти его стиль и его критику общественных устоев и буржуазной морали. Братья Коэны, например.

— Как вы думаете, их победы на «Оскаре» что-то изменят?

Пусть Голливуд горит синим пламенем! Атомную бомбу туда надо кинуть. Но за Коэнов я рад: им удалось обмануть систему, оставшись самими собой. Как и моему отцу. Он, правда, ни за что не стал бы работать в Голливуде, но в Штатах снимал. Кстати, с теми людьми, которые в тогдашнем Голливуде были персонами нон грата: например, сценаристом Хьюго Батлером, который был политическим изгнанником в США.

Фильм закончен, забудьте!

— Как же Бунюэль «Оскара»-то получал за «Скромное обаяние буржуазии»?

— Он тогда в Мексике жил. О том, что его номинировали, узнал из газет. К нему кинулись газетчики, а он им говорит: «Разумеется, меня включили в номинации, ведь я заплатил им за это пятьдесят тысяч долларов». Был жуткий скандал, продюсер рвал на себе волосы... Потом фильм получил «Оскара», и корреспонденты вернулись к отцу. Его реакция была спокойной: «Говорю же, я заплатил! Вот они меня и наградили». Еще один скандал, хуже первого. Я даже не знаю, где теперь эта несчастная статуэтка. Потерялась, наверное...

— А другие призы, скажем фестивальные, были для него важны?

— Конечно, нет. Фильм закончен — можно о нем забыть. Он никогда не пересматривал свои картины. Однажды по мексиканскому телевидению показывали «Забытых», и мама позвала его. «Тысячу лет не видел этой картины», — оживился он. Но через четыре минуты фильм прервали на рекламу кока-колы. Он встал и ушел. Это был единственный случай, когда он попробовал пересмотреть свой фильм.

— Какой свой фильм он любил больше?

— Думаю, «Приключения Робинзона Крузо». Отец был одиночкой и глубоко преклонялся перед человеком, который провел десятки лет на необитаемом острове.

— А чужие фильмы смотрел?

— Однажды мы пошли в кино на «Лицо» Бергмана. Он заснул минут через десять. Через час проснулся, а на экране опять Макс фон Сюдов рассматривает свои руки. «Пошли отсюда», — сказал отец. Много лет спустя Лив Ульман познакомила меня с Бергманом. Он меня испугал: такой холодный, такой умный. «Правда, что твой отец считал мои фильмы дерьмом?»— строго спросил он. Я не знал, что ответить. Да, между ними было мало общего...

Он никогда не говорил о кино

— Уже в сороковые многие были уверены, что сюрреализм себя изжил и отошел в прошлое. Сегодня фильмы вашего отца доказывают, что сюрреализм вечно актуален. Как вы полагаете, почему?

— Сюрреализм — это мир иррациональных снов, без которых человеку не обойтись. Сюрреализм универсален, он вечен: посмотрите на картины Босха! И до него наверняка были сюрреалисты. Мой отец всего лишь перенес это на экран. Знаете, люди слишком зациклены на «значениях». Послушайте Бетховена — та-та-та-там *(напевает начало Пятой симфонии)*. Что это значит? Также и фильм Бунюэля «Андалусский пес» — он значит не больше и не меньше, чем сон. Другой важный фактор, не позволяющий сюрреализму умереть,– это юмор.

– Как вы думаете, почему было так много сюрреалистов в живописи и литературе и так мало – в кинематографе?

– Понятия не имею, хотя много раз об этом задумывался. Зато знаю, что мой отец не мог бы писать книги. Читать он любил, как и музыку слушать, но сам умел выражать свой талант только в кинематографе. Он любил и умел писать сценарии, которые литературой не считал.

На каждый сценарий у него уходило по полгода или больше, а снимал он моментально, за считанные дни. Эту фазу он считал второстепенной.

– Вы жили в одном доме со своим отцом и работали с ним вместе на съемочной площадке. Это были два разных человека?

– Один и тот же. Просто дома он никогда не говорил о кино. Я шел в школу, потом играл с друзьями в футбол, а когда возвращался домой, папа уже был в своем кабинете – работал над чем-то молча, делал заметки для очередного сценария. Не случайно, когда моего младшего брата, которому тогда было лет пятнадцать, спросили: «Это твой отец фильмы снимает?» – он ответил: «Кажется, но я вообще-то не уверен».

Когда мы встречались на площадке, мы вели себя как два профессионала – два техника. Он был режиссером, я – ассистентом. Главной проблемой было время, продюсеры постоянно требовали снять фильм как можно быстрее. Но как сделать качественный фильм за две-три недели? Отцу никогда не хватало денег на съемки... Из-за этого многие проекты так и не были реализованы. Отец сделал тридцать фильмов, а мог бы шестьдесят. Ему приходилось постоянно выкручиваться, но он научился снимать фильмы даже быстрее, чем того хотели продюсеры. Помню, когда он пришел к продюсерам «Дневной красавицы», его спросили, хватит ли ему десяти недель на съемки. «Уложусь в восемь», — ответил он.

— Что вы думаете о «Красавице навсегда» великого португальского режиссера Мануэля де Оливейры — продолжении «Дневной красавицы»?

— Мануэль — чудесный человек, интересный собеседник и собутыльник. Мы с Жаном-Клодом Карьером (сценарист фильма. — *The New Times*) были рады дать ему разрешение на то, чтобы снять сиквел «Дневной красавицы». Он сделал это по-своему, кино получилось очень достойное.

Комичная фигура Христа

— Бунюэль считал, что кинематографом мир не переделать. А вы что думаете?

— То же самое. Мир не переделать, люди всегда будут убивать друг друга. Я пессимист, как и мой отец. Последний фильм, который он хотел сделать, но не успел, должен был рассказывать о группе террористов, закладывающих бомбу в Лувр. В последний момент они останавливаются: зачем разрушать музей — ведь люди разрушат все сами! Посмотрите, что творится в бывшей Югославии: жители Балкан убивают друг друга на протяжении последних трех тысяч лет.

И порой появляются комичные фигуры вроде Иисуса Христа, заявляя: «Любите друг друга». Глупость какая. Можно предложить перепрыгнуть Луну – звучит не менее красиво! И также неосуществимо. «Любите друг друга» – сказать легко. А ты попробуй полюби! Будда, Иисус, евреи, мусульмане... Все они заблуждаются...

– На что же тогда человеку рассчитывать? Быть может, юмор его спасет?

– Юмор не спасет. Зато поможет веселее провести время. И посмеяться вволю перед смертью.

ПРИЛОЖЕНИЕ

ФИЛЬМЫ, В КОТОРЫХ Л. БУНЮЭЛЬ ВЫСТУПАЛ В КАЧЕСТВЕ АССИСТЕНТА РЕЖИССЕРА:

1926 г. Мопра. Реж. Жан Эпштейн, Франция.

1927 г. Тропическая сирена. Реж.: Марио Нальпа, Анри Этьеван, Франция.

1928 г. Падение дома Эшеров. Реж. Жан Эпштейн, Франция.

ФИЛЬМЫ, В КОТОРЫХ Л. БУНЮЭЛЬ БЫЛ ХУДОЖЕСТВЕННЫМ РУКОВОДИТЕЛЕМ:

1935 г. Дон Кинтин, горемыка. Реж. Луис Маркина, Испания.

1935 г. Дочь Хуана Симона. Реж. Хосе Луис Саэнс де Эредиа, Испания.

1936 г. Кто меня любит? Реж. Хосе Луис Саэнс де Эредиа, Испания.

1937 г. Часовой, тревога! Реж. Жан Гремийон, Испания. Испания 1937. (Документальный фильм. Дикторский текст: Пьер Юник и Луис Бунюэль. Операторы Р. Кармен и др. Монтаж: Ж.-П. Прейфус (Жан-Поль ле Шануа). Музыка: Бетховен, отрывки из 7-й и 8-й симфоний), Испания—Франция.

ФИЛЬМЫ, В КОТОРЫХ Л. БУНЮЭЛЬ ПОЯВЛЯЛСЯ НА ЭКРАНЕ:

1926 г. Мопра (в качестве статиста, реж. Жан Эпштейн), Франция.

1964 г. Плач по бандиту (в роли палача, реж. Карлос Саура), Испания.

1965 г. В этом поселке нет воров (в роли священника, реж. Альберто Исаак), Мексика.

ПРОЧАЯ ДЕЯТЕЛЬНОСТЬ В КИНЕМАТОГРАФЕ:

1935 г. Переводчик фирмы «Парамаунт» в Париже.

1935 г. Переводчик и консультант совместных постановок фирмы «Уорнер бразерс» в Испании.

1937 г. Ассистент монтажера Элен ван Донген на фильме «Испанская земля» (реж. Йорис Ивенс).

1938 г. Работа над документальными фильмами для Музея современного искусства в Нью-Йорке.

1940 г. Переводчик для фирмы «Метро-Голдвин-Майер» в Нью-Йорке.

1942 г. Постановка документальных фильмов для армии США.

1944–1946 гг. Переводчик для фирмы «Уорнер бразерс» в Нью-Йорке.

ФИЛЬМЫ, СНЯТЫЕ Л. БУНЮЭЛЕМ В КАЧЕСТВЕ РЕЖИССЕРА:

1928 г. АНДАЛУССКИЙ ПЕС

Производство: Луис Бунюэль (Франция), режиссер: Луис Бунюэль, сценарий: Луис Бунюэль, Сальвадор Дали, оператор: Альбер Дюверже, художник: Шильзнек.

Немой. В 1960 г. Бунюэль записал звуковую дорожку на основе музыки, исполнявшейся на премьере: Бетховен, Вагнер (фрагменты из «Тристана и Изольды»), Аргентинское танго.
В ролях: Пьер Бачев (велосипедист), Симона Марёй (девушка), Хайме Миравильяс, Сальвадор Дали (священник), Луис Бунюэль (человек с бритвой).
17 мин.
Премьера: 1928, Киностудия Урсулинок, Париж.

1930 г. ЗОЛОТОЙ ВЕК
Производство: Виконт де Ноайль (Франция), режиссер: Луис Бунюэль, сценарий: Луис Бунюэль, Сальвадор Дали, оператор: Альбер Дювар, художник: Шильзнек, музыка: Бетховен (Пятая симфония), Вагнер (фрагменты из «Зигфрида» и «Тристана и Изольды»), Жорж Ван Парис, Мендельсон (Четвертая итальянская симфония), Моцарт, Дебюсси, пасодобль неизвестного автора.
В ролях: Гастон Модо (мужчина), Лия Лис (женщина), Макс Эрнст (главарь бандитов), Пьер Превер (бандит), Картидад де Лабердеск, Жак Брюни.
60 мин.
Премьера: 28 октября 1930, Студио 28 Синема, Монмартр, Париж.

1932 г. ЛАС УРДЕС. ЗЕМЛЯ БЕЗ ХЛЕБА
Производство: Рамон Асин (Испания), режиссер: Луис Бунюэль, сценарий: Луис Бунюэль, оператор: Эли Лотар, музыка: Брамс (Четвертая симфония), дикторский текст: Пьер Юник.
27 мин.

1947 г. БОЛЬШОЕ КАЗИНО
Производство: «Фильмадора Анауак» (Мексика), режиссер: Луис Бунюэль, сценарий: Маурисио Магдалено,

Эдмундо Баэс, по рассказу Мишеля Вебера, оператор: Джек Драйнер, художник: Хавьер Торрес Ториха, музыка: Мануэль Эсперон, монтаж: Глория Шейман.

В ролях: Либертад Ламарк (Мерседес Иригойен), Хорхе Негрете (Херардо Рамирес), Мерседес Барба, Агустин Исунса, Альфонсо Бедойя.

85 мин.

Начало съемок: 26 ноября 1946.

Премьера: 12 июня 1947.

1949 г. БОЛЬШОЙ КУТИЛА

Производство: «Ультрамар Фильмс» (Мексика), сценарий: Ракель Рохас, Луис Алькориса, по комедии Адольфо Торрадо, оператор: Эсекьель Карраско, художники: Луис Мойа, Дарио Кабанас, музыка: Мануэль Эсперон.

В ролях: Фернандо Солер (Дон Рамиро), Росарио «Чарито» Гранадос, Рубен Рохо, Андрее Солер, Маруха Грифель, Густаво Рохо, Луис Алькориса, Антонио Браво, Николас Родригес.

90 мин.

Начало съемок: 9 июня 1949.

Премьера в Мексике: 25 ноября 1949.

1950 г. ЗАБЫТЫЕ

Производство: «Ультрамар Фильмс» (Мексика), сценарий: Луис Бунюэль, Луис Алькориса, оператор: Габриэль Фигероа, художник: Эдвард Фицджеральд, музыка: Родольфо Альфтер на темы Густаво Питалуги.

В ролях: Альфонсо Мехия (Педро), Роберто Кобо (Хайбо), Эстела Инда (Марта, мать Педро), Мигель Инклан (Дон Камело, слепец), Эфраин Араус, Марио Рамирес, Альма Делия Фуэнтес, Франсиско Хамбрина, Эктор Лопес Портийо.

Начало съемок: 6 февраля 1950.

Премьера в Мексике: 9 ноября 1950.
На Каннском фестивале 1951 г. приз за лучшую режиссуру и премия ФИПРЕССИ.

1951 г. СУСАННА
Производство: «Интернасьональ Синематографика» (Мексика), сценарий: Хайме Сальвадор, по роману Мануэля Реачи, оператор: Хосе Ортис Рамос, художник: Гюнтер Герчо, музыка: Рауль Лависта.
В ролях: Росита Кинтана (Сусанна), Фернандо Солер (Гуадалупе, отец), Виктор Мануэль Мендоса (Хесус, фермер), Матильда Палау (Донья Кармен, мать), Мария Хентиль Аркос (Фелиса, старая служанка), Луис Лопес Сомоса (Альберто).
82 мин.
Начало съемок: 10 июля 1950.
Премьера в Мексике: 11 апреля 1951.

ДОЧЬ ОБМАНА
Производство: «Ультрамар Фильмс» (Мексика), сценарий: Ракель Рохас, Луис Алькориса, по пьесе Карлоса Арничеса «Горемыка Дон Кинтин», оператор: Хосе Ортис Рамос, художник: Эдвард Фицджеральд, музыка: Мануэль Эсперон.
В ролях: Фернандо Солер (Дон Кинтин), Алисия Каро, Рубен Рохо, Начо Контра, Фернандо Сото, Лили Аклемар.
80 мин.
Начало съемок: 8 января 1951.
Премьера в Мексике: 29 августа 1951.

1952 г. ЛЕСТНИЦА НА НЕБО
Производство: «Продусьонес Исла» (Мексика), сценарий: Хуан де ла Кабада, Мануэль Альтолагирре, Луис Бунюэль, по рассказу Альтолагирре и Мануэля

Реачи, диалоги: Хуан де ла Кабада, оператор: Алекс Филлипс, художники: Эдвард Фицджеральд, Хосе Родригес Гранада, музыка: Густаво Питталуга.
В ролях: Лилия Прадо (Ракель), Кармелита Гонсалес (жена Оливерио), Эстебан Маркес (Оливерио), Мануэль Дондо (Дон Эладио), Роберто Кобо (Хуан), Луис Асевес Кастаньеда (шофер), Гильберто Гонсалес, Беатрис Рамос, Педро Ибарра.
85 мин.
Начало съемок: 6 августа 1951.
Премьера в Мексике: 28 июня 1952.
На Каннском фестивале 1952 г. приз за лучший авангардистский фильм.

ЖЕНЩИНА БЕЗ ЛЮБВИ
Производство: «Интернасьональ Синематографика» (Мексика), сценарий: Хайме Сальвадор, по роману «Пьер и Жан» Ги де Мопассана, оператор: Рауль Мартинес Соларис, художник: Гюнтер Герчо, музыка: Рауль Лависта.
В ролях: Росарио «Чарито» Гранадос (Росарио), Хулио Вилляреаль (Хулио), Тито Хунко (Карлос), Хоакин Кордеро (старший сын), Хайме Кальпе-мл., Эльда Перальта, Хавьер Лойо.
Начало съемок: 16 апреля 1951.
Премьера в Мексике: 31 июля 1952.

1953 г. ЗВЕРЬ
Производство: «Насьональ Фильм» (Мексика), сценарий: Луис Бунюэль, Луис Алькориса, оператор: Агустин Хименес, художник: Гюнтер Герчо, музыка: Рауль Лависта.
В ролях: Педро Армендарис (Педро, зверь), Кати Хурадо (Палома), Росита Аренас (Мече), Андрее Солер, Роберто Мейер, Беатрис Рамос, Глория Местре.
83 мин.

Начало съемок: 3 марта 1952.
Премьера в Мексике: 5 февраля 1953.

ОН
Производство: «Насьональ Фильм» (Мексика), сценарий: Луис Бунюэль, Луис Алькориса, по роману Мерседес Пинто «Мечтания», оператор: Габриэль Фигероа, художник: Эдвард Фицджеральд, музыка: Луис Эрнандес Бретон.
В ролях: Артуро де Кордоба (Франсиско), Делия Гарсес (Глория), Луис Беристайн (Рауль), Аурора Уолкер (Донья Эсперанса), Карлос Мартинес Баэна (отец Веласко), Фернандо Касанова (Бельтран), Мануэль Донде.
Начало съемок: 24 ноября 1952.
Премьера в Мексике: 9 июля 1953.

1954 г. ИЛЛЮЗИЯ РАЗЪЕЗЖАЕТ В ТРАМВАЕ
Производство: «Класа Фильмс Мундьялес» (Мексика), сценарий: Маурисио де ла Серна, Хосе Ревуэльтас, Хуан де ла Кабада, Луис Алькориса, по рассказу Маурисио де ла Серна, оператор: Рауль Мартинес Соларес, музыка: Луис Эрнандес Бретон, художник: Эдвард Фицджеральд.
В ролях: Лилия Прадо (Лупе), Карлос Наварро (Кайрелес), Доминго Солер, Фернандо Сото, Агустин Исунса, Мигель Мансано, Хавьер де ла Парра, Фелипе Монтойо.
90 мин.
Начало съемок: 28 сентября 1953.
Премьера в Мексике: 18 июня 1954.

БЕЗДНЫ СТРАСТИ
Производство: «Тепейак Продусьонес» (Мексика), сценарий: Луис Бунюэль, Ардуино Майури, Хулио Алехандро де Кастро, по роману Эмилии Бронте

«Грозовой перевал», оператор: Агустин Хименес, художник: Эдвард Фицджеральд, музыка: Вагнер (фрагменты из «Тристана и Изольды» в аранжировке Рауля Лависты).
В ролях: Ирасима Дилиан (Кати), Хорхе Мистраль (Алехандро), Лилия Прадо, Эрнесто Алонсо, Луис Асевес Кастаньеда, Франсиско Ригуэра.
90 мин.
Начало съемок: 23 марта 1953.
Премьера в Мексике: 3 июля 1954.

РОБИНЗОН КРУЗО
Производство: «Ультрамар Фильме» (Мексика и США), сценарий: Луис Бунюэль, Филипп А. Ролл, по роману Д. Дефо, оператор: Алекс Филипс, художник: Эдвард Фицджеральд, музыка: Луис Эрнандес Бре-тон, Энтони Коллинз.
В ролях: Дэн О Хэрлайн (Робинзон Крузо), Хайме Фернандес (Пятница), Фелипе де Альба (капитан), Чель Лопес, Хосе Чавес, Эмилио Гарибай.
89 мин.
Начало съемок: 14 июля 1952.
Премьера в Мексике: 30 июня 1955.
Премьера в США: июль 1954.
Премьера в Великобритании: август 1954.
Одновременно фильм снят на испанском и английском языках.

1955 г. РЕКА И СМЕРТЬ
Производство: «Класа Фильмс Мундьялес» (Мексика), сценарий: Луис Бунюэль, Луис Алькориса, по роману Мигеля Альвареса Акосты, оператор: Рауль Мартинес Соларес, художники: Эдвард Фицджеральд, Гюнтер Герчо, музыка: Рауль Лависта.
В ролях: Колумбия Домингес (Мерседес), Мигель Торруко (Фелипе Ангуиано), Хоакин Кордеро (Хе-

рардо Ангуиано), Хайме Фернандес (Ромуло Менчака), Виктор Алкосер (Поло), Сильвия Дербес (Эльза), Умберто Алмасан, Карлос Мартинес Баэна.
90 мин.
Начало съемок: 25 января 1954.
Премьера в Мексике: 28 февраля 1955.

ПОПЫТКА ПРЕСТУПЛЕНИЯ (Преступная жизнь Арчибальда де ла Круса)
Производство: «Альянса Синематографика» (Мексика), сценарий: Луис Бунюэль, Эдуардо Угарте Пахес, по рассказу Родольфо Усильи, оператор: Агустин Хименес, художник: Хесус Брачо, музыка: Хорхе Перес Эррера.
В ролях: Эрнесто Алонсо (Арчибальд де ла Крус), Мирослава Стерн (Лавиния), Рита Маседо (Патрисия), Ариадна Вельтер (Шарлота), Родольфо Ланда, Андрес Пальма, Эва Кальво, Карлос Мартинес Баэна.
91 мин.
Начало съемок: 20 января 1955.
Премьера в Мексике: 3 апреля 1955.

1956 г. ЭТО НАЗЫВАЕТСЯ ЗАРЕЙ
Производство: «Ле Фильм Марсо» (Франция) и «Летиция Фильм» (Италия), сценарий: Луис Бунюэль, Жан Ферри, по роману Эммануэля Роблеса, оператор: Робер Лефебр, художник: Макс Дуи, музыка: Жозеф Косма.
В ролях: Жорж Маршаль (доктор Валерио), Лючия Бозе (Клара), Джанни Эспозито (Сандро), Жюльен Берто, Нелли Борджо, Жан-Жак Дельбо, Анри Насье, Гастон Модо (корсиканский крестьянин), Симона Пари.
102 мин.
Съемки проходили на Корсике и в окрестностях Ниццы с 18 августа по 14 октября 1955.

Премьера во Франции: 9 мая 1956.
Премьера в Италии: осень 1957.

СМЕРТЬ В ЭТОМ САДУ
Производство: «Димаж» (Франция) и «Продусьонес Теперак» (Мексика), сценарий: Луис Бунюэль, Луис Алькориса, Раймонд Кено, по роману Хосе-Андре Лакура, оператор: Хорхе Шталь-мл., художник: Эдвард Фицджеральд, музыка: Поль Мизраки.
В ролях: Симона Синьоре (Джин), Жорж Маршаль (Чарк), Мишель Пикколи (отец Лисарди), Мишель Жирардон (Мария), Шарль Ванель, Тито Хунко, Луис Асевес Кастаньеда, Хорхе Мартинес де Ойо.
110 мин.
Премьера во Франции: 21 сентября 1956.
Премьера в Мексике: 9 июня 1960.

1959 г. НАЗАРИН
Производство: «Мануэль Барбачано Понсе» (Мексика), сценарий: Луис Бунюэль, Хулио Алехандро, по роману Бенито Переса Гальдоса, оператор: Габриэль Фигероа, художник: Эдвард Фицджеральд, музыка отсутствует.
В ролях: Франсиско Рабаль (Назарин), Марга Лопес (Беатрис), Рита Маседо (Андара), Хесус Фернандес (карлик), Игнасио Лопес Тарсо, Офелия Гильмен, Ноэ Мурайама, Луис Асевес Кастаньеда.
94 мин.
Премьера в Мексике: 4 июня 1959.
На Каннском фестивале 1959 г. специальный приз жюри и премия ФИПРЕССИ.

1960 г. ЛИХОРАДКА ПРИШЛА В ЭЛЬ ПАО
Производство: «СИСС», «Ситэ Фильм», «Индус Фильм», «Терра Фильм», «Карморан Фильм» (Фран-

ция) и «Синематографика Фильмекс» (Мексика), сценарий: Луис Бунюэль, Луис Алькориса, Луи Сапэн, Шарль Дора, по роману Анри Кастийона, оператор: Габриэль Фигероа, художник: Хорхе Фернандес, музыка: Поль Мизраки.
В ролях: Жерар Филип (Рамон Васкес), Мария Феликс (Аньес Варга), Жан Серве (Алехандро Гуаль), Мигель Анхель Феррис (губернатор Варга), Рауль Дантес (Гарсия), Доминго Солер, Виктор Хунко, Роберто Каньедо, Тито Хунко.
110 мин.
Начало съемок: 11 мая 1959.
Премьера во Франции: 6 января 1960.
Премьера в Мексике: 20 октября 1960.

ДЕВУШКА (Остров греха)
Производство: Джордж Веркер (США) и «Продусьонес Ольмека» (Мексика), сценарий: Луис Бунюэль, Х.-Б. Эддис (Ньюго Батлер), по роману «Путешественник» Питера Маттиссена, оператор: Габриэль Фигероа, художник: Хесус Брачо, музыка: Хесус Сарсоса, песню «Грешник» исполняет Леон Бибб.
В ролях: Захари Скотт (Миллер), Кей Мейерсман (Эвелин), Берни Хамильтон (Трачерс), Грэм Дэнтон (Джексон), Клаудио Брук (священник Флитвуд).
95 мин.
Премьера в Великобритании: ноябрь 1960, Лондонский фестиваль.
Премьера в Мексике: 4 августа 1961.
На Каннском фестивале 1960 г. специальный приз за внеконкурсный фильм.

1961 г. ВИРИДИАНА
Производство: «Унинси», «Фильмс–59» (Испания), «Густаво Алатристе» (Мексика), сценарий: Луис Бу-

нюэль, Хулио Алехандро, оператор: Хосе Ф. Агайо, художник: Франсиско Канет, музыка: Гендель («Мессия»), Моцарт («Реквием»), дирижер: Густаво Питалуга.

В ролях: Сильвия Пиналь (Виридиана), Фернандо Рэй (Дон Хайме), Франсиско Рабаль (Хорхе, его сын), Маргарита Лосано (Рамона), Тереса Рабаль (Рита), Хосе Кальво, Хоакин Роа, Луис Эредиа, Долорес Гаос.
90 мин.

Премьера: 17 мая 1961, Каннский фестиваль.
Премьера в Испании: 1976.

1962 г. АНГЕЛ-ИСТРЕБИТЕЛЬ

Производство: «Унинси», «Фильмс–59» (Испания), «Густаво Алатристе» (Мексика), сценарий: Луис Бунюэль и Луис Алькориса, по пьесе Хосе Бергамина «Потерпевшие кораблекрушение», оператор: Габриэль Фигероа, художник: Хесус Брачо, музыка: Скарлатти.

В ролях: Сильвия Пиналь (Летиция, «Валькирия»), Энрике Рамбаль (Нобиле), Жаклин Андере (сеньора Алисия Рок), Хосе Бавьера (Леандро), Аугусто Бенедико (доктор), Луис Берестайн (Христиан), Антонио Браво (Рассел), Клаудио Брук (мажордом), Сесар дель Кампо (полковник), Люси Гальярдо, Надиа Аро Олива, Патрисия Моран.
95 мин.

Премьера в Мексике: 8 мая 1962.
На Каннском фестивале 1962 г. премия ФИПРЕССИ и СЭКТ Общества писателей кино и телевидения.

1964 г. ДНЕВНИК ГОРНИЧНОЙ

Производство: «Спева Фильмс», «Сине Альянс», «Фильмсонор» (Франция), «Диар Фильмс» (Ита-

лия), сценарий: Луис Бунюэль, Жан-Клод Каррьер, по роману Октава Мирбо, оператор: Роже Феллу, художник: Жорж Вакевич, музыка отсутствует.
В ролях: Жанна Моро (Селестина), Мишель Пикколи (месье Монтей), Жорж Жере (Жозеф), Франсуаз Люгань (мадам Монтей), Даниэль Ивернель (капитан Може), Жан Озенн (месье Рабур), Жильберта Жениа, Бернар Мюссон, Жан-Клод Каррьер, Мюни, Доминик Соваж.
98 мин.
Начало съемок: 21 октября 1963.
Премьера во Франции: 4 марта 1964.

1965 г. СИМЕОН-СТОЛПНИК
Производство: «Густаво Алатристе» (Мексика), сценарий: Луис Бунюэль, диалоги: Хулио Алехандро, оператор: Габриэль Фигероа, музыка: Рауль Лависта.
В ролях: Клаудио Брук (Симеон), Сильвия Пиналь (соблазнительница), Гортензия Сантована (мать), Хесус Фернандес Мартинес (карлик), Энрике Дель Кастильо (калека), Энрике Альварес Феликс (отец Матиас), Антонио Браво Санчес.
42 мин.
На Венецианском фестивале 1965 г. специальный приз жюри.
На «Фестивале фестивалей» в Акапулько 1966 г. премия ФИПРЕССИ.

1967 г. ДНЕВНАЯ КРАСАВИЦА
Производство: «Пари Фильм Продюксьон» (Франция) и «Файв Фильмс» (Италия), сценарий: Луис Бунюэль и Жан-Клод Каррьер, по роману Жозефа Кесселя, оператор: Саша Вьерни, художник: Робер Клавель, музыка отсутствует.

В ролях: Катрин Денев (Северин), Жан Сорель (Пьер), Мишель Пикколи (Анри), Женевьев Паж (мадам Анаис), Франсиско Рабаль (Ипполит), Пьер Клементи (Марсель), Жорж Маршаль, Франсуа Фабиан, Мария Латур, Мюни.
100 мин.
Начало съемок: 10 октября 1966.
Премьера во Франции: 24 мая 1967.
На Венецианском фестивале 1967 г. Гран-при «Золотой Лев св. Марка».

1969 г. МЛЕЧНЫЙ ПУТЬ
Производство: «Гринвич Фильм Продюксьон» (Франция), «Медуза» (Италия), сценарий: Луис Бунюэль, Жан-Клод Каррьер, оператор: Кристиан Матра, художник: Пьер Гюффре, музыка: Жак Галлуа.
В ролях: Лоран Терзиев (Жан), Поль Франкер (Пьер), Дельфин Сейриг (проститутка), Эдит Скоб (девственница), Бернар Верле (Иисус), Жорж Маршаль (иезуит), Жан Пиа (янсенист), Жан-Клод Каррьер, Жюльен Жиомар, Мишель Пикколи (маркиз), Жюльен Берто, Клаудио Брук, Клод Серваль, Франсуа Мэстр, Алэн Кюни, Марсель Перес.
98 мин.
Начало съемок: 26 августа 1968.
Премьера во Франции: 15 марта 1969.
Премьера в Италии: февраль 1969.

1970 г. ТРИСТАНА
Производство: «Эпока Фильм», «Талия Фильм» (Испания) и «Селениа Чинематографика» (Италия), «Фильм Корона» (Франция), сценарий: Луис Бунюэль, Хулио Алехандро, по роману Бенито Переса Гальдоса, оператор: Хосе Ф. Агуайо, художник: Энрике Аларкон, музыка отсутствует.
В ролях: Катрин Денёв (Тристана), Фернандо Рей (дон Лопе), Франко Неро (Орасио), Лола Гаос

(Сатурна), Антонио Касас (дон Косме), Хесус Фернандес (Сатурно), Висенте Солер (дон Амбросио), Хосе Кальво, Фернандо Кабриан, Кандида Лосада, Антонио Феррандис, Хоакин Памплона.
105 мин.
Начало съемок: октябрь 1969.
Премьера в Испании: март 1970.
Премьера в Италии: осень 1970.
Премьера во Франции: 29 апреля 1970.

1972 г. СКРОМНОЕ ОБАЯНИЕ БУРЖУАЗИИ
Производство: «Гринвич Фильм Продюксьон» (Франция), сценарий: Луис Бунюэль, Жан-Клод Каррьер, оператор: Эдмон Ришар, художник: Пьер Гюффруа.
В ролях: Фернандо Рей (посол), Дельфин Сейриг (Симона), Стефани Одран (Алиса), Жан-Пьер Кассель (Сенешаль), Поль Франкер Пьеплю, Жюльен Берто, Мишель Пикколи, Мюни.
105 мин.
Начало съемок: 23 мая 1972.
Премьера во Франции: 15 сентября 1972.
Премия Американской академии киноискусства за лучший иностранный фильм года – «Оскар» – в 1973 г.
Премия им. Жоржа Мельеса в 1973 г. (Франция).
Премия Национальной ассоциации кинокритиков США в 1973 г.

1974 г. ПРИЗРАК СВОБОДЫ
Производство: «Гринвич Фильм Продюксьон» (Франция, Италия), сценарий: Луис Бунюэль, Жан-Клод Каррьер, оператор: Эдмон Ришар, художник: Пьер Гюффруа.
В ролях: Адриана Асти, Жюльен Берто, Жан-Клод Бриали, Адольфо Сели, Поль Франкер, Мишель Лондаль, Пьер Магелон, Франсуа Мэстр, Мишель

Пикколи, Клод Пьеплю, Жан Рошфор, Милена Вукотич, Моника Витти, Поль ле Персон, Марсель Перес, Элен Пердриер.

1977 г. ЭТОТ СМУТНЫЙ ОБЪЕКТ ЖЕЛАНИЯ
Производство: «Гринвич Фильм Продюксьон» (Франция) и «Ин Сине» (Испания), сценарий: Луис Бунюэль, Жан-Клод Каррьер, по роману Пьера Луиса «Женщина и паяц», оператор: Эдмон Ришар, музыка: Вагнер, костюмы: Сильви де Секоньяк.
В ролях: Фернандо Рей (Матье), Кароль Буке (Кончита), Анхела Молина (Кончита), Жюльен Берто (Эдуард), Андре Вебер (Мартин); на французский язык Ф. Рея дублирует Мишель Пикколи.
103 мин.
Премия Американской академии киноискусств «Оскар» за лучший иностранный фильм 1977 г.

НАГРАДЫ

На Венецианском фестивале 1969 г. Луису Бунюэлю присуждено звание «Мастер кино».

На фестивале в Сан-Себастьяне 1977 г. — специальный главный приз «Золотая раковина» за все творчество в целом.

Специальный приз за вклад в мировое киноискусство на фестивале в Москве 1979 г.

Специальный приз за все творчество в целом на фестивале в Венеции 1982 г.

Краткая библиография

ТЕКСТЫ ЛУИСА БУНЮЭЛЯ

Critique de «Napoleon Bonaparte» d'Abel Gance. «Cahiers 378 d'Art», 1927, №3.

Critique de «Quand la chair succombe» de Victor Fleming. «Cahiers d'Art», 1927, №10.

Critique de «Sportif par amour» de Buster Keaton. «Cahiers d'Art», 1927, №10.

Scenario de «Un Chien andalou» par Luis Bunuel et Salvador Dali. «La Revolution surrealiste», №12, 15 decembre 1922; «Revue du Cinema», №5, 15 novembre 1929; фрагменты: «An-thologie du Cinema», par Marcel Lapierre, La Nouvelle Edition, 1946.

«Une girafe». «Le Surrealisme au service de la Revolution», 15mail933.

Reponse a un questionnaire surrealiste sur l'amour. «La Revolution Surrealiste», №12,15 decembre 1929.

Poesie et Cinema. «Cinema 57», №37.

Lettre a Pepin (1928). «Positif», novembre 1959.

«Viridiana», preface de G. Sadoul. Ed. InterSpectacles, Paris 1962.

«L'Avant-Scene du Cinema», № 27–28, juin-juillet 1963: «Un Chien andalou», «L'Age d'Or», «L'Ange exterrninateur».

«L'Avant-Scene du Cinema», № 36, avril 1964: «Le Journal d'une femme de chambre».

«L'Avant-Scene du Cinema», № 89, fevrier 1969: «Nazarin».

«L'Avant-Scene du Cinema», № 94–95, juillet-aoflt 1969: «La Voie lactee», «Simon du desert».
«L'Avant-Scene du Cinema», № 110, Janvier 1971: «Tristana».
«L'Avant-Scene du Cinema», № 135, avril 1973: «Los 01-vidados».
«L'Avant-Scene du Cinema», № 151, octobre 1974: «Le Fan-tome de la Liberie».
«L'Avant-Scene du Cinema», № 206, avril 1978, «Belle de jour».
«Illisible fils de flute». «Positif», № 50–52, mars 1963.
«L'Avant-Scene du Cinema», № 313–314, 315–316, 1983: «L'Age d'or».

ИНТЕРВЬЮ С ЛУИСОМ БУНЮЭЛЕМ

Entretiens avec Luis Bunuel, par Andre Bazin et Jacques Doniol-Valcroze. «Cahiers du Cinema», juin 1954.
Y a-t-il dans vos tiroirs des films impossibles a tourner?, par Francois de Montferrand. «Radio-Cinema-Television», 20 juin 1954.
Rencontres avec Luis Bunuel, par Francois Traffaut. «Arts», 21juillet 1955.
Luis Bunuel: Ligne de conduite inchangee, par Simone Dubreuilh. «Les Lettres franchises», 11 octobre 1956.
Breve rencontre avec Luis Bunuel, par Jean de Baroncelli. «Le Monde», 16 decembre 1959.
Luis Bunuel: athee grace a Dieu, par Michele Manceaux. «L'Express», 12 mai 1960.
Luis Bunuel: decouverte du «Deep South», par Manuel Michel, «Les Lettres franchises», 12 mai 1960.
Luis Bunuel nous parle de son dernier film «Viridiana», par Yvonne Baby. «Le Monde», 1er juin 1961.
Luis Bunuel: «A bas les films noirs! je les deteste!», par Georges Sadoul. «Les Lettres franchises», 1er juin 1961.
Interviews de Luis Bunuel. «Positif», №162, octobre 1974; № 238, Janvier 1981.
Entretiens avec Freddy Buache. «L'Avant-Scene du Cinema», № 315–316,1983.

Приложение

ВОСПОМИНАНИЯ И СВИДЕТЕЛЬСТВА О ЛУИСЕ БУНЮЭЛЕ

Luis Bunuel, par Luc Moullet. Collection Encyclopedique du Cinema, №5; Club du Livre du Cinema, Bruxelles, 1957.

Luis Bunuel, sa vie, son oeuvre en Espagne et en France, par Jacques Trebouta. Institut des Hautes Etudes Cinematogra-phiques, 1958–1959.

Luis Bunuel, par Freddy Buache. «Premier Plan», № 13, 1960, 1964.

Mon ami Bunuel, par Georges Sadoul. «L'Ecran Francais».

Luis Bunuel, par Claude Mauriac. «L'Amour du Cinema», Ed. Albin Michel, 1954.

Bunuel, le plus violent des metteurs en scene, est un homme simple qui n'aime pas les films noirs, par Henri Hell. «Arts», 9 juin 1954.

Au coeur de Finsolite: Luis Bunuel, par Henri Agel. «Miroirs de l'insolite dans le cinema francos», Ed. du Cerf, 1958.

Luis Bunuel, par Henri Agel. «Les Grands Cineastes», Ed. Universitaires, 1959. 380 L'homme sans chaines, par Manuel Michel. «Cinema 61», Janvier 1961.

Pour saluer Bunuel, par Philippe Haudiquet. «La Cinematographic francaise», № 3,mars 1964.

A la recherche de Bunuel, avec J.Gremillon, J. Castanier, E. Lotar, H. Vines et J. Prevert, par Pierre Kast. «Cahiers du Cinema», decembre 1951.

La Vie secrete de Salvador Dali, par Salvador Dali. Ed. La Table Ronde, 1952.

A Mexico avec Bunuel, par Emmanuel Robles. «Caliiers du Cinema», fevrier 1956.

En travaillant avec Luis Bunuel, par Gabriel Arout. «Cahiers du Cinema», octobre 1956.

Содержание

Беспощадное милосердие Луиса Бунюэля 5

СМУТНЫЙ ОБЪЕКТ ЖЕЛАНИЯ

Память 23
Воспоминания о средневековье 28
Смерть, вера, секс 33
Барабаны Каланды 45
Сарагоса 49
У иезуитов 56
Первые фильмы 62
Воспоминания Кончиты 66
Простые радости 75
Мадрид. Студенческая резиденция. 1917–1925 88
Альберти, Лорка, Дали 102
Гипноз 111
Толедский орден 117
Париж1925–1929 127
Мы – «инородцы» 128
Первые постановки 139
Делать фильмы 142
Мечты и сны 148
Сюрреализм.1929–1933 159
«Андалусский пес» 163
«Золотой век» 179
Америка 197
Испания и Франция.1931–1936 212
«Лас Урдес. Земля без хлеба» 215
Мадридский продюсер 221
Любовь, любовь 226

Испанская война. 1936–1939 231
Лорка 242
Париж во время гражданской войны 247
Три бомбы 252
Каландский пакт 261
Атеист милостью божьей 265
Снова Америка 273
Дали 281
Голливуд: продолжение и конец 289
Бесполезные планы 291
«Робинзон Крузо» 295
«Девушка» 297
Другие планы 299
Возвращение 302
Мексика. 1946–1961 306
«Забытые» 310
«Он» 316
«Назарин» 334
За и против 336
Испания–Мексика–Франция. 1969–1977 358
«Виридиана» 361
«Ангел-истребитель» 368
«Симеон-столпник» 371
«Дневная красавица» 375
«Млечный путь» 379
«Тристана» 382
«Скромное обаяние буржуазии» 385
«Призрак свободы» 388
«Этот смутный объект желания» 390
Лебединая песнь 392

ПОСМЕЯТЬСЯ ПЕРЕД СМЕРТЬЮ
401

ПРИЛОЖЕНИЕ
409

Краткая библиография 427

Литературно-художественное издание

ЛУИС БУНЮЭЛЬ

СМУТНЫЙ ОБЪЕКТ ЖЕЛАНИЯ

Главный редактор *Владимир Вестерман*
Редактор *Кирилл Винокуров*
Оформление вклеек *Александр Щукин*
Компьютерная верстка *Виктория Челядинова*
Корректор *Татьяна Бычкова*

Подписано в печать 18.11.08. Формат 60x90$^{1}/_{16}$.
Печ. л. 27,0. Тираж 3 000 экз. Заказ № 9647.

Общероссийский классификатор продукции
ОК-005-93, том 2; 953000 – книги, брошюры

Санитарно-эпидемиологическое заключение
№ 77.99.60.953.Д.09937.09.08 от 15.09.2008 г.

ООО «Издательство АСТ».
141100, Россия, Московская обл., г. Щелково, ул. Заречная, 96
Наши электронные адреса:
WWW.AST.RU E-mail: astpub@aha.ru

Издательство «Зебра Е»
121069, Москва, Скатертный пер., 28
тел. (495) 202-38-88
E-mail: zebrae@rambler.ru
WWW. ZEBRAE.RU

ОАО «Владимирская книжная типография»
600000, г. Владимир, Октябрьский проспект, д. 7.
Качество печати соответствует качеству предоставленных диапозитивов